KB149090

근대시의 모더니티와 숭고

The Modernity and the Sublime in Modern Poetry

지은이 **박민규**

1973년 인천에서 태어났다. 인하대 사학과와 고려대 국문과를 졸업하고, 고려대 대학원 국문과에서 석사와 박사 학위를 받았다. 2007년도 ≪문학사상≫ 신인상으로 등단하여 시단에서 필명 '박강'으로 활동하고 있으며, 고려대 BK21플러스 한국어문학 미래인재육성사업단 연구교수로 재직 중이다. 시집 『박카스 만세』(2013)와 연구서 『해방기 시론의 구도와 동력』(2014)을 간행했으며, 「김기림 시론의 대중 인식과 지식인상의 정립 과정」이란 논문으로 한국문학이론과비평학회 최우수 논문상을 수상하였다.

국문학 07

근대시의 모더니티와 숭고

The Modernity and the Sublime in Modern Poetry

1판 1쇄 발행_2014년 12월 30일
1판 2쇄 발행_2015년 09월 10일

지은이_박민규
펴낸이_양정섭
펴낸곳_도서출판 경진
등록_제2010-000004호
블로그_http://kyungjinmunhwa.tistory.com
이메일_mykorea01@naver.com

공급처_(주)글로벌콘텐츠출판그룹
대표_홍정표
편집_송은주 김현열 **디자인**_김미미 **기획·마케팅**_노경민 **경영지원**_안선영
주소_서울특별시 강동구 천중로 196 정일빌딩 401호
전화_02) 488-3280 **팩스**_02) 488-3281
홈페이지_http://www.gcbook.co.kr

값 23,000원
ISBN 978-89-5996-428-4 93810

※ 이 도서의 국립중앙도서관 출판예정도서목록(CIP)은 서지정보유통지원시스템 홈페이지(http://seoji.nl.go.kr)와 국가자료공동목록시스템(http://www.nl.go.kr/kolisnet)에서 이용하실 수 있습니다. (CIP제어번호: CIP2014035495)

근대시의 모더니티와 숭고

The Modernity and the Sublime in Modern Poetry

박민규 지음

책머리에

시의 모더니티

반응과 생성의 역동적 변주

두 번째 연구서를 펴낸다. 첫 번째 연구서 『해방기 시론의 구도와 동력』이 해방 공간의 시론과 시 비평을 다룬 것이었다면, 이 책은 그보다 앞선 시기인 30년대로 돌아가 그로부터 시작하여 해방기와 전후로 이어져 온 한국시의 모더니티와 그 연속성을 검토한 결과물이다. 그동안 발표한 논문들 가운데서 비교적 모더니즘과 연관성이 있는 시인론 및 주제론들을 모았다. 최근의 논문들이 다수이지만 4~7년 전의 묵은 글들도 있으니 그만큼 게을렀던 게 아닐까 싶어 반성이 앞선다. 우리 시의 모더니즘과 근대적 성격에 대해 관심의 끈을 놓지 않고 살아왔다는 궁색한 자기 위로로 변명을 대신한다.

모더니즘 계열의 시인들을 주로 다뤘음에도 책 제목에 '모더니티'란 용어를 부각한 까닭은 서구 문예사조의 수용과 이식으로서 한국의 모더니즘을 검토해 온 관행에서 벗어나자는 취지도 있지만, 근대의 충격에 역동적으로 반응한 이 땅의 시인들 개개인의 실존적 조건과 내적 상황이 보다 구체화돼야 한다는 판단 때문이었다. 우리 시인들에게 근대란 서구의 것이면서도 제국-식민의 필터를 통해 경험되어야 했던 결여이자 욕망의 대타자 기표였다. 서구성과 식민성을 동시에 의식해야 했던 이중의 조건이야말로 근대의 도래에 대한 다면적,

복합적 반응을 가져 온 모더니즘 시인들의 망탈리테였을 것이다. 비록 근대가 식민성에 의해 굴절, 왜곡, 강제됐더라도 타율적 근대에 직면하여 분투한 식민지 조선 시인들의 대응에는 분명 자율적이자 주체적인 면이 공존하고 있었다. 해방된 뒤에도 사정은 다르지 않다. 분단은 미소의 세계체제 재편에 의해 강제된 것이고 좌우의 이념 대립 또한 그 같은 세계체제의 구속 아래 다분히 놓여 있었지만, 이를 의식하면서도 해방기 시인들이 찾고자 했던 자율적 근대의 가치 또한 다양한 형태로 존재했음은 분명한 사실이다. 그럼에도 이 같은 사실이 특히 모더니즘 시 연구에서 사각지대에 방치되어 왔다는 느낌을 지울 수 없다. 이 책은 이미지, 비유, 시선, 화자 등 텍스트 내부의 구조적, 수사적 요소들에 치중해 온 그간의 연구에서 벗어나 시인들이 근대의 모더니티에 어떠한 반응을 보이면서 자신의 문학을 생성해 갔는지에 관해 추적한 결과물이다.

제1부에서는 '근대시와 모더니티'라는 제목 아래 정치, 경제, 사회의 근대로 일컬어지는 역사적 근대성(historical modernity)에 대한 시인들의 반응을 다루었다. 근대의 도래와 함께 대두된 대중과 지식인, 여행과 일상, 도시와 정치적 광장, 전통의 소멸, 위생학과 신체, 좌우의 이념 대립, 아방가르드 운동 등을 살피면서 이와 연관 지어 30년대의 김기림, 김광균, 오장환, 서정주, 해방 후의 신시론과 후반기 동인, 전후(戰後)의 김종삼을 조명하였다.

우선은 김기림이 근대적 대중의 출현을 자각하면서 이 대중과 맺어야 할 지식인의 올바른 관계 설정이란 문제에 천착하여 자신의 시론을 꾸려갔음을 검토하였다. 또한 김광균의 초기시가 여행 체험의 산물이며, 이후에는 대도시 경성 체험과 해방 후의 정치적 광장 체험을 통해 일상의 가치를 발견하는 쪽으로 변해 갔음을 논하였다. 오장환은 전통과 근대의 관계에 대한 성찰을 보여 준다. 그의 시에 나타난 댄디즘은 구질서의 정신적 가치를 붕괴시킨 역사적 근대성에 대한 비판의 시선을 보여 준다. 또한 서정주와 더불어 그의 시는 식민지 근대의 위생 권력과 이를 통해 창출된 감시와 규율의 신체에 대해서도 예리한 문제의식을 드러내고 있다. 신시론과 후반기 동인의 경우는 '새로운 모더니즘'을 도모했으나 결국 좌우의 대립을 통해 '실천'과 '기교' 중 어느 한쪽을 유기했다는 점에서 모더니즘과 근대적 정치 이념과의 관계에 관해 숙고할 여지를 마련해 주고 있다. 김종삼을 통해서는 근대 회화와의 관계를 조명하였다. 1950년대 한국 화단에 자생한 아방가르드 운동과의 관계 속에서 그의 시에 나타난 추상미술의 영향을 추적하였다. 참고로 모더니즘과 거리가 있을지 모르나 해방기의 근대시사 인식을 다룬 글도 덧붙였다. 근대시의 기원과 맥락을 해방기의 문인들이 어떻게 계보화하려 했는지, 그 과정에서 근대성에 관한 좌와 우의 시각 차이가 무엇이었는지를 논하였다.

제2부에서는 '근대시와 숭고'라는 제목 아래 숭고미를 표현한 시들을 검토하였다. 제1부가 모더니티의 역사적, 사회적 범주에 대한 시적 반응들을 모은 것이라면 제2부는 미학적 범주에 초점을 둔 것으로, 근대시에 나타난 '숭고'를 '미'와의 관계 속에서 조명한 것이라 할 수 있다. 최근 근대시의 미학을 숭고론을 통해 재해석하는 움직임이 활발한데 이와 보조를 함께한 작업이라 하겠다. 우선은 숭고 미학의 이론에 관한 개괄적 서설을 마련하였다. 롱기누스, 칸트, 니체, 리오타르를 통해 우리 시의 검토에 유용하게 쓰일 만한 숭고론의 요지들을 정리하였다. 다음의 글 두 편은 백석과 김종삼의 시세계를 숭고 미학의 관점에서 재접근한 것이다. 백석의 경우는 후기시편에 숭고가 형상화됐음을 밝히고 이를 전기 시세계에 나타난 미와의 관계 속에서 논하였다. 김종삼에 대해서는 여전히 순수미학주의자라는 평가가 완강하게 남아 있지만, 실제로 그는 미적인 것뿐 아니라 숭고적인 것도 상당

수 시화한 면모를 보여 주고 있다. 이를 살피면서 그의 시세계를 지배한 죽음의식까지를 상관적으로 해명하고자 하였다.

원고를 모으고 묶고 고치고 했지만 여전히 부족한 지점들이 눈에 띄는 것이 사실이다. 이 책의 주제와 관련하여 미처 다루지 못한 시인들이 뒤늦게 생각나기도 한다. 추후의 연구를 기약하며 아쉬움을 달래지만, 선후배 연구자분들의 지적과 비판을 달게 받아야 할 처지가 되었다. 참고로 원 텍스트의 단락 인용과 직접 인용은 한자뿐 아니라 띄어쓰기까지 원문 그대로 표기하였다. 시 작품의 경우 신문·잡지·시집의 원문 인용은 당연하겠으나, 그러다 보니 시론·수필·대담 같은 산문의 경우 특히 띄어쓰기를 어떻게 해야 할지 고민이 생겼다. 결국 일관성과 통일성을 위해 산문의 띄어쓰기도 원문 그대로 표기하였다. 읽기에 낯설 수 있으나 원전 비평을 위한 시도로 이해해 주었으면 좋겠다.

책이 나오기까지 몇몇 분들의 도움이 컸다. 경기불황 속에서도 팔리기 어려운 학술서를 기꺼이 내 주신 도서출판 경진의 양정섭 대표님, 소명감 있는 도서출판 경진을 소개해 주신 이경수 선생님께 깊은 감사를 올린다. 최동호, 유성호 선생님이 없었다면 우유부단은 더 컸을지 모른다. 김병욱, 고형진 선생님을 비롯한 한국문학이론과비평학회 관계자분들의 격려로 논문 작업의 노곤함을 달랠 수 있었다. 이 자리를 빌어 거듭 감사드린다.

2014년 12월

박민규

목 차

제2부 근대시와 숭고

제1부 근대시와 모더니티

1장

김기림 시론의 근대적 대중 인식과 지식인상의 정립 과정

한국 근대시의 모더니티를 이해하는 데 있어 김기림이 차지하고 있는 위상은 가히 선도적이다. 정지용과 더불어 김기림의 시는 1930년대부터 발아된 모더니즘 시를 대표하는 위치에 있으며, 특히 그의 시론은 우리 근대문학사에서 시에 관한 최초의 학적 체계성을 지닌 논의란 점에서 많은 주목을 받아왔다. 그동안 김기림의 시론은 큰 틀에서 볼 때 모더니즘 시론의 체계화, 모더니즘 시의 반성을 통한 전체시론의 제출, 해방기의 현실 참여적 시론의 도모 등을 해명하는 차원에서 논의됐으며, 1930년대 중반 임화, 박용철과의 기교주의 논쟁에 대해서도 일련의 연구가 축적되어 왔다. 과학적 시학의 검토 및 엘리엇과 스펜더 등 서구 시와의 영향 관계를 살핀 논의들 또한 빼놓을 수 없을 것이다. 최근에는 일제 말기 김기림의 동양주의 담론에 내재한 근대 초극론의 성격을 두고 유의미한 논쟁들이 제출되었다.

그럼에도 전반적으로 지금까지의 연구사는 1930년대 초부터 해방기에 이르는 김기림 시론의 연속적 도정에 대한 실질적 해명에는 다소 미흡했다고 판단된다. 근본적 이유는 김기림의 해방기 시론 때문으로 보인다. 좌파 쪽의 문학가동맹에 참여하여 시의 현실주의를 내세우게 된 김기림의 변화는 일찍이 시의 내재적 차원을 논하던 1930년대 그의 모습과 일견 상충되어 보이는 것도 사실이다. 물론 해방 이전과 이후로 구분 가능한 김기림 시론의 표면적 격절을 연속성의 차원에서 접근하려 한 연구들도 존재하였다. 특히 '집단'을 강조한 해방기의 김기림에 대해 "스펜더와의 상관관계 아래서 새롭게 해석될 수 있는 여지"가 있다고 한 문혜원의 제안 이후,[1] 스펜더와 오든 등 1930년대 영국의 시인들이 끼친 영향을 체계화한 김준환의 논문은 아울러 해방기 김기림의 시론마저 "이들 영국 시인들을 상당히 일관성 있게 원용"하고 있었음을 텍스트 분석을 통해 확인한 점에서 의미가 있는 것이었다.[2]

이 연구 또한 이들의 논의에 일정하게 빚지고 있음을 밝힌다. 하지만 이들을 포함하여 김기림 시론의 연속성을 다룬 기존의 연구사는 모더니즘 시론 이전의 시기, 즉 1930년대 초입의 김기림 시론까지를 검토 대상에 포함하지 못한 면을 보여 왔다. 오히려 연구자는 1930~31년경 김기림의 초기 시론에 이미 이후의 시론들의 향방을 좌우하게 될 원초적 질문이 배태되고 있었다고 판단한다. 지식인-시인 주체의 "社會的位置의 根據는엇더한가?"가 그것으로, 최초의 시론 「시인과 시의 개념」(1930.7)의 도입부부터 등장한 이 질문은 후기의 해방기 시론까지를 가로지르며 김기림 시론의 전개에 크나

1) 문혜원, 「김기림의 문학에 미친 스펜더의 영향」, 『비교문학』 18집, 한국비교문학회, 1993.

2) 김준환, 「스펜더가 김기림의 모더니즘에 끼친 영향 연구」, 『현대영미시연구』 12권 1호, 한국현대영미시학회, 2006년 봄.

큰 영향을 끼친 지배적 문제의식으로 작용했던 것이다. 연구자는 이 문제의식의 추이에 대한 검토를 통해 김기림 시론의 변모 과정을 연속적 문제의식의 이행이란 관점에서 해명 가능하다고 본다. 미리 말해두자면 이 논문은 따라서 김기림 시론의 지식인 담론에 대한 연구이기도 하다. 당대의 대표적 지식인이기도 했던 김기림을 상기해 볼 때, 지식인의 존재 자체에 대한 그의 관심은 충분히 예상 가능한 일이지만 그럼에도 사실상 논의의 사각지대에 방치되어 온 것은 다소 아이러니한 일이다.

첨언하자면 김기림의 지식인 담론은 대중 담론과 짝을 이루며 전개되었다. 지식인이 일반 대중과 다른 층위의 사회적 존재라는 통념을 고려할 때,[3] 대중을 타자화하여 분석의 대상으로 삼는 태도는 지식인으로서의 자의식을 가진 김기림에게도 어찌 보면 자연스러운 일이었을 것이다. 그런 의미에서 이 연구는 대중과의 관계 설정 속에서 제기된 그의 지식인 담론을 논의의 주 대상으로 삼고자 한다.[4] 이는 분석의 효율성을 위한 것이기도 하다. 김기림에게 언제나

3) 엄밀히 따지자면 지식인 또한 대중의 일부이기도 하다. A분야에 해박한 전문가가 B분야의 전문가 입장에서 볼 때는 B를 잘 모르는 일반 대중으로 보일 수 있기 때문이다. 그런 의미에서 대중은 "모두에서 자기를 뺀 차집합의 이름"이며 특정한 위치에 선 한 관찰자가 "자신을 제외한 다른 존재를 대상화하기 위해 쓰는 용어"이다(천정환, 『대중지성의 시대』, 푸른역사, 2008, 108쪽). 그런 점에서 대중의 개념은 주관적이다. 다만 대중의 주관화 과정은 곧 그 대중을 타자화함으로써 스스로를 지식인으로 위치 지으려는 또 하나의 주관화 과정을 동반하기 마련이다. 김기림의 지식인적 자의식 또한 자신이 주관적으로 상정한 대중을 상대화함으로써 형성된 것임은 물론이다. 따라서 김기림의 지식인 담론을 살피려면 그의 대중 담론까지를 상관적으로 검토해야 할 필요가 있다.

4) 한편 김기림의 대중 인식 자체를 조명한 논문이 강심호와 김승구에 의해 제출된 적이 있기는 하다. 근대적 자극과 소비 대중에 대한 김기림의 내적 반응을 살핀 논문들이다. 하지만 1930년대 전반에 한해 시(강심호)와 수필(김승구)을 검토한 연구들이며, 김기림의 대중 인식을 다루되 지식인 담론을 논의에서 제외한 점 또한 필자의 접근과 일정한 차이가 있다. 강심호, 「백화점과 소비의 몽환극」, 『대중적 감수성의 탄생』, 살림, 2005; 김승구, 「김기림 수필에 나타난 대중의 의미」, 『동양학』 39집, 단국대 동양학연구소, 2006.2.

시인은 곧 지식인으로 상정되었다. 따라서 '시인'이란 용어가 등장하는 거의 모든 글들을 논의하다 보면 분량의 문제뿐 아니라 정작 그가 추구한 지식인상의 해명에 혼선이 발생할 우려가 있다. 이를 감안하여 이 연구에서는 '지식인'이란 낱말이 비교적 명확히 드러난 글들에 한하여 논의를 진행하고자 한다. 이 과정에서 대중을 향해 지식인으로서의 시인이 가져야 할 사회적 역할에 대한 김기림의 생각 또한 충분히 검토될 수 있을 것이다.

1. 지식인-노동 대중의 관계 설정과 통속 대중의 발견

김기림의 모더니즘 시론이 구체화된 시기는 「시작에 잇어서의 주지적 태도」(1933.4)부터로 알려져 있지만, 이전의 글들, 즉 조선일보에 입사한 1930년 4월 이후 삼 년간의 초기 시론들을 살피는 것이야말로 모더니즘 시론의 탄생 배경을 밝히기 위한 긴요한 작업에 해당한다. 최초의 시론인 「시인과 시의 개념」에서부터 김기림은 "詩人의社會的位置의 根據"에 질문을 던지며 이후에도 한동안 상당한 관심을 기울인다. 특히 그는 초기 시론부터 시인을 지식인의 한 부류로 상정하는 관점을 취하는데, 이는 그의 시론 전 시기에 걸쳐 표면적이든 잠재적이든 일관되게 나타나는 현상이 된다.

「시인과 시의 개념」(1930.7.24~30)에서 김기림은 불란서 혁명 이후 시인의 사회적 위상을 "쑤르조아와 푸로레타리아의 尖銳하게對立한 두 階級의中間에 浮遊하는漂白된 蒼白한 階級으로서의 近代詩人"으로 설정한다.[5] 근대 시인은 태생적으로 유리 계급에 해당하는바,

5) 「시인과 시의 개념」, 『조선일보』, 1930.7.25.

따라서 인텔리겐치아의 속성을 띨 수밖에 없다는 것이 논의의 전제를 이룬다. 그에 따르면 유리 계급으로서의 지식인—시인 주체는 근대의 이행 속에서 ① 부르주아에 협력하거나, ② '러시아주의' 혁명 노선을 따르거나(에세닌, 마야꼬프스키), ③ 이도 저도 아닌 중간 지대에서 스스로의 계급적 몰락과 망국적 정서를 읊조리는 감상성, 퇴영성, 퇴폐성에 빠진다. 세 가지 경우 모두가 김기림에게 비판되지만 특히 그는 ②와 ③의 지식인—시인 주체가 지닌 문제점을 집중적으로 논한다.

먼저 ②의 경우, 김기림은 서구에서 혁명 시인들이 넘쳐나게 된 배경으로 러시아 혁명뿐 아니라 20세기 자본주의의 경제 구조를 든다. 산업 자본주의의 팽창이 지식인의 공급 과잉을 초래, 무수한 실업자를 양산하여 "인텔리겐챠의 成員을 푸로레타리아에接近한層으로轉落"시켰다는 것이다.6) 이에 따라 많은 시인들이 노동 대중의 계급적 노선에 동참하게 됐지만 그럼에도 혁명 시인들에게는 일정한 한계가 있다고 김기림은 파악한다. 그 이유는 그들이 어쨌든 "詩人으로서의敎養과 習性"을 지닌 탓에 "地上的인靑服(프롤레타리아)의 世界사이에 가로노힌 懸隔한 不均衡"을 지닐 수밖에 없는 인텔리겐치아에 속하기 때문이다.7) 에세닌과 마야꼬프스키가 혁명의 길에 동참했더라도 이들은 근본적으로 지식인이란 점에서 노동 계급의 '생활'과 일치될 수 없으며, 이 같은 자신의 계급적 위치에 대한 자각에 절망하여 자살에 이르고 말았다고 김기림은 분석한다.

이처럼 김기림은 근대 시인의 정체성을 자기 분열의 전개라는 양상 속에서 이해하고자 하였다. 혁명적 지식인-시인 주체가 계급적

6) 「인텔리의 장래」, 『조선일보』, 1931.5.21.

7) 「시인과 시의 개념」, 『조선일보』, 1930.7.26.

괴리 속에서 결국 노동 대중과 분열되고 말았다면, 같은 시각은 ③의 경우에도 적용된다. 김기림은 부르주아와 프롤레타리아 두 계급의 회색적 중간 지대에서 "×國的感傷主義"와 "手淫的自己陶醉의頹廢"에 빠진 시인들도 문제 삼는다.[8] 이들 상아탑적, 예술지상주의적 시인들은 노동 대중과의 생활을 상실한 채 허무, 우수, 향락의 도피적 정서에 빠진 "떼카단의 무리들"이며 19세기 말 상징주의 시에서 발원한 것으로 논해진다.[9] 또한 김기림은 뒤이은 글 「상아탑의 비극」을 통해 같은 관점을 20세기의 미래파, 입체파, 다다, 초현실주의 시들에까지 확대 적용한다.[10] 20세기의 여러 문예사조에는 각각 편차가 있기 마련이다. 또한 그것들은 19세기의 상징주의와도 분명 결을 달리 한다. 그럼에도 큰 틀에서 19세기의 세기말 정서와 연속성을 이루는 까닭은 그것들이 상징주의와 마찬가지로 근대 시인의 "自己崩壞의 作用"을 반영하고 있기 때문이다. 미래파, 입체파, 다다의 시들은 결국 예술의 파괴에만 몰두한 공통점을 보였다는 점에서 상징주의의 경우처럼 "知識階級의生活의 分裂이 招來하는 必然的인 歸結"에 불과하다. 뒤이은 초현실주의 시 또한 "다다의 自己破壞作用의 相續에 不過하다"는 점에서 근대적 지식인의 내적 분열상을 드러낸 한 양상에 해당한다. 최근에 초현실주의자 루이 아라공이 사회주의자로 전향했지만 이 또한 초현실주의 그룹의 분열상을 보여 준 것이기에 "近代詩의更生을 暗示하는것은 아니다"라고 그는 평가한다.

주목할 것은 혁명 시인뿐 아니라 상징주의에서 초현실주의까지 이르는 서구 근대시사의 흐름을 김기림이 지식인 주체의 자기 분열

8) 위의 글.

9) 「인텔리의 장래」, 『조선일보』, 1931.5.20.

10) 「상아탑의 비극 (7)·(8)」, 『동아일보』, 1931.8.6~7.

과정으로 파악하고 비판했다는 점이다. 이 사실은 상대적으로 그가 작아지는 개인보다도 '집단'을, 지식인 그룹의 분열보다도 대중과의 '통합'을, 이의 진정한 실현을 위해 대중의 '생활'과의 일치를 근저에서 꿈꾸고 있었음을 알려 준다. 그가 20세기 초의 '유나니미즘'을 유일하게 긍정하게 된 배경도 그것이 "全一的自我"와 "군중이라는것에 만흔魅力을 늣기고" 있다는 이유에서였다.[11] 근대 시인이 "恒常 孤立한 個人만을 豫想하엿다"고 지적하면서 "偉大한表現은 大衆을 恐怖하지안는다"라고 언급할 때의 김기림은 분명 근대의 전개와 함께 대두한 대중의 출현을 우호적으로 여기고 있었다.[12] 특히 1930~31년경의 그는 대중의 개념을 노동자, 농민 중심의 '노동 대중'으로 이해한 면모를 보인다. 이는 1920년대 중반부터 불어닥친 사회주의 운동과도 일정한 관계가 있어 보인다.[13] 하지만 김기림은 노동 대중의 존재를 자각하고 긍정하되, 정작 이들에게 다가가려는 당시 계급주의 시단의 문예대중화 운동에 대해선 회의적이었다.

萬若에 여긔한사람의 인테리겐챠가 잇서서 그 인테리性이 完全히勞動者의 生活에로 再鑄(이말은變改가 아니고 同化를意味한다)함이 업시

11) 「상아탑의 비극 (6)」, 『동아일보』, 1931.8.5.

12) 「피에로의 독백」, 『조선일보』, 1931.1.27.

13) 개념사 연구자인 허수의 『개벽』, 『별건곤』, 『삼천리』 통계 분석에 의하면, 1920~30년대 지식인들의 '대중' 개념 사용 용례는 크게 사회운동 계열과 대중문화 계열로 분류될 수 있다. 전자의 경우 사회주의 유입기인 1923년부터 '무산 대중' 개념이 출현하다가 1931년경 신간회 사건을 계기로 전위적 '노농 대중' 개념이 급증하는 현상을 보인다. 즉, 1930년대 초까지 지식인들의 대중 개념 사용은 사회주의 담론의 영향 하에 있었던 바, 당시의 김기림 또한 이에 일정하게 영향 받았으리라 추정된다. 참고로 1933년부터 지식인들에게서 사회주의적 대중 개념은 거의 자취를 감추고, 후자, 즉 대중문화 계열의 대중 개념 사용 빈도수가 높아지게 된다. 이는 도시적 대중문화의 성장 때문으로 풀이된다(허수, 「1920~30년대 식민지 지식인의 '대중' 인식」, 『역사와 현실』 77집, 한국역사연구회, 2010).

입으로 푸로레타리아 詩人임을 宣言하고 푸로레타리아 藝術家團體에 加入한다고하자. 그가쓰는詩는 結局은一旦 인테리겐차의視角을 그詩는 濾過하지안흐면 아니된다. 卽 (…중략…) 인테리겐차의內的興奮말고 무엇이랴?

— 「詩人과詩의槪念」14)

김기진·김두용·안막·권환·임화 등을 거론하지 않았지만, 1929~30년경 시의 대중화 논쟁이 한창이던 프로시단에 대한 우회적 발언임을 알 수 있다. 태생이 유리 계급으로서의 지식인인 이상 카프의 시인들은 결국 "입으로"만 노동 대중을 외치면서 "인테리겐차의內的興奮"이라는 관념적 자기만족에 빠져 있을 뿐이다. 대안으로 김기림은 "完全히勞動者의 生活에로 再鑄(同化)"되어야 함을 역설한다.[15]

노동 대중의 생활과 동화된 시를 써야 하며 그렇지 못할 바에야 관념적 가장에 불과하다는 김기림의 비판은 계급주의 시단뿐 아니라 민족주의 우파 계열에 대해서도 이어진다. 그에 따르면 1931년경 불기 시작한 브나로드 운동 또한 민족개량주의자들의 "오직입끗섇인 觀念的理論"이란 한계를 지니고 있다. 따라서 브나로드의 지식인들 또한 "소뿌르性에서 完全히離脫하야 鬪爭을通하야 大衆의속에서 自身을發見"해야만 한다고 김기림은 역설한다.[16] 이처럼 1930년

14) 「시인과 시의 개념」, 『조선일보』, 1930.7.30.

15) 이 같은 김기림의 견해는 1931년에 정점에 달한 신간회 해소 논의를 두고도 유사하게 반복된다. 민족주의와 사회주의의 연합체였던 기존 신간회의 해소를 주장한 세력은 전위적 지식 계급을 중심으로 한 노동자, 농민 위주의 당파적 조직체의 출현을 준비하고 있었다. 김기림은 이들 해소파의 노선에 일정하게 동의하면서도 자칫 그들의 주장이 이론주의의 "空文"에 빠질 수 있음을 지적하면서 "整然한理論에도 不拘하고 今後에 그 派의實踐 만이" 성패를 가르게 되리라 언급한다(「해소가결 전후의 '신간회'」, 『삼천리』 3권 6호, 1931.6, 16쪽).

대 초입의 김기림은 좌우 양익에서 전개한 지식인 중심의 대중 운동의 한계를 거론하면서 노동 대중의 생활과 완전히 일치된 시의 출현을 자못 기대하고 있었다. 하지만 곧 그는 이 같은 기대가 착오에 불가능함을 깨닫는다. 이유는 새로운 유형의 대중이 출현했음을 발견했기 때문이었다.

> 今日에이르러 이들平民은完全히 詩를저버렷다. 詩보다도小說-그中에서도 通俗的인 大衆小說 씨네마 레뷰가平民의 大衆의 嗜好를 滿足시키고잇다.
>
> —「象牙塔의 悲劇」[17]

식민지 조선에서 근대적 의미의 대중은 삼일운동 이후 민족의식의 집단적 자각과 함께 출현하기 시작한 것으로 알려져 있다. 지식인들은 1920년대 중반 유입된 사회주의의 영향 하에 대중을 우선 계급적 관점에서 접근했지만, 이와 별도로 1920년대 중반부터 본격화된 도시화로 인해 무산 대중 및 노농 대중과는 다른 의미의 대중, 즉 소비 주체로서의 대중이 등장하고 있었다. 1920년대 중반부터 창경원 벚꽃놀이, 한강 뱃놀이 등 근대적 여가를 즐기려는 취미 대중이 나타났으며, 이미 1930년을 전후한 시기에 경성에는 버스, 자동차가 다니기 시작했고 모던 보이와 모던 걸이 등장했으며 백화점들이 들어서면서 근대적 소비도시로서의 면모를 갖춰가고 있었다.[18] 문학 독자층의 경우 고전소설, 신소설을 읽은 전통적 독자층

16)「인텔리의 장래」,『조선일보』, 1931.5.22.

17)「상아탑의 비극 (1)」,『동아일보』, 1931.7.30.

18) 장규식,「근대 문명의 확산과 대중문화의 출현」, 한국사연구회 편,『새로운 한국사 길잡이』(하), 지식산업사, 2008, 255~256쪽; 이경돈,『문학 이후』, 소명출판, 2009, 325~329쪽.

이 1927년을 기점으로 하향세에 접어들었으며, 보통학교 이수의 청년 학생을 중심으로 '근대적 대중독자층'이 대두되어 있었다.[19] 1929년에 보통학교 진학률은 20% 정도였고 이들 중 11%만이 중등학교에 진학한 탓에 문화 향유력을 일정하게 갖춘 학생은 100명당 2명에 불과했지만,[20] 이들에 기반한 근대적 대중문화의 확산은 1920년대 후반에 급격한 성장세를 보이고 있었다. 다만 이들 대중은 오락, 연예 및 『별건곤』의 취미독물로 통칭되는 '에로 그로 넌센스'에 빠져 있었던바,[21] 통속적 대중문화를 소비한 '통속 대중'으로서의 면모를 강하게 띠고 있었다.

흥미로운 것은 이 같은 통속 대중의 취향에 대해 1930년대에 접어들면서 지식인층의 우려와 비판이 시작됐다는 점이다. 1930년대의 문화 지형이 1920년대와 달라진 것은 바로 대중의 내부에서 취향과 교양의 분화가 발생했다는 점에 있다. 고보, 전문학교 이상의 엘리트적 독자층이 새롭게 형성되면서 근대적 대중독자의 평균적 취향은 속되거나 저급한 것으로 간주되기 시작하였다. 일종의 구별짓기를 통해 '대중-통속-저급'과 '순수-본격-고급'의 문화를 가르는 담론이 대두한 것이다.[22] '통속 대중'과 '교양 대중'의 구분이 시작된 이 같은 사실을 고려해 볼 때 인용한 김기림의 발언은 문제적이다. 일반 대중의 기호가 "通俗的인 大衆小說 씨네마 레뷰"에 빠져

19) 천정환, 「주체로서의 근대적 대중독자의 형성과 전개」, 『독서연구』 13집, 한국독서학회, 2005, 210~217·231쪽.

20) 천정환, 「근대 초기의 대중문화와 청소년의 책읽기」, 『독서연구』 9집, 한국독서학회, 2003, 310쪽.

21) 소래섭, 『에로 그로 넌센스: 근대적 자극의 탄생』, 살림, 2005.

22) 천정환, 「주체로서의 근대적 대중독자의 형성과 전개」, 『독서연구』 13집, 한국독서학회, 2005, 231쪽; 천정환·이용남, 「근대적 대중문화의 발전과 취미」, 『민족문학사연구』 30집, 민족문학사학회, 2006, 255~260쪽.

있다는 진단은 통속 대중의 출현을 자각하기 시작한 김기림의 당혹감을 알려 준다. 비록 짧지만 노동 대중과 일치된 시를 주장하던 1930~31년과 달리 1931년 7월경부터 김기림은 통속 대중의 대중문화에 대해 비판적으로 돌아서는 변화를 보인다. 그가 보기에 통속 대중은 "짜즈가 비저내는 野蠻的인 噪音과 에로티시즘"을 좋아하며 대중소설과 영화에만 관심을 줄 뿐 "詩와 가튼 高價인 香料에는 무감각"하다.[23]

그렇다면 대중에게 버림받은 시의 위상을 위해 지식인이 할 수 있는 일이란 무엇일까. 김기림은 "藝術과民衆사이의 增大하는 間隔"을 좁힐 필요성을 제기하면서 "民衆을藝術에게 接近"시키는 것이 비평의 사명이라고 말한다. 그에 따르면 "批評家는 藝術과民衆의 仲介者"이다.[24] 이는 통속적 대중과 대중문화의 확산을 우려하되 대중의 존재를 외면해선 곤란하며 나아가 대중의 수준을 끌어올리는 방향으로 시와 대중의 거리를 해소하려는 기획이 그에 의해 구상되기 시작했음을 알려 준다. 통속 대중의 취향과 타협할 순 없으므로 김기림이 생각한 대안은 바로 '교양 대중'의 존재를 내심 상정하고 이 수준까지 대중의 시적 이해도를 높여보자는 것이었다. 이것이 구인회 가담뿐 아니라 그로 하여금 모더니즘 시론을 시도하게 만든 중요한 계기로 작용하게 된다.

---

23) 「상아탑의 비극 (1)·(10)」, 『동아일보』, 1931.7.30·8.9.

24) 「청중 없는 음악회」, 『문예월간』 2권 1호, 1932.1, 53쪽.

2. 교양 대중을 위한 모더니즘 시론과 속중 추수적 지식인 비판의 체계화

김기림의 초기 시론이 노동 대중과의 관계 구성이란 문제에 천착하다가 통속 대중의 출현을 발견하고 통속 대중 대 교양 대중의 구도로 논의의 무게 중심이 이동하게 된 데는 시의 사회적 위상 저하라는 위기의식이 작동했기 때문이다. 이 같은 위기의식에서 흔히 상정 가능한 해결책은 두 가지이다. 하나는 통속 대중의 취향과 수준에 맞추어 시의 대중화를 도모하는 것이고, 다른 하나는 통속 대중 나아가 교양 대중의 시 이해 수준을 더 높이 끌어올리는 것이다. 전자가 김기진의 경우라면, 김기림은 후자의 길을 모색한다.

1933년에 들어 김기림은 「시작에 잇어서의 주지적 태도」를 통해 모더니즘 시론을 본격 제출하기 시작한다. 자연발생적 감정의 유로를 '과거의 시'로 상대화한 그는 이제부터 시가 주지적 태도 속에서 가치의 창조를 위해 의도적인 제작의 과정을 거쳐야 한다고 강조한다.[25] '센티멘털 로맨티시즘'으로 통칭된 망국적 감상과 감정 및 상징주의의 기분, 정서 등을 위주로 한 과거적 시에서 벗어나 오늘의 시는 "푸리미티브한 直觀的인 感覺" 속에서 바라본 인생 및 청신한 문명 비평을 기획해야 한다.[26] 프리머티브한 감각의 의미는 「수첩 속에서…」에서 보다 구체화된다. 역사적 모더니티가 자본주의 난숙의 "頹廢期"로 접어들었기에 오늘의 미적 모더니티는 원시성, 단순성, 명랑성, 건강성에 바탕한 "맑고 直裁한感性(Sensibility)"을 다뤄야 한다.[27]

---

25) 「시작에 잇어서의 주지적 태도」, 『신동아』 3권 4호, 1933.4.

26) 「포에시와 모더-니틔」, 『신동아』 3권 7호, 1933.7, 161쪽.

27) 「수첩 속에서…」, 『조선일보』, 1933.8.9~10.

이처럼 '오늘의 시'의 출현을 주장하면서 그가 비판적으로 상대화한 '과거의 시'는 감상적 낭만주의와 격정적 표현주의 계열의 시이다.

> 이메지를 通하지안코 抽象化한主觀의感情이 直接 讀者의感情에 感染하려고하는 그러한 傾向의 詩가 잇다. 첫재는 感傷的浪漫主義의詩다. 다음에는 激情的表現主義의詩다. 그러나 우리들의 感情은 이러한詩들의威脅 아래서 매우困境에 서게된다. 果然激烈한 혹은 哀愁에가득찬 感情이 잇슴은 아나 그것이 人生의具體的事件과 엇더케關聯이 잇는가를 알수 업는限 그러한感情을 그대로露出시킨詩와 讀者의사히에는 아모交涉도 成立될수업다. (방점은 인용자)
>
> —「포에시와 모더-니틔」[28]

감상적 낭만주의 시의 애수와 격정적 표현주의 시의 격렬한 감정은 "人生의具體的事件"과의 연관성을 상실했다는 점에서 문제시된다. 주관의 감정을 여과 없이 드러낸 과거의 시들이란 "直接 讀者의 感情에 感染"되므로 어렵지 않은 시, 즉 통속 대중의 취향과 수준에 부합하는 시이다. 특히 눈여겨봐야 할 곳은 마지막 부분이다. 감정의 유로에 급급한 과거의 시들은 "詩와 讀者의사히에" 아무 교섭도 해낼 수 없다고 김기림은 주장한다. 주목할 점은 이 대목에서의 "讀者" 개념이 첫 문장에 나오는 통속 대중으로서의 "讀者"와 다르다는 사실이다. 마지막 문장에 언급된 독자란 과거의 시에 만족하지 못하는 독자이며 따라서 김기림이 상정한 지향적 독자, 즉 '교양 대중'으로서의 고급 독자를 함의한다. 다시 말해 그의 모더니즘 시론은 통속 대중과 교양 대중의 분화를 의식하면서 전자로부터 벗어나 후

---

28) 「포에시와 모더-니틔」, 『신동아』 3권 7호, 1933.7.

자와 적극 "交涉"하려는 기획 속에서 작성되고 있었던 것이다. 이 같은 사실은 '대중-통속-저급'과 '순수-본격-고급'의 구별이 본격화된 1930년대의 문화 담론을 시단에서 이론적으로 선취한 첫 사례라는 점에서 유의미하게 평가될 필요가 있다. 그의 모더니즘 시론을 서구 시 이론의 추수로만 단정 짓기보다는 1930년대의 식민지 조선에서 형성된 내재적 문화 지형의 한 반영이란 관점에서 접근할 필요가 있는 것이다.

통속 대중과 교양 대중을 구분한 김기림의 시각은 일련의 소설평에도 나타난다는 점에서 그만큼 이 시기 그의 사유를 근저에서 추동한 문제의식이었음을 알 수 있다. 그는 당대 유행하던 로맨스에 대해서도 비판적으로 검토한다. 예술이란 "로맨쓰의興味以外 或은 以上의것이아니면아니된다"라고 하면서 예술가와 대중작가의 구별은 "興味잇는 로맨쓰를 追求하는냐? 그보다도 한개의 人生—밋世界의 엇던한개의 리알리티를 追求하면서 잇는냐"에 달려 있다고 진술한다.[29] 평균적인 통속 대중이 읽는 대중소설과 식자층의 교양 대중이 읽는 본격소설에 위계를 둔 셈이다. 특히 '대중작가'가 쓴 대중소설과 달리 본격소설은 '예술가'의 창조적 산물이라는 관점이 부각된다.[30]

김기림의 이 같은 예술 개념은 시, 소설뿐 아니라 비평까지를 포함한 문학 일반에 적용되고 있었다. "一篇의詩 一篇의評論 一篇의小

29) 「예술에 잇서서의 리알리티 모랄 문제」, 『조선일보』, 1933.10.21.

30) 이는 이태준의 소설을 논한 글에서도 확인된다. 김기림은 오늘날 "文學다운文學"이 전세계에서 요구되고 있으며 "朝鮮에잇서서도 오늘이야말로 純粹文學이나타나도 조흔時期"가 왔다고 판단한다. 그러한 맥락에서 이태준은 우수한 스타일리스트로서 예술가의 한 모범적 사례로 평가되며 "싸라서 李泰俊氏와가튼作家는大衆的일수가업는 宿命을가지고잇섯다. 그는지극히적은 敎養잇는讀者에게만 그의特異한 文章의香氣를" 발산하고 있다고 상찬된다. 이 대목에서도 '교양 대중'을 중시하게 된 그의 변화를 엿볼 수 있다(「스타일리스트 이태준 씨를 논함」, 『조선일보』, 1933.6.25·27).

說" 모두는 "作者의 生活과人格을 기우린것이아니면 아니된다." 따라서 시, 소설, 비평을 포함하여 "文學은 겨우 餘技여서는아니될것"이었다.[31] 노동 대중의 생활을 강조하며 "詩는 第一먼저 生活의 餘技다"라고 주장했던 「시인과 시의 개념」(1930.7.29) 때와 비교해 보면 그의 문학관이 얼마나 달라졌는지 알 수 있다. 1930년의 글에서 '餘技'로서의 문학은 노동 대중의 생활과 매개된 긍정적 개념이었지만, 몇 년 후의 글에서 그것은 통속 대중의 취향과 결부된 부정적 개념으로 변한 셈이다. 그는 "餘技로서하는文學 작난삼아해보는文學 그러한 行樂的氣分 風流的態度로부터 우리는 自身을救해내야" 한다고 진술한다. 통속 대중과의 야합을 벗어던지는 것이 최우선의 목표였고, 이러한 문제의식에서 그는 시에서도 모더니즘 시론을 제출하고 있었던 것이다.

이에 따라 김기림은 서구의 근대 문예사조들에 대해서도 예전과 달라진 입장을 취한다. 「현대시의 발전」의 서두에서 김기림은 정지용, 이상, 장서언, 조벽암의 "새로운詩는 알수업다고들" 말하는 대중의 반응을 거론한 후 난해시의 이해를 위해선 먼저 "詩에대한敎養이 必要"하다고 언급한다. 또한 시가 난해하게 여겨지게 된 원인을 시론의 부재 탓으로 진단하고 기존 상징주의의 "이線을너머서 現代의 水準에까지 우리(讀者나 詩人)를 이끄러올리는" 시론이 필요하다고 말한다.[32] '독자나 시인'이란 구절을 감안할 때 이 글에서 그가 상정한 대중은 교양 대중으로 판단된다. 어차피 통속 대중은 시에 무관심해졌다고 김기림은 여기고 있었으므로 시의 창작이나 감상이 가능한 교양 대중을 향해, 나아가 현재 시의 난해성에 불만

31) 「문예시평」, 『조선일보』, 1934.3.25·28.
32) 「현대시의 발전」, 『조선일보』, 1934.7.12~13.

인 그들의 시 이해력을 더욱 높이기 위해 초현실주의 시를 소개하게 된 집필 동기를 밝히고 있는 것이다.

흥미로운 것은 이러한 목적에 따라 상징주의와 초현실주의 시를 바라보는 기준과 평가 또한 예전과 달라졌다는 점이다. 1930년대 조반에는 상징주의 시가 노농 대중과의 관계 속에서 회색적 지식인의 현실 도피 및 내적 자기 분열의 한 양상으로 논구됐다면, 「현대시의 발전」에서 상징주의는 교양 대중의 감수성이라는 문제와 매개된다. 상징주의 시는 과거적 형태인 "鑑賞의 對像으로서의詩"이며 지금까지 "大學이나專門學校의 文科" 출신의 교양 대중이 향유한 시에 해당한다. 오늘의 교양 대중은 상징주의 시를 이해했던 과거의 수준을 넘어서 더 앞으로 나아가야 한다.[33] 그러한 맥락에서 초현실주의는 "詩의 使徒가한번은 반드시通過하여야할修鍊의 煉獄"으로 재정위된다. 물론 초현실주의 시론은 다다이즘의 파괴적·허무적 유산을 상속 받았지만, 다다이즘과 달리 "秩序에의意慾"이라는 발전적 지점을 형성한 "現代詩의 革命的方法論"이라는 것이다.[34] 초현실주의를 상징주의에서 미래파, 입체파, 다다로 연이어진 파괴적 시운동의 후예로 규정, 비판했던 「상아탑의 비극」(1931) 때와 달라진 모습이었다.

동시대의 조선 시단에 대해서도 김기림은 교양 대중에 비중을 두는 관점에서 접근한다. 「신춘조선시단전망」에서 그는 대중의 개념을 본격적으로 제시하고 구체적인 분류까지를 시도한다. 그는 대중을 "大多數의下層에適用"되는 개념으로 설정한 후 "低級하고 無意識的이고 가장生物學的인 層"인 "俗衆"과 "意識的인 高級의層"인 "意識

33) 위의 글, 1934.7.13.

34) 위의 글, 1934.7.14.

的인大衆"으로 나눈다. 그리고 대중문학은 전자의 속중, 즉 통속 대중이 즐기는 문화이며, 대중운동은 교양 대중으로서의 의식적 대중이 추구하는 문화라고 말한다. 이 같은 분류는 사실 당시의 민요부흥론을 비판하기 위한 것인데, 이 과정에서 대중을 대하는 지식인 주체의 문제가 다시 한 번 표면화된다. 김기림은 김동환으로 대표되는 "原始的인 民衆主義者" 지식인들의 민중 개념이 명료성을 결여했다고 논한다. 또한 그들이 내세운 민중이란 사실상 "俗衆을 가르친(가리킨)것"이며 이로써 "俗衆의 感情思考를 가지기를 勸한다면 그것은文化에의叛逆"이라고 비판한다.

> 民衆이라는말은 오늘에와서는成立될수가업스며完全히 分化되고 紛糾되엿슴에도 不拘하고 朝鮮의衆主義者들은 이槪念的殘骸를 안고 恍忽하며 의미(이미: 인용자)解體된 亡靈의註文을豫想하면서 詩를쓴다. 나는반드시 여기서 大衆의敵이기를 스스로 宣言하는것은 아니다.
>
> —「新春朝鮮詩壇展望」[35]

특히 그는 민중이 '분화'되고 '분규'된 현실을 지적한다. 민중주의자들은 이를 모른 채 모호한 민중 개념을 앞세우지만 실상은 통속 대중의 수준에 부합한 시를 주장하고 있을 뿐이다. 하지만 인용문에서 보듯 김기림은 자신이 "大衆의敵이기를 스스로 宣言하는것은 아니다"라고 강조한다. 실제로 그는 "詩人이 眞正으로 大衆속에서(그런境遇에는 勿論 意識的大衆일 것이다) 그의詩의 새로운살길을" 찾아야 함을 역설하기도 한다.[36] 의식적 교양 대중과 함께 하는 시

35)「신춘조선시단전망」,『조선일보』, 1935.1.3.

36) 위의 글.

그것이 모더니즘 시론 제출기 김기림의 한 지향점이었다. 초기 시론부터 있어 왔던 김기림의 현실주의 시 비판은 이 글에 와서 그 체계가 완성된다. 그에 의하면 현실주의 지식인들의 시 대중화론은 ① 대중의 생활과 불일치한 탁상적 관념성, ② 대중 개념의 비과학성, ③ 통속 대중적 취향의 추수성이란 한계를 지니고 있다. ①은 최초의 시론부터 있었던 주장이지만 ②와 ③은 이 글을 통해 새롭게 부가된 것이다. 이처럼 김기림에게 통속 대중과 교양 대중의 구도는 시의 대중 추수를 내세운 현실주의 시단의 지식인들을 비판하기 위한 논리로도 활용되었다.

3. 휴머니즘적 지식인상의 부각과 해방 후 인민 대중을 향한 문화적 실천

1930년대 중반에 이르러 김기림이 현실 참여적 시단의 대중주의에 대한 체계적 비판을 완성했으나 그렇다고 하여 지식인 주체의 대중 지향성이란 과제를 외면하거나 포기한 것은 아니다. 김기림의 시론은 초기부터 지식인의 사회적 역할에 꾸준한 관심을 보여 왔으며 이는 1934년 말부터 본격적으로 모색된 그의 전체시론을 통해서도 확인할 수 있다. 표면적으로 볼 때 전체시론 논의에서 지식인-대중 담론은 과거에 비해 현저히 사라진 듯 보인다. 하지만 그 근저에는 지식인(시인)이 가져야 할 시대정신이 누누이 강조되고 있었다.

오늘의 知識階級을 形成하는層은 人間을떠난 機械的인 教養을 싸흔사람들이며 그들은 또한 都會에 알맞도록 教育되여왓다. 田園은 벌서 그들의 故鄕도 現住所도 아니다. 그들의 멕카는더욱아니다. (…중략…) 現

代文明의 集中地帶인都會에서는그들의生活은 露骨하게 人間을떠나서 機械에각가워간다. 人間에서멀어지는 比例로또한그들과 民衆과의距離도멀어지고잇다.

—「新휴매니즘의要求」[37]

1934년 말의 위 인용문은 지식인 일반에 대한 비판을 본격화하고 있다. 지식인의 비판적 검토는 1930년대 초입의 시론들에서도 확인된 것이지만, 당시의 논의가 유산계급과 무산계급 사이에 놓인 지식인의 유리적 성격을 강조했다면 이 글에서는 비판의 기준이 변화된다. 지식인은 "都會"에서 "機械的인 敎養"을 쌓은 존재로서 비인간화한 근대 문명의 산물로 재정위된다. 도시의 지식인은 인간에서 멀어지는 만큼 "民衆과의距離도멀어지고잇다." 인용문 이후에서 김기림은 기계 문명의 영향 하에 1930년대 전반의 지식인-시인 주체가 편형식주의에 빠졌다고 진단한다. 시인들이 "詩自體의 적은世界에跼蹐"하게 됐다는 것이다. 이에 따라 오늘의 시인에게 요청되는 과제는 형식적인 기교주의 시를 넘어서 "휴매니즘의 文明批判의態度를 確立"하는 것이 된다. 이후 문명 비판과 휴머니즘이란 용어는 1930년대 후반 김기림의 글 전체에 걸쳐 가장 빈번하게 나타나는 지배적 의미소로 작용하게 된다.

석 달 뒤의 글 「현대시의 기술」은 이상의 문제의식을 고려하면서 접근할 필요가 있다. 이 글에서 김기림은 「신휴매니즘의 요구」에서 간략히 언급했던 기교주의 시의 문제를 전면적으로 검토한다. 그에 따르면 시에서 음악성, 회화성, 의미성 각각의 단편만을 추구하는 것은 병적이다. 시는 음, 형, 의미의 세 요소가 유기적으로 상호 종합되

37) 「신휴매니즘의 요구」, 『조선일보』, 1934.11.16.

어야 한다. 그렇다고 "單純히 技術의綜合的把握에 依하야 詩의問題는 끝나는것은 아니다". 즉, "한개의全體로서의詩"에는 음, 형, 의미의 기술적 종합뿐 아니라 그에 덧붙여 "活動的인 詩的精神과 그러고 또한불타는 人間的精神"까지가 뒷받침돼야 한다는 것이다.[38] 전체시를 처음 이론화한 이 글에서 자칫 간과하기 쉬운 대목이 바로 이 지점이다. 전체시론의 구상에서 김기림에게 무엇보다 중요했던 과제는 바로 휴머니즘에 바탕을 둔 '인간 정신'의 옹호였던 것이다.

그런 의미에서 전체시론은 기교의 종합을 선취한 토대 위에서 문명 비판적 휴머니즘의 시대정신을 재차 종합해야 한다는 이론이었다. 동시대의 '문명'을 단위로 한 거시적 사유의 지평으로 적극 이행하고자 한 셈인데, 이는 앞선 시기 자신의 모더니즘 시론이 시의 내재적 해명에만 국한돼 있었다는 반성적 자각에 따른 것이었다. 전체시론의 제기를 통해 김기림은 시의 내부뿐 아니라 시의 외부, 즉 근대 문명의 역사적 모더니티를 투시하는 문명 비평적 지식인의 태도를 부각하기 시작한다. 특히 이 글에서 주목되는 곳은 다음 부분이다.

> 잃어버렸던 人間的精神을 어대가서 찾을가. 勿論 生活속에서 現實속에서 아름다운行動속에서 밖에는 찾을대가없다. 結局 生活은 文學의永久한 故鄕이다.
>
> —「現代詩의技術」[39]

이 대목에서 그가 상실된 인간성의 회복을 위해 '생활'을 내세웠

38)「현대시의 기술」,『시원』창간호, 1935.2, 32~33쪽.
39) 위의 글.

음에 유의할 필요가 있다. '근대 문명-도시-인간성 상실-지식 계급'이 비판적 계열의 항목이라면 이의 안티테제로 '문명 비판-휴머니즘(인간 정신)-생활'이 설정된 셈이다. 두 계열체의 대립 구조를 감안할 때 인용문의 '생활'이란 바로 대중의 생활을 내포한 것임을 알 수 있다. 이는 「신휴매니즘의 요구」에서 도시의 지식 계급이 "人間에서멀어지는 比例로또한그들과 民衆과의距離도멀어지고잇다"라고 한 진술을 상기해 보아도 그렇다.

이후 김기림은 「오전의 시론, 제일 편 기초론」을 제출하면서 제 6~7절을 통해 문예사조적 각도에서 전체시론의 의미를 다시 한 번 밝힌다. 그에 따르면 사조로서의 고전주의는 질서와 형상의 예술을 지향한 장점이 있지만, 이를 위한 지성(시의 골격)의 추구 속에서 점차 비인간화된 예술의 길로 들어서고 말았다. 나아가 이를 이은 20세기의 신고전주의는 결국 지성의 극단적 비대화로 인해 인간성 상실의 기하학적 예술까지를 낳고 만다. 특히 이 계열의 예술가들은 주지주의의 과도한 맹신 탓에 "透明한 知性의 狀態에 到達할지는모르나 드듸여는 한개의 虛無", 즉 허무주의에 빠진 한계가 있다. 반면 낭만주의 사조는 인간성을 지향한 점에서 휴머니즘적인 의의가 있으나, 육체성(시의 근육, 혈액)의 방만한 추구를 통해 결국 "素朴한 野蠻主義"에 빠져 파괴적 예술에 이른 한계가 있다. 따라서 고전주의와 낭만주의 어느 한쪽만의 편향된 추구는 기형적 예술을 낳을 수밖에 없다. 이 같은 문제의식에 뒤이어 그는 다음의 인용문을 진술한다.

> 非人間化한 수척한 知性의文明을너머서 우리가意慾하는것은 知性과 人間性이 綜合된 世界가 아니면 아니된다. (…중략…) 萬若에 詩가 被動的으로 現代文明을 反映하므로써 滿足한다면 흄이나 엘리옷의 古典主義

가 바른것이될것이다. 그러나 우리의詩속에 現代文明에대한 能動的인解釋-批判을求한다면 그것은 그속에 現代文明의發展의方向과 姿勢를 提示하고야말것이다.

―「午前의詩論, 第一篇 基礎論」[40]

여기에서 김기림은 고전주의의 '지성'과 낭만주의의 '인간성'을 종합해야 한다는 전체시론의 두 번째 테제를 제시한다.[41] 그러나 정작 그가 분석의 비중을 둔 지점은 고전주의에 있었다. 궁극적으로 두 사조의 종합은 우선 올바른 '지성'을 구비한 바탕 위에서 '인간성'을 결합하는 방향으로 수립돼야 했기 때문이다.[42] 따라서 고전주의에서 신고전주의로 이어진 과거 주지주의 계열의 예술사부터 그로서는 면밀히 분석해야 할 필요가 있었다. 그리고 그 분석은 신고전주의의 과도한 지성을 경계해야 한다는 결론으로 이어진다. 지성은 인간성에 앞서 선취돼야 할 필요조건이지만, 인간성의 미덕과 결합되어야 하기에 그 가능성마저 상실한 신고전주의의 극단적 이성주의는 올바른 지성이 아니라 지성의 형해화에 지나지 않는다. 이 같은 진단은 인용문에서 보듯 신고전주의자인 엘리엇과 흄에 대

40) 「오전의 시론, 제일 편 기초론 (7) 고전주의와 로맨틔시즘(續)」, 『조선일보』, 1935.4.28.

41) 이는 "人間的感激과 文學的感激의相互關係"란 문구로 표현되기도 한다. 전체시는 주지주의의 고전주의 예술이 성취해낸 세련된 기교로서의 '문학적 감격'과 휴머니즘 정신을 계승한 낭만주의 예술의 뜨거운 '인간적 감격'의 상호 종합을 통해 달성된다(「오전의 시론, 제일 편 기초론 (8)·(9) 도라온 시적 감격」, 『조선일보』, 1935.5.1~2).

42) 김기림은 한 개의 작품 속에 ""로후틱"한(낭만적인: 인용자)것처름 보이는것이잇슬지라도그것은벌서 統禦되고計算된것일것"이라고 진술한 후 무의식적, 자연발생적인 감상적 낭만주의 예술의 경우 "人間의 知性이參與하지아니한 全然 自然(本能)의排泄에지나지안는다"라고 강조한다(「오전의 시론: 기초편 속론 (6) 질서와 지성」, 『조선일보』, 1935.6.12). 즉, 그에게는 지성의 과다가 문제된 것이지 지성 그 자체는 예술의 필요조건으로서 포기된 적이 없다. 이를 고려할 때 낭만주의 사조의 인간적 덕목은 지성의 작용으로 형태적 스타일을 구비한 토대 위에서 추구돼야 할 충분조건에 해당하는 가치였음을 알 수 있다.

한 비판을 낳는 발판이 된다. 그에 따르면 엘리엇과 흄의 시는 문명을 다룬 점에서 지식인 주체를 드러낸 의미가 있지만 "被動的으로 現代文明을 反映하므로써 滿足"했을 뿐이다. 이제 지식인-시인 주체는 근대 문명의 수동적 묘사에서 나아가 "能動的인解釋-批判"까지를 적극 감행해야 한다. 능동적인 비판이란 곧 기계화된 근대 문명의 한복판에서 상실된 인간성의 회복을 위해 새로운 지식인이 휴머니즘의 방향에서 갖춰야 할 문명 비판으로서의 시대정신을 함의한다.

이처럼 1930년대 중반부터 김기림은 신고전주의적 지식인의 문제점을 적극 부각하고 있었다. 이후 「오전의 시론: 기술편」에서 김기림은 개성 도피설로 대변되는 "非人間性의 藝術"을 주장한 엘리엇의 한계를 재차 지적한 후 이제부터 시는 신고전주의의 "死骸이기를 끈치고(그치고)" 인간성 부흥에 호소해야 한다고 주장한다.[43] 물론 이를 위해선 근대 문명의 비판부터가 선결돼야 했는데 그는 이 비판의 적극적 사례를 1930년대 영국에 새롭게 등장한 뉴시그내츄어 및 뉴컨츄리 파에게서 찾는다. 이들 그룹의 사회주의적 지식인인 스펜더, 오든, 데이 루이스는 1920년대의 엘리엇과 달리 현 문명의 문제점을 적극 비판하고 사회 변혁의 가능성을 도모한 의의가 있다.[44] 이처럼 김기림은 '지성'을 갖추되 '인간성'을 종합하는 방향에서 전체시론을 구상하였고 이 과정에서 인간성 옹호의 당대적 사례로 스펜더, 오든 등 사회 참여적 지식인의 대두에 주목하고 있었다.

---

43) 「오전의 시론, 기술편 (8) 의미와 주제」, 『조선일보』, 1935.10.4.

44) 문혜원, 「김기림의 문학에 미친 스펜더의 영향」, 『비교문학』 18집, 한국비교문학회, 1993, 22쪽; 김준환, 「스펜더가 김기림의 모더니즘에 끼친 영향 연구」, 『현대영미시연구』 12권 1호, 한국현대영미시학회, 2006년 봄, 80~89쪽.

詩人이 疲勞한말을가지고 詩를 써야한다고하면 그以上不幸한일이 어대잇는냐? 英國에잇서서의 엘리옷의不幸은 이러한곳에도 잇섯고 또 오-덴 스펜더- 루이쓰 等의幸福은 또 여기도 잇는것이라고 생각한다. (…중략…) 知識階級의말은 勿論 이러한有閑階級의말과는 다르다. 그러나 그들이 결머진文化의疲勞는 그들의말에 深刻하게影響하야 만히活氣를 일허버리고잇다. 그래서 오늘의 詩에씨여지는말에는 多少의疲勞와 또 生氣가석겨잇스믈 면치못할것이다. 그러나 早晩間 詩人은 그들이求하는말을차저서 街頭로 또肉體的勞動의일터로 갈것은 피치못할일인것갓다. 거기서 오고가는말은 살어서 뛰고잇는 彈力과生氣에 찬말인까닭이다. 街頭와 激烈한 肉體的勞動의일터의말에서 새로운文體를 組織한다는 것은 이윽고 오늘의 詩人乃至 來日의詩人의 즐거운義務일것이다.

—「午前의詩論, 技術篇」45)

엘리엇의 시는 과도한 지성의 부하에 따른 근대 문명의 피로도를 반영한 것이기에 "不幸"하다. 이와 달리 1930년대 스펜더, 오든 등의 시에는 문명 비판을 통해 새로운 시어의 활력을 찾았다는 점에서 "幸福"하다. 나아가 이들의 경우처럼 이제부터 새로운 지식인의 말은 기존의 유한계급의 말과 달라야 한다고 김기림은 강조한다. 조만간 시인은 자신의 시어를 "街頭"와 "勞動의일터"에서 찾아야 하며 이를 통해 "彈力과生氣에 찬말"을 얻고 "새로운文體"까지를 조직해야 한다. 언뜻 보기에 이 같은 김기림의 주장은 1930년대 초반 그의 인텔리겐치아 논의를 환기시키기도 한다. 그러나 당시의 시론이 시의 대중화론을 외친 지식인 그룹의 관념적 허위성을 지적한 것이었다면, 이 글에서의 김기림은 직접 가두와 노동의 현장에서

---

45) 「오전의 시론, 기술편 (6) 용어의 문제」, 『조선일보』, 1935.9.27.

길어 올리는 시의 가능성을 적극 신뢰한 점에서 일정한 차이가 있다. 물론 노동 대중의 생활과 일치된 시 또한 기존에도 주장됐지만, 예전의 김기림은 지식인의 중간자적 속성상 그것이 실제로는 불가능에 가깝다고 여겼고 그에 따라 현실주의 시단의 시론을 줄곧 '空文'으로 평가절하한 태도를 보여 왔던 것이다. 하지만 이제 김기림은 가두와 노동의 일터에서 다시 말해 노동 대중과 함께 하는 현장에서 나올 수 있는 새로운 지식인의 시가 가능하며 또 성취돼야 한다고도 생각한다. 아울러 이는 유럽뿐 아니라 당대의 조선 시단에도 일정하게 반영돼야 할 과제라고 그는 말한다.[46]

그렇다고 이를 스펜더로 대변되는 서구의 지식인상의 단순한 추수나 이식으로 보기에는 어렵다. 그 이유는 지금까지 살폈듯 근본적으로 1930년대 중반부터 그가 근대 문명의 위기를 스스로 자각하고 사유했기 때문이었다. 문명을 단위로 한 거시적 사유로 이행하는 과정에서 김기림은 도구적 이성주의의 근대 문명이 인간성 상실로 귀결됨을 확인하였고, 따라서 문명 비판과 인간성 옹호라는 새로운 시대정신을 전체시론의 정립 과정에서 주장했으며, 나아가 문명 비판의 이 시대정신을 1930년대 유럽의 실천적 지식인 그룹을 통해 발견하면서 시의 현실 참여란 과제를 새롭게 제기하게 된 것이었다. 한편 시의 현실 참여 및 대중화에 회의적이었던 과거의 김

---

46) 일례로 「시인으로서 현실에 적극 관심」(『조선일보』, 1936.1.4)에서 김기림은 1930년대 전반 조선 시단의 기교주의적 모더니즘 시를 "現實逃避의態度"로 규정한 후 현실의 "批判者 超克者만이 來日에參與할權利"를 가질 수 있다고 주장한다. 그는 1920년대 프로시의 편내용성과 1930년대 전반 모더니즘 시의 편형식성을 지적한 후 이제부터 내용(시대정신)과 형식(기교)을 종합해야 한다는 전체시론의 세 번째 테제를 제출한다. 주목할 것은 이 과정에서 다시 한 번 뉴시그내츄어, 뉴컨츄리를 비롯한 "英詩에 第二의變革"이 거론됐다는 점이다. 이들 영국 시인들의 문명 비판적 시대정신은 시의 내용에 등한했던 조선의 기교주의 시인들을 위해 보충돼야 할 시적 자질로 제시된다. 그렇다고 그가 서구 시인들의 추수를 주장한 것은 아니다. 기본적으로 이 글은 임화의 비판에 대한 응답이라는 당대 조선 시단의 논쟁적 과제 속에서 작성됐기 때문이다.

기림을 상기해 볼 때 '가두'와 '노동의 일터'를 강조한 이 같은 생각의 변화가 일견 모순적으로 보일 수도 있다. 하지만 이 또한 앞에서 살폈듯 문명을 단위로 한 사유로의 이행 속에서 자연스럽게 도출된 그만의 논리적 결론으로 이해해야 필요가 있을 것이다.

다만 '가두'와 '노동의 일터'에서 대중과 함께 하면서 시의 '새로운 문체'를 조직하자는 김기림의 주장은 전체시론 제출기에 일시적으로 나타난 것이긴 하였다. 훗날 2차 일본 유학(1936~38)을 마치고 귀국하자마자 근대 문명의 부조화한 발달을 재차 거론하면서 문화 향유의 계급적 양극화 현상을 지적한 적이 있긴 하지만,[47] 이의 극복을 위해 가두와 노동 현장의 대중과 함께 해야 한다는 주장으로까지 이어진 것은 아니었다. 그럼에도 전체시론에서 나타난 가두와 노동 현장 및 대중의 강조는 해방기 김기림과의 연속성을 확인할 수 있게 해 준다는 점에서 주목을 요한다. 물론 1930년대 후반 그의 글에도 문명을 사유의 단위로 한 비판적 문제의식은 계속 이어졌다. 특히 파시즘 체제의 대두 및 중일전쟁(1937.7), 무한·삼진 함락(1938.10) 등으로 이어진 정세의 격변을 주시하면서 김기림은 서구 근대 문명의 위기에서 한 발 더 나아가 '파산'을 선고하기도 하였고 최근 연구에서 많은 논란이 된 동양주의 담론을 제출하기도 하였다. 그러나 이러한 논의들은 기본적으로 그 자신 한 사람의 지식인으로서 바라본 문명론에 가까웠지 지식인을 대상으로 한, 지식인의 사회적 책무를 논한 기존의 양상과는 거리가 먼 것이었다. 특히 대중에 대한 논의는 1930년대 후반에서 1940년대 초에 걸쳐 사실상 사라지고 만다. 문명 비판의 문제의식은 여전했지만 지식인과 대중의 관계를 논한 '지식인-대중' 담론은 실종된 상태가 됐던 것이다.

47) 「현대와 시의 르넷상스」, 『조선일보』, 1938.4.12.

정확한 이유를 알긴 어려우나, 이는 1940년대 들어 침묵을 통한 저항의 길을 도모한 그를 참조함으로써,[48] 일단의 추정이 가능하다. 가속화된 군국주의적 파시즘의 위압 속에서 그가 스펜더 유의 휴머니즘적 사회주의 지식인상을 계속 거론하기란 불가능했을 것이다. 태평양전쟁(1941.12)은 영국과 불란서의 좌파뿐 아니라 자유주의 지식인조차 거론할 수 없는 식민지 전시체제의 극단적 상황에 조선의 지식인들을 처하게 만들었던 것이다.

그럼에도 1935년 이후 거의 논의되지 못하던 김기림의 '지식인-대중' 담론은 십여 년 후 해방을 맞이하여 다시금 전면에 부상한다. 해방 후 한동안 그는 인민적 민주주의 민족문학론 및 진보적 문화의 대중화를 표방한 문학가동맹(문맹)에 참여하였고 실제로 상당한 주도적 역할도 담당하였다.[49] 그렇다고 이러한 행보를 해방 공간의 정치적 시류에 휩쓸려 '갑자기' 좌편향을 선택한 결과로 단정 지을 수만도 없다. 그가 참여적 지식인의 행보를 보이게 된 까닭은 이미 1930년대 중반에 정립한 지식인-대중의 관계 설정에 따른 것으로 이해할 필요가 있다. '가두'와 '노동의 일터'에서 대중과 함께 해야 한다는 실천적 지식인상은 해방 공간에서 다시 한 번 전면화된다. "詩人은 언제고 한共同體에所屬"하며 "大衆—그것은 새로운詩의溫床이며 領野"임에 분명하므로 이제부터 지식인—시인 주체는 "大衆을 그生活을通해서 抱擁하고理解해야" 할 것이었다.[50] 다만 여기에

---

48) 김재용, 「김기림: 동시성의 비동시성과 침묵의 저항」, 『협력과 저항』, 소명출판, 2004.

49) 흔히 해방기의 김기림이 문맹의 시부 위원장(1946.2)을 역임했다는 정도가 알려져 있지만, 이외에도 그는 서울지부 위원장(1946.8), 문학대중화운동위원회 위원(1946.11), 남조선문화예술가총궐기대회 예술분과 위원장(1947.2), 문화옹호공동투쟁위원회 위원(1947.2), 문화공작대 제4대 부대장(1947.7) 등을 맡았을 정도로 진보적 문예단체의 주도적 위치에 있었다(박민규, 『해방기 시론 연구』, 고려대 박사논문, 2013, 28~53·77~95쪽).

50) 「조선시에 관한 보고와 금후의 방향」, 전국문학자대회, 1946.2.8, 「우리 시의 방향」, 조선문학가동맹 서기국 편, 『건설기의 조선문학』, 백양당, 1946, 69~70쪽.

서의 대중은 전위적 노동 계급보다는 봉건적, 특권적, 친일적인 일부 세력을 제외하고 남은 여집합으로서의 대중 일반, 즉 '인민 대중'을 뜻하고 있었다.

주목할 것은 인민 대중을 향한 해방기 김기림의 지식인상이 단순히 논의에서 그친 것이 아니라 직접 대중과 만나고 소통하는 현장 속에서 실천됐다는 데 있다. 그는 대중을 위한 '계몽운동본부'의 설치를 제안한 후,[51] 여러 문예강연회와 시 낭독회에 활발하게 참여했으며, 문화대중화운동위원회에 속하여 1947년 여름에는 문화공작단을 이끌고 대구, 경북 지역의 대중 앞에서 여러 공연물을 상연하기도 하였다. 시 비평에서도 그는 "職場에서 工場에서 農村에서 새로운風俗과 生理를가진 詩人들"인 '청년 대중'으로서의 전위시인들을 발견하고,[52] 이병철의 시에 대해 "大衆속에서 난후는(나누는) 生活의 感情에서만 올수있는 '리리시즘'"으로 고평하기도 하였다.[53] 그에게 "文學家는 이偉大한 人民의事業의 絶大한 協助者가되어야" 한다는 원칙이 있었던 것이다.[54]

물론 문맹의 중심에서 인민 대중성의 원칙을 견지하던 김기림은 1947년 중반부터 노동계급 당파성으로 급격히 기울어 간 문맹과 거리를 두기 시작하였다. 이는 정부 수립을 전후로 하여 '선풍'이란 이름으로 휘몰아친 좌익계 탄압 속에서도 그의 문필 활동을 일정하게 보장받게 한 이유가 되기도 하였다. 반공 체제의 가속화 시기에 그는 우익의 입장에서 볼 때 구축(驅逐)해야 할 좌경주의자까지는 아니었던 것이다. 물론 문맹계 가담자로서 문필 활동의 방향은 제

51) 「계몽운동 전개에 대한 의견」, 위의 책, 192~194쪽.

52) 「시단별견: 공동체의 발견」, 『문학』 창간호, 1946.7, 145쪽.

53) 「새로운 시의 생리: 일련의 새 시인에 대하야」, 『경향신문』, 1946.10.31.

54) 「정치와 협동하는 문학」, 『경향신문』, 1947.6.8.

한적으로 가능했던 만큼, 김기림은 자기 검열을 의식해야 하는 현장 비평보다는 학술적 연구에 주로 매진하는 방향을 취한다. 정부 수립 이후의 그가 과학적 시학의 체계화 및 국어 상용화와 문체론 등에 천착하게 된 배경이 여기에 있다. 그럼에도 그는 해방 초기부터 견지한 문화의 대중화라는 과제를 저버리지 않았다. 오히려 그는 이 과제를 국어학 및 문체론의 '연구'라는 합법적 활동 속에 잠재시킨 형태로 실천한다. 「새 문체의 확립을 위하여」, 「새 문체의 갈 길」, 「새 말의 이모저모」, 「한자어의 실상」을 일관되게 관통한 문제의식은 바로 일반 대중의 입장에서 국어 사용의 문제에 접근하자는 데 있었다.[55] 이 네 편의 글에서 그는 대중의 손쉬운 언어 이해를 위해 문어체와 한자 표기를 지양하고 한글 표기의 필요성을 주장한다. 뿐만 아니라 대중에게 친숙한 한자 어휘(비행기)마저 요령부득의 순우리말 어휘(날틀)로 바꾸려는 일부 '순수주의' 국어학자들에 대해서는 대중의 처지를 외면한 "독선주의"적 지식인에 불과하다고 지적한다. "한마디의 새말을 만드는데는 대중이 참여하고 있는 것이다. 새말에 대중은 공동으로 투자하는 세음(셈)이다"에서 보듯,[56] 김기림은 일부 비대중적 지식인의 '순수'를 비판하고 대중의 '참여'를 신뢰했으며 그러한 대중을 고려한 민주적 지식인의 역할을 강조하고 있었다. 다시 말해 시론에서 어학론과 문체론으로 이동했을 뿐 대중 일반을 향한 김기림의 지식인적 실천은 해방기 내내 일관되게 관철됐던 것이다.

55) 「새 문체의 확립을 위하여」, 『자유신문』, 1948.10.31·11.2; 「새 문체의 갈 길」, 『신세대』 3·4월호, 1949; 「새 말의 이모저모」, 『학풍』 2권 5호, 1949.7; 「한자어의 실상」, 『학풍』 2권 6호, 1949.10.

56) 「새 말의 이모저모」, 『학풍』 2권 5호, 1949.7, 29쪽.

4. 지식인-대중 담론의 연속성과 의미

표면적으로 보기에 김기림의 시론은 모더니즘 시론, 전체시론 그리고 해방기 시론으로 각각 '분화'된 듯 보이기도 한다. 특히 해방 이후 김기림의 행적은 언뜻 보기에 1930년대의 것과 불연속적이란 점에서 그의 시론의 연속성 해명을 위해 일정한 걸림돌이 되어 왔던 것도 사실이다. 하지만 이 글은 김기림 시론의 저변에 초기부터 후기까지 '지식인-대중' 담론이 지속되고 있음을 확인하면서 그 추이의 양상을 논하고자 하였다. 그럼으로써 크게 해방 이전과 이후로 구분되어 온 김기림 시론의 변모 또한 단절이 아니라 연속적 문제의식의 이행이란 관점에서 접근하고자 하였다.

최초의 시론부터 김기림은 시인을 근대적 지식인의 한 부류로 상정하는 관점을 취하면서 지식인-시인 주체의 "社會的位置의 根據"에 많은 관심을 보였다. 특히 그는 근대적 대중의 출현에 주목했는데, 이 대중과 맺어야 할 지식인의 올바른 관계 설정이란 문제는 이후 그의 시론 전 시기에 걸쳐 표면적이든 잠재적이든 줄기차게 이어지는 과제가 된다. 1930~31년경의 김기림은 직전까지 위세를 떨친 사회주의 담론의 영향인 듯 '노동 대중'을 앞세우면서 지식인의 태생적 운명인 유리 계급적 한계를 부각하고 있었다. 이 과정에서 상징주의부터 초현실주의까지의 근대 시인은 노동 대중과 괴리되어 상아탑의 예술지상주의에 갇힌 자기 분열적 지식인으로, 러시아주의를 상속하며 시의 대중화를 외치던 프로시인들은 사실상 노동 대중의 생활과 불일치된 관념적 지식인으로 비판된다. 이는 브나로드 운동을 전개한 민족주의 우파의 지식인에 대해서도 마찬가지였다.

이처럼 1930년대 초입의 김기림은 조선의 좌우 양익에서 전개된 대중화 운동을 회의하면서 노동 대중의 생활과 일치된 시의 출현을 주문하고 있었다. 그러나 '통속 대중'의 출현과 확산을 발견하면서 시의 위기를 체감하고 해결책으로 대중의 시 이해 수준을 끌어올리려는 모더니즘 시론을 기획하게 된다. 1933년부터 본격화된 그의 모더니즘 시론은 통속 대중의 취향에 부합한 센티멘털 로맨티시즘 계열의 시를 '과거의 시'로 상대화하고 '교양 대중'으로서의 고급 독자와 적극 교섭하려 한 의도의 산물이었다. 따라서 그의 모더니즘 시론은 서구 시 이론의 기계적 모방보다도 '대중-통속-저급'과 '순수-본격-고급'을 가르기 시작한 1930년대 지식계의 문화 담론의 한 반영으로 이해해야 할 필요가 있다. 교양 대중을 지향 독자로 선택하게 됨으로써 김기림은 이들의 시 이해도를 더 높이겠다는 취지하에 초현실주의 시론에 대해서도 긍정적으로 소개하는 변화를 보인다. 이 같은 통속 대중과 교양 대중의 이분법은 김동환을 위시한 당시 참여적 지식인들의 민중주의를 비판하기 위한 논리적 근거로도 활용되었다. 그에 따르면 이들 지식인의 시 대중화론은 사실상 통속 대중(속중)의 취향을 추수한 것에 불과했다.

동시에 김기림은 문명을 사유의 기본 단위로 삼으며 근대 문명 비판을 적극 개진하는데, 이로써 유리 계급으로 규정됐던 과거 김기림의 지식인 개념은 1930년대 중반부터 기계적 근대 문명이 낳은 산물로 새롭게 재정위된다. 나아가 그는 '근대 문명-인간성 상실-지식 계급' 대 '문명 비판-휴머니즘-대중의 생활'이란 구도를 거쳐 전체시론을 제출하기에 이른다. 전체시론은 음, 형, 의미의 기술적 종합뿐 아니라 문명 비판과 인간성 옹호라는 시대정신까지의 종합을 기획한 이론이었다. 이 같은 전체시론의 문제의식은 고전주의의 '지성'과 낭만주의의 '인간성'을 종합해야 한다는 주장으로 이어지기도 한다. 이는 사실상 인간성을 상실한 신고전주의의 '과도한 지성'을 경계하기 위한 것으로, 이 계열의 지식인인 엘리엇과 흄에 대한 비판을 낳는 발판이 된다. 동시에 그는 인간성 옹호를 위한 문명 비판적 지식인의 적극적 사례를 동시대 영국의 스펜더, 오든 등 휴머니즘적 사회주의자들에게서 찾으면서 '가두'와 '노동의 일터'에서 대중과 함께 하는 지식인상을 천명하기에 이른다. 그러나 1930년대 후반부터 가속화된 군국주의 파시즘 체제로 인해 그의 실천적 지식인상은 더 이상 논의될 수 없는 상황에 처한다.

그런 점에서 해방기 김기림의 시론과 행적은 1930년대 중반에 이미 정립된 실천적 지식인상의 복권이란 관점에서 평가돼야 할 필요가 있다. '인민 대중'을 발견한 해방기의 김기림은 이들과 함께 하는 공동체 시론을 내세우면서 나아가 자신이 직접 현장에서 대중과 소통하는 여러 문화적 실천을 보여 주었다. 이후 문학가동맹과 일정한 거리를 두게 됐으나, 그는 정부 수립 이후에도 해방 초부터 견지한 문화의 대중화란 과제를 버리지 않았다. 국어 상용화 문제와 문체론 등 학술 연구에 매진하면서 그는 일부 국어학자의 비대중적 '순수'를 비판하고 새 말을 만들어내는 대중의 '참여'를 신뢰했으며 그 대중과 함께 하는 민주적 지식인의 역할을 도모하였다. 1930년대에 이론의 차원에서 정립된 참여적 지식인상은 해방기에 이르러 그 구체적 실천을 보게 된 것이다.

2장

여로의 감각과 생활의 의미

: 김광균론

올해로 탄생 백주년을 맞이하는 시인 김광균(1914~93)이 한국 모더니즘 시사에서 차지하는 비중이란 결코 작지 않을 것이다. 김기림, 정지용에 대한 관심에 비하자면 약소할지 모르나 김광균은 이들에게서 시작된 모더니즘 시를 개성적으로 변용, 계승한 1930년대 후반의 대표적 모더니스트로 인정받아 왔다. "소리조차를 모양으로 飜譯하는 奇異한 材操", "感覺을 잘 繪畫한 사람" 등 조형적 이미지에 주목한 평가라든가,[1] 모더니즘을 이론만이 아닌 "作品으로써 實際로 보여"줬다거나 "主知主義는 主로 崔載瑞에 依해 紹介되고 金起林에 依해서 主張되고 金光均에 依해서 實踐"됐다고 한 사조적 평가를 보면,[2] 김광균 시에서 우선 떠올릴 수 있는 '회화적 모더니즘'이

---

1) 김기림, 「시단의 동태」, 『인문평론』 1권 3호, 1939.12, 40쪽; 백철, 『조선신문학사조사』, 백양당, 1949, 344쪽.

2) 장만영, 「해설」, 『한국시인전집』 8권, 신구문화사, 1959, 406쪽; 조연현, 『현대문학사』, 인간사, 1968, 692쪽.

란 용어는 실로 오래전부터 형성된 것으로 볼 수 있다.

이후 1970~90년대는 김광균 시의 또 다른 특징인 비애와 고독, 상실감과 무기력감 등 감상의 노출과 관련하여 많은 논란이 일어난 시기였다. 그의 시의 감상적 정조를 두고 "갈등이나 세계 인식의 고뇌"를 결여한 것이자 주관화된 "작위적인 세계"에 불과하다는 비판이 일었지만,[3] 그 감정이 1920년대 시들의 무절제한 분출과 달리 순치 여과된 것이자,[4] 식민지의 역사적 근대성에 대한 반응을 보여 준 것이란 해석이 나오면서,[5] 이후의 연구는 김광균 시의 감상성을 모더니즘의 개성적 또는 한국적 변용으로 이해한 합의점을 도출해 왔다. 이천 년대 들어 비유·이미지·시선의 양상을 검토한 수사학적 연구, 도시성에 주목한 문화지리학적 연구, 세대의식을 조명한 신세대론 연구, 기호론을 활용한 개별 작품 연구 등을 통해 김광균 시에 접근하는 방법 또한 다변화됐지만, 큰 틀에서 볼 때 김광균 시의 애상적 감정이 지닌 나름의 의미에 주목하려는 시도만큼은 꾸준히 유지되어 왔다.

서구적 이론의 잣대를 들어 김광균 시의 감상성을 모더니즘 및 이미지즘에의 미달로 보려는 시각은 물론 경계해야 하며, 그런 점에서 그간 이뤄온 연구사의 합의점에 대해 이 논문 또한 부정할 생각은 없다. 현실 인식의 결여를 지적한 비판 또한 김광균 시의 비애와 우울이 "근대적 감정의 일종"이자, 식민지 근대화에 대한 "예리한 자의식"의 표현이며, 문학 장의 변모에 따른 신세대의 "세대의식

3) 김윤식·김현, 『한국문학사』, 민음사, 1973, 214쪽; 김종철, 「30년대의 시인들」, 『시와 역사적 상상력』, 문학과지성사, 1978, 21쪽.

4) 이승원, 「모더니즘과 김광균 시의 위상」, 『현대시와 지상의 꿈』, 시와시학사, 1995, 18쪽.

5) 유성호, 「김광균론: 이미지즘 시학의 방법적 수용과 굴절」, 『한국 현대시의 형상과 논리』, 국학자료원, 1997.

을 담지"한 것이란 최근의 해석들을 통해 상당 부분 극복된 상태이다.[6] 그럼에도 이 글은 김광균의 시세계에서 여전히 해결되지 못한 난제들이 있다는 문제의식에서 출발한다. 첫째는 조형적 이미지, 감상적 정조, 비극적 현실 인식 등에 대한 발생론적 해명이 보다 구체화돼야 한다는 점이다. 근대성·도시성·세대성 등 외적 조건에 대한 고려도 필요하지만, 아직까지는 상기한 시적 특징들이 발생하게 된 이유와 계기가 시인 개인의 구체적 삶과 생활이란 내적 조건 속에서 충분히 해명되지 못한 실정이다.

두 번째는 여전히 시집에 수록된 시편의 고찰에만 머물러 있다는 점이다. 기존 연구는 김광균의 시세계를 '감상적 모더니즘', '도시적 모더니즘' 등의 술어로 명명해 왔다. 하지만 이는 사실상 『와사등』과 『기항지』 수록작을 대상으로 한 집합적 명명일 뿐이어서 다분히 유형적이자 평면적인 접근에 빠질 위험이 있다. 후술하겠지만 『와사등』 수록작이더라도 1930년대 중반과 후반의 시적 경향이 다르며, 『기항지』 수록작 또한 1940년을 즈음하여 이전과 이후에 발표된 시들에 일정한 차이가 있다. 이 같은 김광균 시의 가변성과 입체성을 살피려면 신문과 잡지 등의 최초 발표작을 논의 대상으로 삼아야 하며, 필요한 경우 집필 시점까지를 고려한 실증적 접근이 요구된다.

세 번째로 해방 이전과 이후를 포괄하는 연구가 필요하다. 오랫동안 김광균 연구는 해방 이전의 시들에 치중한 면모를 보여 왔다. 이는 연구 범위가 주로 『와사등』과 『기항지』 수록작에 머물렀던 점

6) 인용한 순서대로 나희덕, 「김광균 시의 조형성과 모더니티」, 『한국시학연구』 15집, 한국시학회, 2006.4, 109쪽; 이혜원, 「한국 현대시에 나타난 '서울'의 문학지리학적 연구」, 『어문연구』 59집, 어문연구학회, 2009.3, 361쪽; 고봉준·이선이, 「1930년대 후반 시의 도시표상 연구」, 『한국시학연구』 25집, 한국시학회, 2009.8, 125쪽.

에서도 확인된다.[7] 1930년대 후반을 대표한 모더니즘 시인이라는 관성적 인식이 작용한 탓이겠지만, 이 때문에 그의 시세계가 지닌 다면성은 제대로 조명 받지 못한 실정이었다. 해방 이전과 이후의 시적 단층들을 연속성의 관점에서 맥락화하는 작업이 필요한 시점이다. 시론의 경우도 「서정시의 문제」(1940)에 국한됐던 논의를 벗어나 그 외의 시론과 수필까지를 망라함으로써 시적 문제의식의 변이를 보다 면밀히 추적할 필요가 있다.

이상의 문제의식에서 이 글은 최초 발표작을 기준으로 하여 초기작부터 해방기까지의 김광균 시들에 나타난 시적 연속성을 그의 삶의 내적 변모 양상과 연관 지어 재구성하고자 한다. 이를 위해 필요한 경우 「서정시의 문제」뿐 아니라 여타의 시론과 수필까지를 논의에 포함함으로써 그가 지녔던 시적 문제의식을 다각도로 구체화하고 그 문제의식이 실제 작품에 어떻게 반영됐는지 추적하고자 한다. 이상을 통해 필자는 군산 시절의 함경도 여행 체험과 이후 대도시 서울의 체험, 해방 후의 정치적 체험이 그의 시의 변모를 가져온 중요한 계기가 됐음을 밝힐 것이며, 이 체험들을 통해 김광균의 시세계가 생활을 소거한 탈현실의 감각에서 생활의 의미를 발견한 현실 인식의 획득으로 나아가게 된 과정을 조명하고자 할 것이다.

7) 『와사등』(1939)은 1935년부터 1939년 초반까지의 시들을, 『기항지』(1947)는 「은수저」 한 편을 제외하고 1939년 중반부터 1942년까지의 시들을 수록하고 있다. 『황혼가』(1957)에는 2부 '사향도'에 수록된 30년대의 시 세 편을 제외하고 해방 이후의 시들이 수록되어 있다.

1. 함경도 여행의 회화적 조형과 생활의 소거

김광균의 최초 작품은 1926년 개성 송도상업학교에 입학한 후에 쓴 시 「가신 누님」으로 알려져 있다. 송고상고 재학 중인 1930~32년경 십대 후반의 나이에 김광균은 김소엽, 현동염 등과 교내의 문예동인 '연예사'를 결성하고 동인지 『유성』을 발간할 정도로[8] 일찍부터 작시에 눈뜬 상태였다. 특히 초기시 「녯 동무」와 「야경군」에서 발화된 타자에 대한 관심은 산문 「개인의 소감」을 거치며 현실주의적 시각을 얻고 있었다. "旣成作家에 一言"한 「개인의 소감」에서 그는 이론적 관념성에 빠진 과거의 프로문단이 대중과 함께 하는 생활 속에서 그 체험을 형상화하고 대중의 의식을 각성, 지도해야 한다는 일종의 대중화론을 제출한다.[9] 1930년경의 프로문단에 일었던 문예대중화 논쟁을 감안해 보면 문단의 동향에 민감했던 면모가 읽히는 대목이다. 실제로 김광균은 건설적인 프로시를 위해 직접 「실업자의 오월」, 「소식」 같은 시들을 발표하기도 한다. 메이데이에 쓴 「실업자의 오월」은 "그들의마즈막날을복수붉은피로물드릴" 계급적 저항을 노래한 것이며,[10] 단편서사시 계열의 「소식」 또한 "兄님이 남겨노코 가신 일을 위하야/나와 나의 동무들은 마즈막까지 우리들의 ×× 아래 압날을 ××"하자는 투쟁 의지를 내비치고 있다.[11]

학창 시절 김광균의 현실주의적 면모는 1932년에 송도상고를 졸

---

8) 「연예사 시대」, 『고려시보』, 1936.12.

9) 「개인의 소감: 저술가와 출판가에게」, 『중외일보』, 1930.3.5.

10) 「실업자의 오월」, 『대중공론』 2권 5호, 1930.6, 141쪽.

11) 「소식: 우리들의 형님에게」, 『음악과 시』 창간호, 1930.8. 특히 『음악과 시』에 이 시를 실은 점을 보면 김광균이 카프 개성지부와 일정한 관련이 있었으리라 여겨진다. 이에 대해선 김용직, 「식물성 도시 감각의 세계: 김광균론」, 『한국현대시사』 1, 한국문연, 1996, 349쪽을 참조할 것.

업, 1933년 경성고무공업에 입사하여 그해 10월 군산 발령 후에도 한동안 계속된다. 실제로 그는 카프 개성지부의 민병휘를 "開成의 文學크룹속에 가장 찬란한 存在"로 추켜세우면서도 김소엽의 소설 「도야지와 신문」을 "相對階級에對한 증오感의不足"을 들어 비판하였고,[12] 일본 프로작가들의 작품에 대해 개괄적으로 소개하기도 하였다.[13] 1934년 봄까지 그는 시에서도 「그·날·밤 당신은 마차를 타고」, 「어두어오는 영창에 기대어」를 통해 학창 시절의 단편서사시를 계속 창작하고 있었다. 하지만 이 시들은 내용적으로 과거의 계급의식을 소거한 채 고향에 대한 향수와 애상감, 고독감 등 짙은 감상성으로 윤색되어 있었다. 군산에서의 첫 사회생활이 그의 현실주의적 작풍에 변화를 가져온 계기가 된 것이다.

직장인으로 새로운 삶을 시작해야 했던 심정은 따지고 보면 1932~33년의 시들에서 이미 전조를 드러냈다고 볼 수 있다. 「창백한 구도」, 「파도 잇는 해안에 서서」, 「해안과 낙엽」 등이 그것으로,[14] 이 세 편의 시들은 절제된 어조와 시각적 이미지를 구사한 점에서 학창 시절의 단편서사시와 달라진 면모를 보여 준다. 「창백한 구도」의 경우 "허무러진 時代", "恐慌의哀史를 지켜오든 沒落된 生活의 餘音", "지나간現實의 어두운 遺産" 같은 현실 인식이 여전하면서도 "悲劇의巨船은 異國의地圖를 차저간다"라고 하여 낯선 환경을 향해 가야 하는 착잡한 심정을 선박의 항해에 빗대어 표현하고 있다. 물론 "異國"이란 홀로서기를 해야 하는 바깥세상의 사회를 암시한 것

12) 「문단과 지방」, 『조선중앙일보』, 1934.3.4~5.

13) 「작가 연구의 전기: 신예 작가의 소묘」, 『조선중앙일보』, 1934.5.2~9.

14) 「창백한 구도」, 『조선중앙일보』, 1933.7.22; 「파도 잇는 해안에 서서」, 『조선중앙일보』, 1934.3.12; 「해안과 낙엽」, 『조선일보』, 1933.11.9. 「창백한 구도」와 「파도 잇는 해안에 서서」의 경우 각각 1932년 7월과 1933년 8월에 집필됐다는 부기로 보아 1932~33년에 쓴 시들임을 알 수 있다.

이며, 미지의 항해란 그 낯선 사회로 던져진 삶의 변화를 여정의 형태로 표현한 것이라 할 수 있다. 취직 후 군산 공장에 내려간 직후 쓴 「해안과 낙엽」에서도 인생의 새로운 여정은 "끗업는비극속에쌔든船路"로 표현된다. "蒼白한바다"를 여행하는 와중에 잠시 정박한 부두마저 "고달픈별빗"이 비치는 부정적 풍경으로 묘사하면서 그는 문득 과거의 "華麗하엿든그시절"을 떠올린다. 하지만 유년의 화려했던 과거는 사라졌으며 "回憶" 속에만 존재할 따름이다.

그런 점에서 사회인으로 첫 발을 내딛게 된 군산에서의 삶이 김광균에게 준 의미는 결코 가볍게 넘길 수 없는 문제라 할 수 있다. 전거한 세 편의 시들에 공통적으로 등장한 '바다'는 앞으로 헤쳐 나가야 할 광막한 삶의 영역을 표상하고 있으며, 그 영역을 홀로 건너가야 하는 시인에게 미지의 세계를 향한 항해란 청춘의 동경과 설렘보다는 "침울한 船路"(「창백한 구도」), "끗업는 悲劇속에 누어잇는 먼-船路"(「파도 잇는 해안에 서서」)처럼 우울한 것일 뿐이었다. 일찍 부친을 여의고 급격히 기운 가세에서 성장했음을 상기해볼 때,[15] 가족의 생계를 의식해야 하는 장남으로서 사회에 첫 발을 내딛게 된 책임감과 두려움이란 작지 않았을 것이다. 세 편의 바다시편에서 시인은 항해의 여로에 서 있으며, 그 여로는 자발적 선택에 따른 기쁨보다는 어쩔 수 없이 받아들이고 헤쳐가야만 하는 운명에 대한 애상적 감각과 매개된다.

이로써 시인 김광균이 적응해야 하는 낯선 군산의 환경 또한 차갑고도 부정적인 공간으로 채색된다. 1933년 10월부터 1936년 봄 서울 본사로 올라올 때까지의 이 년여 동안 그는 군산에서 생업을 유지하였다. 중간에 결혼을 하고(1935.4.18), 고향 땅 개성에서 보낸

15) 김유중, 『김광균』, 건국대학교출판부, 2000, 26쪽.

서너 달의 신혼 생활 중 서울에서 잠시 김기림을 만나기도 했지만, 그때를 제외하고 군산에만 있으면 그의 글들은 과거의 고향을 그리워하거나 현실의 군산이 지닌 어두운 면을 부각하는 두 가지 경향만을 드러낸다. 시 「황혼보」에서는 어릴 적 죽은 고향 친구 "孫君"을 추억하며 애상에 젖기도 하고,[16] 시 「사향도」에서는 유년의 풍경을 목가적으로 채색하며 고향에 대한 향수를 달래기도 한다.[17] 반면에 "錦江河畔을 굴너나리는 浦口"의 군산항을 다룬 산문 「삼월과 항구」에서 김광균은 영양 결핍에 처한 노동자들과 이들을 부리는 십장의 태도를 대비하며 항구의 노동 현실을 묘사한다.[18] 훗날 군산 시절을 회고한 산문 「인생의 애도」에서도 둔율리 일대의 항구는 "빈민지대", "침울한 생활의 고통은 더해" 온 곳, "공장은 여전히 검은 연기를 토하고 있다" 등 부정적 공간으로 진술된다.[19]

이를 고려해 보면 군산에서의 낯선 타지 생활이 꽤 녹록치 않았으리란 추정이 가능할 것이다. 주목할 것은 사회 초년생이 겪게 된 현실의 무게감 속에서 김광균이 북방 지역 여행을 통해 잠시나마 고된 현실에서 벗어나 일종의 탈현실적 감각을 얻었다는 사실이다. 군산 생활이 한창이던 1934년 여름에 김광균은 함경도 일대를 여행한다.[20] 타지로의 장기간 여행은 처음으로 보이며, 이때의 체험은 기행 수필 「함경선의 점묘」에 잘 나타나 있다. 수필을 보면 북청, 홍남, 신창, 이원, 경성 순으로 이어진, 함경남도 남단에서 함경북도

16) 「황혼보」, 『조선중앙일보』, 1935.4.19. 집필은 1935년 3월 28일이며 군산에서 쓴 작품이다.

17) 「사향도」, 『조선중앙일보』, 1935.4.24·26. 1935년 4월 6일에 "群山서" 쓴 작품이라 부기되어 있다. 결혼 직전에 쓴 시임을 알 수 있다.

18) 「삼월과 항구」, 『조선중앙일보』, 1934.3.20.

19) 「인생의 애도」, 『풍림』 2집, 1937.1.

20) 여행 시기를 1934년 여름으로 볼 수 있는 근거는 여행 도중에 쓴 시 「외인촌의 기억」이 1934년 7월 27일에 집필된 작품이기 때문이다.

북단에 이르는 긴 여정이었다. 흥미로운 것은 이때의 여행 체험이 「외인촌의 기억」, 「오후의 구도」 등 1934년 중반부터 본격화된 그의 모더니즘적 시 작풍을 형성하는 데 커다란 영향을 미쳤다는 점이다.

아득한 山峽사이에 우두커니 서잇는 적은 新昌驛에 車가 도착햇슬때는 벌서 어스름한 저녁안개조차 지기시작하얏다. (…중략…) 山모퉁이를 도라 驛에서 新昌港을 드러가는 좁은 山길이 車窓에서 바라다보엿다.

—「咸鏡線의點描」 중 '三.新昌驛'[21]

하이-헌 黃昏속에 피여잇는
山峽村의 고독헌 風景속으로
파-란驛燈을다른 馬車가한대
고-요히 잠기여가고

바다를向헌 山길마루에
우두커니서잇는 電信柱우엔
지나가든구름이하나 새빨-간노을에 저저잇섯다

(…중략…)

沈鬱한 帽影을짓밟고가든 긴-旅行의길가에
적은등불가티 깜박이든 山村의記憶이여
蒼白이여윈 달빗을밟고
그날밤 내가탄 적은馬車는

21) 「함경선의 점묘: 소박한 나의 여정기 (상)」, 『조선중앙일보』, 1935.3.2.

異國風의 村落을 흘너갓섯다

—「外人村의記憶」 부분[22)]

『조선중앙일보』에 발표한 「외인촌의 기억」을 보면 이 시는 1934년 7월 27일 주을온천 가던 길에 창작됐다고 나와 있다.[23)] 작품이 회상조로 이뤄진 점, 주을온천이 함경북도 경성에 위치한 점 등을 고려하면 「외인촌의 기억」은 경성으로 가기 전에 들른 어떤 "山村의記憶"을 시각적 이미지로 구성한 작품이라 할 수 있다. 특히 그 산촌이 "긴-旅行의길가에"서 마주친 곳이었다는 진술이야말로 함경도의 한 여행지와 관련된 곳이었음을 알게 한다.[24)] 수필을 참조할 때 구체적으로 그 산촌은 함경남도 북청군 신창면의 신창역 일대로 추정된다. 「외인촌의 기억」에 등장한 "山峽村", "파란驛燈", "바다를向헌 山길마루" 등의 구절들은 수필의 위 인용 단락에 나타난 "아득한 山峽", 그 산협 사이에 위치한 "新昌驛" 그리고 산협과 맞닿은 인근에 바다가 있음을 알려 주는 "新昌港" 같은 구절들과 정확히 일치하고 있다. 시의 부제가 "續咸鏡線의點描"인 것에서도 당시의 여행 체험을 적극 시화하고자 했음이 드러난다.

---

22) 「외인촌의 기억-속 함경선의 점묘」, 『조선중앙일보』, 1935.8.6.

23) 작품 말미에 "一九三四 七 二七 朱乙溫泉가든길에서" 썼다고 부기되어 있다. 한편 이 시의 최초 발표 지면인 『조선중앙일보』에는 김조규의 「풍경화」와 김광균의 「외인촌의 기억」이 함께 실려 있다. 하지만 김조규 작 「풍경화」는 사실상 김광균의 작품이다. 「풍경화」의 전체가 훗날 시집 『와사등』(남만서점, 1939)에 수록된 「외인촌」의 1~3연과 똑같기 때문이다. '김조규' 표기는 신문사의 오기로 보인다. 「풍경화」와 「외인촌의 기억」은 각각 『와사등』 수록작 「외인촌」의 1~3연, 4~5연에 해당한다.

24) 이를 『와사등』 수록작 「외인촌」만 보아서는 알 수 없다. 「외인촌의 기억」 중 "山村의記憶", "긴-旅行의길가에" 등 함경도 여행을 암시한 구절들이 있는 2연이 『와사등』에서는 통째로 삭제됐기 때문이다. 참고로 「외인촌의 기억」이 시집에 와서 바뀐 부분들은 2연의 삭제와 더불어 1연 1~6행이 「외인촌」의 4연에, 1연 7행 "밤마다푸른 鐘소리가 噴水처럼흐터지고"가 유명한 구절 "噴水처럼 흩어지는 푸른종소래"로 퇴고되어 5연에 위치하게 된 점 등이다.

그런 점에서 「외인촌의 기억」은 함경남도 신창을 지날 때의 여로와 그때 느낀 여수의 감각을 형상화한 시로 볼 수 있다. 주목할 것은 시의 마지막에 등장한 "異國風의 村落"이란 구절이다. 개성과 군산 등 서쪽의 평준한 소도시에서 살아온 김광균에게 동북쪽 함경도의 고봉준령과 한적한 소읍, 그에 맞닿은 동해의 풍경은 실로 이국적으로 다가올 만큼 색다른 감각을 불러일으켰을 것이다. 이 낯선 풍경에 대한 감각은 시에서 "外人墓地", "날카로운 古塔가티 언덕에소사잇는/退色한 敎會堂", 그 교회당에서 울려 퍼지는 "푸른 鐘소리" 등 이국적 풍경으로 치환되어 시각화된다.

또 다른 이미지즘 계열의 시 「이원의 기억」 또한 이때의 여행 체험을 살린 작품으로 볼 수 있다. 수필 「함경선의 점묘」 중 '이원읍의 오후'란 제목의 소절을 보면,[25] 김광균은 함경도 북동단에 위치한 이원의 "松端驛"에서 차를 타고 "邑內로드러가" "海邊갓가운 山사이에 쪼크리고잇는 古邑의 고요한午後"를 본 것으로 나와 있다. 실제로 시 「이원의 기억」에서도 "松端驛", "學士臺의 午後" 등 이원 지역의 풍물을 대상으로 한 소제목들이 등장한다. 학사대는 기암절벽과 송림이 있는 넓은 백사장으로 이원의 명승지이다. 김광균은 "모래밭에턱을고이고 휘파람을불고잇스면/帆船의떼는/蒼白헌 花環같이 물결우에 흔들리고//우리들의머리우에 가을하늘은 유달리푸르렀었다"라고 하여,[26] 이 지역의 청명한 풍경과 함께 했던 추억을 한 폭의 수채화처럼 묘사하였다. 그러나 정작 수필 「함경선의 점묘」에서 그는 이원에서 "凋落헌 地主階級의 殘影"을 느꼈다고 진술한 바 있다.[27] 수필의 진술과 시의 묘사에 불일치가 발생한 것이다. 불일

25) 「함경선의 점묘: 소박한 나의 여정기 (중)」, 『조선중앙일보』, 1935.3.5.

26) 「이원의 기억」, 『조선중앙일보』, 1936.4.9.

27) 「함경선의 점묘: 소박한 나의 여정기 (하)」, 『조선중앙일보』, 1935.3.9.

치는 다음에서도 확인된다.

北洋의 漁業市場과 거긔 搾取되는 海洋勞働者의 斷面은일즉히八峯이 『海潮音』에서 取扱한 題材이엿스나 (…중략…) 그러나우리들의 '캄파-스'(캔버스: 인용자)에 다시 빗친群仙近海의 어두운色彩는 다시 切迫한 것을느끼게하는 深奧한沈鬱에 더펴잇섯다. 겨오 모라치는 '눈보라'와 '치위'를 버서난群仙바다의 表情속에서 나는 이 거츠른 바다에 목숨을 매고사는 이들의 生活의 縮圖가 떠오르는것을 보앗다. (…중략…) 거지츠른듯헌(거친 듯한: 인용자) 그들의 말소리속에서 굴러나오는 凋落한 生活의哀愁에서 나는哀然한것을 늣기고 몇번발길을 멈추엇다.

—「咸鏡線의點描」 중 '六.群仙近海의仟'[28]

하-얀 汽笛소리를 남기고
고독한 나의午後의 凝視속에 잠기여가는
北洋航路의 긔발이
지금 눈부신孤線을 긋고 먼-海岸우에 아믈거린다

(…중략…)

바람이 울적마다
어두은 카-텐을 새여오는 蒼白헌 해빗에 가슴이메여
여윈 두손을 들어 窓을 나리면

하이-헌 追憶의 壁우엔 별빗이 하나

28) 위의 글.

눈을 감으면 내가슴엔 처량한 파도소리뿐.

—「午後의構圖」 3, 5~6연[29]

수필의 인용 부분은 "群仙近海"의 항구에서 본 "北洋의 漁業市場"을 다루고 있다. 김광균은 함경도 북쪽 군선항의 풍경에서 이를 다룬 김기진의 소설을 생각하고 나아가 "이 거츠른 바다에 목숨을 매고사는" 열악한 항구 노동자들의 모습에서 "生活의 縮圖"와 "凋落한 生活의哀愁"를 떠올린다. 이 같은 현실 인식과 타자에 대한 시선은 하지만 시 「오후의 구도」에 오면서 소거된다. 「오후의 구도」는 "北洋航路의 긔발"을 나부끼는 선박이(3연), "이부두에닻을 나리고" 있다는(4연) 진술에서 보듯 "北洋의 漁業市場"이 있는 군선항을 소재로 한 작품이다. 그럼에도 수필과 달리 항구의 노동자와 주민 등 타자의 생활상에 대해 발화하고 있지 않으며, 철저히 항구 일대를 멀리서 "凝視"하는 화자 '나'의 내면적 정황만이 부각되어 있다. 화자는 "어두은 카—텐"이 있는 방 안에서 물끄러미 창밖의 바다와 부두를 바라보다가 문득 "蒼白헌 해빗에 가슴이메여" "窓을 나리"고 "눈을 감으면"서 추억과 애상에 젖는다. 풍경에 대한 시각적 묘사(1~4연)에서 감상적 내면(5~6연)으로의 이 같은 전환은 "내가슴엔 처량한 파도소리뿐"이란 결구에 집약된다. 수필에 나타난 타자의 처량한 삶에 대한 인식이 시에서는 처량한 '나'에 대한 내적 인식으로 뒤바뀌어 나타난 것이다.

이 대목에서 우리는 조형적 이미지뿐 아니라 개인적 언어까지를 자각하게 된 모더니스트 김광균의 모습을 엿볼 수 있다. 「오후의 구도」를 발표한 직후 김광균은 이 시를 호평한 김기림을 서울에서

29) 「오후의 구도」, 『조선중앙일보』, 1935.5.1.

만났고,[30] 그간의 연구사에서 거론된 것처럼 김기림의 소개 아래 회화의 세계에 눈뜨게 된다. 하지만 앞의 분석에서 보았듯 엄밀히 말해 그의 모더니즘 시로의 전환은 김기림을 만나기 전, 특히 해안 접경을 따라 북상해 올라간 함경도 일대의 여행을 통해 이미 형성되어 있었다. 여로의 감각은 동북 지역의 낯선 풍경들과 마주하면서 군산의 지리멸렬한 현실과는 다른 이국풍의 탈현실적 감각으로 치환되었고, 스스로 획득한 시각적 이미지들을 통해 고정되었다. 여기에 여행자가 느끼기 마련인 여수, 그 특유의 애상적 정서가 덧칠된 것이 김광균만의 감상적 모더니즘을 낳는 데 일조한 것이다.

그러나 이 과정을 통해 그의 시들에서 '생활'은 한동안 소거된다. 이 또한 함경도 일대의 여행 체험과 관련이 있는 것으로 보인다. 군산 거주 시절에 그는 함경도 타지로 여행을 떠났고 이는 낯설고도 신선한 삶의 감각을 충전하는 계기가 됐을 것이다. 하지만 정작 여행의 종착지에서 마주한 군선항의 풍경("凋落한生活의哀愁")은 그토록 벗어나고 싶어 했던 군산항의 풍경("침울한 생활의 고통")을 연상시킬 뿐이었다. 「함경선의 점묘」 마지막에서 "群仙港그것은 結局 凋落한 海洋의 적은斷片에 지나지안엇다"라고 진술한 까닭이 여기에 있다. 군선항에서 본 부두민들의 "생활의 縮圖"는 결국 부정하고 싶은 군산의 현실과 대동소이했던바 그의 시에서 의미 있게 다뤄야 할 소재가 되지 못했다. 회화적 모더니즘으로 전환하던 1930년대 중반(1934~36년) 김광균의 시는 이처럼 생활을 의식적으로 배제해간 토대 위에서 성립되고 있었다. 소시민의 "침울한 생활"을 벗어나기 위해 시도한 함경도 여행을 통해 김광균은 탈현실의 감각에 기초한 인공적, 가상적, 상상적 이미지들을 구축해가고 있었던 것이다.

---

30) 김유중, 『김광균』, 건국대학교 출판부, 2000, 46쪽.

2. 대도시 경성 체험과 비애의 발화

학창 시절 현실주의적 작풍을 시도하던 김광균이 입사 후 함경도 여행을 계기로 1934년경부터 생활을 소거한 탈현실적 감각의 모더니즘 시로 전환했음을 살펴보았다. 1936년 봄 김광균은 이 년여의 군산 시절을 마치고 본사 발령에 따라 서울로 상경한다. 다옥동 하숙 시절 그는 퇴근 후면 명동으로 달려가 많은 문인, 화가들과 교유하였고 '시인부락', '자오선' 동인으로 활동하였다. 「풍경화」, 「외인촌의 기억」, 「오후의 구도」를 통해 형성된 회화적 묘사 위주의 시들은 1930년대 후반에도 계속 이어진다. 다만 1937년에 접어들어 묘사의 방향에 대한 생각에 변화가 나타나기 시작한다. 「김기림론」에서 그는 지성, 과학, 산문정신이 지배하는 시대 현실에 주목하면서 그럼에도 "文學의 文學은 結局 詩"이며 "小說家들은 最後發惡을다하여描寫속에 餓死"하고 있을 뿐이란 진단을 내린다. 물론 그가 부정한 것은 소설의 사실주의적 묘사이지 시적 묘사까지는 아니었다. 오히려 시인도 "正確한 世界를 把握"하고 "時代(科學을 包含한)이를 向한 窓門을여러도조흘때"가 왔다고 함으로써,[31] 이후 그의 시는 묘사적 시선의 견지 속에서도 현실의 시대상을 일정하게 수용하는 방향을 찾게 된다.

또 하나 1930년대 후반에 나타난 변화 중 하나로 화자의 생각, 감정, 행위의 노출을 들 수 있다. 「오후의 구도」에서도 "내가슴엔 처량한 파도소리뿐"에서 화자 '나'의 개입이 나타났지만, 결구에만 등장한 것이었으며 전반적으로 1936년까지 그의 모더니즘 시들은 화자의 노출을 완벽히 또는 최대한 차단한 채 외부의 사물과 내부

---

31) 「김기림론: 현대시의 황혼」, 『풍림』 5집, 1937.4, 22쪽.

의 정념을 묘사적으로 형상하는 조형성만이 두드러져 있었다. 어쨌든 최소한이나마 나타난 「오후의 구도」의 화자 '나'는 1938년에 접어들어 적극 발화되기 시작한다. 「설야」(1938.1)는 "홋날리느뇨", "설네이느뇨", "내홀로 밤기퍼 뜰에 나리면", "내슬픔 그우에 고히 서리다" 등을 통해 화자의 감정과 행위를 상당 부분 드러낸다. 하지만 전원적 공간(뜰)과 자연적 소재(눈)를 시화했기에 「김기림론」에서 품은 문제의식, 즉 현실의 시대상까지를 반영한 시라고는 볼 수 없었다.

그런 점에서 화자의 노출과 현실 인식을 함께 담아내기 시작한 변화는 1938년 5월의 시 「공지」부터로 볼 수 있다. "아-내하나에信賴헐現實도업시/이밤 한줄기凋落한敗殘兵"이 됐다고 스스로를 드러낸 화자는 "비인空地에호올로서서/어느먼-都市"를 바라보며 슬픔에 젖는다. 여기서 화자가 인식한 현실이란 "都市" 문명을 지칭하며, 서울 상경 후의 작품임을 감안하면 대도시 경성에 해당한다. 화자는 서울 생활에서 패잔병이 된 자신의 처지를 적극 발화하며 비애의 감정을 드러낸다. 대도시 현실에서 느낀 소외의식은 「와사등」(1938.6), 「광장」(1938.9) 등에서도 이어진다.[32] 주목할 것은 이 시들의 화자가 도시를 하릴없이 배회하는 산책자로 나타난다는 점이다. "내 호올로 어델가라는 슯흔信號냐"의 방향 상실감을 토로하면서 "느러선高層", "찰란헌夜景"을 응시하는 화자는 황혼의 "낫서른 거

32) 1938년부터 김광균의 시에는 도시를 배경으로 한 시들이 급증한다. 「공지」(『비판』 6권 5호, 1938.5), 「와사등」(『조선일보』, 1938.6.3), 「광장」(『비판』 6권 9호, 1938.9), 「도심지대」(『인문평론』 3집, 1939.12), 「눈 오는 밤의 시」(『여성』 5권 5호, 1940.5), 「향수」(『인문평론』 7집, 1940.4), 「추일서정」(『인문평론』 10집, 1940.7), 「백화점」(『조선일보』, 1940.8.3), 「단장」(『춘추』 2권 4호, 1941.5) 등이 그렇다. 이 시들에서 구사된 도시 관련 어휘로는 도시, 고층, 군중, 가로등, 광장, 고가선, 화물차, 서울, 아스피린, 공원, 동상, 도룬시, 넥타이, 급행차, 공장, 엘리베이터, 코티, 아스파라거스, 옥상정원, 분수 등 실로 다양하다.

리"를 거닌다(「와사등」). 또한 오후에 "비인방에 호올노" 있던 화자는 저녁이 되자 "슬픈都市"의 거리로 나가 "느러슨高層"의 빌딩들이 있는 거리를 지나 "네거리"의 "광장"에 도달한다(「광장」). 이 같은 산책자 주체에게 도시는 "차단-한등불"이 걸려 있는 고독과 소외의 공간이자(「와사등」), "열업는標木인양조으는街燈"이 있는 차갑고도 무기력한 공간으로 인식된다(「광장」). 1939년에도 김광균은 도시 공간의 탐사를 이어간다. 시 「도심지대」(1939.12)에서 "滿洲帝國領事館"이 있는 도시는 "帽子가없는 포스트", "그림자없는 街路樹", "호로도없는電車"처럼 있어야 할 것이 없는 부재와 모순의 공간으로 그려진다.[33]

문제는 산책자 주체를 내세워 도시인의 고독, 소외, 비애 등을 토로한 김광균의 시들이 당시 평단에서 어떠한 반향을 얻었는가에 있다. 1940년 벽두에 그는 임화와 대담을 한다. 임화는 "最近에 發生되는 詩", 즉 신세대의 시세계가 1930년대 전반의 명랑한 모더니즘 시들과 달리 "孤獨과 悲哀"로 충만해 있다고 진단하면서 나름의 의미를 부여한다. 또한 김광균에게 "現代詩에서 形式的完成이 可能할까요?"라고 묻기도 한다. 이에 대해 "글세요"라고 머뭇댄 김광균은 "亦是 現代詩는 不斷한實驗過程을거러가야" 한다며 다분히 두루뭉술한 답변을 한다. 이후에도 "쌈보리즘(상징주의) 以後에는 時代를 특증지울만한 固有한 形式을 못가젓다"라는 진단만 할 뿐 임화가 요구한 '형식적 완성'의 해법에 대해 구체적 답변을 이어가지 못한다.[34]

---

33) 이 같은 도시의 산책자 주체는 1941년 5월의 시 「단장」까지 나타난다("어느어두은邊方의 비인舞臺를/이밤 나혼자 거러나간다"). 1938~41년까지의 기간 동안에도 「힌구름에 부치는 시」(『기항지』의 「고향」에 해당), 「향수」, 「수철리」 등 고향과 친족에 대한 그리움을 담은 전원적 시편들은 존재했지만 주된 것이 아니었다. 시편의 분량으로 보나 「서정시의 문제」에 나타난 문제의식으로 보나 이 기간 동안의 시들은 도시 공간을 배경으로 한 것들이 주조를 이룬다.

곧이어 나온 시론 「서정시의 문제」(1940.2)는 그런 의미에서 임화의 질문에 대한 모색과 답변을 보여 준 글로 볼 수 있다. 새로운 시의 형식을 캐물은 임화의 질문은 자연스럽게 '형식'과 '내용'의 관계에 대한 탐구로 그를 이끌었던바, '형태의 사상성'이란 독특한 시론을 낳은 토대가 된 것이다. 글의 전반부에서 "對象(현실)에根本的인 變化가있을때 이對象을담는容器(詩)역시變化해야" 한다고 하여 김광균은 시대의 변화상을 반영하는 현대적 소재들이 필요함을 역설한다. 뿐만 아니라 "결국詩는現代의知性과 精神을 通하여 意識的으로 所爲되는精神的所産物"이란 주장을 통해 현대적 형식을 낳기 위해선 '지성과 정신', 즉 내용의 작용이 뒷받침돼야 함을 강조한다. 이처럼 시의 형식은 내용에 의해 주어져야 하지만 거꾸로 내용을 낳는 토대가 되기도 한다. "造型 그물건이一種思想을代辯하고나아가 그文學에도 어는程度의變化를" 일으켜야 한다는 진술이 그것이다. "造型"의 형식이란 사실 1930년대 중반부터 자신이 직접 시화해 온 것이기에 새로운 생각은 아니었지만, 조형적 형식이 "一種思想을代辯"해야 한다는 주장은 시대적 내용까지 포괄해야 함을 주장한 점에서 회화성의 기교에만 머물렀던 과거에 비해 분명 진일보한 것이었다.

> 百日紅이던 초생달이던 言語의曲藝를통하여 表現의 妙를 얻는것으로 第一義를삼았던 過去의作詩態度를떠나서 表現水準으로차라리 一步退却하드라도 現代의感情과教養을흔들수있는 말하자면 現代와피가通하는詩가 多量으로 나와야겠다.
>
> —「抒情詩의問題」35)

34) 「시단의 현상과 희망: 김광균·임화 대담회」, 『조선일보』, 1940.1.13·16~17.

표현의 기교에서 다소 퇴각하더라도 "現代와피가通하는" 내용이 필요해졌음을 김광균은 시단뿐 아니라 자신의 과제로도 여긴 듯하다. 반년 후 김광균은 「추일서정」을 통해 이 과제를 직접 시화한다. 제목의 '서정'이란 단어는 이 시가 「서정시의 문제」의 연장선상에서 창작된 작품임을 암시해 주고 있다.

落葉은 포-란드亡命政府의 紙幣
砲火에 이즈러진 도룬市의가을하늘을
생각케 한다

길은 한줄기 구겨진넥타이처럼 풀려져
눈부신 日光의폭포속으로 사라지고
조그만 담배연기를 내어뿜으며
새로두시의 急行車가 들을달닌다
포프라나무의 筋骨사이로
工場의 지붕은 힌니빨을 드러내인채
한줄기
꾸부러진 鐵柵이 바람에나브끼고
그우에 셰로팡紙로만든 구름이하나
자욱-한 풀버레소리 발길로차며
호을노 荒凉한생각 버릴곳없어
공중에 띄우는 돌팔매 하나

기우러진 風景의장막 저쪽에

35) 「서정시의 문제」, 『인문평론』 2권 2호, 1940.2, 76쪽.

고독한 半圓을긋고 잠기어간다

―「秋日抒情」 전문[36]

2연에는 구겨진 넥타이, 담배 연기, 휑한 공장 지붕, 셀로판지 등의 비유와 시각적 심상을 통해 길의 사라짐, 열차의 질주, 부서진 공장, 간신히 떠 있는 구름 등이 묘사되어 있다. 이 같은 회화적 묘사는 과거의 시편에도 흔했던 것이지만, 시의 첫머리에 제시된 "포란-드亡命政府", "砲火에 이즈러진 도룬市" 등 이차대전 발발을 뜻하는 구절들에 결속되어 급변하던 당시의 시대상을 환기하고 있다. "구겨진넥타이처럼" 엉망이 된 비정상적 세계정세는 한 치 앞을 보기 힘들 정도로 전망을 상실한 상태이며, 파국 속에서 파시즘은 "急行車"처럼 들판을 질주하고 있다. 폭격으로 인해 "포프라나무"는 "筋骨"만 드러낸 채 타버렸으며 "工場의 지붕" 또한 마찬가지다. 무참해진 도시는 불면 날아갈 듯한 "쎄로팡紙" 구름이 떠 있을 정도로 위태롭다. 잿더미만 남은 폐허에서 들려오는 것은 "풀버레소리"뿐이다. 상황에 대항하고자 화자는 발길질과 돌팔매질을 해 보기도 하지만 돌은 "고독한 半圓을긋고 잠기어" 갈 뿐 아무것도 맞추지 못한다. 압도하는 전장의 현실에 처한 무기력한 주체를 형상화한 셈이다. 이처럼 「추일서정」은 회화적 형식 속에 세계사적 전쟁의 참상까지를 다룬 점에서 "現代와피가通하는" 내용의 전달에도 성공할 수 있었다.

하지만 이 같은 시도가 오래 간 것은 아니다. 「추일서정」을 끝으로 일제 말기의 김광균은 더 이상 역사적 시대상의 내용을 조형화하지 못한다. 이는 무력한 돌팔매질로 끝낸 「추일서정」의 결구에서

36) 「추일서정」, 『인문평론』 10집, 1940.7.

이미 예견된 것이라 할 수 있다. 압도하는 세계사의 전환 속에서 한없이 왜소해진 주체로 시대의 방향성을 타진하거나 그에 대응하는 일이란 더는 지속되기 어려운 것이었다. 물론 현실의 억압과 과부하에 따른 주체의 무기력은 일제 말기의 여타 시인들도 마찬가지였기에 김광균만을 탓할 이유가 못 된다. 어쨌든 「추일서정」을 발표한 뒤 김광균은 여전히 도시 산책자를 내세운 「단장」 같은 시도 썼으나, 1941년부터는 다시 유년의 고향을 회상하며 그리움에 빠지거나,[37] 친족의 죽음에 집중하는 경향을 보인다.[38]

차집미모사의 지붕우에 호텔의 風速計우에
기우러진 포스트우에
눈이 나린다

(…중략…)

이길을 자꼬가면 옛날로나 도라갈 듯이
등불이 정다웁다
그등불우에 눈이 나린다
보면 볼수록 하이한눈이

빈포켓에 손을 찌른채
나는잠자코 눈을맞는다
나리는 눈발이 속삭어린다

37) 「황량」, 『문장』 18집, 1940.9; 「장곡천정에 오는 눈」, 『문장』 24집, 1941.3.
38) 「수철리」, 『인문평론』 14집, 1941.1; 「대낮」, 『조광』 8권 1호, 1942.1; 「비」, 『춘추』 3권 6호, 1942.6; 「녹동묘지에서: 곡 일균 형」·「반가」, 『조광』 8권 12호, 1942.12.

옛날로가자 옛날로가자

—「長谷川町에오는눈」 1, 3~5연[39]

내 서러운都市우에 낫과밤이바뀔때마다
내 鄕愁의집웅우를 바람이지날때마다

어머님의 다정한모습 두눈에어려
온-몸이 젖는다
황홀이 눈을감는다

어머님은 항시고향에게시면서도
항시 나와함께게신다

—「碑」 3~5연[40]

기존 연구사는 김광균의 시의 빈번한 고향 회고 및 친족 회상 모티프를 두고 진공화된 과거 속에 스스로를 가둠으로써 현실과의 관련성을 상실하고 말았다는 비판을 제기했지만,[41] 이는 일면의 타당성을 가지고 있을 뿐이다. 물론 1930년대의 김광균 시는 현재의 불확실성에서 훼손 받지 않고자 과거를 조형적 이미지로 고정하고 그 속에 안주하는 태도를 보였던 것이 사실이다. 하지만 1940년대 들

39) 「장곡천정에 오는 눈」, 『문장』 24집, 1941.3.

40) 「비」, 『춘추』 3권 6호, 1942.6.

41) 대표적 예로 이경호, 「도시 서정시의 출발과 그 한계: 김광균의 시세계」, 『현대시학』, 1989.7, 184쪽; 박태일, 「김광균 시의 중심 상실과 중천의 서정」, 『한국 근대시의 공간과 장소』, 소명출판, 1999, 86~87쪽. 이경호는 김광균의 고향 향수 및 유년 추억이 "현실로부터 벗어나는 포우즈"라 지적했으며, 박태일 또한 친족 죽음의 회상이 "후퇴 심리의 한 결과"이자 "구체 현실과 끈을 대지 못한 채 겉돈다"고 비판하였다.

어 나타난 그의 향수 및 죽음 시편은 과거를 다루더라도 거기 고착되기보다는 과거를 인식하는 '나'의 현재적 반응을 부각하는 데 초점이 맞춰져 있다. 향수를 다룬 「장곡천정에 오는 눈」을 보면 "옛날로가자"라는 회귀적 감정은 여전하지만, 그 감정을 토로하는 화자의 노출이 적극 시도됐음을 알 수 있다. 1930년대 중반이었다면 화자는 철저히 배면화된 상태에서 유년의 정경들만을 이미지로 제시했겠지만, 이 시에서 그 같은 과거의 이미지들은 최소화되어 있으며 오히려 회상하고 그리워하는 현재 '나'의 위치(도시의 밤거리), 동작("빈포켓에 손을 찌른채/나는잠자코 눈을맞는다"), 감정("등불이 정다웁다"), 상념("옛날로가자") 등 화자가 처한 상황이 전면화되어 있다.[42] 이 같은 변화는 전술한 대로 1930년대 후반에 시작된 화자의 노출이 계속 시도됐기 때문으로 보인다.

특히 그 화자가 "차집미모사", "호텔", "포스트"가 있는 도시 공간 속의 화자라는 사실은 주목을 요한다. 이는 친족의 죽음을 다룬 시 「비」에서도 확인된다. 가족의 묘비 앞에서 "지나간半生의 추억"을 곱씹는 어머니의 모습을 떠올린 화자는 「장곡천정에 오는 눈」에서처럼 "내 鄕愁", "황홀이 눈을감는다", "항시 나와함께게신다" 등 현재의 감정, 동작, 상념을 표현하고 있다. 그러면서도 "내 서러운都市"란 구절을 통해 고향의 모친을 그리워하게 만든 도시 생활의 비애까지를 부각하고 있다. 이처럼 1940년대 전반의 김광균 시들은 조형화된 과거의 이미지에 고착되기보다는 그 과거에 대해 현재의 '나'가 겪는 도시인으로서의 반응과 감정을 전달하려 한 특징을 보

42) 이 중 "빈포켓에 손을 찌른채/나는잠자코 눈을맞는다"라는 화자의 동작은 시집 『기항지』(1947)에 수록되면서 삭제된다. 그렇더라도 화자의 위치, 감정, 상념을 드러낸 부분들이 사라진 것은 아니다. 인용한 『문장』지 발표작은 전체를 그대로 살리면서 4~5연이 다음과 같이 퇴고된다. "이길을 자꼬가면 옛날로나 도라갈듯이/등불이 정다웁다/나리는 눈발이 속삭어린다/옛날노가자 옛날노가자".

인다. 이를 두고 1930년대 중반의 시들 및 「추일서정」에 비해 참신한 묘사적 환기력이 결여됐다거나 감정의 직접적 토로에 머물렀다는 형식상의 한계를 지적해 볼 수는 있을 것이다. 방향 상실감과 폐허 의식을 구체화한 「추일서정」과 비교하여 시대적 문제의식이 떨어진다는 비판 또한 가능할 것이다. 하지만 표현의 묘에서 "一步退却"하더라도 "現代와피가通하는" 내용을 강화하겠다는 「서정시의 문제」의 취지를 고려할 필요가 있다. 「추일서정」 이후의 향수 및 친족 죽음 시편에서도 김광균은 감정과 전언, 즉 내용을 강화하려는 의도 속에서 도시적 주체의 비애를 표현하고 있었던 것이다.

3. 정치적 죽음의 애도와 일상의 발견

1930년대 후반부터 현실의 시대상을 일정하게 반영하면서 자신의 생각과 감정을 노출하기 시작한 김광균 시의 경향은 해방된 후에도 계속해서 이어진다. 특히 "現代와피가通하는" 내용의 강화를 통해 형식과의 균형적 안배를 도모하고자 한 「서정시의 문제」의 문제의식은 1940년대 전반뿐 아니라 해방기의 시들에서도 시도된다. 다만 현실의 시대상을 내용화하는 것이 대도시 경성의 번화한 거리에서 좌우가 정치적으로 대립하는 가두에 대한 것으로 이동했으며, 이에 따라 시적 주체 또한 거리의 도시 산책자에서 가두의 정치 참여자 및 논평가로 옮겨가게 된 점이 특징적인 변화라 할 것이다. 이에 따라 1938년의 「공지」에서부터 나타난 생각과 감정의 노출은 1940년대 전반을 거쳐 해방 후로 이어지면서도 과거에 비해 현실주의적인 색채를 짙게 띠게 된다.

해방기 김광균의 현실주의적 태도는 1946년 중반까지의 일 년여

동안 창작된 공동 참여시와 정치적 행사시들에서 빈번하게 나타난다. 해방의 감정을 노래한 「날개」와 삼일절을 기념한 「삼일날이어! 가슴 아프다」는 『해방기념시집』과 『삼일기념시집』 등 공동 앤솔로지에 발표한 작품들이고,[43] 「상여를 보내며」, 「회향」, 「복사꽃과 제비」, 「미국 장병에게 주는 시」 모두는 행사시란 공통점을 보이고 있다.[44] 「상여를 보내며」는 1946년 1월 30일 좌익 측의 학병동맹 장례식을 기린 것이고, 「회향」은 문학가동맹 시부 주최의 시 낭독회에서 헤세 시를 번역 낭송한 것이며, 「복사꽃과 제비」는 어린이날을, 「미국 장병에게 주는 시」는 미국의 독립 기념일을 환영하면서 미군에 대한 기대감을 표현한 작품이다. 2차 대전의 미군 전사자들을 위해 "弔喪의 나팔을 불자"고 하면서 "그대들의 죽엄 우에 새나라 세워지는" 날이 오길 바란 「미국 장병에게 주는 시」가 다소 의외이지만, 1946년 7월은 아직 1차 미소공위에 대한 좌익 측의 기대가 남아 있던 시기로 겉으로나마 미군정에 대한 우호적 감정을 드러낸 것으로 볼 수 있다.

흥미로운 것은 이상의 시들에서 타자의 죽음을 애도한 특징이 곳곳에 나타난다는 점이다. 「미국 장병에게 주는 시」뿐 아니라 학병동맹 장례식을 기리며 쓴 「상여를 보내며」는 박진동, 김성익, 이달삼의 죽음을 두고 "젊은 벗이여 평안히 가라"며 애도하고 있다. 이후에도 인물들의 죽음을 슬퍼하는 작업은 계속된다. 「은수저」는 아기의 죽음을 소재로 한 작품이고, 벗(「영미교」), 안병수(「구선리」), 배인철(「시를 쓴다는 것이 이미 부질없고나」, 여운형(「상여를 쫓으며」) 등 무

43) 「날개」, 중앙문화협회 편, 『해방기념시집』, 1945; 「삼일날이어! 가슴 아프다」, 문맹 시부 편, 『삼일기념시집』, 건설출판사, 1946.

44) 「상여를 보내며」, 『학병』, 1946.2; 「회향」, 문맹 시부 편, 『낭독시집』, 1946.4; 「복사꽃과 제비」, 『서울신문』, 1946.5.5; 「미국 장병에게 주는 시」, 『조선인민보』, 1946.7.4.

명의 인물부터 시인과 정치적 명망가에 이르기까지 추도의 대상은 다양하였다.[45] 산문에서도 에세닌과 김소월의 최후를 다룬 글들이 있을 정도로,[46] 애도는 해방기 김광균의 글쓰기를 지탱한 기본 동력이었다.

이를 앞선 시기와 연관 지어 보면, 1940년대 전반의 시들에 나타난 고향 향수와 친족 죽음 모티프의 경우 전자는 현저히 약화되지만 해방 후에도 후자의 죽음의식은 계속 유지되고 있음을 알 수 있다. 다만 그 죽음의식이 대부분 친족보다도 타인을 향하게 된 점이 주목할 만한 변화라 할 수 있다. 이 같은 변화는 물론 사적(私的) 내면보다 사적(史的) 현실의 문제가 비등하게 된 해방 공간의 특수성이 반영된 결과일 것이다. 해방된 역사적 공간에서 김광균이 타자의 죽음에 민감했던 사실은 곧 친족의 죽음에 갇혀 소아적 감상주의에 머물렀다는 기존의 평가에 대한 재고의 여지를 남긴다. 해방기에 이르러 김광균 시의 시선은 타자를 향해 열렸던바 추도시의 형식을 통해 공적 애도를 내용화하는 방향으로 전환하기 시작한 것이다.

이 같은 변화는 잠시나마 좌익의 문학가동맹(문맹)과 함께 하면서 형성된 것으로 볼 수 있다. 1946년 하반기까지 김광균은 문맹의 시부 위원으로 참여하면서, 시부가 주최한 '시인의 집' 행사에서 헤세의 시 「향수」를 낭독했고 '현대시 강좌'와 '수해구제문예강연회'에서 「시와 회화」, 「삼십대」를 강연하였다. '해방 1주년 문화대전람회'에 문맹의 시인으로서 유일한 준비위원이었던 그는 1946년 8월에 문맹 서울지부 산하의 시부 위원장, 11월에는 '문학대중화운동위원

45) 「은수저」, 『문학』 창간호, 1946.7; 「영미교」, 『신문학』 3집, 1946.8; 「구선리」, 『협동』 2집, 1946.10; 「상여를 쫓으며」, 『우리신문』, 1947.8.3; 「시를 쓴다는 것이 이미 부질없고나」, 『신천지』 2권 9호, 1947.10.

46) 「에세-닌 시집」, 『서울신문』, 1946.6.30; 「김소월: 가을에 생각나는 사람」, 『민성』 3권 11호, 1947.10.

회'의 위원으로 내정될 정도로 진보적 문예 활동에 깊이 개입한 상태였다. 이 같은 신변상의 외형적 변화는 그러나 '기질적 이미지스트'[47]로서의 해방 전 모습에 비해 꽤 단절적이고 극적인 데가 있었던 만큼 오래가지 못했다. 이미 "좌익적인 俗物思想"과 싸운 노신을 회고하며 공감을 표현한 그는 정치주의 시단에 대해 싹튼 회의감과 자신의 시적 고민을 은연중 드러내고 있었다.

> 혁명의 혼탁과 동란의 戰塵에 싸여 작품과 인간이 격앙하고 충혈되었을 때 홀로 靜謐한 悲歌를 노래하던 (노신의: 인용자) 심정을 나는 나대로 생각하고 있다.
>
> —「魯迅의 문학 입장」[48]

이처럼 변화된 생각은 1946년 12월 초의 글 「문학의 위기」와 「시단의 두 산맥」을 통해 본격화된다. 이 글들에서 그는 좌의 예술성 결여와 우의 시대성 간과를 함께 비판하면서 이의 지양을 위한 중간파 시론을 제출한다. 좌익의 경우 계급주의의 "公式的인 世界觀"과 구호 일변의 "作品의 類型化"에 빠져 있다고 진단한 그는 예술적 개성부터 수련하는 "文學者로써의 生活"을 가져야 할 것을 요구함으로써,[49] 사실상 문맹에서의 이탈을 선언한다. 우익의 순수시에 대해서도 김광균은 "時代를逆行하려는생각"이라며 강하게 비판한다.[50] 주목할 것은 중간자적 관점으로의 이 같은 이동에 따라 타자

47) 김춘수, 「기질적 이미지스트: 김광균과 30년대」, 『심상』, 1978.11.

48) 「노신의 문학 입장」, 『예술신문』, 1946.10. 이 글의 인용은 오영식·유성호 편, 『김광균 문학전집』, 소명출판, 2014의 것으로 하였다.

49) 「문학의 위기: 시를 중심으로 한 일 년」, 『신천지』 1권 11호, 1946.12, 117~119쪽.

50) 「시단의 두 산맥」, 『서울신문』, 1946.12.3.

의 죽음을 애도하던 문맹 활동기의 시적 경향 또한 이후 현저하게 줄어들었다는 사실이다.[51] 그렇다고 애도의 태도까지 버린 것은 아니었다. 죽음의식과 애도의 시선은 이제 타자에서 자신을 향한다.

> 람프에 심지를 돋군다
> 비인 방에 가득-한 버레소리에
> 눈이 감긴다
> 항시 돌팔매에 쫓겨온 설흔네해
> 내 가는 길에
> 또다시 찬비 뿌리고 잎이 덛는가
> 창마다 종소리 울리며
> 기차는 지향없이 떠나가는가
>
> (…중략…)
>
> 원통한 생각이 밤새 끓어오른다
> 원통한 생각이 밤새 끓어오른다
> 별은 내 이마 위에 못을 박고
> 어제 벗었던 喪服 다시 입는가
> 바람이여
> 화살을 싣고 나를 따르라
> 나도 인제 나의 원수를 찾자

—「非風歌」 2, 4연[52]

---

51) 중간파로 돌아선 후에도 「상여를 쫓으며」(1947.8), 「시를 쓴다는 것이 이미 부질없고나」(1947.10)에서 배인철과 여운형의 죽음을 추도하긴 했으나 예전에 비해 애도시편의 분량은 줄어들었다.

「문학의 위기」와 「시단의 두 산맥」을 통해 좌우 양익을 비판할 때의 심정이 표현된 작품이다. 빈 방에 홀로 앉아 앞으로의 "내 가는 길"을 생각하던 화자는 문득 "원통한 생각이 밤새 끓어"오를 정도로 주체 못할 비애와 울분에 휩싸인다. 이유는 "돌팔매에 쫓겨온 설흔네해"란 구절에 암시되어 있다. 이 구절은 「노신의 문학 입장」을 통해 정치시에 대한 회의감을 드러낸 그가 이후 문맹의 내부로부터 얼마나 많은 비난에 시달려야 했는지 잘 알려 준다. 별들마저 "내 이마 위에 못을 박고" 있을 정도로 화자는 자신이 처한 사회적 죽음을 의식하며 "喪服"을 꺼내 입는다. 상복을 입는 행위는 죽음의식의 표현이자 스스로를 애도하는 행위로 볼 수 있다. 자신에 대한 애도 속에서 화자는 세상의 비난에 굴하지 않고 "나도 인제 나의 원수를 찾자"는 적극적인 대결 의지를 내비친다. 실제로 이 시를 발표한 이후 1947년 4월 초까지의 4개월 동안 김광균은 주로 문맹의 김동석, 김영석, 김상훈과 시의 정치성 및 예술성의 문제를 두고 치열한 논쟁을 치른다.[53] 논쟁 과정에서 그의 중간파 시론은 대안 없는 양비론이란 비판에 직면했지만,[54] 한동안의 모색을 거쳐 그는 일상생활의 시화를 해법으로 내세우게 된다.

• 詩人의 個人生活의 意慾이 時代倫理와 連絡되는데 이러나는 體驗이 重要한것이다. 한사람의 詩人이 한時代를어떠케 體驗했느냐가 重要하단

52) 「비풍가」, 『민성』 2권 13호, 1946.12.

53) 논쟁의 전개 과정과 구체적 내용에 대해선 박민규, 「중간파 시 논쟁과 김광균의 시론」, 『배달말』 50집, 배달말학회, 2012.6을 참조할 것.

54) 다음을 예로 들 수 있다. "한쪽 詩人들보군 藝術性을 높이라고 忠告하고 또한쪽 詩人보군 時代精神을 把握하라고 忠告한 것은 그럴듯하다. 그러나 (…중략…) 氏는 '觀念的인' 中庸에다 自己의位置를 定하고선 自己야말로 藝術과時代의 對立을 止揚한 詩人이라고 錯覺하고 있는것이다."(김동석, 「시단의 제 삼당: 김광균의 「시단의 두 산맥」을 읽고」, 『경향신문』, 1946.12.5)

말이다. 한詩人의 主觀이 時代를 받어드린記錄을 作品에 올바로 表現하느냐 못하느냐에 詩人의比重이 左右된다.

• 詩材를 一切의 個人生活에서떠나 全體問題를 노래하는것 만이 새로운 詩의世界 인듯이 錯覺하는것은 우수운일이다. (…중략…) 全體를 노래하는 同時에 一個人의 日常生活에서도 詩의素材를 求하는것은 조금도 脫線이아니다.

—「前進과反省」[55]

인용문은 중간파로 이동했음에도 김광균이 "時代를 받어드린記錄"으로서의 시를 내세움으로써 해방 이후 유지해 왔던 현실주의적 시각을 여전히 견지하고 있었음을 알려 준다. 그러면서도 그는 이데올로기 차원에서 외쳐지는 거창한 "全體問題"보다 개개인의 작지만 구체적인 "日常生活"을 통해 현실의 시대상이 개성적으로 체험, 시화되어야 함을 강조한다.[56] 사실 일상은 시대성과 개성의 양자를 잇는 매개적 위치에 있다. "한詩人의 主觀"(개성)이 "時代를 받어드린 記錄"(시대성)은 "日常生活"의 체험을 통해 가능하다. 왜냐하면 일상의 체험은 그 일상에 녹아 있는 한 사회의 시대상에 대한 체험이자 동시에 그 일상을 겪은 개인에게만 고유한 개성적 체험이기 때문이다.[57] 이처럼 생활의 체험과 시화를 내세움으로써 김광균은 "時代倫理"(시대성)에 치중해 온 좌파와 "主觀"(개성)을 내세워온 우파의 시관

55)「전진과 반성: 시와 시형에 대하여」,『경향신문』, 1947.7.20.

56) 이는 "自己個人生活을 包含한 한時代를 體驗하고 思索"해야 한다거나 "自己實生活마저 이 속으로 이끌고 들어가 時代感情의 音調와 色彩"를 파악해야 한다고 한「시의 정신」에서도 확인된다(「시의 정신: 회고와 전망을 대신하여」,『새한민보』2권 4호, 1948.2, 24쪽).

57) 박민규, 앞의 글, 165쪽.

을 통합해내는 시야를 확보한다. 나아가 그는 이 일상의 발견을 실제 창작을 통해서도 실천한다. "우리 집 조그만 들창에도 불이 켜지고/ 저녁 밥상에 어린것들이 지껄이리라"면서,[58] 소시민의 일상을 다루기 시작한 변화는 다음의 시들에서 더욱 구체화된다.

별도 치워떠는 추녀밋
고단한 生活의 촛불가에
除夜의 종소랜 들려올테지
초하로날 은
몃사람이 새옷을 가려입을가
널븐 장안에
연기나는 굴둑이 몃치나될가
새해마지 술잔에 눈물이 어리우니
오는봄엔
삼팔선 눈물길에 진달내 구름일고
잔등에 피가맷친
겨레들의 살님이 나어나질가

—「悲凉新年」 8~19행[59]

잠결에
汽笛이 들린다.
(…중략…)
밤중에 들리는 기적 소리는

58) 「황혼가」, 『새한민보』 1권 5호, 1947.8.
59) 「비량신년」, 『자유신문』, 1948.1.1.

멀-리 간 사람과
이미 죽은 사람들을
생각케 한다.
내 追憶의 燭臺 우에
차례 차례로
불을 켜고 간 사람들
그들의 영혼이
지금 도시의 하늘을 지나 가는지.

汽笛이 운다.
(…중략…)
나는 얼결에
잃어진 生活의 키를 생각한다.
汽笛이 운다.
발을 굴른다.
高架線 우에 걸려 있는
마지막 信號燈을 꺼버리고
아 새벽을 향하야
모다들 떠나나 보다.

—「汽笛」 전문60)

작품들은 "고단한 生活의 촛불가", "잃어진 生活의 키" 등 생활에 대한 인식을 전면에 내세우고 있다. 새해를 맞이하며 쓴 「비량신년」에서 화자는 평범하게 살아가는 소시민들의 삶을 생각하면서 그들

60) 「기적」, 『신민일보』, 1948.2.10. 인용은 시집 『황혼가』(1957)의 것으로 하였다.

의 "살님이 나어나질가" 염려한다. 좌우의 정치인과 지식인은 '인민', '민족' 등의 거대 담론을 내세우며 이데올로기의 상징투쟁에 치중했지만, 여전히 일반 대중의 생활은 나아진 것 없이 춥고 고단하다. 새 옷을 장만하거나 제대로 밥 짓는 집이 과연 "몃치나될가"라고 반문하는 질문은 단순해 보이지만, 민생의 가치를 일깨운 점에서 소중한 질문이며 사실상 이념 투쟁에 갇혀 일반 시민의 구체적 삶에 등한했던 당시의 문단을 고려해 봐도 흔치 않은 질문이라 할 수 있다.

생활의 발견과 자각은 시 「기적」에도 나타난다. 1연에서 화자는 밤기차의 기적 소리를 들으면서 고향을 떠나간 사람들과 이미 죽은 사람들을 회상한다. 기적 소리를 활용한 이 같은 회상의 문법은 과거 그의 시들에서도 흔했던 것이지만,[61] 예전처럼 부재의식과 죽음의식에 사로잡혀 애상적 감정을 토로하던 화자는 문득 2연의 기적 소리를 통해 그간 자신이 잃어왔던 "生活의 키"를 생각하고 나아가 "새벽을 향하야" 일터로 나가는 사람들을 떠올린다. 타인 및 자신에 대한 애도를 통해 죽음의식을 발화하던 과거에서 더 나아가 생활의 비중에 대한 자각과 함께 죽음(1연)과 삶(2연)의 문제를 연관 지어 발화하는 성숙한 시야를 보여 주게 된 것이다.

다만 이 시들을 끝으로 일상의 가치에 대한 발견을 더욱 밀고나가 창작으로 연속화하지 못한 점은 그의 시력(詩歷)에서 자못 아쉬운 대목이라 할 것이다. 「비량신년」과 「기적」의 발표 이후 김광균은 몇몇 공동 시선집에 과거의 시들을 재수록했을 뿐,[62] 1951년에 시

61) 일례로 「향수」(1940.4), 「황량」(1940.9)에서 기적 소리는 "해마다 가난해가는고향사람들"과 고향을 떠난 "靑年들"을 연상하기 위한 매개체로 활용된다. 또는 「장곡천정에 오는 눈」(1941.3)에서처럼 "옛날로가자"는 향수를 일으키거나, 「비」(1942.6)에서처럼 가족의 죽음 및 고향의 어머니를 떠올리게 하는 회상적 계기로 작용한다.

62) 「가로수」 외 4편을 『조선문학전집』 제10권(한성도서, 1949)에, 「지등」 외 30편을 『현대

「영도다리」를 발표할 때까지 삼 년여 동안 작시에서 손을 놓는 상태가 된다. 이 기간 동안 그는 영어를 처음 공부하면서 "雜誌한권 버젓이 보지 못 하였"을 정도로 먹고사는 생활의 설계에 매진했으며,63) 전쟁이 터지자 납북된 동생의 사업을 인수하여 사실상 경영인으로 새 출발을 하게 된다. 그런 점에서 중간파 논쟁을 거치며 얻어진 생활의 문제에 대한 자각은 비록 창작의 공백 속에서 한동안 심화되지 못했으나 자신의 삶을 통해 직접적 실천으로 이어졌다는 점에서 주목해야 할 필요가 있다. 적어도 「비량신년」과 「기적」에서 발화된 생활의 영위에 대한 자각이 단순한 수사가 아니라 당시의 그에게 실로 절박한 문제였음을 실증해 주고 있다는 점에서 그렇다.

4. 私的 언어에서 史的 언어로: 현실의 자각과 그 의미

오랫동안 김광균 시 연구사는 주로 『와사등』, 『기항지』 등 시집 단위의 집합적 접근을 통해 다분히 그의 시세계를 '도시적 모더니즘', '감상적 모더니즘' 등의 술어로 일반화하여 평면적 고찰에 머문 한계를 보여 왔다. 시론의 검토 또한 「서정시의 문제」(1940)에 국한됐으며, 이 시론으로 과거의 시편까지를 역규정함으로써 김광균 시

시집』 제2권(장만영 편, 정음사, 1950)에 수록하였다.

63) 「추야장」, 『문예』 1권 4호, 1949.11, 166쪽. 글의 전후 맥락을 살펴볼 때 영어 공부를 시작한 시점은 1947년의 "늦은 가을"로 보인다. 즉, 중간파 논쟁이 마무리되고 「전진과 반성」(1947.7)을 통해 일상의 시화를 강조하게 된 이후에 해당한다. 영어를 공부한 계기에 대해 그는 당시의 자신이 "四十이 다 되도록 生計가 서지않어" 있었으며 "나라는 무슨 소용없는 物體가 하나 空間을 차지하고 있는 것이 아닌가" 하는 자괴감에 빠졌기 때문으로 회고하고 있다. "生活이 없는 까닭"에서 원인을 찾은 그는 이후 본격적으로 "語學工夫를 시작"한다.

의 변모와 그 계기에 대한 발생론적 해명을 결여해 왔다. 1930년대의 조형적 시편까지 '형태의 사상성'이란 이론적 자의식의 산물로 보아온 평가가 일례가 될 것이다. 해방 이전과 이후로 나누어 어느 한쪽만을 검토해 온 관행 또한 극복돼야 할 문제였다 할 수 있다. 이상의 문제의식에서 연구자는 신문과 잡지의 최초 발표작을 기준으로, 초기작부터 해방 후에 이르는 김광균 시의 변모 과정과 그 연속성을 미분된 시간의 단위 속에서 살피고자 하였다. 또한 「서정시의 문제」뿐 아니라 여타의 시론과 수필까지를 논의에 포함하여 이들에 나타난 시적 문제의식의 변화가 실제 시 작품에 어떻게 반영됐는지 추적하였다.

상고 시절 카프 개성지부와의 연관 속에서 계급의식과 투쟁의식을 노래하던 김광균이 이미지의 조형적 세계로 전환하게 된 계기는 졸업 후 직면한 사회인으로서의 생활 및 함경도 여행 체험과 밀접한 관련이 있다. 낯설고 고된 현실로 던져진 사회 초년생의 방향 상실감과 우울, 비애의 감정은 이후 그의 시세계에 일관된다는 점에서 감상적 애상의 원형질이 된다. 특히 군산에만 있으면 그의 시와 산문은 유독 과거의 고향을 향수하거나 현재의 군산이 지닌 부정성을 부각하는 두 가지 모습만을 드러낸다. 이 같은 군산 시절의 답답함 속에서 그는 1934년 중반 함경도로 여행을 떠난다. 여행 체험은 탈현실의 감각을 얻는 계기가 됐으며, 동북 지역의 낯선 풍경과 마주하면서 「외인촌의 기억」, 「오후의 구도」 같은 시들을 통해 이국풍의 시각적 이미지들로 치환되었다. 따라서 회화적 모더니즘으로의 전환은 김기림을 만나기 전부터 이미 형성된 것으로 볼 수 있다. 1934~36년까지 김광균은 이때의 여행 체험을 바탕으로 화자의 노출을 최대한 차단한 채 외부의 사물과 내부의 정념을 묘사하는 조형적 문법에 치중해 있었다. 하지만 군산의 "침울한 생활"을 벗어나기 위한 여행이었던 만큼 결과적으로 이를 반영한 그의 모더니즘 시들은 생활의 구체성을 상실한 채 인공적, 가상적 감각의 이미지들로 채워지게 된다.

1936년 봄에 서울로 상경한 후에도 김광균의 시들에서 조형적 묘사는 계속 이어진다. 하지만 「김기림론」(1937.4)을 통해 현실 인식의 필요성을 느끼게 된 점, 시 「설야」(1938.1)를 통해 화자의 생각과 감정을 곳곳에서 발화하게 된 점은 조형적 문법의 유지 속에서도 발생한 유의미한 변화라 할 수 있다. 아울러 화자의 노출과 현실 인식을 함께 드러내기 시작한 경우는 1938년 5월의 시 「공지」부터로 볼 수 있으며 이는 「와사등」(1938.6), 「광장」(1938.9)으로 이어지는 1930년대 후반 시편의 특징을 이루게 된다. 이 시들에서 화자는 산책자 주체로 나타나면서 대도시 생활에서 겪는 소외감, 무력감, 방향 상실감을 토로한다. 하지만 "孤獨과 悲哀"로 가득 찬 신세대 시의 "形式的完成"을 묻는 임화의 질문에 구체적 답변을 하지 못했던 것을 보면, 이때까지 그의 도시적 모더니즘은 미학적 자의식의 산물보다는 "까닭도없시 눈물겹고나"(「와사등」) 식의 막연한 현실 인식을 토로한 데 머물러 있었다.

임화의 질문을 의식한 듯 김광균은 이후 「서정시의 문제」(1940.2)를 통해 형식과 내용의 관계를 탐구하면서 '형태의 사상성'이란 독특한 시론을 내놓게 된다. 그동안 형태의 사상성은 조형의 형식만으로 충분히 현대성의 내용을 담지할 수 있다는 이론으로 해석되면서 과거의 회화적 시편까지를 설명하기 위한 용례로 활용되어 왔다. 하지만 표현의 형식에서 "一步退却"하더라도 "現代와피가通하는" 내용을 강화하자는 것, 다시 말해 과거의 기교 편중에서 벗어나 형식과 내용의 안배를 도모하자는 미학적 자의식이 나타난 점에 주목할 필요가 있다. 실제로 김광균은 「추일서정」(1940.7)을 통해 묘사적 형식의 견지 속에서도 이차대전의 문명적 참상을 다룸으로써 현대의 시대상과 피가 통하는 내용의 전달에도 성공할 수 있었다. 다만 이 같은 시도는 오래가지 못했으며, 이후 1940년대 전반에 걸쳐 그의 시들은 과거의 고향 향수 및 친족 죽음 시편으로 되돌아가는 양상을 보인다. 하지만 이를 두고 현실 도피의 태도로 규정짓는 것 또한 성급한 판단이 될 것이다. 왜냐하면 이들 시편은 고향과 친족을 그리워할 수밖에 없게 된 화자 '나'의 현재적 처지를 발화함으로써 간접적이나마 도시 생활에 대한 비판적 인식을 드러냈기 때문이다.

그런 점에서 해방기 김광균의 시들은 사적(私的) 내면성의 공간에서 소극적이나마 유지되어온 현실 인식이 정치적 욕구가 분출되는 사적(史的) 공간을 맞이하여 적극 점화된 경우로 볼 수 있다. 과거에도 있어 왔던 생각과 감정, 현실 인식의 발화를 전면적으로 확대하면서 이제 그의 시의 화자는 거리의 도시 산책자에서 가두의 정치 참여자 및 논평가로 이동하였고 현실주의적 색채를 짙게 띠게 된다. 좌익의 문맹과 함께 하면서 김광균은 정치적 행사시와 타인의 죽음을 추모하는 애도시를 다수 창작하였다. 특히 타자의 죽음을 애도한 시들은 친족의 죽음에 갇혀 있던 해방 전과 비교해볼 때 시선의 공적 확장을 시도한 점에서 유의미한 변화를 보인 것으로 평가할 수 있다. 이후 중간파로 전향하면서 타자의 애도시편은 현저히 줄었지만, 여러 논쟁을 거치며 그는 생활의 중요성을 자각하게 된다. 일상의 시화를 통해 좌의 시대성과 우의 개성을 통합해낼 수 있다는 결론에 도달한 그는 실제 창작에서도 이를 실천하였다. 「비량신년」과 「기적」은 소시민의 "고단한 生活"과 "잃어진 生活의 키"를 발견한 점에서 이데올로기의 상징투쟁에 치중하느라 정작 민생의 구체적 삶에 등한했던 당시 문단을 고려해볼 때 독자적 미덕을 보여 준 것으로 평가되어야 할 것이다.

3장

김광균 시의 인물 형상화와 죽음의식

김광균은 오장환, 이용악, 백석 등과 함께 1930년대 후반의 전형기 시단을 이끌어간 시인이었다. 특히 그의 시는 김기림, 정지용에서 출발한 도시적 모더니즘을 계승하면서도 우울과 비애의 감상적 정조를 얹는 개성적 문법으로 한국적 모더니즘 시를 창출한 사례로 평가되어 왔다. 그동안 그의 시세계에 두드러진 감상의 노출을 두고 여러 논란이 인 것도 사실이지만, 언어의 감각적 구사, 이미지의 섬세한 조형력, 도시적 주체의 방향 상실감과 소외의식 등 김광균 시의 개성적 면모에 주목한 논의들이 지속되면서 1930년대 후반의 신세대로서 김광균 시가 차지한 독자적 위상은 충분히 정립된 상태라 할 수 있다.

그럼에도 현재까지 김광균 시 연구는 대개가 『와사등』과 『기항지』로 대변되는 해방 이전의 시편에 국한된 실정이며 회화적 모더니즘, 감상적 모더니즘, 방법적 모더니즘 등의 비평적 술어에서 보듯 모더니즘의 테두리 안에서 논의되어온 측면이 강하다. 물론 김광균 시의 시사적 의의가 1930년대에 있음을 부인할 수 없지만, 해방기 시편을 담은 『황혼가』와 1980년대의 후기작을 묶은 『추풍귀우』, 『임진화』까지로 시선을 넓혀서 보면, 김광균의 전체 시세계에서 모더니즘의 방향력과 긴장력은 의외로 크지 않았음을 발견하게 된다. 모더니스트로서의 확고한 자의식은 1930년대 중후반 조형적 문법의 시들에서 정점에 도달한 후 1940년대 전반의 친족 죽음시편부터 차츰 약화되다가 해방 후에는 사유와 감정의 직접적 진술이 부각되는 양상을 보이고 있다. 그런 점에서 김광균 시 하면 흔히 떠올리게 되는 회화적 모더니즘이란 용어는 김기림, 정지용에서 출발한 모더니즘 시사의 발전적 서술을 위한 문학사적 명명으로선 적합할지 모르나, 그의 시세계 전반에 대한 다면적 이해를 가로막는 걸림돌로 작용해 온 것 또한 사실이다.

따라서 김광균 시세계의 중층적 이해에 도달하려면 그의 시의 절반을 이루는 조형적 모더니즘뿐 아니라 또 다른 절반에 대한 검토가 필수적이다. 여기서 '절반'이란 용어를 편의상 쓴 것은 해방 이전과 이후의 시편을 시기적으로 절단하기 위한 기계적 용법이 아니라 그의 시 전체에 나타난 또 다른 질적 특성을 상대적으로 범주화하기 위한 것이다. 이 글은 김광균 시의 특징이 회화적 조형성뿐 아니라 인물의 다양한 형상화에도 있다는 전제에서 출발한다. 김광균 시 전체를 들여다보면 그의 시에는 일차 가족 구성원뿐 아니라 고향 친구, 이웃 주민, 사회 지인, 과거 문인 등 실로 다양한 인물 군상이 나타남을 발견할 수 있다. 흥미로운 것은 인물들을 소재로 한 이 같은 시들이 조형적 모더니즘 시편과 일종의 반비례 관계를 이루고 있다는 사실이다. 주지적 이미지스트로서의 미학적 자의식이 1940년대 전반부터 약화되어 해방기와 1980년대로 가면서 소멸의 일로를 걸었다면, 이와 달리 그의 시에서 인물이 등장하는 빈도는 갈수록 증가하는 경향을 보인다.

그럼에도 김광균 시의 회화적 이미지와 감상적 낭만성을 다룬 숱한 논의들과 달리 정작 인물 형상화에 대한 기존 연구는 소략한 실정이다. 그의 시가 인물을 "현재와 과거의 이중구조" 속에서 다뤘다거나,[1] 친족의 죽음을 시화한 사적 차원에 머무르면서 "모성 정조에 집착"했다는 분석이 있지만,[2] 기법적 특징이나 소멸의식 등을 논하기 위해 부분적으로 언급한 정도에 불과하다. 초기시에 풍경이 우세하다가 후기로 갈수록 인사(人事)가 빈출하면서 풍경과의 교직이 나타난다고 한 한영옥의 분석은 통시적 맥락을 살핀 장점이 있으나, 마찬가지로 김광균 시의 여러 기법들을 논하는 자리에서 개략적으로 거론한 실정이다.[3]

그런 점에서 박태일의 논문은 김광균 시의 인물 형상화를 본격적으로 분석한 거의 유일한 시도란 점에서 주목된다. 그의 논문은 김광균 시가 끈질기게 과거 회상의 되풀이를 통해 몇몇 친족의 죽음에 갇힌 상례제의를 시화했음을 밝힌 의미가 있다.[4] 하지만 해방기와 1980년대의 인물시편을 논의에 포함하지 못했던바, 김광균이 친족 죽음의 회상에만 갇혀 구체적 현실과의 관련을 상실하고 말았다는 비판이 여전히 유효할 수 있는가에 대해선 의문이 든다.

이 같은 문제의식에서 이 글은 김광균의 전체 시세계를 대상으로 해방 전의 초기시(『와사등』, 『기항지』), 해방기의 중기시(『황혼가』), 1980

---

1) 문덕수, 「김광균론」, 『한국 모더니즘시 연구』, 시문학사, 1981, 262~263쪽.

2) 김창원, 「김광균과 소멸의 시학」, 김은전·이승원 편, 『한국현대시인론』, 시와시학사, 1995, 178~181쪽.

3) 한영옥, 「김광균 시 연구: '형태의 사상성'과 관련하여」, 『한국문예비평연구』 11집, 한국현대문예비평학회, 2002.12, 66~68쪽.

4) 박태일, 「김광균과 백석 시에 나타난 친족 체험」, 『경남어문논집』 창간호, 경남대 국어국문학과, 1988.12, 3~11쪽.

년대의 후기시(『추풍귀우』, 『임진화』)를 차례로 검토하면서,[5] 김광균 시의 인물 형상화가 어떤 방식으로 변모해 갔는지 분석하고자 한다. 이 과정에서 그의 인물시편에 주로 나타난 죽음의식의 의미까지를 상관적으로 조명하고자 한다.

1. 익명화된 타자와 개별화된 친족 죽음: 『瓦斯燈』, 『寄港地』

김광균의 첫 시집 『와사등』은 1935년부터 1939년 초반까지의 시들을 묶은 것으로, 외부의 사물과 내부의 정념을 시각적으로 조형한 회화적 이미지들로 채워져 있다. 그의 시의 이미지들이 유동하는 현실의 "不安動搖속에서 安定을찾는 다시말하면 造形藝術로서 固定하려는 意慾"에서 나온 것임은 이미 1930년대 당대부터 지적된 것이고,[6] 이후의 김광균 연구사에서도 정설처럼 반복되어온 바이

5) 김광균 시의 시기 구분은 전, 후기로 나누는 한계전의 이분법도 있었으나 대체로 삼분법이 활용되어 왔다. 김재홍은 문단 활동 여부에 따라 1926~35년까지의 습작기, 1936년의 시 발표부터 1947년 『기항지』 발간까지의 시단 활동기, 1948년 이후의 침잠기로 초·중·후기시를 나누었다. 이명찬은 형식과 내용의 변이를 살피면서 경향시를 주로 한 1934년까지의 초기시, 1939년까지의 『와사등』으로 대변되는 회화적이자 개인적 애상의 중기시, 음악성의 강화 속에서 현실적 애상을 다룬 1948년까지의 후기시로 분류하였다. 이에 비해 박현수는 1926~34년까지의 경향시 창작기, 1934년부터 해방 전까지의 이미지즘 시 창작기, 해방기의 평론 활동기, 전쟁 이후의 회고시 창작기로 시세계를 보다 세분하였다. 이에 대해선 한계전, 「김광균의 시적 변모고」, 『한국국어교육연구회 논문집』 창간호, 1969, 137쪽; 김재홍, 「김광균: 방법적 모더니즘과 서정적 진실」, 『한국현대시인 연구』(1), 일지사, 1986, 240쪽; 이명찬, 「김광균론」, 『한성어문학』 17집, 한성어문학회, 1998, 132~146쪽; 박현수, 「김광균의 '형태의 사상성'과 이미지즘의 수사학」, 『어문학』 79집, 한국어문학회, 2003.3, 392쪽을 참조.

이 글은 편의상 기존의 삼분법 체계를 받아들이되 김재홍과 이명찬이 누락한 1980년대의 말년작까지를 논의에 포함할 것이며, 또한 8·15 이후의 시적 변모가 상당하다고 판단하는바 해방기의 시들에 대해 따로 살펴야 할 필요를 느낀다. 이에 따라 김광균의 시세계를 해방 전까지의 초기시(『와사등』, 『기항지』), 해방기의 중기시(『황혼가』의 대다수), 1980년대의 후기시(『추풍귀우』, 『임진화』)로 나누어 고찰하고자 한다.

다. 주목할 것은 조형적 모더니즘이 추구된 1930년대 중후반의 시들에 다양한 풍경의 묘사가 시도됐음에도 불구하고 정작 그 풍경에 자리하고 있는 인물들에 대해선 구체적 형상화가 별반 나타나지 않는다는 점이다. 간혹 있더라도 일차 가족 구성원인 아버지, 어머니, 누이 등에 집중되었을 뿐 타자로서의 인물은 좀처럼 다뤄져 있지 않으며, 혹 다뤄지더라도 그 인물들은 "少女", "少年", "女人" 등의 익명화된 낱말들을 통해 사물화되어 나타날 뿐이다.

바람에 불니우는 적은집들이 창을나리고
갈대밭에 무치인 돌다리아래선
적은시내가 물방울을 굴니고

안개자욱-한 花園地의 벤취우엔
한낮에 少女들이 남기고간
가벼운우슴과 시들은꽃다발이 흩어저있다

—「外人村」 2~3연[7)]

"山峽村의 고독헌그림"을 제시하며 출발한 이 시는 외인촌의 이국적 풍경을 작품 전체에 걸쳐 묘사하고 있다. 1연은 바다와 인접한 산골짜기의 역 주변 풍경을 마차, 전신주, 구름 등의 사물을 이용해 그려냈으며, 인용한 2연 또한 골짜기 마을의 "적은집들"과 "적은시내"를 현재화된 시점에서 장면화하고 있다. 이 시에 묘사된 풍경들 중에서 인물은 3연에 한 차례 등장하는데, "少女들"로 익명화된 상

6) 김기림, 「시단의 동태」, 『인문평론』 1권 3호, 1939.12, 40쪽.
7) 「외인촌」, 『와사등』, 남만서점, 1939.

태이며 그것도 저물어가는 현재의 노을 녘에 부재중인 소녀들이다. 소녀들이 남겨놓고 간 "가벼운우슴과 시들은 꽃다발"은 순수함과 건강함 및 그러한 자질들의 소멸을 환기해 주지만, 소녀들 개개인의 구체적 인물상은 형상화되어 있지 않다. 익명의 소녀들은 외인촌 풍경의 일부분으로 녹아 풍경의 전반적 분위기를 이미지화하려는 의도 속에서 조형의 도구로 활용됐을 뿐이다. "붉은노-트를 낀 少女서넛이/새파-란꽃다발을 떠러트리며/해빛이 퍼붓는 돈대밑으로 사라지고"라 표현된 「산상정」의 소녀들도 적색과 청색의 대비 효과를 얻기 위한 조형적 질료로 쓰였으며, 뒤이은 4~5연에서 피아노 소리가 "푸른하늘에 스러진다"거나 "牛乳車의 방울소래가 하-얀 午後를실고/언덕넘어 사라진"다고 한 색채 이미지들(청색과 백색)과의 시각적 관계 속에서 병치되어 있다. 이처럼 공통적으로 소녀들은 대상들이 사라진 무인지경의 적막한 공간 창출을 위해 면밀히 계산된 심미적 장치로 동원되었다.

이처럼 김광균의 모더니즘 시들에서 타자로서의 인물들은 회화적 공간 질서의 조형을 위해 배치된 오브제로 기능할 뿐이며 이마저도 「외인촌」, 「산상정」, 「지등」 등의 몇 편에서만 나타날 뿐이다. 이에 비해 일차 가족집단으로서의 인물들은 『와사등』의 경우 타인들처럼 출현 빈도가 많지 않으나, 두 번째 시집 『기항지』부터 급증하는 경향을 보인다. 우선 『와사등』의 경우는 아버지, 어머니, 누이 등의 가족 구성원이 등장하지만 시집 미수록작인 「사향도」(1935.4)까지 고려하면,[8] 누이에 보다 비중을 둔 특징을 보이고 있다. 「사향도」에는 "김매는 누이의 바구니여페서/나는 누어서 낫잠을 잣다"라

8) 「사향도」, 『조선중앙일보』, 1935.4.24·26. 이 시는 『와사등』에 미수록됐다가 훗날 세 번째 시집의 증보판인 『황혼가』(1977)에 수록되었다.

고 하여 안온했던 유년의 목가적 풍경이 제시됐으며, 이를 통해 형성된 누이와의 정서적 일체감은 『와사등』에서 "죽은누나"를 생각하며 "굵은삼베옷을입고 누어있었다"라는 구절로도 표현된다(「벽화」).

해바라기의 하-얀 꽃닙속엔
退色헌 적은 마을이있고
마을길가의 날근집에서 늙은어머니는물레를돌니고

(…중략…)

아버지의 무덤우에 등불을키려
나는
밤마다눈멀은누나의 손목을잇끌고
달빛이 파-란 산길을넘고

—「해바라기의感傷」 1, 3연[9]

"눈멀은누나"의 손목을 잡고 어두운 산길을 넘어간다는 대목에서도 누이와의 긴밀한 유대감은 확인된다. 뿐만 아니라 유년의 정경을 회상한 이 시에는 "늙은어머니", "아버지의 무덤" 등 다양한 가족 구성원까지가 나타난다. 낡은 집에서 물레를 돌리던 어머니의 모습은 유년의 가난을 표상하고 있으며, 아버지와 누이 또한 망자와 맹아로 등장하면서 인물의 개별적 구체화가 시도되고 있다. 타자적 인물들을 익명화한 양상과 다른 셈인데, 이는 시인의 내면에 차지한 친족의 비중이 그만큼 컸음을 잘 보여 준다. 특히 그는 "해

9) 「해바라기의 감상」, 『와사등』, 남만서점, 1939.

바라기의 하-얀 꽃닙"을 통해 과거의 친족들을 떠올리면서 하나의 사물(특히 꽃)에서 회고적 상상의 세계를 직조해냈는데, 이는 『기항지』 수록작인 「대낮」에서도 "칸나의 꽃닢속엔/죽은 동생의 서러운 얼굴"로 재차 시도되는 만큼 김광균이 즐겨 구사한 방법이었다. 타자로서의 인물들이 현재적 공간 속의 여러 자연물들과 동시적으로 공존한 또 하나의 사물로 그려지면서 현재적 풍경의 일부를 이루고 있었다면, 친족은 현재의 자연물에서 출발하되 그로부터 연상된 과거의 회상을 통해 술회되면서 개별적 인물로서의 실감을 부여받고 있는 것이다.

친족 회상을 통한 인물들의 개별적 형상화와 실감의 부여는 1939년 중반부터 1940년대 전반까지의 시들을 모은 시집 『기항지』에서도 이어진다. 이 시집은 회화적 이미지의 조형에 치중했던 『와사등』과 달리 서정적 진술과 내면적 정조를 부각한 특징이 있다. 배면에 가려진 화자가 시각 우위의 원근법적 조망을 통해 풍경의 세목들을 그려나간 것이 『와사등』의 주조였다면, 『기항지』의 시들은 기존의 회화적 묘사를 대체로 유지하면서도 화자 '나'를 곳곳에 노출하여 우울과 비애의 감정을 적극 토로한 면모를 보여 주고 있다. 이는 이 시집에서 급증하기 시작한 인물 등장 시편의 경우 더욱 두드러진다. 흥미로운 것은 『기항지』의 인물 등장 시들에 공통적으로 '서러움'이란 감정어가 나타난다는 점이다.

(1) 한줌흙을 헤치고 나즉-히부르면 함박꽃처럼 눈뜰것만갈애 서러운생각이 옷소매에숨였다. (「水鐵里」)

(2) 칸나의 꽃닢속엔/죽은 동생의 서러운얼굴 (「대낮」)

(3) 비인들에퍼지는 한줄기遙領소래/서른여듧의 서러운나히 두손에 쥐채/여윈어깨에 힘겨운짐 이제벗어놨는가 (「綠洞墓地에서」)

(4) 어머님은 지나간半生의 추억속에사신다 / (…중략…) / 내서러운都市우에 낮과밤이바뀔때마다/내鄕愁의집웅우를 바람이지날때마다/어머님의 다정한모습 두눈에어려/온–몸이 젖는다/황홀이 눈을감는다 (「碑」)

(5) 언제 꺼질지모르는/조그만 生活의 초ㅅ불을 에워싸고/해마다 가난해가는 고향사람들/낡은 비오롱 처럼/바람이부는날은 서러운고향 (「鄕愁」)

(1)과 (2)는 누이동생의 죽음을, (3)은 형의 죽음을, (4)는 가족의 묘비 앞에서 추억 속에 살고 있는 어머니를 다뤘으며, 인용한 시들은 어김없이 서러움을 화자의 감정으로 제시하고 있다. '서럽다'란 어휘는 김광균의 1930년대 중후반 시편에선 거의 발견되지 않는 것으로 슬픔, 서글픔, 처량함, 눈물 등의 애상적 정서에 머물던 『와사등』보다 한층 짙어진 부정적 감정에 시인이 처하게 됐음을 알려 주고 있다.[10] 서러움이란 '원통하고 슬프다'로 사전에 정의되었듯 격한 슬픔이자 구체적 원인이 존재하는 슬픔이다. 『기항지』에 나타난 서러움의 원인을 위 인용시들에서 추려보면 그것은 고향에 대한 향수와 친족의 죽음이라는 두 가지 요소로 집약된다. 다시 말해 1940

10) 『와사등』에서는 "나는 하나의 슬픈그림을 찾고있었다"(「향수의 의장」), "내슬픔 그우에 고히서리다"(「설야」), "腐汚한 달빛에 눈물지운다"(「공지」), "까닭도 없이 눈물겹고나"(「와사등」), "마음 한구석에 버레가운다"(「광장」), "나는 서글픈 하품을 씹어가면서/고요히 두눈을 감고있었다"(「지등」), "끝업는 어둠 저욱이 마음서글퍼"(「공지」), "나는안개에저진 帽子를쓰고/이 古風의季節앞에 서글픈얼골을 한다"(「SEA BREEZE」), "내가슴엔 처량헌파도소래뿐"(「오후의 구도), "스산–한 심사"(「밤비」) 등에서처럼 비교적 연약한 슬픔을 표현한 애상적 감정어가 빈출함을 확인할 수 있다.

년대 전반 김광균 시들의 주조를 이룬 것은 상실의식이었으며, 이 상실의 감정은 고향과 친족의 소멸이라는 두 가지 원인에 의해 동기화되고 있었던 것이다.

물론 김광균 시에서 상실의식은 『와사등』 시편부터 있어왔던 것이고 그런 점에서 그의 시세계를 추동한 근원적 의식으로 볼 수 있다. 하지만 『기항지』의 상실의식은 "까닭도없시 눈물겹고나"(「와사등」) 식의 막연한 애상성을 넘어서 친족과 고향의 소멸이라는 구체적 원인을 가지고 있었다. 『와사등』에 비해 『기항지』의 인물 등장 시들은 가족 낱낱의 죽음을 회고, 애도하는 데 집중하면서 특히 '고향'이란 어휘를 직접 부각한 특징을 보인다.11) 『기항지』 시편에서 가족의 죽음은 고향의 죽음과, 친족에 대한 그리움은 사라진 고향에 대한 향수와 등가 관계를 이룬다. 주목할 것은 (4)에서 보듯 '고향=친족'에 대한 그리움이 곧 "내서러운都市"로 표현된 현재의 도시적 삶에 대한 부정적 인식과 매개되어 있다는 점이다. 언뜻 보기에 시인의 서러움은 친족의 죽음이라는 지극히 사적인 문제에 기반한 것처럼 보이지만, 『기항지』에서는 친족의 그 죽음이 고향의 상실이란 새로운 테마와 접합되면서 과거의 고향 대 현재의 도시라는 대비 구도 속에서 운용됐음에 유의할 필요가 있다. 당시의 농어촌이 식민지의 도시 정책에서 "이중으로 소외"된 상태였음을 상기해 볼 때,12) "해

11) 『와사등』에서도 유년의 풍경을 묘사한 「벽화」, 「해바라기의 감상」, 「향수의 의장」, 「소년사모」 같은 시들이 있으나 '고향'이란 낱말을 직접 구사한 예는 발견하기 어렵다. 1930년대 중후반에도 「사향도」(『조선중앙일보』, 1935.4.24·26), 「힌구름에 부치는 시」(『여성』 4권 1호, 1939.1)처럼 고향과 향수를 부각한 시들이 있기는 하나, 『와사등』에서 뺀 채 훗날 『황혼가』에 수록했음을 보면—「힌구름에 부치는 시」의 경우 「고향」이란 제목으로 수록되었다—『와사등』은 향수의 감정보다도 과거의 유년 풍경 자체를 이미지로 조형하는 데 주력한 시집임을 알 수 있다. 이와 달리 『기항지』에서는 「향수」, 「황량」, 「비」 등을 통해 '고향'이란 단어를 직접 돌출하면서 잃어버린 고향에 대한 향수를 전면화하고 있음이 확인된다.

마다 가난해가는 고향사람들"의 정체된 모습이야말로 그에게 "서러운" 감정을 일으킨 원인으로 작용하고 있었던 것이다(5). 그런 점에서 친족의 죽음이라는 과거의 개인적 영역에 갇혀 변화하는 현실과의 연관성을 상실하고 말았다는 비판은 재고돼야 할 필요가 있을 것이다.

2. 해방기의 애도시편과 노신·소월을 통한 생활의 도모

『와사등』의 회화적 모더니즘 시들에서 인물은 별반 형상화되어 있지 않으며, 간혹 등장하더라도 타자들이 현재적 풍경의 일부를 이루는 또 하나의 사물처럼 익명화된 조형적 질료로 다뤄지고 있었음을 검토하였다. 친족의 경우는 『와사등』에서 『기항지』로 갈수록 출현 빈도가 높아지며, 타자와 달리 회상 공간 속에서 인물의 개별적 형상화가 시도됐음을 살펴보았다. 특히 『기항지』 인물시편의 경우 친족의 죽음을 전면화하면서 도시와 고향의 대비적 구도를 통해 현재의 도시적 주체가 겪는 서러움을 전언하고 있었음도 분석하였다. 거시적으로 보자면 타인보다는 친족을 그것도 친족의 죽음을 회상한 것이 해방 이전의 인물시편에 나타난 전반적 특징이라 할 것이다. 이에 비해 해방기 김광균의 인물시편은 친족보다도 타인에 치중하는 변화를 보인다. 이는 개인의 사적인 문제에서 집단의 공적인 문제가 최우선시된 해방 공간의 당대적 특수성이 작용한 결과로 보인다.

---

12) 이혜원, 「한국 현대시에 나타난 '서울'의 문학지리학적 연구: 식민지 시대를 중심으로」, 『어문연구』 59집, 어문연구학회, 2009.3, 361쪽.

대다수 문인이 그러했듯 해방 공간은 김광균에게도 정치성 대 순수성, 참여성 대 예술성 등 좌와 우의 문학 이념을 둘러싼 근본적 고민과 맞부딪치게 하는 장이 되었다. 해방 공간에서 김광균의 활동은 1946년 말까지의 문학가동맹 동참기, 1946년 12월부터 1947년 중반까지의 중간파 논쟁기, 이후 문단과 점차 거리를 두며 일상적 생계의 영위를 준비한 문단 이탈기로 구분해 볼 수 있다. 1948년 2월의 시 「기적」을 마지막으로 이후 창작이 뜸했던 것을 보면, 1945년 12월의 시 「날개」에서 시작된 해방기 김광균의 활발했던 작시 기간은 이 년이 조금 넘는 정도에 불과하다.[13] 하지만 이 기간 동안 그는 문학가동맹('문맹'으로 표기)의 시부에 적극 동참한 정치주의 시인이었다가 좌의 정치성과 우의 순수성을 비판하면서 양자의 절충을 내세우는 중간파 시인으로의 전향을 보여 준다.

흥미로운 것은 이 변모의 계기와 과정이 당시의 여러 인물시편에 고스란히 반영되어 나타나고 있다는 점이다. 해방기 김광균의 시에는 『기항지』 때와 마찬가지로 인물의 형상화가 빈번하게 시도되는데, 특히 인물들의 죽음을 소재로 삼았다는 점에서 해방 이전 시들과의 연속성이 확인된다. 그러면서도 친족보다 타인의 죽음에 초점을 둔 것이 해방 이전과 달라진 두드러지는 차이라 할 것이다. 이에 비해 해방기 그의 시들에서 친족은 좀처럼 다뤄지지 않는 양상을 보인다.

먼저 문맹 활동기의 경우, 김광균의 인물시들은 특정한 정치적 사건과 메시지를 어김없이 전달하고 있다. 좌익 측의 학병동맹 장

---

13) 신작시의 경우 1946년에 8편, 1947년부터 이듬해 2월까지 또 8편을 발표한 그의 다작 활동은 이후 「그믐날 밤에 혼자 누어 생각하기를」(1949.1), 「영도다리」(1951), 「UN군 묘지에서」(1952)에서 보듯 매년 한 편 정도로 급감하는 추세를 보인다. 그런 점에서 해방기의 실질적인 작시 기간은 1945년 12월부터 1948년 2월까지의 2년 3개월 정도로 볼 수 있다.

례식을 추도한 「상여를 보내며」(1946.2)는 박진동, 김성익, 이달삼의 죽음을 슬퍼하면서 "젊은 벗이여 평안히 가라"고 애도한 시이고,[14] 「미국 장병에게 주는 시」(1946.7) 또한 이차대전의 태평양 미군 전사자들을 기리면서 "그대들의 죽엄 우에 새나라 세워지는 날"이 오기를 희망한 것으로,[15] 1차 미소공위의 결렬 직후에도 미 군정에게 남아 있던 일말의 기대감을 드러낸 작품으로 볼 수 있다. "여기 白布에 쌓여" 있는 "벗"의 죽음을 슬퍼한 「영미교」(1946.8)나 안병수의 죽음을 추도한 「구선리」(1946.10) 같은 시들은 무명의 정치적 동지에 대한 그리움과 연민을 표현한 것으로,[16] 「구선리」의 경우 문맹 시부가 주최한 '국치일기념 문예강연회'(1946.8)에서 낭독된 특징이 있다.

이상에서 보듯 문맹 서울지부 산하의 시부위원장으로 활동하던 시절 김광균의 시들은 해방 초기의 여러 정치적 소용돌이와 보조를 함께 하면서 좌익 측의 현실주의 시관을 일정하게 대변해 보이고 있었다. 하지만 정치적 참여성을 보였음에도 그의 시들은 여타의 좌익계 시인들과 달리 투쟁의식의 고취라는 정치적 목적성까지는 드러내지 않고 있었다. 유무명의 다양한 인물을 형상화했음에도 어디까지나 그 인물들은 죽은 자이자 슬픔과 애도의 대상으로 추념될 뿐이었다. 이는 문맹과 함께 했음에도 그의 인물시들이 좌익의 공식적 창작 노선과 일치되기보다는 오히려 해방 전의 친족시편에 관

14) 「상여를 보내며: 1946년 1월 30일」, 『학병』, 1946.2. 참고로 해방기의 김광균 시들은 훗날 『황혼가』(1957)의 1부인 '황혼가'에 수록된다(2부 '사향도'는 해방 전의 시 3편을 수록하고 있다). 하지만 이번 장에서 언급하는 작품들은 신문 및 잡지에 게재된 최초 발표작을 인용하기로 한다. 정치적으로 급변하던 해방기의 특수성상 이와 관련하여 김광균 시가 어떻게 굴절, 변모됐는지 추적할 필요가 있기 때문이다.

15) 「미국 장병에게 주는 시: 미국 독립 기념의 날」, 『조선인민보』, 1946.7.4.

16) 「영미교」, 『신문학』 3집, 1946.8; 「구선리-곡 안병수 군」, 『협동』 2집, 1946.10.

통했던 죽음의식과 회상적 애도의 일정한 구속력 아래 있었음을 알려 준다. 그런 점에서 이후 시도된 그의 중간파로의 전환은 좌익과 함께 하되 완전히 좌익적일 수 없었던 문맹 활동기의 인물시편에서 이미 배태된 것으로 볼 수 있다. 국치일기념 강연회에서 「구선리」를 낭독한 이후 그가 느낀 문맹과의 심리적 균열은 점점 커져갔던바, 이는 「노신의 문학 입장」이란 글에서 다음과 같이 표현된다.

> 노신이 제일 걱정하던 것은 1931년경부터 정치의 선전 활동에 열중한 문인들이 문학의 창조를 제외하고 가두에 벽신문을 붙이고 노래를 짓고 병사를 위로하며 기금을 모집하는 등 쇄말적인 정치 활동에의 직접 참가였다. 그는 이런 종류의 일을 못하는 사람이었다. (…중략…) 혁명의 혼탁과 동란의 전진(戰塵)에 싸여 작품과 인간이 격앙하고 충혈되었을 때 홀로 정밀한 비가를 노래하던 심정을 나는 나대로 생각하고 있다.
>
> ―「노신의 문학 입장」[17]

당시 문맹은 인민주의의 원칙에 따라 "文學의大衆化를 急速히 促進"하려는 목적 하에 1946년 8월에 서울지부를 신설하고,[18] 인민대중과 함께 하는 문학대중화 운동을 한층 강화해가고 있었다. 곧 이은 1946년 9월의 총파업과 10월의 인민항쟁을 보면서 문맹 측은 "人民大衆의 政治的進出"을 목도하게 됐으며,[19] 이처럼 투쟁적으로

---

17) 「노신의 문학 입장」, 『예술신문』, 1946.10. 이 글의 인용은 오영식·유성호 편, 『김광균 문학전집』, 소명출판, 2014에서 하였다. 참고로 이 글의 정확한 발표 날짜는 분명치 않으나, 김학동·이민호 편, 『김광균 전집』, 국학자료원, 2002에서는 1946년 10월로 표기하고 있다.

18) 「문학가동맹 서울시지부 부서」, 『현대일보』, 1946.8.21.

19) 문맹 제8회 중앙집행위원회, 「문학운동의 대중화와 창조적 활동의 전개에 관한 결정서」, 1946.11.8, 「문맹 문학운동 결정서」, 『예술통신』, 1946.11.13.

변화된 대중과 적극 연대하고자 서울지부는 11월에 조직 개편을 단행하고 「문학대중화 운동 전개에 관한 결정서」를 발표한다.[20] 인용문은 서울지부 산하의 시부 위원장을 맡고 있던 김광균이 당시 좌익 문단에 불어닥친 문학대중화 강화 방침에 대해 어떠한 인식을 가지고 있었는지 알려 준다. "가두에 벽신문을 붙이고 노래를 짓고 병사를 위로하며 기금을 모집"하는 식의 대중화 운동에 대한 회의감을 그는 과거 노신의 사례를 빌어 우회적으로 드러낸다. 이때부터 그는 "격앙하고 충혈"된 정치주의 문학의 범람 속에서 "홀로 정밀한 비가를 노래"해야 했던 노신의 고독한 처지를 자신과 동일시하기에 이른다. 노신에 대한 감정이입은 이듬해 1947년 4월의 발표작 「노신」을 통해 구체적으로 시화된다.

> 무수한손에 빰을어더마지며
> 항시 근두박질해온 生活의노래
> 지나는 돌팔매에도 이제는피곤하다
> 먹고 산다는 것
> 너는 언제까지 나를쪼처오느냐
> (…중략…)
> 魯迅이여
> 이런밤이면 그대가생각난다
> 온-세계가 눈물에 저져있는밤
> 上海胡馬路 어느뒤골목에서
> 쓸쓸히앉어 직히든 등불

20) 문맹 서울지부 제5회 집행위원회, 「문학대중화 운동 전개에 관한 결정서」, 1946.11.23, 「문학을 대중 속에!!: 문맹 서울지부 결정서 전문」, 『예술통신』, 1946.11.29~30.

등불이 나에게 속삭어린다
여기 하나의 傷心한사람이있다
여기 하나의 굳세게사려온 인생이있다

—「魯迅」 6~10, 14~21행[21]

노신을 소재로 한 인물시이자 중간파로 전환한 뒤의 내적 심리 상태를 진술한 시에 해당한다. 따라서 이 시에 접근하려면 중간파 논객으로서 겪어야 했던 당시 김광균의 문단적 입지를 잠시 살펴야 할 필요가 있다. 「노신의 문학 입장」을 통해 좌익 시단에 대한 회의감을 은연중 드러낸 김광균이 중간파로의 본격 전환을 선언한 것은 1946년 12월 초의 글들 「문학의 위기」와 「시단의 두 산맥」을 통해서이다.[22] 중간파 시론이 좌의 정치시와 우의 순수시 양쪽을 비판한 것임은 잘 알려져 있다. 문제는 이 글들의 발표 이후 그가 김동석, 김상훈, 김영석 등 문맹의 여러 논객으로부터 집단적인 비판을 받아야 했다는 점에 있다.[23] 김광균 또한 「문학평론의 빈곤」(1947.3), 「문학청년론」(1947.3) 등을 통해 맞대응했지만, 어쨌거나 자신에 대해 '개구리인 척하는 올챙이'로 비유한 김동석이나 정치적 표현의 자유를 억압한 수도경찰청장 장택상과 같다고 몰아붙인 김영석의

21) 「노신」, 『신천지』 2권 3호, 1947.4.

22) 「문학의 위기: 시를 중심으로 한 일 년」, 『신천지』 1권 11호, 1946.12; 「시단의 두 산맥」, 『서울신문』, 1946.12.3.

23) 비판은 우익보다 좌익 쪽에서 집중적으로 나타났다. 우익의 비판은 조지훈의 「순수시의 지향: 민족시를 위하여」(『백민』 3권 2호, 1947.3)에서 한 차례 있었지만, 좌익에서는 김동석, 「시단의 제 삼당: 김광균의 「시단의 두 산맥」을 읽고」(『경향신문』, 1946.12.5); 김영석, 「정=치와 문=학: 아직도 남은 문화인의 정치 공포증」(『독립신보』, 1947.2.5~7); 김상훈, 「빈곤한 논리: 김광균 씨 소론에 대하야」(『독립신보』, 1947.3.11); 김동석, 「시인의 위기」(『문화일보』, 1947.3.30~4.5) 등을 통해 숱한 비판이 이어졌다. 이에 대해선 박민규, 「중간파 시 논쟁과 김광균의 시론」(『배달말』 50집, 배달말학회, 2012.6)을 참조할 것.

비판은 다분히 인신공격적인 데가 있었던 만큼,[24] 이들의 공격에서 "殺伐한 武士道가橫行"하고 있다고 표현할 정도로 그가 두려움을 느꼈던 것은 사실이다.[25] 그런 점에서 「노신」은 좌우 양쪽의, 특히 좌익으로부터의 집단적 비판을 홀로 감당해야 했던 당시의 심정을 표현하고 있다. "무수한손에 뺨을어더마지며", "지나는 돌팔매" 같은 구절들에서 이를 알 수 있거니와 그는 문맹에서 이탈한 자신에게 가해진 공격들에 지친 나머지 "이제는 피곤하다"고까지 말한다. 노신은 오갈 데 없어진 이 같은 실존적 고독의 상황에서 떠오른 인물이자 마음의 "傷心"을 공유할 수 있는 동병상련의 대상이며 나아가 그 상처를 딛고 굳세게 살아야 할 것을 알려 주는 일종의 의지처로 형상화된다.

아울러 이 시에서 주목할 것은 "항시 근두박질해온 生活의 노래", "먹고 산다는 것/너는 언제까지 나를쪼처오느냐"에서 보듯 생활의 문제가 다뤄지고 있다는 점이다. 이 또한 중간파로서의 문제의식과 일정한 관련이 있다. 김광균이 보기에 좌익 시단의 경우는 정치적 사상의 내용화에 치우쳐 공식적 작품만을 양산해 왔으며 따라서 이의 극복을 위해서는 예술적 개성부터 연마하는 "文學者로써의 生活"을 가져야 한다.[26] 생활의 진실한 체험에서 제대로 된 시가 나올 수 있다는 그의 생각은 곧 이론적 도식성에 빠진 좌익 시단과 시대 현실을 간과한 채 기교의 순수성에만 매달려

---

24) 김동석, 「시단의 제 삼당: 김광균의 「시단의 두 산맥」을 읽고」; 김영석, 위의 글.

25) 김광균, 「문학평론의 빈곤」, 『서울신문』, 1947.3.4.

26) 「문학의 위기: 시를 중심으로 한 일 년」, 『신천지』 1권 11호, 1946.12, 119쪽. 문학자로서의 생활론은 뒤이은 「시단의 두 산맥」의 결론에서도 강조될 만큼 김광균의 중간파 시론에서 중요한 비중을 차지하였다. "끝흐로 一言할것은 한民族과個人이 多難한 革命期일수록 서로가 謙虛히 自己力量을 도라다보고 공부에心血을 기우릴때 詩도더욱 燦爛히 빗날것이며, 文學을最後로 決定하는것은亦是 文學者의生活이란것을다시한번 絶따코십다"(「시단의 두 산맥」, 『서울신문』, 1946.12.3).

있는 우익 시단을 동시에 지양하기 위한 것으로, 「전진과 반성」의 "一個人의 日常生活에서도 詩의素材를 求하는것은 조금도 脫線이 아니다"라는 문구를 통해 반복된다.[27] 이를 고려하면 위 시에 표현된 "生活의 노래"는 단순히 등장한 구절이 아님을 알 수 있다. "먹고 산다는 것"의 일상 문제를 시화함으로써 그는 좌와 우가 각각 놓치고 있던 개성(일상은 그 일상을 겪은 개인에게 고유한 것이다)과 시대성(일상은 한 사회의 시대상을 담지하고 있다)을 동시에 표현하고자 했던 것이다.

물론 이 같은 시도가 「노신」에서 얼마나 성공적으로 형상화됐는가의 여부에는 의견이 분분할 수 있다. 하지만 먹고사는 생활의 문제를 발화하기 시작한 것이 소위 중간파 논쟁을 거치면서 그가 얻어낸 독자적 문제의식을 배경으로 하고 있으며, 또한 이후 그의 시의 변모를 가져오는 실질적 계기가 된다는 점에서 이 시가 차지한 문제적 위치만큼은 간과될 수 없는 성질의 것이라 할 수 있다. 실제로 이후 그의 시들은 생활의 문제를 본격화하는 방향으로 나아간다. 중간파 논쟁을 거친 뒤 점차 문단에서 거리를 두게 된 김광균은 1947년의 "늦은 가을"부터 "語學工夫"를 하면서 생활의 설계를 시작한다.[28] 그러나 한 사람의 시인으로서 시단과 단절된 채 새로운 삶을 모색한다는 것이 쉬운 결정은 아니었을 것이다. 이때의 복잡했던 심경은 소월의 말년을 다룬 다음의 글에서 엿볼 수 있다.

> 十年의 波濤가 스처간 이村 들가에 서서 素月이 생각한것은 무엇이였을가. 허트러진 머리속을 往來하는것은 우선 生活의設計였을것이다.

27) 「전진과 반성: 시와 시형에 대하여 (상)」, 『경향신문』, 1947.7.20.

28) 「추야장」, 『문예』 1권 4호, 1949.11, 166쪽.

(…중략…) 오래갓만에 그는自己와 自己生活을도라다봤다. 素月의 매말은 두 볼엔 눈물이 흘러나렸을것이다.

—「金素月: 가을에 생각나는 사람」[29]

소월의 심정을 상상한 형태를 취하였지만 실은 자신의 심정을 소월에 얹어 표현한 것임을 알 수 있다. 이 글에서 김광균은 곽산을 거쳐 남시로 내려가 마지막 십 년을 보낸 소월의 행적에 각별한 관심을 기울인다. 시를 절필한 채 신문사 지국 경영과 대금업에 손댔던 소월의 남시 생활을 하나하나 따라가던 김광균은 "끓어오르는 悲哀와絶望을 술노 씻든 그의日常生活이 하나의悽慘한 그림으로 내머리에 떠오른다"라고 술회한다.[30] 시를 떠나 생업을 도모해야 했던 말년의 소월은 마찬가지의 상황에 놓인 김광균에게 감정이입과 동병상련의 대상이었다. 자기를 돌아보면서 "생활의 설계"를 다짐하던 소월은 회한의 "눈물"을 흘릴 정도로 슬펐을 테지만, 소월의 그 다짐은 아울러 같은 처지에 놓인 자신에 대한 다짐이자 위로가 된다.

이처럼 김광균은 노신과 마찬가지로 소월 또한 자신의 시와 삶의 방향성을 가늠하기 위한 참조점으로 삼고 있었다. 1947년 10월에 이 글을 발표한 직후 본격적으로 어학 공부를 시작하며 '생활의 설계'에 돌입한 김광균은 소월의 경우를 위안 삼아 차츰 작시에서 손을 놓게 된다. 1948년 초에 「비량신년」, 「승용마차」, 「기적」을 발표한 것을 마지막으로 한 해에 한 편 정도만 시를 발표하던 그는 이마저도 1952년의 시 「UN군 묘지에서」를 끝으로 긴 시간 침묵에 들어

---

29) 「김소월: 가을에 생각나는 사람」, 『민성』 3권 11호, 1947.10.

30) 위의 글, 27쪽.

간다. 특히 전쟁이 터지자 납북된 동생의 사업을 인수한 김광균은 이후 경영 일선에 매진하게 된다. 이때의 고달픈 생활 속에서 소월은 그의 시 「영도다리」(1951)에 다시 한 번 등장한다. 피난지 부산에서 쓴 이 시에서 그는 "〈살기가 왜이리 고달프냐〉던 素月 만나려/酒幕집 燈불"을 찾는다. 물론 시의 후반부는 주막에 소월이 없음을 확인한 그가 문득 타지에 홀로 남겨진 자신의 신세를 확인하며 비애에 젖는 내용으로 이뤄지지만, 어쨌든 그에게 소월은 생활의 절벽으로 몰릴 때면 상기되는 인물이자 삶의 애환을 공유하며 달랠 수 있는 위로의 대상으로 형상화되었다.

3. 지인 및 모친의 죽음과 생의 문제: 『秋風鬼雨』, 『壬辰花』

현실주의 시단과 함께 하면서 타인의 죽음을 애도하던 해방기의 김광균이 중간파로 전환한 뒤에는 자신의 심경을 노신과 소월을 통해 드러내고 있었음을 살펴보았다. 특히 중간파 논쟁을 거치면서 '문학자로서의 생활'을 내세우게 된 그가 시에서도 자신의 생활 문제를 발화하는 방향으로 변모하기 시작했음을 검토하였다. 다만 이후 문단과 거리를 두게 됐으며 생계의 도모 속에서 기업인으로 전환한 만큼 문학자로서의 생활론 또한 유명무실하게 된 것은 사실이다. 이를 의식한 듯 김광균은 작시에서 손을 놓는다. 해방 후의 시들을 주로 모아 시집 『황혼가』(1957)를 펴낸 뒤 그는 무려 삼십 년 가까이 시단에서 떠나 있었다.[31]

31) 1960~70년대에도 「안방」(1967), 「제당이 가시다니」(1968), 「목련」(1976), 「황혼」(1976) 같은 시를 발표하긴 했으나, 이상의 네 편이 전부였다는 점에서 사실상 시단에서 떠나 있었다고 보아도 무방하다. 시전집 『와사등』(근역서재, 1977)을 내긴 했으나, 김광균이

김광균이 다시 활발하게 시를 발표하기 시작한 것은 1980년대에 와서이다. 이후 작고하기까지 십여 년 동안 시를 발표하면서 그는 두 권의 시집 『추풍귀우』(1986)와 『임진화』(1989)를 상자한다. 이 시집들을 통해 김광균은 인생 말년에 느낀 생의 소회와 무상감 및 그에 따른 슬픔과 고독감을 차분하고 담담한 어조로 서술한다. 특히 죽음의식의 발로가 두드러지는데, 죽음을 향해 점점 다가서는 자신의 실존적 내면을 다룬 경우도 많지만, 여타 인물들의 죽음을 바라보면서 슬픔과 안타까움, 추억과 그리움을 드러낸 경우가 상당하다. 그의 후기작에서 인물들은 어김없이 죽은 자의 형상으로 나타나며, 대별하자면 타인과 친족의 죽음을 다룬 두 가지 경향으로 나눌 수 있다. 친족과 타인의 죽음 중 『기항지』 시편이 전자에, 『황혼가』의 해방기 시편이 후자에 치중했다면, 『추풍귀우』와 『임진화』는 그 둘을 아우른 모양새를 취했다고 볼 수 있다. 어찌 보면 타인과 친족 둘 다를 형상화한 점에서 초기의 『와사등』과 유사하다고 볼 수 있지만, 『와사등』이 타인의 죽음에 무관심했으며 타인을 풍경의 조형을 위한 질료로 활용했음에 비해 그의 말년작들은 타인의 죽음을 자신의 구체적인 생활상과 연계하여 다룬 점에서 차이를 보인다.

타인을 다룬 경우부터 살피면 김광균의 1980년대 시들은 고향 친구(「양석성 군 장례식날 밤에 쓴 시」, 「삼월이 온다」), 문우(「안성에서」, 「뉴육서 들려온 소식」, 「십일월의 노래」), 이웃 주민(「최순우 씨」) 등 다방면에 걸쳐 다양한 인물들의 죽음을 형상화하고 있다. 문인인 이봉구, 장만영, 김용호, 오장환, 김기림과 화가인 김만형, 최재덕 그리고 60년 지기의 고향 친구 양석성 등을 호명하면서 이미 죽은 "故友들과 幽明을 같이하고 살아가고 있는 것이 아닐까?"라고 자문한

다시 작시를 재개한 시기는 1984년경부터이다.

『추풍귀우』의 서문에서도 죽음에 대해 더욱 예민해진 그의 모습은 확인된다. 즉, 가까운 지인들의 죽음을 통해 그는 연민, 안타까움, 슬픔의 "弔歌"로 후기시편을 물들이고자 한 셈이다.

(1) 내 울음소리 안 들리는 곳으로/봉구는 떠났나보다./ (…중략…) / 산길을 내려오다 뒤돌아보니/눈에 보이는 아무 곳에도 봉구는 없다/봉구는 정말은 代代先山 땅 속에 누워/떠나가는 나를 보고 손짓을 하나보다. (「安城에서」)

(2) 廣州땅 공원묘지 산비탈에/그의 새로운 무덤 위에도 이 눈은 나리겠지./죽는 것과 사는 것 사이엔 어두운 강물이 있어/서로의 소식이 끊어진 채 세월이 그 위를 흘러간다. (「崔淳雨 氏」)

(3) 창밖엔 漆黑의 밤이 내리고 있고/이젠 나와 그 친구 사이엔/七萬里 하늘이 가로놓여/내 부르는 소리 산울림 되어 돌아오나보다. (「梁錫星 君 葬禮式날 밤에 쓴 詩」)

(1)은 문우 이봉구, (2)는 이웃 주민, (3)은 고향 친구를 다뤘으며 공통적으로 인물들의 죽음을 애도하고 있다. 이상의 시들에서 주목할 것은 타인의 죽음을 자신과의 영원한 이별로 인식했다는 점이다. (1)의 이봉구는 "내 울음소리 안 들리는 곳으로" 떠난 사자(死者)인바, 그와 화자 사이에는 "떠나가는 나"에서 보듯 좁힐 수 없는 삶과 죽음의 간극이 가로놓여 있다. (2)에서도 죽은 동네 주민 최순우 씨와 살아 있는 자신 사이엔 오갈 수 없는 "어두운 강물"이 흐르고 있다. 할 수 있는 일이란 생전의 그와 함께했던 추억을 회상하면서 가까운 미래에 "성묘" 가는 일뿐이다. (3) 또한 마찬가지로 산

화자와 죽은 친구 사이에 "七萬里 하늘이 가로놓여" 있음을 부각하고 있다. 특히 작품의 도입부에서 "어찌하여 나의 친구들은/차례차례로 먼저 떠나가는 것일까"라고 하여 화자는 지인들의 죽음에 대한 안타까움과 슬픔 및 홀로 세상에 남겨진 자신의 외로움과 한탄을 전언하고 있다. 죽은 친구를 그리움에 불러보아도 "내 부르는 소리 산울림 되어 돌아올" 뿐, 산 자와 죽은 자의 거리는 아득하기만 하다. 고향 친구 양석성을 다룬 또 다른 시 「三月이 온다」에서도 "梁君은 새 봄이 와도 소식이 없"는 친구이자, 계절의 순환에 따라 소생하는 자연과 달리 "세월이 갈수록 아득한 친구"로 인식될 뿐이다.

이처럼 타인의 죽음을 형상화한 김광균의 시들은 망자와의 좁힐 수 없는 간극을 인식하면서 홀로 남겨진 실존적 단독자로서의 자신을 발견하는 내용으로 이뤄져 있다. 삶과 죽음의 세계는 철저히 분리되어 있으며 그렇기에 죽음 저 너머의 세계로부터 얻을 수 있는 초월적 위안이란 존재하지 않는다. 혹 죽은 자와의 소통이 가능하다 해도 그것은 지난 과거를 회상하는 추억 속에서만 가능할 뿐이며, 외려 그 추억은 이미 죽어 사라진 망자와의 돌이킬 수 없는 이별을 재확인하게 해 준다는 점에서 시인의 슬픔과 비애를 한층 강화시킬 뿐이다. 결국 지인과 만날 수 있는 방법이란 그들을 뒤쫓아 자신도 죽음의 세계로 진입하는 것뿐이다. "朴寅煥이 옛날 살던 집" 앞을 지나가다가 "나의 친구들은 어디 있을까"라고 물은 시인은 죽음 저 너머의 세계에서 환청처럼 들려오는 "그들이 부른 노래" 소리를 듣고는 그쪽으로 "발길을 돌린다"(「십일월의 노래」). 죽은 자와의 만남은 결국 죽음을 통해서만 가능하다는 것인데, 여기에서도 삶과 죽음을 단절적으로 본 이원적 세계관이 확인된다.

이에 비해 친족을 다룬 경우 그의 후기시들은 모친의 형상화에 집중하는 경향을 보인다. 해방 전에 빈번하게 나타났다가 『황혼가』의 해방기 시편에서 사라졌던 친족 모티프가 1980년대에 다시 등장한 셈인데, 그럼에도 누이에 보다 비중을 두면서 어머니, 아버지, 형 등 다양한 가족 구성원을 시화했던 『와사등』, 『기항지』와 달리 『추풍귀우』는 어머니의 죽음에만 초점을 둔 특징을 보인다.

> 四月이 돌아와 다사로운 봄볕에
> 木蓮이 꽃망울지기 시작하면
> 내 슬픔은 비롯하나보다.
> 경운동집 앞마당에
> 목련이 가지마다 꽃등을 달면
> 병석의 어머님은 방문을 열고
> 사월 팔일이 온 것 같다고 웃고 계셨다.
>
> (…중략…)
>
> 목련이 지면 어머님은 떠나가시고
> 삼백 예순 날이 또 지나가겠지
> 아 새봄이 와서
> 가지마다 새싹이 움틀 때까지
> 나는 서서 나무가 되고 싶다.
>
> —「木蓮나무 옆에서」 1, 3연[32]

타인의 죽음이 영원한 이별로 각인됐다면, 그와 달리 모친은 비

---

32) 「목련나무 옆에서」, 『추풍귀우』, 범양사, 1986.

록 돌아가셨어도 화자의 곁에 늘 함께하는 존재로 진술되고 있음을 알 수 있다. 모친은 목련꽃이 필 때 나타났다가 꽃이 지면서 사라지고 이듬해 피는 목련꽃과 함께 다시 돌아오는 존재로 형상화된다. 물론 이는 화자의 상상에 의한 것이며, 목련꽃에서 모친의 모습을 떠올렸다고 보는 것이 정확할 테지만, 중요한 것은 꽃에서 모친의 재림을 보고자 하는 욕망이 시에 투영되어 있다는 점이다. 꽃을 매개로 하여 화자는 모친과의 사별이 영원한 이별이 아님을 강조하면서 삶과 죽음의 경계를 무화하고 있다. 망자와의 관계는 계절의 순환에 따라 만남과 이별을 반복하면서 계속된다. 이듬해 봄에 모친이 다시 현전하리라는 상상적 기대를 통해 화자는 산 자와 죽은 자의 두 세계가 맺는 순환적 연속성을 표현한다. 내년 봄이 올 때까지 "나는 서서 나무가 되고 싶다"라는 마지막 행은 꽃(모친의 재림)을 기다리겠다는 다짐이자, 자연과 생명의 순환성 및 영원성을 수용하게 된 내적 변화를 알려 주고 있다. 그런 점에서 김광균의 시가 과거의 친족 죽음을 회상하는 데만 갇혀 현재와의 연관성을 상실했다는 비판은 후기작의 변모를 간과한 것이란 점에서 적절치 못하다 할 수 있다. 그의 말년작에 이르러 친족은 과거에 비록 죽었어도 현재 및 앞으로의 삶에 반복적으로 현전하는 에피파니적 존재로 형상화된바, 이를 통해 시인은 과거와 현재, 죽음과 삶, 소멸과 생성의 관계에 대한 단절적 인식으로부터 벗어날 수 있게 되었기 때문이다.

4. 친족과 타자 형상의 상관성

김광균의 시세계에서 인물이 차지하는 비중은 상당하다. 『와사등』의 조형적 모더니즘 시들만 놓고 보면 잘 드러나지 않으나, 『기항지』

부터 증가하기 시작한 인물의 형상화는 이후 해방기와 1980년대까지 지속되면서 그의 시의 변화를 가져온 주된 요인으로 작용해 왔다 할 수 있다. 이를 규명하는 과정에서 이 글은 김광균 시에 친족뿐 아니라 타자적 인물 또한 빈번하게 형상화됐음을 밝혔으며, 아울러 그의 인물시편에 주되게 나타난 죽음의식까지를 상관적으로 조명하고자 하였다.

우선 김광균의 1930년대 중후반 시들은 풍경의 회화적 조형에 치중한 나머지 인물을 거의 다루지 않았으며, 다루더라도 타인의 경우는 '소녀', '소년', '여인' 등의 일반화, 익명화된 낱말들을 통해 현재적 풍경의 일부를 이미지화하기 위한 조형의 도구로 활용될 뿐이었다. 이에 비해 친족을 다룬 경우 그 수 또한 많지는 않으나 누이에 비중을 두면서 아버지, 어머니, 형 등의 다양한 가족 구성원을 과거의 회상 공간 속에서 독립적, 개별적으로 형상화한 차이가 있다. 타인과 달리 친족이 대부분 사자(死者)로 등장한 점 또한 두드러진 차이라 할 것이다. 친족의 죽음을 다룬 시들은 1930년대 말에서 1940년대 전반에 오면 더욱 증가하는 추세를 보인다. 『기항지』의 친족시편에는 특히 '서러움'이란 감정어가 어김없이 등장하는데, 일차적으로는 친족들의 죽음에서 유발된 감정이지만, 고향 상실감과도 연결되면서 과거의 가치들을 소멸시킨 현재의 도시적 삶에 대한 부정적 인식을 드러낸 것으로 볼 수 있다.

친족을 주로 다뤘던 해방 전과 달리 해방기의 김광균 시는 타인에게 관심을 주는 변화를 보인다. 이는 사회의 공적 가치가 부상된 해방 공간의 특수성이 반영된 결과로, 문맹의 정치주의 시단에 동참했다가 중간파로 전환한 그의 시의 궤적에도 일정하게 반영된다. 문맹 활동기 김광균의 인물시들은 특정한 정치적 사건과 연루된 타인의 죽음을 애도한 특징이 있다. 하지만 여타의 좌익계 시인들과 달리 투쟁의식의 고취까지는 나아가지 않았으며 다만 타인의 죽음을 추념한 데 머물렀다는 점에서 문맹으로부터의 이탈은 예고되어 있었다고 볼 수 있다. 특히 정치주의 시단에 대한 회의감을 그는 노신의 사례를 빌어 드러냈던바, 이후 중간파로 전환한 뒤에도 그의 시에서 노신은 집단적 비판에 내몰린 자신의 "傷心"을 공유할 수 있는 동병상련의 대상이자 심적 의지처로 형상화된다. 아울러 그는 중간파 논쟁을 거치면서 발견하게 된 '생활'의 가치를 소월의 말년을 통해 재확인하기도 한다. 이후에도 그의 시에서 소월은 삶의 절벽으로 내몰릴 때면 상기되는 인물이자 생활의 애환을 공유하며 달랠 수 있는 위로의 대상으로 형상화된다.

이후 기업인으로서의 생활 때문에 상당 기간 시단을 떠나야 했지만, 1980년대에 다시 등장한 김광균의 시들은 자신의 일상과 신변의 소회를 다룬 점에서 해방기에 성취한 생활의 시화를 계속 이어간 것으로 볼 수 있다. 뿐만 아니라 『추풍귀우』와 『임진화』에는 죽음의식의 발로가 두드러지는데, 이는 타인과 친족의 죽음을 형상화한 두 가지 경향으로 대별할 수 있다. 타인을 다룬 경우 문우, 고향 친구, 이웃 주민 등 다양한 지인의 죽음을 소재로 하면서 그는 회한, 안타까움, 슬픔의 감정을 드러낸다. 특히 타인의 죽음을 통해 김광균은 삶과 죽음 두 세계 사이의 단절과 간극을 인식하면서 홀로 남겨진 자신의 고독감 및 실존적 단독자로서의 비애를 표현한다. 이에 비해 친족을 소재로 한 시들은 모친의 죽음 하나에 초점을 둔바, 이는 다양한 가족 구성원이 등장했던 『와사등』, 『기항지』 때와 달라진 모습이라 할 수 있다. 특히 영원한 이별로 간주된 타인의 죽음과 달리 모친은 계절의 순환에 따라 다시 그의 앞에 현전하는 존재로 형상화된다. 즉, 모친을 통해 그의 시는 과거와 현재, 죽음과 삶, 소멸과 생성의 관계를 단절적으로 인식한 상태에서 벗어나게 된 것이다. 그런 점에서 김광균 시가 과거 친족의 죽음에만 갇혀 현재와의 연관성을 상실했다는 비판은 재고돼야 할 필요가 있다.

특히 그의 후기시들은 일상과 밀착된 감정 속에서 인물들을 형상화한 것인바, 해방기의 중간파 논쟁을 거치면서 싹튼 생활의 문제의식을 본격적으로 확대한 결과로 볼 수 있다. 현실의 가변성을 거부한 채 모든 대상을 조형의 언어로 고정해야 했던 1930년대 그의 공간 감각을 상기해 보면, 해방기의 정치 현실을 거치면서 동시대의 생활공간을 자각하게 된 그가 이후 상당 기간의 절필에도 불구하고 다양한 인물 군상을 통해 생활의 감정을 더욱 전면화하게 됐다는 사실이 중요하다. 이는 해방 이후 김광균의 시적 변모가 우발적, 일시적인 것이 아니라 신념적, 지속적인 것이었음을 보여 주는 증거가 된다 할 것이다.

4장

오장환 시의 댄디즘과 근대 비판의 성격

1916년 충북 보은에서 출생한 오장환은 1933년 17세의 나이에 「목욕간」을 발표하며 시인의 길을 걸었다.[1] 「목욕간」의 경우 "人生의 페이소스한것을 늣기게하는 놀라운境地의 것"[2]이라거나 「캐메라·룸」의 경우 "삼행시로서 현대시에 있어서 새로운 감각의 신경지를 개척했다"[3] 등의 평가로 주목받은 그는 1936년부터 본격적인 활동을 개시하여 시집 『城壁』(1937), 『獻詞』(1939), 『나 사는 곳』(1945), 『病든 서울』(1946)을, 월북한 뒤에는 『붉은 旗ㅅ발』(1950)을 간행한 후 1951년 36세의 나이에 신장병으로 사망하였다. 수필과 시론뿐 아니라 번역시집 『에쎄닌 시집』(1946)도 내놓았던 그는 문단 활동에

1) 원종찬은 카프의 아동잡지 『어린이』에 발표된 것으로 추정되는 오장환의 동시 몇 편과 그 외의 이차 자료들을 근거로 오장환의 출생 연도를 1916년으로 잡는다(「서자 의식의 극복」, 『한국 근대문학의 재조명』, 소명출판, 2005, 212~215쪽).

2) 이봉구, 「성벽 시절의 장환」, 『성벽』 재판본, 아문각, 1947, 85쪽.

3) 오장환, 「문단의 파괴와 참다운 신문학」, 『조선일보』, 1937.1.28.

도 적극적이어서 1930년대 후반에는 『시인부락』, 『낭만』, 『자오선』의 동인으로, 해방 후에는 문학가동맹의 시인으로 활동하였다.

초기의 오장환 시 연구는 시세계를 삼분하는 형태로 전개됐으며, 이후의 논의들도 이를 적극 활용해 온 경향을 보인다. 오세영은 오장환의 시세계를 비애와 퇴폐의 정서에 바탕한 1930년대의 모더니즘 시(『성벽』, 『헌사』), 향토적 삶을 배경으로 한 1940년대 전반의 순수서정시(『나 사는 곳』), 해방 후의 프롤레타리아 경향시로 삼분했으며,[4] 학위 논문들도 이 구분을 대체로 수용하는 모습을 띤다.[5] 한편 해방기의 시집 『병든 서울』은 현실 참여를 전면화한 시집으로 인정되어 참여문학 진영에서 적극적인 의미 부여를 받아왔다.[6] 이는 곧

4) 오세영, 「탕자의 고향 발견」, 『문학사상』, 1989.1. 김학동도 그의 삼분법을 받아들여 오장환 시의 원형질과 변모 양상을 서자의식에 기초한 전기적 생애와 관련지어 논한다(「오장환의 시적 변이와 지속성의 원리」, 『시문학』, 1990.4~7).

5) 초창기 학위 논문인 심재휘의 「오장환 시 연구」(고려대 석사논문, 1989)가 대표적이다. 단 그는 오장환의 시세계를 세 시기로 나눴지만, 유파나 사조별로 각 시기의 특성을 논하려는 시도에는 반대한다. 오세영의 삼분법 논의는 특히 오장환 시의 첫째와 둘째 시기의 연속성을 밝히는 데 집중된바, 셋째 시기인 현실주의 시들을 단절적인 출현으로 파악하고 있었다. 심재휘는 오세영의 삼분법을 적용하면서도 세 시기의 연속성을 시의식(부정의식) 차원에서 해명하고자 했다. 주영중의 「오장환 시 연구」(고려대 석사논문, 1999) 또한 같은 문제를 시공간 의식의 차원에서 검토한 사례이다.

6) 최두석의 논의가 출발이자 대표적인 것이라 할 수 있다. 그는 오장환의 1930년대 시들에 나타난 원죄의식, 고향 향수, 위악적 몸짓이 막연한 추상성을 지녔다고 평가절하한 후, 『나 사는 곳』에서 비롯된 1940년대 시들이 '진보주의'에 입각한 주체적인 시적 편력으로 구체성을 획득했다고 고평한다(「오장환의 시적 편력과 진보주의」, 『오장환 전집』 2, 창작과비평사, 1989). 박윤우는 오장환의 시세계가 비판의식을 견지함으로써 모더니즘의 한계를 극복하고 현실주의로 나아갔다고 주장한다(「오장환 시 연구: 비판적 인식의 변모과정을 중심으로」, 서울대 석사논문, 1989). 김재용은 장시 「수부」의 분석을 통해 식민지 근대 문명을 비판적으로 내파한 시인의 시도를 읽어낸다. 자본주의의 부정적 이면을 날카롭게 묘파한 데에 진정한 성과가 있다고 보았다(「식민지 자본주의와 근대 문명의 내파」, 『오장환 전집』, 실천문학사, 2002). 원종찬은 오장환 시가 태생부터 경향파적이었으며, 모더니즘 기법이 동반된 「수부」 등의 초기시에선 별 진전이 없었지만, 리얼리즘으로 나아간 『병든 서울』을 통해 탁월한 문학적 성취를 이뤘다고 평가한다(원종찬, 앞의 책, 216~226쪽).

1930년대 시들을 모더니즘 계열의 것으로 상대화하여 1940년대 시들에 비해 폄하하는 결과를 낳기도 했다. 한마디로 미성숙한 모더니즘에서 성숙한 리얼리즘으로 나아갔다는 것이 참여문학 측의 공통된 견해이다.

이와 달리 김용직과 서준섭은 모더니즘적 시각에서 1930년대 오장환의 시들을 긍정적으로 살핀 예에 속한다. 특히 김용직은 『병든 서울』에 대한 리얼리즘 쪽의 고평에 맞서서 시집의 편내용적 성향을 시적 형태에 대한 배려가 사라진 "매우 바람직하지 못한 사태"라고 비판한다.[7] 1930년대와 1940년대의 시들을 두고 엇갈린 평가가 이뤄진 셈인데, 양쪽 주장의 타당성은 차치하더라도 이 사실은 오장환의 1930년대와 1940년대 시를 대비하는 논법이 오랫동안 연구 관행으로 통용되어 왔음을 알려 준다. 이 같은 관행 속에서 1930년대의 시집 『성벽』과 『헌사』는 독립적으로 주로 고찰되었다. 이를 두고 시세계 전반을 해명하지 못한다는 이유로 비판할 수 있겠지만, 초기시를 집중 분석한 연구들이 오장환 시의 독특한 모더니티를 해명하는 데 일정한 성과를 거두어온 것도 사실이다.

일례로 서준섭은 퇴폐와 위악의 추구를 오장환 시의 기본 주조로 보면서 장시 계열에서 문명 비판의 태도를 읽어낸 바 있다.[8] 오세영은 성서의 탕자 모티프를 원용하여 오장환의 초기시가 전통을 거부하고 서구 체험을 위해 가출, 방랑했으나 도시 문명에 대한 회의 속에서 고향으로 회귀하는 탕자의 궤적을 보인다고 분석하였다.[9]

---

7) 김용직, 『한국현대시사』 2, 한국문연, 1996, 110쪽. 그는 「소야의 노래」의 6행에서 '개'를 친일파로, '낯선 집 울타리에 던지는 돌'을 일제를 향한 저항으로 본 최두석의 해석을 지나친 외재비평이 낳은 오류라고 논박한다(같은 책, 98쪽).

8) 서준섭, 『한국 모더니즘문학 연구』, 일지사, 1988, 148~169쪽.

9) 오세영, 「탕자의 고향 발견」, 『문학사상』, 1989.1.

조해옥도 이 견해를 받아들인다. 다만 그는 오장환 시의 전통 거부가 실은 구습을 겨냥한 것이었던바, 참다운 전통 수립의 열망까지 저버린 것은 아니었다는 견해를 제출한다. 또한 그에 따르면 오장환은 인습의 부정에서 나아가 항구 도시의 체험에서 실존의 뿌리뽑힘을 체험하고 근대 문명까지를 비판한다. 이 같은 부정의식의 견지야말로 오장환 시의 모더니티적 속성에 해당한다는 것이다.[10] 아울러 그는 '군중' 모티프까지를 발견하여 군중 속에서 느낀 시인의 소외감에도 주목하였다.[11]

이상의 논의들에서 나타난 공통점을 정리하면 다음과 같다. 1930년대 오장환의 시들은 당대의 모더니티에 대한 민감한 반응을 보여준다. 구체적으로 그것은 ① 구체제의 봉건적 전통을 거부했고, ② 근대의 도시 문명을 동경했으나, ③ 환멸적 도시 체험을 통해 자본주의 문명을 부정하게 됐으며, ④ '어머니'로 기표화된 고향을 그리워하게 된다는 식으로 요약된다. 하지만 이 같은 논의들은 초기시의 표면적 추이에 대한 연쇄적 서사화에는 성공했지만, ①부터 ④까지의 면모를 기저에서 추동한 시적 기율의 해명에는 미흡했던 한계를 보인다. 일례로 ①의 전통 거부와 ④의 전통(고향) 향수라는 모순적 요소가 어떻게 공존 가능했는가에 대해선 설득력 있는 해명에 이르지 못해 왔던 것이다.

이상의 문제의식에서 이 글은 오장환의 1930년대 시에 나타난 모더니티 인식을 새롭게 조명하려는 목적을 가진다. 이를 위해 연구자는 우선 보들레르의 댄디즘 이론을 검토하고자 한다. 이는 오장

10) 박정호 또한 초기시의 핵심을 부정의식으로 파악한다. 그에 따르면 오장환의 시는 '전통 부정 → 도시 부정 → 타락한 자아에 대한 자기부정'의 단계를 거친다(「오장환의 부정의식과 체념적 비애」, 『한국어문학연구』 16집, 한국외대 한국어문학연구회, 2002.9).

11) 조해옥, 「근대인의 불안과 허무의식: 오장환의 『성벽』과 『헌사』를 중심으로」, 『한남어문학』 22집, 한남대 국어국문학회, 1997.12.

환의 초기시에서 댄디즘이 핵심적인 요소로 작용하고 있다는 전제에 따른 것이다. 보들레르의 댄디즘을 살피려는 이유는 오장환 특유의 댄디즘을 해명하는 데 유효한 개념을 추출하기 위해서이다.

물론 19세기 중반 보들레르의 댄디즘과 1930년대 한국시에 나타난 댄디즘이 동일할 수는 없다. 둘 사이에는 공통적 요소가 지배적이나 차이와 분화 또한 존재하기 마련이다. 그리고 이 점이 모더니티 담론에서는 중요하다. 칼리니스쿠의 견해대로 각 시대는 자신만의 미적 모더니티를 가지기 때문이다. 이는 보들레르의 생각이기도 했다. "과거로부터 (미학상: 인용자) 살아남은 것은 다양한 연속적인 모더니티들의 표현 외의 어떤 것도 아니며 그것들 각각은 독특하며 그 자체 그것의 독특한 예술적 표현을 가진다."[12] 따라서 오장환 시에서 댄디즘을 읽어낸다는 것은 곧 그의 시가 지닌 특유의 모더니티 인식을 조명하기 위한 효과적인 방법이 될 것이다. 아울러 연구자는 오장환의 1930년대 시를 댄디즘에 비추어 읽었을 때 드러나는 기존 연구의 오류까지를 제시하고자 한다. 과연 오장환의 시가 철저하게 과거의 전통을 거부했는지(①의 문제), 근대 도시문명을 전적으로 동경하고 추구했는지(②의 문제)가 여전히 의문의 여지로 남아 있기 때문이다.

---

12) 마테이 칼리니스쿠, 이영욱 역, 『모더니티의 다섯 얼굴』, 시각과언어, 1994, 61쪽.

1. 보들레르의 「현대생활의 화가」와 댄디즘의 명제

댄디즘의 첫 등장은 19세기 초 영국인 브뤼멜(1778~1840)에 의해서였다고 한다. 이때의 초창기 댄디즘은 자신을 우수한 출생 신분으로 보이도록 만드는 뛰어난 화장술, 의복 착용, 예절의 구사 정도를 의미했다. 브뤼멜의 사후 댄디즘은 프랑스로 건너와 유행하게 되는데, 출신 성분이나 경제적 부의 정도와 무관하게 '삶을 대하는 특수한 태도'로 그 의미가 전이된다. 바르베이 도르빌리(1808~89)의 영향 아래 성행했던 그것은 '정신적 귀족', 즉 우월한 개인의 영혼을 의미하게 되며, 보들레르는 이를 바탕 삼아 댄디즘을 "민주주의, 대중, 부르주아의 삶의 지배적인 이데올로기로 정착한 (모더니티의: 인용자) 진보와 행복의 신화를 철저히 비판"하기 위한 자신만의 예술론으로 변화시킨다.[13] 보들레르의 댄디즘은 파국으로 치닫는 불행한 자기 시대의 역사적 근대에 대항하여 우월한 영혼을 추구하면서, 자신의 내면에서 스스로의 미를 보존하고 나아가 새로운 미를 발명하려는 의지를 지닌 위대한 소수의 정신적, 심미적 자기 계발의 삶을 뜻한다. 이는 역사적 모더니티를 비판하고 그에 대응하고자 '미적 모더니티'를 지향하는 근대 예술의 출발을 알린 한 징후에 해당한다.

역사적 근대성을 비판하기 위한 예술론으로 보들레르레 의해 정초된 댄디즘은 그의 글 「현대생활의 화가」에 잘 나타나 있다. 이 글은 동시대 근대인의 보편적 삶과 그에 맞서는 댄디의 삶을 '이윤/미', '물질/정신', '유용성/무용성', '대중/개인'의 상반항들로 대비하

13) 양효실, 「보들레르의 모더니티 개념에 대한 연구: 모더니즘 개념의 비판적 재구성을 위하여」, 서울대 박사논문, 2006, 55~57쪽.

여 논한다. 보들레르에 따르면 댄디는 물질과 이윤을 추구하는 부르주아와 군중을 비판적으로 응시하면서, 모든 직업을 거부하고 쓸모없는 존재를 지향하는 고독한 영웅주의의 길을 택한다. 부르주아적 근대의 실용주의를 거부한 채 무용함을 추구하는 것이다. 댄디는 근대 문명의 화려함과 군중의 번잡함 속으로 직접 들어가 역사적 근대의 거리(路)를 체험하지만, 내면에서는 그것에 거리(距離)를 두고 응시하는 '문턱의 사람'이다.[14] 그러면서도 댄디는 보편적 근대인보다 자신이 정신적으로 우월하다는 자긍을 가진다.

보들레르는 댄디가 과거에도 존재했지만 자기 시대의 댄디즘은 "민주주의가 아직 전능을 발휘하지 못하고, 귀족 사회가 부분적으로만 흔들리고 타락하는 과도기에 나타난다"고 말한다. 즉, 댄디는 구체제의 몰락을 안타까운 심정으로 체험하는 자이다. 이처럼 "시대의 혼돈"을 살아가는 댄디는 "새로운 귀족 사회를 세울 계획"을 품는다. 여기서 귀족 사회의 건설을 정치적 구체제로의 복귀를 뜻하는 것으로 해석해선 곤란하다. 그것은 근대의 질서에 맞서는 정신적 가치로서의 구질서를 새롭게 재건하려는 시도를 뜻한다.[15] 하

---

14) 근대의 문명과 대중 속으로 들어가지만 내면은 바깥에 서서 그것과 거리를 두고 있는 댄디의 경계인적 위치를 벤야민은 '문턱의 사람'이라 호명한다. 벤야민은 근대 자본주의 문명의 진행을 항시적 파국으로 인식했다. 현재의 부르주아 문명이란 "붕괴하기 이전에 이미 폐허가 되어있는 모습"이라는 것이다. 이 같은 벤야민의 관점은 진보로 인해 미래가 낙원이 되리라는 역사적 근대의 이상과 상반되는 것이라 할 수 있다. 벤야민은 근대 예술이 알레고리가 되어야 한다고 말하면서 그 예로 보들레르의 서정시를 들었는데, 알레고리란 "속세의 시간"에 떠밀려 "피비린내 나는 [근대의 항시적] 파국의 운명을 고스란히 간직함과 동시에, 그 근원에서 이 [자본주의적 근대의] 삶을 극복하는 메시아의 시간, 즉 완성된 시간성의 도래를 내포하는 예술 형식"을 뜻한다. 김항, 「댄디와 주권」, 『현대비평과 이론』 23집, 2005년 봄·여름, 102~111쪽.

15) 벤야민은 정신적 의미에서의 구체제를 재건하려는 댄디의 태도에 주목하여 결국 댄디즘이 시대의 진행보다 항상 '반' 걸음 늦게 오게 된다고 말한다. 그런 의미에서 댄디는 도시의 "군중과의 결투에서 패배"하는 자이며, 댄디즘은 그 "패배하는 순간의 쇼크 경험"을 드러낸다. 그것이 알레고리이며 보들레르의 알레고리가 가진 특성이라고 벤야민

지만 그 시도는 도시 문명화의 거대한 물결에 휩쓸려 결국 실패로 돌아가고 만다. 그런 점에서 댄디는 "퇴폐기 속에서 빛나는 영웅주의의 마지막 섬광"이자 "저물어가는 태양"이며 "사그라져 가는 별"과도 같다.

보들레르의 「현대생활의 화가」에 나타난 댄디즘의 내용을 살펴보았다. 이상의 논의를 몇 가지 명제로 간추리면 다음과 같다.

① 댄디즘은 자기 시대의 역사적 근대성을 비판한다.

② 구체적으로는 자본주의의 파행적 이면과 근대의 물질적 가치를 좇는 군중을 겨냥한다.

③ 비판의 방법은 도시 문명 속으로 들어가 그것의 화려함, 번성함, 타락상을 체험하되 내면으로는 일정한 '거리'를 두고 목도하는 방식이다.

④ 따라서 근대적 현상들에 동화되지 않으며 냉정한 관찰자의 시선을 유지한다.

⑤ 내면에서는 스스로를 근대 문명의 지배적 가치와 싸우는 영웅으로 인식한다.

⑥ 과거의 정신적 가치가 소멸되고 있음을 인식하고 이를 안타깝게 견디면서 전통의 정신성을 다시 재건하고자 시도한다.

⑦ 하지만 시도는 실패로 귀결되며 댄디는 그 실패의 경험을 기록한다. (벤야민)

⑧ 군중과 달리 직업을 갖지 않는다. 근대 문명에서 소외된 무용한 존재이다.

⑨ 자신만의 미적 가치를 내면에서 보존하고 추구한다.

은 보았다. 김항, 위의 글, 110~111쪽.

2. 근대 문명과의 거리 두기와 전통의 재인식: 『城壁』

1937년 첫 시집 『성벽』을 간행할 때의 오장환은 고향을 떠나 도시를 배회하고 있었다. 이 시기의 시들에는 도시의 항구와 거리, 뒷골목을 다룬 것들이 많이 등장한다. 그러나 근대 문명의 도시를 체험하면서 그가 느낀 감정은 동경이나 매혹과는 거리가 먼 것이었다. 근대의 문명적 질서에 대한 거부감을 노골적으로 전면화한 것은 아니었지만, 『성벽』 시기의 오장환은 도시 내부의 곳곳으로 걸어 들어가 역사적 모더니티를 직접 체험하되 그로부터 일정한 거리를 두고 묘사하는 방법으로 도시 문명에 대한 우회적 비판을 시도하고 있었다.

> 廢船처럼 기울어진 古物商屋에서는 늙은 船員이 追憶을 賣買하였다. 우중중-한 街路樹와 목이 굵은 唐犬이 있는 충충한 海港의 거리는 지저분한 크레용의 그림처럼, 끝이 무듸고. 시꺼믄바다에는 여러바다를 거처온 貨物船이 碇泊하였다.
>
> —「海港圖」 1연[16]

> 典當鋪에 古物商이 지저분하게 느러슨 골목에는 街路燈도 켜지는 않었다. 죄금 높드란 鋪道도 깔리우지는 않었다. 죄금 말숙한 집과 죄금 허름한집은 모조리 충충하여서 바짝 바짝 親密하게는 느러서있다. 구멍뚤린 속內衣를 팔러온사람, 구멍뚤린 속內衣를 사러온사람. 충충한 길목으로는 검은 망또를 두른 쥐정꾼이 비틀거리고, 人力車 위에선 車

16) 「해항도」, 『성벽』, 풍림사, 1937. 『성벽』의 작품들은 아문각판 재판본(1947)에서 인용하였다.

와함께 이믜 下半身이 썩어가는 妓女들이 비단내음새를 풍기어가며 가느른 어깨를 흔들거렸다.

—「古典」 전문[17]

꽃밭은 번창하였다. 날로 날로 거미집들은 술막처럼 번지었다. 꽃밭을 허황하게 만드는 문명. 거미줄을 새어 나가는 향그러운 바람ㅅ결. 바람ㅅ결은 머리카락처럼 간지러워 (…중략…) 부끄럼을 갓 배운 시악시는 젓통이가 능금처럼 익는다. 줄기채 긁어먹는 뭉툭한 버러지. 류행치마 가음처럼 어른거리는 나비나래. 가벼히 꽃포기속에 묻히는 참벌이. 참벌이들. 닝닝거리는 우름. 꽃밭에서는 끈일사이없는 교통사고가 생기어났다.

—「花園」 전문[18]

문명화되는 근대 도시의 거리와 골목의 풍경이 제시된 시들이다. 항만의 거리 및 도시 뒷골목에서 벌어지는 현상들 속으로 들어가되 거리를 두고 그것들을 객관적으로 묘사하는 화자가 공통되게 나타난다. 「해항도」의 화자는 가로수가 늘어선 항구 도시의 거리에 위치해 있다. 가로수는 도시화 계획에 따라 인공적으로 심어진 근대적 사물이다. 당시의 항구는 근대 문물이 유입된 장소였으므로 도시의 다른 어떤 곳보다도 동적인 공간이었다. 그러나 "우중중-한 街路樹"와 "충충한 海港의 거리"란 묘사에서 나타나듯, 화자는 근대 문물의 동적인 유입을 음습한 색채의 정적인 풍경화로 그려내면서 항구의 모습을 "지저분한 크레옹의 그림" 같다고 말한다. 「고전」에서 묘사

17) 「고전」, 위의 책.

18) 「화원」, 위의 책.

되는 도시 뒷골목의 풍경도 마찬가지 색조를 띤다. "허름한집"과 "古物商"이 밀집한 골목에 있는 화자에게 포착된 사물은 켜지지 않은 "街路燈"이다. 근대 문물의 상징인 가로등의 반짝임보다는 꺼져 있음에 포커스를 맞춘 태도에서 문명화의 움직임에 동화되지 않는 태도가 확인된다. 비동화의 시선을 유지하면서 화자는 근대화의 중심에서 소외된 주변부, 즉 낡은 집들이 밀집한 뒷골목을 탐색해 나아간다.

「고전」에서 한 가지 흥미로운 것은 '군중'의 등장이다. 상인, 구매자, 매춘녀, 인력거 행상, 주정꾼 등이 뒤섞인 거리의 모습에 화자의 시선이 머문다. 화자는 "비틀거리고", "풍기어가며", "흔들거렸다"는 어사를 부여하여 행인들의 움직임을 동적인 흐름으로 묘사한다. 이 같은 군중의 등장이야말로 도시화 진행의 결정적 산물이라 할 수 있다. 밀려드는 사람들로 번창하는 도시를 "꽃밭"으로 은유한 「화원」에서도 화자는 거리 감각을 유지하며 근대화의 움직임을 포착한다. 꽃밭 구석구석의 현상들을 포착하였기에 화자가 선 위치는 꽃밭 내부인 것 같지만, 그 현상들에 묘사적 시선이 견지됨으로써 꽃밭과 거리를 둔 바깥에 화자가 서 있는 듯한 느낌을 준다. 이 시의 주요 모티프인 '꽃밭의 번창'은 마지막의 "끈일사이없는 교통사고"와 연관지어 볼 때 교통량의 증가와 더불어 커져가는 도시화의 진행을 뜻한다.19) 꽃밭으로 쉼 없이 날아드는 참벌이들은 군중의 도

19) 1930년대의 시인들은 당시의 도시가 근대적인 교통, 통신, 소비, 매체 등으로 번창하고 있다고 여겼다. 실제로 경성의 경우 1920년대에 처음 등장한 다방, 카페, 백화점은 1930년대에 본격적으로 번성하기 시작한다. "신문에는 라디오 프로그램 시간대를 알려 주는 고정란이 실리고, 영화 선전과 영화평이 실렸으며 텔레비전의 미래에 대한 전망이 제시되고 있었다. 그리고 전화와 전보 등이 새로운 통신수단으로 자리를 잡아가기 시작했다"(신범순, 『한국 현대시의 퇴폐와 작은 주체』, 신구문화사, 1998, 15쪽). 물론 이 같은 1930년대 도시의 외형적 성장과 그에 따른 교통량 증가를 지금의 우리로선 별 것 아니라고 여길 수 있다. 하지만 당시의 지식인에게 인식된 도시화의 충격이란 결코

시 유입을 암시하며, 화자는 군중으로 들끓는 도시의 번창에서 근대 문명의 활력을 읽어낸다. '향기로운 바람', '익어가는 능금'은 도시의 새로움과 생산력을 상기시키며, 이 생산력은 꽃을 향해 날아드는 날벌레의 성적 기표로 상징화된다.[20] 왁자지껄한 소음("닁닁거리는 우름")과 교통사고는 계획적으로 정비되기 전 초창기 도시의 거리가 지닌 활력과 무질서를 지시한다.

그러나 화자는 이러한 도시적 모더니티의 영역 안에 있되 경계를 긋고 거리 감각을 유지한 채 그것을 관찰할 뿐이다. 근대 문명의 화려함, 번성함, 번잡함을 목도하는 시선의 견지는 곧 역사적 모더니티에 동화되지 않으려는 댄디의 태도와 관련된 것이라 할 수 있다. 나아가 시인은 도시의 성장을 달갑지 않게 여긴다. "꽃밭을 허황하게 만드는 문명"(「화원」)에서처럼, 시인은 도시의 외형적 번성을 폐허 위에 기반한 것으로 인식한다. 벤야민의 견해처럼 댄디즘은 근대 문명을 '붕괴되기 이전에 이미 폐허 상태인 것'으로 판단하고 그 폐허를 양식화하려는 미적 태도이다. 댄디로서의 오장환은 도시 성장의 이면에 드리운 폐허 상태에 주목하고 그 원인으로서 "문명"을 제시하고 있는 것이다.

職業紹介에는 失業者들이 일터와같이 出勤하였다. 아모일도 안하면

작은 것이 아니었다. "우리는 지금 그 시대보다 훨씬 발전된 세계에서 살고 있어서 당시를 겨우 막 깨어나고 있는 근대라고 생각하기 쉽지만 당시 사람들은 그렇지 않았다"(같은 책, 16쪽)는 사실에 유의할 필요가 있다.

20) 「화원」에 나타난 이 같은 성적 메타포에 주목하여 기존의 논의들은 '꽃밭'이 매음굴을 뜻하며 이 시가 화자의 매음굴 체험을 표현한 것이라 분석해 왔다. 하지만 이는 성적 기표에서 무조건 성적 의미를 찾으려는 환원론적 해석이란 점에서 재고가 요청된다. 그런 식의 접근으로는 마지막 구절인 "끈일사이없는 교통사고"의 구체적 의미를 제시하기가 어렵다. 시의 구조상 중요한 부분임에도 불구하고 기존 논의들은 이 마지막 부분의 다양한 해석을 외면해 왔다.

일할때보다는 야위어진다. 검푸른 黃昏은 언덕 알로 깔리어오고 街路樹와 絶望과같은 나의 기-ㄴ 그림자는 群集의 大河에 짓밟히었다.

바보와같이 거물어지는 하늘을 보며 나는 나의 키보다 얃은 街路樹에 기대어섰다. 病든 나에게도 故鄕은 있다. 筋肉이 풀릴때 鄕愁는 실마리처럼 풀려나온다. 나는 젊음의 자랑과 希望을, 나의 무거운 絶望의 그림자와 함께, 뭇사람의 우슴과 발ㅅ길에 채우고 밟히며 스미어오는 黃昏에 마껴버린다.

제집을 向하는 많은 群衆들은 시끄러히 떠들며, 부산-히 어둠속으로 흐터저버리고. 나는 空腹의 가는 눈을 떠, 히미한 路燈을 본다. 띠엄 띠엄 서있는 鋪道우에 잎새없는 街路樹도 나와같이 空虛 하고나.

故鄕이어! 黃昏의 저자에서 나는 아렷다운 너의 記憶을 찾어 나의 마음을 傳書鳩와같이 날려보낸다. 情든 고샅. 썩은 울타리. 늙은 아베의 하-얀 상투에는 몇나절의 때묻은 回想이 맺어있는가. 욱어진 松林속으로 곱-게 보이는 故鄕이어! 病든 鶴이었다. 너는 날마다 야위어가는…

어듸를 가도 사람보다 일잘하는 機械는 나날이 늘어나가고, 나는 病든 사나이. 야윈 손을 들어 오래ㅅ동안 惰怠와, 無氣力을 극진히 어루맍었다. 어두어지는 黃昏속에서, 아모도 보는이없는, 보이지안는黃昏속에서, 나는 힘없는 憤怒와 絶望을 묻어버린다.

—「黃昏」 전문21)

21)「황혼」, 『성벽』, 풍림사, 1937.

군중의 등장은 이 시에서도 발견된다.22) 다만 군중을 일방적으로 응시했던 앞의 시들과 달리, 이 시의 화자는 무직자란 이유로 "뭇사람의 우슴과 발ㅅ길에 채우고 밟히며" 경멸을 받는다. 군중과 화자가 서로를 평가하는 시선의 간주관적 교환이 진술된 셈이다. 화자가 보기에 군중은 두 가지 부류이다. 직업소개소에 모인 군중, 그들은 실업으로 의기소침한 상태이다. 다음으로 일하는 군중, 그들은 퇴근 후 "시끄러히 떠들며" 활기차게 귀가한다. 어느 쪽에 속했든지 간에 군중은 식민지 자본주의 근대의 노동시장에 적극 진입하고자 하는 존재로 그려진다. 화자는 실업자들에게 연민을 느끼고(1연), 그 감정을 무직 상태에 처한 자신에게 투사하는데(2연), 무직자인 자신을 조롱하는 군중 탓에 절망에 빠진다. 이로 인해 화자는 스스로를 군중과 분리된 자로서 느낀다(3연). 집으로 돌아가는 군중의 움직임에 동참하지 못하고 거리에 홀로 남아 있는 것이다. 군중에서 동떨어진 존재로서 자신을 파악하게 된 고립감은 대중을 생산도구화하고 효율성을 추구하는 근대 문명에 대한 비판적 인식으로 옮아간다(5연). "사람보다 일잘하는 機械"가 늘어가고 있는 현실을 화자는 직시한다.

주목할 것은 노동시장에 적극 편입하려는 군중과 달리 화자의 구직 행위가 다소 소극적으로 보인다는 점이다. 실업 문제를 다룬 시가 이것 한 편인 탓도 있지만, 직업을 얻지 못한 상황임에도 화자는 구직(문명 편입)의 강한 의지까지 갖고 있진 않아 보인다. 오히려 마지막 연에서는 무직자인 자신의 "惰怠와, 無氣力을 극진히" 어루만지

22) 장영수는 시어의 통계 분석을 통해 오장환 시의 빈출 어휘들을 제시한 바 있다. 그에 따르면 시집 『성벽』에서 6회 이상 등장한 시어는 '나', '너', '속', '검은', '바다', '항구', '계집', '어머니(어매)' 등이다(「오장환과 이용악의 비교연구」, 고려대 박사논문, 1987, 26~27쪽). 하지만 '군중' 또한 그에 못지않게 등장하며 시 「고전」, 「황혼」, 「야가」, 「수부」, 「해수」의 주요 모티프를 이룬다는 점에서 주목을 요한다.

는 모습을 보여 준다. 일차적으로는 스스로를 위안하는 진술이지만, '극진히'라는 부사어에 주목해 보면, 무직자인 자신에 대한 자기애를 강조한 발화로 읽을 수 있다. 전반적으로 화자의 진술은 구직 행위와 그것의 실패 경험을 구체화하기보다도 군중과 문명의 흐름에서 소외된 우울한 처지라는 다소 포괄적인 상황에 초점을 두고 있다. 실업을 모티프로 삼았을 뿐, 정작 화자는 근대 문명과 동일시될 수 없는 자신의 처지에 대한 절망적 인식을 다루되, 문명에서 분리된 자신까지를 수용하는 댄디즘의 일면을 보여 주고 있는 것이다.

또 한 가지 짚고 갈 부분은 4연이다. 근대 문명의 노동시장과 그것을 좇는 군중으로부터 분리, 소외된 화자는 홀로 거리에 남아서 문득 떠나온 고향을 회상한다. "늙은 아베의 하-얀 상투"로 표상되는 과거의 전통 공간을 떠올리면서 화자는 두 가지 감정에 젖는다. 첫째, 회상을 통해 고향은 우거진 소나무 숲에서 "곱-게" 나타나는 아름다운 곳으로 추억된다. 또 다른 하나는 고향에 대한 '연민'이다. 현재 시점에서 볼 때 과거의 고향은 현재 진행 중인 근대화로부터 소외된 "病든 鶴"처럼 "날마다 야위어" 가고 있다. 무직자인 스스로를 "病든 나"(2연)로 인식했던 화자는 고향을 "病든 鶴"이라 표현하여 자신의 처지와 동일시한다. 이로써 근대 문명과 그로부터 분리된 '화자=고향' 간에 이항대립 구도가 설정된다. 주목할 것은 전통적 가치에 대한 화자의 태도이다. 화자는 아버지의 상투로 기표화된 전통적 상징질서의 소멸('야위어감')을 안쓰럽게 여기면서 나아가 붕괴중인 그 전통을 끌어안고자 한다.[23] 이 점은 앞에서 확인했던

23) 장영수에 의하면 『성벽』의 시들에서 시어 '어머니(어매)'는 11회 나오지만 '아버지'는 「황혼」에서 단 한 차례 등장한다(위의 글, 27쪽). 기존 논의들은 「황혼」의 이 '아버지'에서 언제나 부정성의 함의만을 읽어왔다. 일례로 이미순은 '어머니(고향)'가 긍정적 가치의 세계이며, 이에 반해 '아버지'는 봉건적인 "제도와 전통"을 상징하므로 화자의 거부 대상이라고 분석한 바 있다(「오장환 시에서의 '고향'의 의미화 과정 연구」, 『한국시학

것, 즉 근대 문명에서 소외된 자신을 극진히 어루만지며 감싸 안은 태도에서 유추할 수 있다. 자본주의라는 역사적 모더니티의 전개로부터 단절된 자신을 어루만진 행위는 곧 같은 처지에 놓인 과거적 전통을 끌어안을 가능성을 내포한다.24)

3. 구질서적 정신의 추구와 그 실패: 『獻詞』

『성벽』 시기 오장환의 시들은 도시 문명 속으로 들어가 그것을 체험하되 그로부터 일정하게 거리를 둔 채 근대의 전개를 목도하려 한 댄디즘의 결과물이었다. 댄디답게 그는 근대적 풍경에 동화되거나 흔들리지 않았고, 차가운 관찰자의 시선을 견지함으로써 역사적 모더니티의 화려함과 번성함의 이면을 환기(알레고리화)하고자 했다. 그는 도시 문명을 폐허에 기초한 것으로 파악했고, 그 폐허의 기저에 도사린 문명의 부정적 속성을 자각했다. 이처럼 근대 문명

연구』 17집, 2006.12, 103~104쪽). '어머니'의 상징성에 대한 해석은 설득력이 있다. 하지만 이 시의 '아버지=사회제도(구체제)=거부 대상'이라는 등식은 정신분석학을 활용한 해석이지만 정작 텍스트 내부의 문맥을 충분히 검토하지 못한 한계를 보인다. "늙은 아베의 하-얀 상투"가 앞의 "情든 고샷"과 등위적으로 병렬된 구문임에 유의할 필요가 있다. "썩은 울타리" 또한 "情든 고샷"과 유사성의 관계로 병행되고 있으므로 부정적 함의보다는 회상된 고향집의 사실적 모습을 전달한 표현으로 볼 수 있다. 게다가 "늙은 아베"는 뒤따르는 구문인 "욱어진 松林속으로 곱-게 보이는 故鄕"과도 등위적으로 접속된다. 그런 점에서 '아버지'를 봉건 제도의 상징질서로 파악해 온 분석에는 재고가 요청된다.

24) 따라서 오장환의 초기시가 전통을 전면 거부했다는 식의 견해에는 보정이 요청된다. 선행 연구들이 전통 부정의 근거로 제시한 「성씨보」, 「성벽」, 「정문」 같은 시들에서 구습에 대한 비판이 발견되는 것은 사실이다. 그렇다고 전통 전체를 전면 거부했다는 식의 논리에는 비약이 있다. 이 시의 분석으로 드러났듯, 오장환의 초기시는 전통 중에서도 제도적 폐습을 비판했으되 정신적 의미에서의 과거적 가치까지를 부정하진 않았다. 오장환은 '과거' 및 '전통'이란 낱말에 양가적 감정을 가졌던 것으로 보인다.

과 동화되지 않은 그는 식민지의 자본주의 생산양식에 참여하려는 군중으로부터도 분리된 개인이었다. 이 같은 댄디적 태도 탓인지 오장환은 직업을 실제 가지지 않았고 창작에만 전념한 것으로 보인다. 『헌사』는 『성벽』 발간 이후 2년만인—당시의 시인들에 비해 빠른 편이다—1939년에 간행되었다.

우선 『헌사』는 바깥의 근대적 풍경을 조형했던 이전의 방식을 접고 자신의 내면 풍경을 시화하는 방향으로 선회한 특징을 보인다. 외부에서 내부로의 시선 이동이 나타나는 것이다.[25] 그렇다고 그의 시에서 댄디즘이 사라진 것은 아니다. 제도로서의 봉건적 폐습은 부정했으되(「성씨보」, 「성벽」), 그는 '아버지의 상투'로 상징되는 정신적 구체제로서의 전통의 끈을 놓지 않고 어루만지고 있었다. 『헌사』에 오면 이 같은 태도는 내면화되는 양상으로 전개된다. 이 시기의 시들은 근대의 문명화에 동참하지 않은 채 과거적 정신성을 지향하지만 결국 실패로 귀결되는 내적 경험의 궤적을 기술하고 있으며 그런 점에서 댄디즘의 속성을 드러내고 있다.

> 저무는 驛頭에서 너를 보냇다.
> 悲哀야!
>
> 開札口에는
> 못쓰는 車表와 함께찍힌 靑春의조각이 흐터저잇고
> 病든歷史가 貨物車에 실리여간다.
>
> 待合室에 남은 사람은

---

25) 심재휘, 「오장환 시 연구」, 고려대 석사논문, 1989, 32쪽.

아즉도
누궐 기둘러

나는 이곳에서 카인을 맛나면
목노하 울리라.

거북이여! 느릿느릿 追憶을실고가거라
슬픔으로 通하는 모든 路線이
너의등에는 地圖처름 펼처잇다.

—「The Last Train」 전문[26]

『헌사』의 대표작으로 거론되는 작품이다. 화물기차가 소재로 다뤄졌지만, 『성벽』 때와 달리 이 시에서 기차는 바깥 세계의 묘사적 재현을 위한 외부의 사물로 기능하지 않는다. 기차는 자신의 아래에 '비애-병든 역사-거북이'라는 등가적으로 연쇄된 관념적 비유체계를 거느리므로 마찬가지로 관념성을 띠면서 화자의 감정을 효과적으로 전달하는 심상적 비유의 기능을 수행하고 있다.

화자가 멀리 떠나보내려는 것은 "病든역사"이다. 얼핏 보기에 이 표현은 '역사'라는 낱말의 일반적 환기력 때문에 구습과 전통으로 해석되기 쉽지만 실은 그렇지 않다. "病든역사"와 순접으로 연결된 앞 행에 "靑春의조각"이 대합실 개찰구에 흩어져 있다는 진술이 나온다. 청춘이 도시로 상경해 오기 전의 오래전 유년 시절을 의미하지는 않을 것이다. 오장환이 이 시를 썼을 때가 23살이었으므로, 화자가 기억해낸 청춘의 조각이란 불과 과거 몇 년 이내의 경험과 관

26) 「The Last Train」, 『비판』 6권 4호, 1938.4, 『헌사』, 남만서방, 1939.

련된 것이다. 아마도 여기서 말하는 청춘이란 도시 체험을 시화한 『성벽』 시기가 아닐까 한다. 시인은 그때의 도시 체험을 통해 근대 문명을 폐허로 인식했었다. 그리고 현재 화자의 시선에는 청춘 시기의 그 환멸스런 근대 경험을 증거하는 차표가 개찰구에 흩어져 있다. 이는 곧 개찰구를 지나서 기차에 올려진 "歷史"가 유년 시절 고향의 전통적 가치가 아니라 얼마 전의 청춘 때에 경험한 역사적 근대임을 뜻한다. 화자는 이 역사적 근대에 "病든"이란 수식어를 부여하여 부정적 인식을 전언한다. 그리고 이 역사적 모더니티의 흔적들을 열차에 실어 떠나보내면서 홀로 대합실에 남아 있고자 한다(3연). 근대 문명과 분리된 위치에 서서 부정적 함의들을 잔뜩 싣고 가는 열차의 움직임을 목도하려는 댄디적인 태도가 여전한 것이다.

눈싸힌 수플에
이상한 山새의
屍體가 묻히고

유리窓이 모다 깨여진
洋館에서는
쇱판을 터트리는 소리가 들려온다.

언덕아래
저긔 아 저긔 눈싸힌 시내ㅅ가에는
어린아히가 고기를 잡고

눈우에 피인 숫불은
빨-가케

죽엄은 아, 죽엄은 아름다웁게 불타오른다.

—「深冬」 전문[27]

댄디즘이 『헌사』 시기에도 여전했음을 확인한바, 일 년 뒤인 1939년에도 댄디즘의 태도 안에서 오장환이 이 시를 썼으리라 추정하기란 어렵지 않다. 이 시는 모호한 의미 체계를 지니고 있어 해석적 가능태의 수를 증가시킨다.[28] 하지만 댄디즘에 비추어 읽어내면 비교적 어렵지 않고 일관성 있게 풀어낼 수 있다. 1연의 "이상한 山새"란 도시 문명인으로서의 보편적 군중과는 이질적인 방식으로 삶을 영위하는 자신을 표현한 객관적 상관물이다. 이는 1연과 2연의 대조적 구성을 통해서도 확인된다. 1연은 산새의 '죽음'을 묘사하고 있고, 2연은 "洋館"에서 벌어지는 축제를 다룬 점에서 두 연의 분위기는 무척 상반적이다. 양관은 서양식으로 근사하게 지어진 산 위의 별장이므로,[29] 당시로선 자본주의적 근대에서 부를 축적한 유산

27) 「심동」, 『헌사』, 남만서방, 1939.

28) 「심동」의 모호한 의미 체계를 두고 다양한 견해들이 제출되어 왔다. 박현수의 정리에 의하면, 우선 이 시에 나타난 죽음 모티프를 긍정적 부활의 계기로 해석한 논의들이 있다. 그 논의들은 무덤을 재생과 부활의 공간으로 파악하고(이상옥, 「오장환 시 연구: 담화체계를 중심으로」, 홍익대 박사논문, 1994, 125쪽), 산새의 죽음에서 '미래에 대한 전망'(심재휘, 앞의 글, 42~44쪽)이나 새로운 생명으로의 변화를 위한 전환점(이원규, 「오장환 시 연구: 비판적 인식과 잠재적 인식의 대응 관계를 중심으로」, 성균관대 석사논문, 2000, 66쪽)을 읽어낸다. 이와 반대로 박현수는 이 시가 가진 비극적 인식에 주목한다. 그에 따르면 산새의 죽음(1연)은 "이상적 삶에 대한 갈망의 좌절"을 암시하고, 양관의 샴페인 소리(2연)는 "비극적 현실과는 대조적으로 존재하는 왜곡된 현실의 한 단면"을 뜻한다. 3연의 고기 잡는 아이는 "1연의 산새와 같은 역할을 하는 존재"이며, 4연은 불꽃으로 승화되어 아름다운 전망을 제공하는 죽음을 보여 준다(「환상에 대한 문화사적 분석, 현실과 환상의 기로에서」, 이숭원 외, 『시의 아포리아를 넘어서』, 이룸, 2001). 이 글의 분석 또한 박현수의 것과 유사함을 밝힌다.

29) 양관은 산 위의 별장이며 당대에 유행한 문화주택의 일종이었다. 김광균의 시 「산상정」에 등장하는 "山上町"과 일치하는바, 부르주아적 삶을 나타낸 기표라 할 수 있다. 양관은 당시에 "경제적 사회적 특혜를 누리는 자만이 소유할 수 있는 최상의 기호"였다(박

계급이 소유할 수 있는 건물이었다. 양관에 모인 부르주아지들이 샴페인을 터트린 이유는 1연과의 축어적 문맥에서 보자면 "이상한 山새"를 죽였기 때문이다. 이는 근대의 물질문명에 내화되지 않고 비판적 정신의 귀족으로 살아가려 한 댄디가 처단됐음을 알려 준다. 화자는 비동화의 태도를 보인 댄디로서의 자신이 겪게 된 비극적 운명을 1연에서 제시한 셈이다. 확장해 보자면, 댄디의 죽음은 곧 귀족적 영혼 혹은 전통적 정신의 추구가 소멸해버린 암울한 시대적 상황을 뜻하는 것으로도 해석될 수 있다.[30]

댄디의 죽음을 목도했지만, 화자는 절망하기보다는 3연을 통해서 유년 시절의 모습을 회상하는 방향으로 나아간다. 화자가 떠올린 세계는 냇가에서 아이가 고기를 잡던 고향이다. "어린아히가 고기를 잡고" 있는 풍경은 근대 문명의 물질적 생산 증대에 기여할 만한 것이 못된다. 유년의 고향(3연)은 현재 부르주아적 가치가 성행 중인 근대 문명(2연)으로부터 소외된 전근대적 공간인 것이다. 추운 겨울날 얼음을 깨가며 아이가 힘겹게 고기를 잡던 고향의 모습을 장면화함으로써 화자는 2연의 유산계급이 터트린 기쁨의 샴페인을 부정적으로 부각한다.

4연 1행에 제시된 "눈우에 피인 숫불"은 3연의 유년 시절의 아이가 고기를 잡은 뒤 먹기 위해 피운 불이다. 화자의 시선은 그 유년의

현수, 위의 글, 152~154쪽).

30) 이 글은 정신적 가치가 소멸됐다고 본 오장환의 인식이 부르주아적 근대의 파행적 전개를 목도한 데 일차적 원인이 있다고 보고 있지만, 또 다른 시대적 이유로 폭압을 향해 치닫기 시작한 당시의 식민 통치를 들지 않을 수 없다. 이 시가 발표된 1939년 7월에 일제는 이미 전쟁에 돌입한 상태였다. 7개월 후인 1940년 2월에는 창씨개명이 실시됐고 전쟁을 위한 물자 징발과 경제적 수탈이 극심한 상태였다. 4월에는 『문장』과 『인문평론』이, 8월에는 『동아일보』와 『조선일보』가 강제 폐간되었다. 이처럼 암울한 현실을 의식하면서 오장환은 정신적 귀족으로서의 댄디적 삶을 추구하는 것이 더욱 불가능해졌음을 느꼈을 것이다.

불에 가닿고, 불 위에서 무언가의 죽음을 본다. 죽은 것은 무엇이며 왜 하필 화자는 이 죽음을 '아름답다'고 영탄한 것일까. 이 시는 1연과 2연의 대조, 2연과 3연의 대조라는 대위법적 구조로 쓰인 작품이다. 이에 입각해 보면, 부르주아적 근대 문명에 대립되는 것은 전근대적 전통의 세계가 된다. 전자는 샴페인을 터트리며 승리 중이지만 후자는 현재 죽어가고 있는 가치이다. 댄디는 이 두 가치의 사이에 위치해 있다. 댄디는 전자의 가치를 비판하고 후자의 길을 따른다. 정신적 구질서의 소멸을 목도하면서도 그 가치를 보존하고 추구하려는 의지를 가진 존재이다. 따라서 댄디는 내면에서 과거적 정신성을 지향하는 태도로 근대의 문명 가치에 맞서며 그러한 자신의 대결을 영웅적인 것으로 인식한다. 즉, 마지막 진술에는 근대 문명의 지배적 가치에 의해 소멸해버린 과거적 가치("죽엄")를 아름다운 것으로 여기려는 화자의 욕구가 형상화되어 있는 것이다.

나의 至大함은 隕星과함께 타버리엇다

아즉도 나의목숨은 나의곁을 떠나지않고
언제인가 그 언제인가
虛空을 스치는 별납과 같이
나의 榮光은 사라젓노라

내노래를 들으며 오지않으랴느냐
毒한 香臭를 맛흐러 오지않으랴느냐
늬는 귀기우리려 아니 하여도
딱따구리 썩은枯木을 쪼읏는밤에 나는한거름 네압헤가마

表情없이 타오르는 燐光이여!
발길에 채는것은 무거운墓碑와 淡々한傷心

川邊가차히 가마구떼는 왜저리우나
오늘밤 아-오늘밤에는 어듸쯤 먼-곳에서
물에뜬 송장이 떠나오려나

—「無人島」 전문31)

우선은 "나의 至大함"(1연)과 "나의 榮光"(2연) 등의 구절에서 스스로에게 긍지를 느끼는 화자의 자존감이 감지된다. 화자의 "至大함"이 무엇인지 구체적인 정보는 제시되지 않았다. 하지만 전반에 걸친 내면 지향성과 그에 따른 정신적 분위기를 감안할 때, 자신이 동시대의 보편적 가치와는 다른 어떤 '지대한' 정신성을 추구해 왔다는 자기 인식이 일차적으로 발견된다. 3연에서는 "늬는 귀기우리려 아니 하여도"에서 나타나듯 화자의 노래를 거부하는 타자 '늬'가 제시되었다. 이로써 화자가 어떤 지대한 영혼을 추구했다는 것, 그러한 태도가 동시대의 근대인에게 거부당하고 있다는 것만큼은 분명하게 전달되는 셈이다. 제목인 "無人島"도 동시대인으로부터 분리된 자로서의 자기 인식을 표현한 낱말이다. 화자는 이처럼 동시대 역사의 근대적 진행과 단절된 자신의 삶을 "나의 榮光"으로 인식함으로써 다른 어떤 세계의 가치에 대한 지향을 드러낸다. 근대의 보편적 가치와 분리된 자신을 고귀하게 인식한 점, "내노래"를 동시대의 근대인인 "늬"가 부정하고 있다는 인식 등은 댄디즘과 상통하는 것이다. 더불어 화자는 이제 "나의 至大함은 隕星과함께 타버리

31) 「무인도」, 『청색지』 4집, 1939.2, 『헌사』, 남만서방, 1939.

었다"고 말하고, 큰 정신성을 향유할 수 있었던 "나의 榮光은 사라젓노라"고 전언한다. 역사적 근대의 전개 속에서 정신적인 '지대함'의 추구가 소멸해버렸다는 뜻인데 이를 통해서도 댄디즘의 일면을 확인할 수 있다.

4연의 첫 행 "表情없이 타오르는 燐光이여!"는 상세한 분석을 요한다. 우선은 '인광'이 죽어버린 어떤 것을 뜻하는 2행의 "무거운墓碑"로부터 흘러나온 것임에 주목할 필요가 있다. 죽어버린 것은 과거적인 어떤 것이다. 즉, '묘비'는 과거적인 어떤 것을 함의한 시어이다. 그런데 묘비 앞에 왜 '무거운'이란 수식어가 붙어 있을까. 이는 과거적인 것들 중에서도 무게감을 가진 어떤 것이 묘비로 묻힌 상태임을 알려 준다. 정신의 상황을 제시한 시임을 감안할 때, "무거운墓碑"란 곧 역사적 근대의 진행과 더불어 죽어간 구질서의 정신적 가치임을 알 수 있다. 화자는 과거의 어떤 정신성이 현재의 근대적 가치 체계에 의해 매장되고 만 현실을 제시하고 있는 것이다. 이 같은 가치 부재의 상황은 마지막 연의 '까마귀떼의 울음'과 '물에 뜬 송장' 이미지로도 표현된다.

또한 4연에서 주의를 끄는 것은 무거운 묘비가 '발길에 채일' 만큼 화자를 둘러싸고 있다는 진술이다. 내면의 정황을 다룬 시임을 감안하면, '묘비'가 자신의 내면을 가득 채우고 있다는 뜻으로 읽힌다. 모두가 버리고 잊어버린 전통적 정신성의 가치를 화자는 잊지 않고 있다. 나아가 화자는 무덤에서 흘러나오는 "燐光"을 언급한다. 인광은 사라진 전통의 묘비에서 흘러나온 과거적 정신성의 흔적을 상징한다. 1~2연의 문맥과 연관 지어 보면, 그것은 댄디로서의 화자가 예전에 추구했으나 현재는 역사적 근대의 전개 속에서 사라져간 자신의 지대한 영혼의 흔적이기도 하다. 이로써 "나의 至大함"의 구체적 의미가 드러난다. 소멸해버린 것은 영광스러웠던 "나의 至

大함"이자 또 "무거운墓碑"로 묻힌 채 "燐光"의 흔적만을 남기고 있는 구질서의 정신적 가치이다. "나의 至大함"과 "燐光"은 소멸된 것이란 공통점이 있으므로 상동 관계에 놓이는 시어들이다. 따라서 화자가 스스로를 지대한 자로 인식했다는 것은 자신이 구질서의 정신적 가치를 지향해 왔다는 뜻으로 풀이된다. 화자는 스스로를 역사적 근대의 전개에 맞서 과거적 가치를 추구한 정신주의자인 댄디로 여긴 것이다. 댄디로서의 화자는 근대 문명이 몰고 온 구질서적 정신의 소멸을 목도하면서(4연), 아울러 정신적 가치를 추구해 온 자신의 지대한 영혼이 '썩은 고목을 쪼고 있는 딱따구리'(역사적 근대)에 의해 패배하게 된 내면적 상황을 기록하고 있는 것이다.[32)]

4. 댄디즘의 방향성과 역사적 모더니티 비판

오장환의 1930년대 시집 『성벽』과 『헌사』에서 댄디즘이 지배적인 시의식으로 자리하고 있었음을 살펴보았다. 『성벽』의 시들은 근대 도시 문명의 거리를 직접 체험하되 도시 문물과 군중으로 대변되는 보편적 근대를 '거리두기'로 묘사함으로써 역사적 모더니티로

32) 이 시의 '썩은 고목'과 '무거운 묘비의 인광'이 죽어버린 구질서의 정신 또는 그 정신을 추구한 자신을 암시한다면 "딱따구리"는 근대 문명을 상징한 것으로 볼 수 있다. 과거적 정신의 가치를 쪼아 몰아내고 있는 근대 문명과 자신의 노래에 귀 기울이지 않는 근대인 '늬'가 있는 현실을 화자는 어두운 "밤"으로 인식한다. 한편 화자는 자신을 거부한 동시대인 '늬'를 향해 "한거름 네압헤가마"라고 말하기도 한다. 이 같은 자세는 3연에만 제시된 것이어서 이 시의 주요 내용을 이루지는 못한다. 하지만 『성벽』과 『헌사』에 일관되었던 근대 문명인과의 분리의식에 묘한 변화가 일어났음을 감지할 수 있다. '늬'와 함께 하겠다는 이 같은 변화는 이후 1940년대의 시들에서 본격화된다. 농촌 공동체에의 친화감과 노동 계급과의 연대의식을 적극 발화한 오장환의 1940년대 시들을 상기해 보면, 그 변화는 단절적으로 출현한 것이 아니라 이때부터 의식적 단초를 보여 준 것으로 판단된다.

부터 단절된 시인의 위치를 보여 주었다. 그는 도시 군중의 근대적 보편 일상과 분리된 개인으로서 스스로를 자각한 댄디였다. 도시 문명을 폐허에 기초한 것으로 파악했던 그는 근대적 풍경에 동화되지 않는 관찰자의 시선을 견지하면서 역사적 근대의 번창 그 이면에 드리운 부정적 속성을 시화하였다.

내면 정황을 노래하는 쪽으로 전환한 『헌사』에서도 그의 댄디즘은 여전했다. 그는 근대 문명의 전개를 "病든歷史"로 명명하면서 동시대 역사적 모더니티의 흐름을 동떨어진 자리에서 목도하고자 했다. 식민지 자본주의의 유산계급에게 처단되어 "이상한 山새"가 되어버린 자신을 자각하면서, 근대의 문명적 가치에 의해 소멸된 것들에서 미('아름다운 죽음')를 발견하려는 태도를 보여 주었다. 더불어 그는 스스로를 역사적 근대의 가치에 맞서서 내면에서 "至大함"을 추구한 자로 인식했다. 이 같은 자기 인식은 일종의 정신귀족적 영웅주의의 소산이며 댄디즘과 상통하는 것이다. 댄디로서의 시인은 지대한 영혼의 가치를 추구했던 영광스런 삶이 현실에 의해 '묘지의 인광'처럼 소멸하고 있다고 보았다. 동시대의 모더니티에 맞서 지대함의 가치를 추구했으나 그 시도가 실패로 귀결됐음을 그의 시는 기록한 것이다.

도시 문명을 비판하고 역사적 근대의 보편 가치와 대결하려 한 태도를 확인했던바, 오장환의 초기시가 무작정 도시를 동경했다는 식의 견해는 수정될 필요가 있다. 또한 선행 연구들은 오장환의 1930년대 시세계가 전통에 대한 전면적 거부를 보여줬다고 평가해 왔는데 이 또한 보정이 요청된다. 「성씨보」, 「성벽」, 「정문」 등의 시에서 오장환이 과거적 전통을 부정한 것은 분명한 사실이다. 하지만 그가 비판한 전통이란 족보를 중시하고 열녀를 강조한 봉건 사회의 제도적 구습이었다. 사회적 구체제의 인습을 비판했지만,

정신적 의미에서의 구질서까지를 부정한 발언은 발견되지 않는 것이다. 이 글은 역사적 근대성에 의해 무가치한 것으로 규정된 구질서의 정신성을 그가 어루만졌다는 것, 나아가 과거의 정신적 가치를 무기 삼아 근대의 문명적 가치에 맞서고자 했던 그의 면모를 확인하였다.

그러나 『성벽』과 『헌사』에서 추구된 과거적 정신의 정체가 무엇이었느냐는 질문에 대한 답변은 신중할 수밖에 없다. 봉건 사회의 제도적 폐습을 부정했고 과거의 정신성을 옹호했지만 그 옹호 대상이 유교 정신이었던 것은 아니다. 그렇다고 근대 문명을 추동한 서구 정신이었다고 볼 수도 없다. 근대 문명의 현상을 비판하고 그것과 대결하려는 자세를 견지했기 때문이다. 혹 그의 문명 비판적 태도에서 서구 근대정신의 핵심인 '비판 이성'의 잔영을 읽어낼 수도 있을 것이다. 하지만 그 같은 해석은 옳을 수 있으나 너무나 포괄적인 독법이 된다. 오장환 이외의 동시대 시인들에게도 적용 가능한 것이기 때문이다.

1930년대의 오장환에게 '과거' 또는 '구질서'라는 술어는 지향의 대상이었을 뿐 구체적 실체를 가지지 않은 것으로 보인다.—『나 사는 곳』에 이르면 '농촌 공동체'란 실체를 얻게 된다—과거의 인습을 부정하되 정신을 수용했으므로 그의 과거 인식은 정돈된 형태로 전개된 듯 보이지만, 그 정신의 실체가 불분명했다는 점을 간과할 수 없다. 그렇다면 그는 과거의 전통에 대해 막연한 인식과 혼란의 감정을 가졌던 것일까. 그의 시에 나타난 댄디즘은 이 질문에 유효한 답을 제공해 준다. 그가 추구했던 '과거' 혹은 '구질서'의 정신은 명명 가능한 구체적 실체를 가지지 않았지만, 어떤 의도와 목적을 달성하기 위한 기능적 역할을 담당하고 있었다. 그 의도와 목적이란 도시적, 물질적, 자본적 문명화로 대표되는 동시대 역사적 모더니티의 전개를 비판하는 것이었다. 근대적 문명과 분리된 위치에서 과거의 지대한 가치를 내적으로 보존하려 한 그의 댄디즘은 현행하는 역사적 근대성에 맞서기 위한 것이었다. 그가 취한 과거의 '지대한' 정신은 모호한 실체를 지녔으되 분명한 방향성을 가진 것이었다.

바꿔 말하자면 이는 과거의 전통적 세계보다도 당대의 역사적 모더니티가 그의 진정한 관심 대상이었음을 알려 준다. 현재의 동시대적 현실을 비판하는 것이 목적이었기에, 그 수단은 과거와 미래 어느 쪽에서 끌어오더라도 무방했을 것이다. 부정적 현재를 공격하고자 1930년대 그의 시는 댄디즘이라는 과거 지향성을 취했다. 해방 후에는 미래의 시간을 선취함으로써 동일한 목표를 달성하고자 한다. 프롤레타리아트의 미래를 노래한 해방기 그의 변화가 1930년대와의 단절처럼 비춰질 수 있지만, 그는 부정적 현재를 비판하려는 목적을 위해 미래라는 시간을 활용했던 것으로 보인다. 실제로 해방 후 오장환은 좌익의 문학가동맹에 가입하여 활동했음에도 불구하고 당대 남한의 정치 현실을 비판하거나 노동 계급의 희망찬 미래 또는 그와의 연대의식 정도를 시화했을 뿐, 당에서 요구한 창작방법론을 일방적으로 따르진 않았던 것으로 보인다.[33] 이 같은 사실 또한 시세계 전체를 가로지른 그의 궁극적 관심사가 어디에 있었는지를 잘 알려 주는 예라 할 것이다.

---

33) 『병든 서울』 시기의 오장환은 문학가동맹을 지지하는 시들을 발표했지만 "조직 생활을 하면서도 생활의 태도나 생각하는 생리는 예전과 변함이 없었다"(심재휘, 「오장환 시 연구」, 고려대 석사논문, 1989, 96쪽). 댄디의 태도가 사라지지 않았음을 추정케 하는 대목이라 할 수 있다. 뿐만 아니라 그의 시는 맑시즘적 창작 노선에 충실하기보다도 ① "남한 사회의 비리를 혐오 비난"하거나, ② "공산주의 사회의 건설"을 노래하고 있었다(오세영, 「탕자의 고향 발견」, 『문학사상』, 1989.1, 321쪽). ②는 그의 시가 새롭게 '미래의 시간'으로 이동했음을 보여 주지만, ①은 '현재 진행' 중인 파행적 근대에 대한 비판이라는 이전 시기의 댄디즘이 여전히 계속됐음을 알려 준다. 근대 비판이라는 변함없는 목적 ①을 위해 그 방법으로 ②를 취하게 된 것이 아닐까 한다.

5장

위생의 근대와 생명파

: 오장환과 서정주의 시

1936년 동인 '시인부락'의 결성과 함께 등장한 '생명파' 시인들은 전시대의 문학 유파에 대한 일종의 도전의식을 가지고 있었다. 이는 생명파의 출발이 "鄭芝溶氏의類의 感覺的 技巧나, 傾向派의, 이데오로기의-어느쪽에도 安着할수없는 心情의 必然한 發顯"이었다고 회고한 서정주의 발언에 잘 나타나 있다.[1] "(경향문학의: 인용자) 理念的偶像에의 隷屬으로부터" 벗어났다는 김동리의 말이나, "모더니즘의 감각성, 浮薄性 그 말단의 기교주의에 반기"를 든 것이었다는 조지훈의 평가도 같은 선상에 놓여 있다.[2] 즉, 1930년대 후반의 신진 시인들이 특정한 이념적 결속을 내세우진 않았으나, 이 사실 자체가 문학을 '목적'과 '이념'의 등가물로 치환했던 카프와 민족주의 문학에 대한 반발, 더 첨가하자면 모더니즘 유파와 순수시파의 기

1) 서정주, 「조선의 현대시」, 『문예』 7집, 1950.2, 154쪽.

2) 김동리, 「신세대의 정신」, 『문장』 2권 5호, 1940.5, 84쪽; 조지훈, 「한국현대시사의 관점」, 『조지훈전집』 3, 일지사, 1973, 169쪽.

교주의에 대한 반작용에 해당한다는 것이다.

그동안 생명파 시인들은 문단 지형의 변화와 문예사조에 입각하여 분석되어 왔다. 그중 오세영의 정치한 해명에 주목할 필요가 있다. 그에 따르면, 생명파 시인들은 사회(카프), 자연(순수시), 문명(모더니즘)을 주제로 삼은 1930년대 전반기 문단의 이념지향성과 기교주의에 염증을 느끼면서 문학적 돌파구를 찾고 있었다. 그러던 중 1935년을 전후로 한 백철의 휴머니즘론과 서구에서 유입된 생의 철학, 특히 니체 철학에 감화되었고, 그에 기반하여 '인간'과 '생명' 탐구를 새로운 문학적 의제로 내세우게 된다. 이성보다는 인간 본연의 원초적 감정과 본능을 탐구한 생명파 시인들은 현실의 문제를 외면했지만, 생의 존재론에 천착하여 생명의 원초적 감정과 육성을 표출했다는 것이다.[3]

한편 최근의 연구는 생명파 시인들이 사회 현실을 외면했다는 기존의 지적을 극복하는 방향으로 전개되고 있다. 이 논의들은 생명파 시를 현대 문명과 일제 군국주의 체제에 대한 미적 대응으로 파악하려는 진전된 시각을 보여 준다. 임재서는 생명파 시의 반문명적 태도가 1930년대 후반 가속화된 일제의 파시즘을 지켜본 결과이며, 이성의 이념에 입각한 역사주의를 회의하게 됐기 때문이라고 보았다.[4] 김진희에 따르면, 생명파 시인들은 인간 생명의 본질을 본능·감정·의지로 파악하면서 원시적 생명성에 천착했는데, 이는 이성·문명·진보로 위장한 새로운 역사적 야만주의의 물결에 저항하기 위함이었다.[5] 이들의 논의는 기존의 사조적 접근을 넘어서, 생명파의 시가 당대 현실과의 긴장 속에서 산출됐음을 해명한 의의

3) 오세영, 『20세기 한국시 연구』, 새문사, 1989.

4) 임재서, 「서정주 시에 나타난 세계인식에 관한 연구」, 서울대 석사논문, 1996.

5) 김진희, 「생명파 시의 현대성 연구」, 이화여대 박사논문, 2001.

를 가진다. 특히 생명파 시인들의 '육체'에 대한 천착은 이전 시기의 시들에 없던 파격적인 것이었으며 그런 의미에서 미적 쇄신의 가치를 획득했다는 김진희의 의미 부여는 흥미로운 것이라 할 수 있다.

이상의 연구 성과들을 종합할 때, 그간 생명파의 시세계는 생명, 인간, 인생, 육체, 본능, 감정 등의 술어들을 중심으로 분석되어 왔다. 더 압축하자면 '인간의 생명과 육체'가 생명파 시를 관류한 핵심 명제였다고 할 수 있으며, 본능과 감정은 인간 육체에서 파생된 시적 가치들이었다고 볼 수 있을 것이다. 하지만 생명성·인간성·육체성의 강조는 생명파의 시론에서 반복하여 등장했던 것이고, 기존 연구는 생명파의 시세계를 다분히 그들의 자설(自說)에 의거하여 해명해 온 감이 없지 않다.

이 연구는 생명파의 시에 나타난 '인간과 생명과 육체'의 문제를 다른 시각에서 검토하고자 한다. 그들이 추구한 생명과 육체의 가치는 이전의 문학 장과 문학 행위에 대한 미적 도전에서만 비롯되지는 않았을 것이라 판단되기 때문이다. 그들 시의 새로운 미적 가치는 당대의 역사적 모더니티와의 긴밀한 상호작용에서도 얻어진 것이다. 생명파 시에 나타난 육체의 문제는 역사적 근대성의 담론에서는 신체의 문제로 번역될 수 있다. 우선은 이 개개인의 신체가 식민지 근대의 의학과 결부되어 있으며, 이 식민지 의학의 담론이 '위생'의 명제에 집약되어 있음을 확인할 것이다. 일제가 식민지 조선의 지배를 위해 개발한 위생제도는 '건강/질병', '깨끗함/더러움', '정상/비정상'의 병리학적 시선을 개개인의 육체에 부과함으로써 피식민지인의 신체를 효과적으로 감시, 통제, 훈육하는 통치의 술(術)로 기능할 수 있었다. 생명파 시인들에게서 새롭게 돌출한 신체와 질병의 문제가 이 위생의 근대성과 모종의 상관성을 가졌을 것이란 전제에서 이 글은 출발한다.

1. 식민지 근대의 위생 권력과 그 성격

문명의 진보를 상징하는 근대 서양의학의 급격한 발달이 서구의 절대주의 체제에서 비롯됐다는 것은 주지의 사실이다. 서구의 절대군주들은 중상주의 이념에 바탕한 부국강병을 추진했는데 이를 위해선 무엇보다도 인구의 증가가 요청되었다. 따라서 근대 국가의 성립과 발전은 필연적으로 인구 증가를 위한 의학의 발달과 위생행정의 수립을 필요로 한다. 메이지 유신 이후 서구적 근대를 적극 수용해 온 일본은 이 점을 잘 알고 있었다. 자국의 한의학을 붕괴시키면서까지 서양 의료체제로의 신속한 전환을 추진했던 것이다.[6] 서양의학의 선취는 곧 일본 자신이 동아시아 최고의 문명국이라는 자부심과 연결됐으며, 이는 조선과 중국 등 주변국의 문명화를 위해 천황의 시혜가 전파돼야 한다는 논리로 이어졌다.

조선의 개항 이후 일본은 발 빠르게 부산(제생의원: 1877), 원산(생생의원: 1880), 인천(인천의원: 1883), 한성(일본인공사관 부속의원: 1883)의 개항장에 관립병원을 건립하였다. 당시에 항구는 외국 선박의 유입 탓에 콜레라 전파의 위험성이 큰 공간이었다. 콜레라 등의 역병은 한 번 발발하면 수많은 인명을 앗아갔으므로 조선에게나 일본에게나 큰 골칫거리였다. 조선 정부는 온역장정(1886)을 제정하여 개항장의 검역을 실시했는데, 일본 또한 자국 거류민의 보호를 목

---

6) 메이지 정부의 의료체제는 독일의학 수용, 군진의학의 발달, 위생학·외과학·세균학의 발전을 특징으로 하였다. 관료적 국가체제의 성립과 함께 메이지 정부는 자유주의 국가인 미국과 영국보다는 자신과 유사한 입헌군주제 국가인 독일의 의학을 적극 수용했다. 또한 행정의 효율성 재고와 전쟁 수행의 보조를 위해 군진의학과 군의제도를 발달시켰다. 양성된 군의들은 일부가 조선에 진출했는데, 합병 이후 이 군의들은 식민지 조선의 의학체계를 운영하는 핵심으로 부상하게 된다. 박윤재, 『한국 근대의학의 기원』, 혜안, 2005, 51~57쪽, 259쪽.

적으로 여러 피병원들을 설립하였다. 동시에 이 병원들은 조선인 진료를 병행함으로써 반일감정을 약화시키고 자국 문명의 우수성을 전파하려는 선전까지를 병행하였다.[7]

이후 청일전쟁, 러일전쟁의 승리와 함께 대한제국에의 지배를 넓혀간 일본은 통감부 시기에는 한성에 대한의원(1907)을, 지방에는 1909~10년 사이 전국 13도에 자혜의원을 설립하면서 의료체제의 실질적인 지배권을 장악하였다. 대한의원은 고종의 대한제국이 만든 광제원, 적십자병원, 종두사업까지를 통합한 기관으로,[8] 대조선 정책의 결정체였으며 산하에 위생부를 두어 식민지 조선의 보건위생까지를 담당하는 최고의 중추기관으로 자리 잡았다.[9] 한편 지방에서는 한의학과 민간요법에 대한 조선인의 신뢰가 여전했는데, 지방의 자혜의원들은 일본의 선진성을 선전하고 천황의 시혜성을 부각함과 동시에 서양의학이 지방에까지 침투하는 계기를 마련하였다.[10] 이 같은 사실은 일제가 보건과 의료 체제의 헤게모니를 두고 조선의 전통의료를 의도적으로 배제해 갔음을 보여 준다.[11] 이는 서양 선교사들의 선교의료에 대해서도 마찬가지여서, 일례로 선교

7) 신동원, 『호열자, 조선을 습격하다』, 역사비평사, 2004, 230쪽.

8) 신동원, 『한국근현대보건의료사』, 한울, 1997, 339쪽.

9) 박윤재, 앞의 책, 191쪽. 신동원 또한 대한의원의 창설이 한국의 국가의료, 의학교육, 위생행정 사무를 통합하는 하나의 "일사불란한 체제"의 성립을 뜻한다고 보았다(신동원, 위의 책, 346쪽). 대한의원은 총독부 체제가 들어서면서 중앙의원, 총독부의원 등의 명칭으로 변화했다.

10) 서양의학의 지방 침투는 자혜의원 이용자 수가 1910~18년 사이 4.6배의 증가율을 보인 사실에서도 확인된다(박윤재, 앞의 책, 254쪽). 그러나 자혜의원의 기본 목적은 일본인들이 각 지방에 침투해 들어가 장악력을 높일 수 있도록 안전한 활동을 보호하기 위한 데 있었다(같은 책, 257쪽).

11) 일제의 서양의료 체계가 한의사들의 지위를 박탈해 간 과정은 정근식, 「일제하 서양의료 체계의 헤게모니 형성과 동서 의학 논쟁」, 『한국의 사회제도와 사회변동』, 문학과지성사, 1996을 참고할 것.

사들이 설립한 사립 나병원들은 1930년대에 들어 총독부 설립의 소록도 갱생원의 확대에 따라 나 구료의 주변으로 밀려났음에서도 확인된다.12)

그러나 각종 병원의 전국적 설치만으로 식민지의 의료체제가 완성됐다고 할 수는 없다. 더불어 살펴야 할 것은 위생행정의 수립이며, 이것이야말로 조선인의 신체에 직접 가해진 근대 문명의 위력이었다 할 수 있다. '위생'이란 용어는 메이지 유신 시절 이와쿠라 사절단의 일원으로서 서구를 시찰한 나가요 센사이에 의해 고안된 용어로,13) 그것은 유행병 예방은 물론 "빈민구제, 토지청결, 상하수도 설치, 시가 가옥 건축 방식부터 약품, 염료, 음식물의 단속"에 이르는 가히 일상과 관계된 모든 것을 관장하는 개념이었다. 이는 행정기구를 동원하여 "국가가 국민의 건강을 보호하기 위해 국민의 생활 전반에 걸쳐 적극적인 개입을 시행한다는 의미"이며 "병이 발생하기 전에 예방한다는 개념"이었다.14) 일본의 의학은 곧 서구의 학이었으며 그런 의미에서 식민지 조선에 이식된 일본의 위생행정은 근대의 계몽과 보편성의 가치를 의미했다.

합방 이후 총독부는 이 위생이라는 미명 아래 조선인의 일상에 대한 개입을 단행하였다. 이는 근대 식민지 의학의 시선이 개별적 신체에 침투되는 과정에 해당하며, 구체적으로는 위생경찰을 통해 집행되었다. 독특한 것은 서구의 경찰제도가 시민의 위생에서 손을

---

12) 정근식, 「한국에서의 근대적 나 구료의 형성」, 『보건과 사회과학』 창간호, 한국보건사회학회, 1997.

13) 나가요 센사이는 독일의 공중위생 개념인 독일어 'Gesundheitpflege'를 접하고 이를 'えいせい(衛生)'로 번역하였다. '위생'이란 단어를 그는 『장자』에서 발견하여 번역어로 활용하였다. 이종찬, 「메이지 일본에서 근대적 위생의 형성 과정, 1868~1905」, 『의사학』 12권 1호, 대한의사학회, 2003.6.

14) 박윤재, 『한국 근대의학의 기원』, 혜안, 2005, 29~30쪽.

때는 방향으로 간 반면 일제의 헌병경찰제도는 그렇지 않았다는 점이다. 일제의 경찰은 위생과 관련된 사무까지를 도맡은 위생경찰이었고, 이들이 담당한 위생 사무의 범위는 전염병의 예방과 관리뿐 아니라 일상적 행동의 세세한 부분에까지 걸쳐 있었다.[15] 피식민지인들에게 상세한 위생 규칙을 부과한 식민지 위생권력은 감시, 통제, 처벌을 통해 개개인의 신체를 훈육의 신체가 되도록 규율해갔다. 각종 방역 조치와 전염병예방령이 반포됐고 질병 확산 방지의 명목으로 청결의 선한 의무를 내면화하는 신체, 즉 위생권력에 순응하는 신체 만들기가 꾀해졌다.[16]

또한 위생 관념은 신체에 대한 근대의학의 기계론적 관점을 확산시켰다. 기계론적 관점이란 신체를 수력학적으로 파악하여 분석 가능한 것으로 대상화한다는 것이며, 이는 건강한 노동력 확보를 위해 피식민지인의 신체를 유용 가능한 것으로 재구성할 수 있게 됐음을 뜻한다.[17] 학교는 보건교육과 체육교육을 통해 학생에게 숱한

15) 집안 청소, 침구 관리, 음식물 관리, 우물 관리, 쓰레기와 분뇨 처리, 노상방뇨, 육류·과일·약품의 판매 및 구입, 사체 매장, 위생 강연회의 참가 등 일상의 거의 모든 활동에 위생 규율이 부과됐으며 이를 어길 시에는 징벌적 조치가 취해졌다. 전염병 발발 조짐이 있을 시에는 각종 소독 조치, 교통의 차단과 격리, 선박과 기차의 검역까지가 위생경찰에게 주어졌다. 전염병 감염자는 가족이 신고해야 했으며, 감염 의심자는 가족에게서 격리되었다. 검병적 호구조사를 통해 경찰은 의심되는 가택에 무단으로 침입하여 친척도 못 들어간다는 아녀자의 내방까지 검문할 수 있었다. 노숙자는 연행되어 피병원에 수용됐으며, 설사 환자만 나타나도 그 지역의 교통은 차단됐고 소독이 실시되었다. 자세한 내용은 위의 책, 제4장 4절을 참조할 것.

16) 여기에는 다른 현실적 이유도 작용했던 것으로 보인다. 식민지 당국으로선 ① 조선의 위생을 등한시할 경우 국제적으로 문명국의 위상이 실추될 수 있다는 우려가 있었다. ② 전염병 발생은 민심의 동요를 가져오므로 지배에 큰 불안 요소가 될 수 있었다. ③ 통치 강화를 위해서는 일본인의 조선 이주가 활발해야 했는데, 이들의 안전한 이주를 보장하기 위해서도 조선의 청결화는 시급한 문제였다(위의 책, 347쪽). ④ 조선인의 건강한 노동력 확보도 중요한 과제였으며, ⑤ 예산 문제도 원인이었을 것이다. 청결을 위한 사회간접시설에 투자하기보다는 경찰을 동원한 무단적 검역과 징벌이 예산 집행 면에서 효율적이었을 것이다.

위생규율을 부과함으로써 계몽의 미명 아래 자발적으로 복종하는 신체를 창출할 수 있었다.[18] 이 위생규율을 따르는 것이 정상적인 신체였으며, 이 같은 정상적 신체 창출 메커니즘은 자연스럽게 여기에서 벗어난 신체를 '비정상'으로 재정의하는 결과로 이어졌다. 위생경찰에게 비위생적으로 여겨진 행위들은 범죄화되어 감시와 처벌의 대상이 됐으며 "이들에 대한 제재는 의학적(과학적) 정당성을 확보하게 된다."[19] 이처럼 위생은 삶의 전반을 통제하는 규제자의 지위를 가지고 있었다. 식민지 위생권력은 '청결/건강/우생/유용한 신체'와 '불결/질병/열생/무용한 신체'의 의학적 시선을 개개인의 몸에 침투시켜서 사회적 선과 악에 대한 신표준을 창출하고 나아가 조선인의 일상을 개조해갔던 것이다. 신체를 매개로 한 건강과 질병의 개념은 그렇게 탄생했으며, 이는 근대와 계몽이라는 대타자적 기표를 거느리며 식민지 시기 내내 일관되게 관철되었다.[20]

2. 부랑의 탈위생성과 불구적 신체의 생명력: 서정주

일제가 부과한 위생의 의무는 청결의 명령에 '자발적으로 복종하는 신체'의 창출을 통해 식민지 조선을 효과적으로 통치하는 데 목

---

17) 조형근, 「식민지 체제와 의료적 규율화」, 김진균·정근식 외, 『근대주체와 식민지 규율권력』, 문화과학사, 1997, 179~181쪽.

18) 위의 글, 194쪽.

19) 위의 글, 204~205, 215쪽.

20) 위생행정의 수립과 확산은 1920년대의 문화정치 시기에도 별로 변동이 없었다. 1924년에는 '중앙위생조합연합회'가 창립됐고, 1931년에는 '위생조합법'이 제정되어 지방의 '자치위생'은 더욱 강화됐다. 1928년에는 1915년에 공포된 전염병예방령보다도 한층 강력해진 '전염병예방령시행규칙'이 반포되었다. 조형근, 「일제시대 한국에서 의료체계의 변화와 그 사회적 성격」, 서울대 석사논문, 1997, 24~26쪽.

적이 있었으며, 집행은 무단적이고 폭력적인 방식으로 전개되었다. 하지만 문명화·계몽화·과학화를 명분으로 내세웠기에 그 '위장의 수사학'을 이 땅의 시인들이 깨닫기까지는 긴 시간이 걸려야 했을 것이다.

1930년대 후반, 생명파의 시들에서 위생에 대한 문제의식이 나타난다는 사실은 그래서 문제적이다. '인간의 생명과 육체'는 한편에선 생명파 시인들이 탐구한 핵심적 테마이면서, 다른 한편에선 식민지 근대 의학의 시선이 작동한 지점이란 점에서 흥미로운 문제이다. 서정주는 1915년 전북 고창에서, 오장환은 1918년 충북 보은에서 출생했다. 위생행정이 중앙에서 완비된 시기에 태어나 지방에까지 확산된 1920년대에 어린 시절을 보낸 셈이다. 서정주는 자전적 독백 형태의 초기시 「자화상」에서 자신의 유년에 대해 다음과 같이 썼다.

> 애비는 종이었다. 밤이기퍼도 오지않었다.
> 파뿌리같이 늙은할머니와 대추꽃이 한주 서있을뿐이었다.
> 어매는 달을두고 풋살구가 꼭하나만 먹고싶다하였으나 (…중략…)
> 흙으로 바람벽한 호롱불밑에
> 손톱이 깜한 에미의아들.
> 甲午年이라든가 바다에 나가서는 도라오지않는다하는 外할아버지의 숯많은 머리털과
> 그 크다란눈이 나는 닮었다한다.
> 스믈세햇동안 나를 키운건 八割이 바람이다.
> 세상은 가도가도 부끄럽기만하드라
> 어떤이는 내눈에서 罪人을 읽고가고
> 어떤이는 내입에서 天痴를 읽고가나

나는 아무것도 뉘우치진 않을란다.

찰란히 티워오는 어느아침에도
이마우에 언친 詩의 이슬에는
멫방울의 피가 언제나 서껴있어
볓이거나 그늘이거나 혓바닥 느러트린
병든 숫개만양 헐덕어리며 나는 왔다.

—「自畵像」 전문[21]

‘아무것도 뉘우치지 않겠다’는 모종의 결연한 의지가 읽히는 시이다. 의지의 형상화는 생명파 시의 특징이란 점에서 생명적인 것, 즉 뭔가 살아 있는 것의 가치를 추구하겠다는 다짐이 나타나 있다. 화자 스스로 살아 있음을 느낄 만한 진짜 삶이란 “이마우에 언친 詩의 이슬”을 따르는 삶이다. ‘시 쓰기’야말로 삶의 생명성을 얻는 방편이라는 것이다.

문제는 시 쓰기로 대변되는 이 생명성을 화자가 추구하게 된 배경이다. 1연의 내용은 ① 화자의 가계, ② 화자의 삶과 이에 대한 세상의 평가로 나뉠 수 있다. 우선 화자는 자신이 “종” 신분의 아버지와 “손톱이 깜한 에미” 밑에서 자랐으며 떠돌이였던 외조부의 “숯많은 머리털과/그 크다란 눈”을 닮았다고 말한다. 비천하고 가난한 집 출신임을 강조한 이 진술은 사회적 타자와 주변인으로 살아온 화자의 과거적 삶을 함축하고 있다. 이는 자신의 삶이 “바람” 같았다고 고백하는 진술에서도 암시된다. ‘바람’은 방랑의 삶에 대한 은유이며 이는 미당의 자서전에서도 확인되는 사항이다.[22] 사회적 주변인이

21) 서정주, 「자화상」, 『시건설』 7집, 1939.10, 『화사집』, 남만서고, 1941.

었던 화자에게 방랑은 어쩌면 불가피한 선택이었을지 모른다. 그러나 정처 없이 떠돈 자신의 삶에 대해 화자는 죄의식의 일종인 '부끄러움'을 느낀다. 이 죄에 대한 감각은 '정상/비정상'의 삶을 규정하는 사회 공동체의 기준이 내면에서 작동했음을 뜻하며, "어떤이"들의 규정에 의해 더욱 강화되고 있다. 사회적 정상인인 "어떤이"들은 "바람"처럼 떠돈 화자를 "罪人"이자 "天痴"라며 비난한다. 화자의 방랑은 세상의 시각에서 보자면 한낱 '부랑'에 불과한 것이다.

문제는 이 부랑자가 식민지 당국의 시각에서는 사회를 오염시키는 존재였을 뿐이라는 사실이다. 전국의 부랑자수는 급격히 늘어나 1927년부터 1931년 사이 연간 5만 명을 상회했으며, 부랑자 문제는 그 당시 "매일 신문지상을 오르내리는 중요한 사회문제"였다.[23] 위생의 시선에 따르면 부랑자는 불결했고 늘 유랑하는 탓에 질병 전염의 확산을 초래할 수 있는 위협적인 존재였다. 비정상인이자 잠재적 범죄자이며 사회악으로 규정되어 척결의 대상이 됐던 것이다.[24] 주목

22) 이 시를 『시건설』 7집(1939)에 발표할 당시의 서정주는 떠돌이의 삶을 살아온 상태였다. 1933년 가을에는 서울 마포 도화동의 토막촌에서 생활했고, 그해 겨울에는 선사 박한영의 문하에서 일 년 있다가, 이듬해 금강산에 들어갔으며, 하산 후에는 서울 와룡동에서 잠시 가정교사를 했다. 1935년에는 중앙불교전문학교에 입학하여 함형수, 이상 등과 어울렸고, 1936년 초에 등단 소식을 접하자마자 해인사에 내려갔으며, 그해 가을에 다시 상경하여 '시인부락'을 결성, 『시인부락』을 창간한 뒤, 1937년 4월에는 제주도에 가 있다가, 6월에 고향으로 돌아갔다.

23) 한귀영, 「근대적 사회사업과 권력의 시선」, 김진균·정근식 외, 『근대주체와 식민지 규율권력』, 문화과학사, 1997, 316~317쪽. 부랑자 증가의 원인은 토지조사사업과 1920년대 후반의 농업공황에 따른 농촌의 경제적 파탄 때문이었을 것으로 여겨진다(같은 글, 317쪽). 처음부터 부랑자들에 대해 총독부는 '범죄즉결례'(1910), '경찰범처벌규칙'(1912) 등의 제정을 통해 "경찰서장 또는 헌병대장이 즉결에 처할 수 있도록" 했다. 경찰은 부랑자들을 시외로 축출하거나 수용소로 보냈는데(같은 글, 319쪽), 이 같은 단속과 처벌을 맡은 주체가 위생경찰이었음은 물론이다.

24) 검거된 부랑자는 수용소로 보내졌으며, 청결과 근면의 노동윤리 주입을 통해 정상의 생활과 신체를 가진 주체로 갱생되었다. 이는 피식민지인의 건강한 노동력 확보를 위한 목적과 연결돼 있었다(위의 글, 323쪽).

할 것은 이 같은 사회 분위기 속에서 시인이 1933년 가을 19세의 나이에 실제로 넝마주의 생활을 했다는 사실이다. "서울 마포 도화동의 빈민굴에 몸을 던져, 쓰레기통을 뒤져서 그 얻은 것을 푼돈으로 바꾸어 호구연명하는 그런 사람들 틈에 끼여 잠깐 살고 있은 일"이 그것이다.[25] 톨스토이주의에 심취한 탓이었다고 훗날 그는 회고했지만,[26] 다른 방법의 톨스토이적 실천이 가능했음에도 '자발적으로' 쓰레기통을 뒤적거린 사실은 식민지 당국의 입장에서 보자면 위생의 금기에 대한 위반이 된다. 쓰레기통을 뒤진 일은 이틀에 불과했지만 그는 그해 가을 한철을 마포에서 살았다. 당시 마포 도화동은 서대문 현저동, 남대문 부근의 서계정 일대와 함께 도시 빈민층인 토막민들의 집단 거주지였다. 토막민 주거지는 식민지 당국에겐 위생 정책에 반하는 공간이었으며 철거의 대상이었다. "문명국으로서 일본의 체면을 크게 손상할 뿐 아니라, 도시 미관상, 위생상 큰 문제를 야기"한다고 판단됐기 때문이다.[27]

마포에서의 토막민 체험 이후 서정주는 본격적인 방랑에 들어섰고, 1939년 「자화상」 발표 후에도 그의 방랑은 한동안 계속된다. 1940~41년 사이 그는 만주에서 노역하며 호구를 연명했다. 그가 위생경찰의 위력을 절감한 것은 만주 체험을 끝내고 돌아오는 길에 "도문역에서던가 내려서 기차를 갈아타게 되었을 때"였다.[28] 노상방뇨가 "일본 헌병한테 발각되어 함부로 막 군화 발길에 채이고 따

25) 서정주, 『미당 자서전』 2, 민음사, 1994, 31쪽.

26) 위의 책, 9쪽.

27) 한귀영, 앞의 글, 335쪽. 토막민은 1920년대 이후 농촌에서 쫓겨나 도시 변두리에 모여 살면서 "공사장 막일꾼이나 행상"을 하고 "땅을 파고 거적을 두른 움집에서 주거"한 빈민층을 말한다(같은 글, 334쪽). 일제는 1934년 '조선시가지계획령'을 반포하고, 구획정리사업을 실시하면서 위생의 명분으로 토막민들을 강제철거해 갔다(같은 글, 336쪽).

28) 서정주, 앞의 책, 89쪽.

귀를 맞고 한 것"인데, 이를 친구에게 얘기했더니 그 정도면 운 좋은 경우라는 말을 듣는다. "그런 데 오줌 누다가 잘못 걸리면 죽을 수도 있다"라는 친구의 말은 위생경찰의 폭력성을 단적으로 보여준다.

그런 점에서 그의 방랑은 식민지 사회가 규율한 정상성의 삶에 위배되는 비정상적 '부랑'에 해당하는 것이었다. 따라서 그의 토막민 생활과 떠돎은 일종의 사회악("罪人")으로 간주될 수 있었다. 그럼에도 그는 "나는 아무것도 뉘우치진 않을란다"라고 선언한다. "어떤이"들의 비난의 준거인 정상성의 삶의 표준을 받아들일 수 없다는 뜻이다. 특히 그는 "병든 숫개만양" 떠돌며 살아온 자기확인적 진술을 당당하게 함으로써 자신의 방랑이 앞으로도 계속될 것임을 암시한다. '수캐'(생명력)와 '병든'(비생명력)의 이질적 낱말들을 결합시킨 "병든 숫개"의 비유는 복합적 의미를 자아낸다. 문맥을 살피면 '수캐'는 "이마우에 언친 詩"를 "헐덕어리며" 추구해 온 자신의 생명력 넘친 삶을 함의하므로, 이를 수식하는 시어인 "병든" 또한 비생명성이라는 사전적 정의를 넘어서 수캐 같았던 자신의 생명력을 역설적으로 강조하는 기능을 수행하고 있다. 즉, 외부의 "어떤이"의 시선에서는 비정상적인 그의 삶이 병든 것에 불과했겠지만, 그는 "병든" 것으로 규정된 자신의 방랑적 삶(반위생성)을 오히려 생명력 넘치는 "숫개" 이미지로 전환시키고 있는 것이다.

해와 하늘 빛이
문둥이는 서러워

보리밭에 달 뜨면
애기 하나 먹고

꽃처럼 붉은 우름을 밤새 우렀다

—「문둥이」 전문[29]

바윗속 山되야지 식 식 어리며

피 흘리고 간 두럭길 두럭길에

붉은옷 닙은 문둥이가 우러

땅에 누어서 배암같은 계집은

땀흘려 땀흘려

어지러운 나-ㄹ 업드리었다.

—「麥夏」 2~3연[30]

문둥이의 영아살해를 모티프로 한 「문둥이」는 나환자의 천형의식(1연), 생존하려는 몸부림(2연), 그에 따른 죄의식(3연)을 표현한 점에서 불구의 신체가 겪는 영혼의 문제를 다루고 있다. 그런데 서정주는 왜 하필 나환자를 소재로 택한 것일까.

정근식의 연구를 소개하면, 나병이 천형이라는 인식은 기독교 선교의료의 수용 이후에 발견된다.[31] 나병원은 선교의 거점이었다. 선교의료는 나병에 천형의 이미지를 부여했으며, 그렇게 하여 근대의학에 의해 치료받는 나환자의 신체는 신의 구원을 증거할 가장

29) 서정주, 「문둥이」, 『시인부락』 창간호, 1936.11, 『화사집』, 남만서고, 1941.

30) 서정주, 「맥하」, 위의 책.

31) 나병은 근대 문명의 선교의료적 시선에 의해 재해석된 질병이다. 사실 "조선 후기에 '문둥이'의 존재는 민중들의 연희"였던 "오광대 놀이에서 확인"되듯 "근대적 의미의 '사회적 타자'로 존재한 것 같지는 않다"(정근식, 「한국에서의 근대적 나 구료의 형성」, 『보건과 사회과학』 창간호, 한국보건사회학회, 1997, 6쪽). "한국에서도 기독교의 확산과 더불어 나병이 천형이라는 인식이 분명해진 것으로 보인다"(같은 글, 12쪽).

극적인 장소가 될 수 있었다. 그러나 나환자의 '사회적 타자화'는 서정주의 유년 시절인 1920년대의 각종 신문에 '문둥이' 관련 기사가 실리면서 본격화된다. 근거 없는 영아취식 담론이 유포되면서 나환자에게 공포의 이미지가 전가됐는데, 이는 "정상인 대 문둥이라는 사회적 분할"의 창출을 낳았다. 서정주는 자서전에서 어릴 적 가장 무서웠던 때가 '혼자 빈집을 지키는 때'라고 썼다. "구슬을 가지고 와서 아이들을 꾀어다가 보리밭 속에 들어가 간을 빼먹는다는 문둥이가 나오지 않을까" 싶어서였다.[32]

나병의 공포 이미지와 정상인 대 문둥이의 분할이 1920년대에 창출됐다면, 나환자에 대한 강압적 감금과 통제가 본격화된 것은 1930년대 중반부터이다. 일찍이 일제는 1916년에 소록도에 나환자 시설인 자혜병원을 만들어 '소극적으로' 운영해 왔고, 1930년대 전반까지의 실질적 나 구료는 선교 나병원이 주도한 형국이었다. 선교의료와의 경쟁과 문명국의 체면 유지를 이유로, 총독부는 1933년부터 소록도 갱생원의 대규모 확장과 더불어 1935년에는 나환자의 강제 수용을 법률화한 '조선 나 예방령'을 반포하고 즉각 시행에 들어갔다. 이것은 "조선 총독, 정무총감, 경무국장, 경무국 위생과장으로 이어지는 식민지적 의료지배계통"에 의해 주도됐다.[33] 위생경찰에 의한 무단적 검거, 강제적 수용, 삼엄한 통제가 알려지면서

---

32) 서정주, 『미당 자서전』 1, 민음사, 1994, 22쪽. 그의 자서전은 질마재에서의 유년 경험 전부를 아름답게 회상했지만, 부정적 기억이 하나 있다면 그것은 빈집의 공포였으며 따라서 나환자는 어릴 적 그의 내면에 형성된 두려움의 원형적 존재였을 것이다.

33) 정근식, 앞의 글, 17쪽. 한편 일차대전 당시 조선에는 "일본이 세계 5대 강국이 되었다는 담론이 유행하였다. 이렇게 문명국이 된 일본이 여전히 세계 3대 나병국의 하나라는 점은 국가체면을 크게 손상하는 것"으로 식민지 당국에게 여겨졌다(같은 글, 16쪽). 이에 따라 소록도 갱생원의 확대와 조선 나 예방령이 공포된 것인데, 법률의 시행 이후 "경찰서장은 의심이 되는 자를 검진하며, 나환자의 출입장소를 제한"할 수 있게 됐다. 또 "요양소장에게 입소환자에 대한 강력한 징계, 검속권"이 부여됐다(같은 글, 18쪽).

"1930년대 중반부터 나환자들이 소록도에 가지 않으려는 움직임이 형성되었다."[34)]

1930년대 중반부터 나환자에게 가해진 소록도의 감금과 폭력을 서정주가 얼마나 알았는지 확인할 길은 없지만, 조선 나 예방령이 반포된 이듬해 1936년에 「문둥이」가 발표됐단 점에서 이 시가 자체적으로 가지는 텍스트적 가치는 문제적이다. 1연에서 화자는 문둥이의 설움을 제시하면서 그 이유가 "해와 하늘 빛" 때문이라고 말한다. 무단 검거를 피하기 위해 한낮에 다닐 수 없게 된 비극적 생활이 함축된 구절로 볼 수 있다. 1연의 문둥이는 소록도 갱생원 등에 격리되지 않았지만, 피검을 면하고자 숨어 지내야 했기에 이미 사회에서 격리된 상태나 다름없다. 이는 물론 나환자를 사회의 적으로 새롭게 간주한 식민지 당국의 의학적 시선이 작용한 결과이다. 2연에서 화자는 1920년대부터 풍문으로 떠돈 영아취식 사건을 상상적으로 제시했고, 3연에서는 문둥이의 "우름"을 진술했다.

주목할 것은 문둥이의 이 "우름"이 '붉은 꽃'으로 비유된 점이다. 영아취식에 뒤이은 문둥이의 울음에 뜻밖에도 화자는 '붉은 꽃'이 지닌 생명력의 이미지를 부여하였다. 이를 문둥이의 반사회적 행위에 대한 동조로 본다면 지나친 해석일 것이다. 그보다는 나환자가 이토록 몰락할 수밖에 없게 된 배경에 대한 인식과 공감이 "꽃처럼 붉은 우름"으로 표현됐으리라 판단된다. 그렇지 않고선 나환자의 끔찍한 영아취식 사건에 굳이 "꽃"의 수사를 붙여야 할 이유가 없을 것이다. 이는 화자의 발화가 2연의 영아취식을 넘어서 "해와 하늘

34) 정근식, 「'식민지적 근대'와 신체의 정치: 일제하 나 요양원을 중심으로」, 『사회와 역사』 51집, 한국사회사학회, 1997년 봄, 220쪽. 강압적인 검거와 수용을 통해 일제의 소록도 갱생원은 1940년대에 접어들면서 선교 나병원들을 제치고 조선 최대의 나병원으로 자리 잡았다.

빛"을 피해 숨어 지내야 하는 문둥이의 삶의 조건에까지 가닿아 있다는 점에서도 확인된다. 화자가 느끼기에 문둥이의 설움이란 무단 검거와 강제 수용을 피하기 위해 대낮의 시간과 마을 공동체의 공간으로부터 스스로를 격리시켜야 했던 비극적 상황에서 비롯된 것이다.

한편 문둥이와 그의 울음은 「맥하」에서도 나타난다. 이 시의 나환자도 「문둥이」의 경우와 마찬가지로 보리밭에 숨어 있다. 따라서 보리밭은 위생경찰의 시선이 닿지 못하는 일종의 은신처이며, 그런 점에서 식민지의 지배력이 작동하지 못하는 탈영토성의 공간에 해당된다. 나환자는 제국의 감시에서 벗어날 수 있는 보리밭에 있으며, 화자는 그곳으로 거친 숨을 몰아쉬며 뛰어들어 간다. 이유는 도망가는 "배암같은 계집"을 뒤쫓기 위해서이다. 그 여자는 "배암"에 비유되었듯 원초적 생명력을 암시한다. 따라서 그 여자가 들어가 누운 보리밭 또한 충일한 생명성의 공간을 의미하게 된다. 이 같은 시 내부의 논리적 구조는 '탈위생의 공간=보리밭=생명력의 공간'이란 의미론적 계열체를 성립하게 한다. 성행위를 통한 "배암같은 계집"(충일한 생명력)과의 결합은 곧 문둥이가 피신해 있는 '보리밭'과의 결합이기도 하다. 그렇게 볼 때 위생권력의 감시에서 벗어날 수 있는 문둥이의 공간은 '생명력 넘치는 공간'으로 의미론적 전이가 가능하다. 화자에게는 식민지 근대에 의해 강제된 삶의 조건과 영토에서 벗어나는 것이야말로 생명력을 얻는 방법이 되었던 것이다. 이것이 생명파 활동 시기의 서정주가 추구한 '생명'의 의미였다.

3. 불결의 수사학과 노동 조건 비판: 오장환

식민지 근대의 위생제도에 대한 서정주 시의 반응과 양상을 살펴보았다. 그의 시는 무용한 신체와(부랑자)와 불구적 신체(문둥이)를 내세워 그 육체의 본원적 생명력을 탐구한 결과였다. '인간의 육체와 생명'이라는 생명파의 시적 화두 중에서 '육체'와 '생명'의 문제에 천착했다고도 볼 수 있을 것이다. 남은 화두는 '인간'이며, 이 인간 조건의 문제는 오장환의 시에서 특징적으로 발견된다. 서정주와 함께 생명파의 대표 시인으로 불린 오장환이 "人間에서 立脚한文學"과 "人間을 爲한文學"을 주장했음은 주지의 사실이다.[35] 그렇다면 그는 우선 근대 문명의 인간이 어떠한 삶의 조건에 처해 있다고 판단한 것일까.

1930년대 후반 오장환의 시들 또한 위생 문제에 남다른 시적 감각을 보여줬다는 점에서 문제적이다. 1933년에 「목욕간」을 발표하며 등단했지만, 본격적인 활동을 시작한 1936년부터의 시들에서 위생에 대한 문제의식이 전면에 부각됨을 발견할 수 있다. 이는 서정주, 함형수 등과 함께 간행한 1936년의 동인지 『시인부락』에서뿐만 아니라 이듬해 7월의 첫 시집 『성벽』에서도 공통되는 사항이다. 이 시기의 오장환은 근대적 거리의 위생 문제를 많은 분량의 시들에 담아낸다. 구사하는 시어만 보아도 그렇다. 장영수는 『성벽』에 '나', '속', '검은', '바다', '항구', '계집', '어메' 등의 시어가 빈출함을 밝혔지만,[36] 위생 상태와 직간접적으로 관련된 형용어들 또한 그에 못지않게 등장함을 발견할 수 있다.

35) 오장환, 「문단의 파괴와 참다운 신문학」, 『조선일보』, 1937.1.28.

36) 장영수, 「오장환과 이용악의 비교연구」, 고려대 박사논문, 1987, 26~27쪽.

- 港口야,/幻覺의 都市, 不潔한 下水口에 病든 거리어! (「海獸」)
- 城壁은 (…중략…) 面刀않은 턱어리처럼 지저분하도다. (「城壁」)
- 典當鋪에 古物商이 지저분하게 느러슨 골목에는 街路燈도 켜지는 않었다. (「古典」)
- 옴쟁이 땀쟁이 가진各色 드러운 皮膚病者가 모여든다고 紳士들은 두덜거며 家族湯을 先約하였다. (「溫泉地」)

임의대로 일부만 뽑아본 것이다. 위의 예들에서 보이듯 오장환의 초기시에는 위생 상태에 대한 묘사가 빈번하게 등장하며, 구사된 어휘들은 늘 '불결'의 상태를 지시하고 있다. 이외에도 불결의 대표어인 '지저분하다'는 낱말과 계열적 유사성을 가지는 형용어들의 수 또한 상당하다. '썩은'(「황혼」, 「모촌」, 「독초」, 「해수」), '때 묻은'(「향수」, 「황혼」), '우중중한'(「해항도」), '질척한'(「해항도」, 「매음부」), '눅진한'(「우기」), '추라한'(「모촌」) 등은 불결의 원인이나 진행을, '병든'(「황혼」, 「해수」), '야윈'(「황혼」) 등은 그 결과를 보여 주는 낱말들이다. 특히 시어 '충충한'(「해항도」, 「어포」, 「전설」, 「고전」, 「향수」, 「병실」)은 그의 초기시에 가장 많이 빈출하는 위생 관련 어휘이다. 사전적으로 '맑거나 산뜻하지 못하다'는 뜻이므로 불결의 상태를 간접적으로 환기하는 시어라 할 수 있다. 1930년대 후반의 오장환이 이처럼 불결과 연관된 낱말들을 대부분의 시에서 구사한 사실은 주목을 요한다. 그의 시가 위생의 문제에 그만큼 민감했다는 증거가 되기 때문이다.

장판방엔 곰팽이가 木花송이 피듯 피어났고 이방 主人은 막버리꾼. 지개목바리도 훈김이 서리어올랐다. 방바닥도 눅진 눅진하고 배창사도 눅진눅진하여 空腹은 헌겁오래기처럼 쉬어저 나오고 와그르르 와그르르 숭얼거리어 뒤ㅅ간문턱을 드나들다 고이를 적셨다.

—「雨期」 전문[37]

여름 장마철에 설사에 걸려 고생하는 일용 노동자를 다룬 이 시는 위생 모티프를 다룬 사례로는 가장 손쉽게 발견되는 것이다. 설사병이 "곰팽이"의 번식 때문이었다는 진술은 질병의 원인을 세균에서 발견하게 된 근대의 의학적 지식이 작용한 결과이다. 오장환이 위생의 사안을 근대성의 문제 안에서 파악했다고도 추정할 수 있는데, 이는 다음의 시들에서도 확인된다.

雄大하게 밀리처 오는 오— 바다,
潮水의 쏠려옴을 苦待하는 病든 거의들!
濕疹과 最惡의 꽃이 盛華하는 港市의 下水口,
드러운 수채의 검은 등때기,
급기야
밀물이 머리맡에 쏠리어올 때
톡 불거진 두 눈깔을 휘번덕이며
너는 무서웠느냐?
더러운 구뎅이, 어두은 굴 속에 두 가위를 트리어 박고
뉘우치느냐?
게거품을 북적어리며
쏠려가는 潮水를 부러히 보고
不平하느냐?

---

37) 오장환, 「우기」, 『시인부락』 창간호, 1936.11, 『성벽』, 풍림사, 1937. 이후 『성벽』의 작품들은 아문각판 재판본(1947)에서 인용했음을 밝힌다.

더러운 게거품을 북적어리며……

陰狹한 씨내기, 사탄의 落倫,
너의 더러운 껍데기는
일즉
바다ㅅ가에 소꼽노는 어린애들도 주어가지는 아니하였다.

—「海獸」 26~27연[38]

廢船처럼 기울어진 古物商屋에서는 늙은 船員이 追憶을 賣買하였다. 우중중-한 街路樹와 목이 굵은 唐犬이 있는 충충한 海港의 거리는 지저분한 크레옹의 그림처럼, 끝이 무듸고. 시꺼믄바다에는 여러바다를 거처온 貨物船이 碇泊하였다.

(…중략…)

榮養이 生鮮가시처럼 달갑지않는 海港의 밤이다. 늙은이야! 너도 水夫이냐? 나도 船員이다. 자- 한잔, 한잔, 배에있으면 陸地가 그립고, 뭍에선 바다가 그립다. 몹시도 컴컴하고 질척어리는 海港의 밤이다. 밤이다. 漸漸 깊은 숲속에 올빼이의 눈처럼 光彩가 生하여온다.

—「海港圖」 1, 5연[39]

첫 번째 시는 바다를, 두 번째 시는 항구를 배경으로 삼고 있다. 바다와 항구가 『성벽』 시절 시편들의 핵심 모티프이자 근대 문명에

38) 오장환, 「해수」, 『성벽』, 풍림사, 1937.
39) 오장환, 「해항도」, 『성벽』, 풍림사, 1937.

대한 체험과 환멸을 매개한다는 사실은 오장환 시의 기존 연구들에서도 거론된 바 있다. 최남선, 김기림, 임화의 시에서 바다는 미지의 근대 문명을 향한 청춘의 동경을 표상했지만, 오장환의 시에서는 상반된 인식이 나타난다. 오장환에게 항구 도시란 도박, 마약, 매춘이 판치는 타락의 공간으로 여겨졌다. 고향을 떠나 많은 기대를 안고 찾아온 항구의 뒷골목에서 그는 환멸과 비애와 절망을 느끼게 될 뿐이었다. 주목할 것은 퇴폐로 물든 항구에 대한 부정적 묘사에 한결같이 '불결의 수사학'이 동원되고 있다는 점이다. 「해수」에 제시된 "港市"는 병과 습진이 창궐하는 공간이며, 그곳의 "드러운 수채"와 "더러운 구뎅이"에 갇혀 "사탄의 落倫"으로 살아가는 '너'는 "더러운 껍데기"를 지닌 채 "더러운 게거품을 북적어리"는 존재로 묘사된다. 「해항도」의 화자는 "海港"의 거리를 "우중중-한 街路樹"가 심어진 "충충한" 거리로 묘사하면서 그 모습이 "지저분한" 그림 같다고 진술한다. 「고전」에서도 근대 도시의 거리는 "典當鋪에 古物商이 지저분하게 느러슨 골목"에서 "下半身이 썩어가는 妓女들"이 오가는 곳으로 묘사된 바 있다. 시인은 항구로 대변되는 근대 문명의 공간이 지닌 부정적 속성을 부각하고자 불결성의 언어들을 활용하고 있는 것이다.

한 가지 흥미로운 대목은 이 불결의 수사학 속에서 오장환이 위생과 건강에 대한 문제의식까지를 담아내려 했다는 점이다. 「해항도」에서 화자는 항구의 삶이란 "榮養이 生鮮가시처럼 달갑지않는" 삶이라고 말한다. '달갑지 않은'이란 구절 때문에 문맥상으로는 영양 확충을 통한 건강한 삶의 유지를 부정한 것처럼 읽히지만, 실은 영양 결핍에 시달리는 항구 노동자의 삶을 표현한 것으로 판단된다. 이는 다른 시들을 살펴봐도 알 수 있다. 「우기」에 등장하는 '막벌이꾼'은 곰팡이가 피는 방의 비위생적인 환경 탓에 설사병에 걸려 영양을 상실한 "空腹" 상태에 빠져 있다. 노동력이 기계에 의해 대체되는 현실을 다룬 「황혼」의 경우, 실업으로 거리를 방황하게 된 화자는 스스로를 "病든 사나이"로 인식하면서 "아모일도 안하면 일할때보다는 야위어진다"라고 진술한다. 오장환이 구사한 불결성의 수사들은 근대 문명의 윤리적 퇴폐성과 타락성에 대한 비판이면서도 한편으로는 근대의 도시 노동자들이 처한 열악한 삶의 조건, 즉 비위생적인 환경과 그에 따른 건강의 상실을 드러내기 위한 언어이기도 했던 것이다. 후자의 대표적인 사례로는 장시 「수부」를 들 수 있다.

江邊가로 蝟集한 工場村-그리고 煙突들
皮革-고무-製菓-紡績-
釀酒場-專賣局……
工場 속에선 무作定하고 煙氣를 품고 무작정하고 生産을 한다
끼익-끼익-기름 마른 皮帶가 외마듸 소리로 떠들 제
職工들은 키가 줄었다.
어제도 오늘도 동무는 죽어 나갔다.
켜로 날리는 몬지처름 몬지처름
山등거리 파고 울으는 土幕들
썩은새에 굼벵이 떨어지는 춘여들
이런 집에선 먼-촌 一家로 부처온 工女들이 肺를 앓고
세멘의 쓰러기통 룸펜의 寓居- 다리밑 거적때기
勞動宿泊所
行旅病者 無主屍-깡통
首府는 등줄기가 피가 나도록 긁는다.

—「首府」 3연[40]

「수부」는 근대 도시에 대한 비판적 축도를 보여 준다. 「수부」를 분석한 김재용은 이 시가 소박한 문명 비판을 넘어서 문명의 내부에서 작동하는 식민지 주·변부 자본주의의 속성까지를 적발했다고 해명한 바 있다.[41] 오장환은 단순히 도시의 시인이 아니라, 근대의 도시에서 식민지 자본주의를 읽어내려 했으며 특히 "주변부 자본주의에서 벌어지는 억압을 강하게 드러내는 데 자신의 시를 바쳤다"는 것이다.[42]

시의 인용 부분은 전체 11장 중 제3장에 해당하며 노동자라는 새로운 계급의 형성을 보여 준다.[43] 구체적으로는 '무작정한 생산'의 과로 탓에 매일 '동무가 죽어 나가는' 열악한 노동조건을 제시하였다. 나아가 화자는 식민지 시대의 이 억압적인 노동조건을 비위생의 열악한 주거환경에 대한 문제의식과 연관 짓는다. "職工들은 키가 줄었다"는 진술은 노동계급의 영양 결핍을 강조하고 있다. 노동자들은 도심 주변으로 밀려나 "山등거리"에서 "土幕"촌을 형성하며 살아가는데 그곳은 "켜로 날리는 몬지처름" 비위생적이다. "썩은새에 굼벵이 떨어지는" 집에 살면서 여공들은 폐병을 앓는다. 쓰레기통, 거적때기, 행려병자, 유기된 시체 등 불결한 이미지의 나열 또한 노동자의 비참한 삶을 드러내기 위한 수사적 전략이다. 오장환의 시는 이처럼 식민지 근대의 파행성을 비판적으로 조준하기 위해 위생의 문제를 전면화하고 있는 것이다.

총독부의 위생 정책은 사실상 조선인의 일상과 신체를 유용한 것

40) 오장환, 「수부」, 『낭만』, 1936.11, 김학동 편, 『오장환 전집』, 국학자료원, 2003.

41) 김재용, 「식민지 자본주의와 근대 문명의 내파」, 김재용 편, 『오장환 전집』, 실천문학사, 2002.

42) 위의 글, 652쪽.

43) 위의 글, 639쪽.

으로 변형하기 위한 목적을 가지고 있었다. 특히 1930년대 후반부터 전쟁의 물결에 휩쓸리기 시작한 일제로선 전쟁 수행의 보조를 위해 조선의 물자 징발이 더욱 절실한 상황이었다. 전쟁 물자를 생산, 공급할 수 있는 건강한 노동력의 확보가 정책적으로 요청됐던 것이다. 위생당국이 조선인의 건강한 신체 창출 프로젝트에 집착한 이유이다. 식민지 위생권력에게 피식민지인의 청결, 건강, 노동은 제국의 확장을 위해 추진돼야 할 정책적 가치였으며, 자연스럽게 불결, 불구, 나태 등은 무용한 신체를 낳는 사회악이자 척결의 대상으로 간주되었다. 오장환이 「수부」를 통해 불결(토막, 쓰레기통, 무주시(無主屍)), 질병(폐병, 행려병자), 실업(룸펜)의 문제를 제시한 것은 그래서 문제적이다. 위생당국의 정책에 역진하는 시적 발상이기 때문이다. 그의 초기시편에 일관된 불결의 수사학은 조선의 계몽화와 문명화, 조선인의 청결화와 건강화를 명분으로 내세운 식민지 지배 정책이 실은 노동력 착취를 위한 위선에 불과한 것이었음을 비판적으로 보여 준 사례라 할 것이다.

4. 제국의 감시와 처벌을 넘어서

1930년대 후반 생명파 시인들의 시에 식민지 근대의 위생제도에 대한 반응이 나타나 있음을 살펴보았다. 위생을 통한 지배는 정치적, 경제적 지배에 비해 사소한 문제로 보일지 모르지만 그렇지 않다. 정치적 억압과 경제적 수탈은 그 폭력성이 즉각 가시화되므로 그에 준하는 저항을 불러올 수 있었다. 민족주의 계열과 카프 계열의 문학적 저항이 그것을 말해 준다. 하지만 일제의 통치에는 의학의 문명적 성과와 시혜를 앞세운 위생행정을 통한 지배가 또 있었으며, 이 위생권력의 감시, 통제, 훈육, 처벌 메커니즘은 통감부 시기부터 문명성, 계몽성, 과학성, 청결성, 건강성의 수사학을 앞세우며 작동되고 있었다. 이것이 통치의 효율성을 위한 것이자 청결의 명령에 자발적으로 복종하는 신체를 창출하기 위한 '위장의 수사학'이었음을 시인들이 깨닫기까지는 긴 시간이 걸려야 했을 것이다.

서정주의 초기시는 생명파의 화두인 '인간의 생명과 육체' 중에서도 특히 '육체'와 '생명'을 탐구한 결과였다. 무용한 육체(부랑자)와 불구적 육체(문둥이)의 강렬한 생명력을 다룬 그의 시는 강요된 위생 가치에 대한 시적 대응이라는 의의를 가진다. 시 「자화상」에서 정상적 삶의 신표준을 따르는 "어떤이"들은 "바람"처럼 떠돈 그를 비난하지만, 그는 부랑자("罪人")로 규정된 자신의 삶에 대해 뉘우치지 않겠다는 의지를 드러냈다. 또한 스스로를 '병든 수캐' 이미지에 동일시함으로써, 병든 것으로 규정된 자신의 방랑적(반위생적) 삶이 실은 생명력 넘치는 삶이라는 인식을 펼쳐보였다. 「문둥이」와 「맥하」는 1930년대 중반부터 식민지 당국에 의해 사회악으로 간주되어 격리와 척결의 대상이 된 '문둥이'를 내세운 시들이다. 「문둥이」에는 나환자가 몰락하게 된 비극적 삶의 조건에 대한 인식과 공감이 나타났다. 「맥하」는 제국의 위생적 감시를 벗어난 곳에서 역동적 생명력을 누릴 수 있음을 형상화한 시로, '생명력'에 대한 생명파 시인으로서의 입장이 무엇인지를 보여 주었다.

한편 '인간에서 입각한 문학'을 주장한 오장환의 초기시는 인간, 생명, 육체라는 생명파의 화두 중에서도 '인간'의 삶의 조건에 대한 문제의식을 보였다. 훗날 해방 후의 그가 '인간 전체의 복리를 위한 문학'을 위해 문학가동맹과 함께 하게 됐음을 고려할 때, 1930년대 후반 그의 시들은 인간이 인간답게 살지 못하게 된 원인에 대한 탐사였다고 보아도 좋을 것이다. 인간 삶의 조건에 대한 그의 탐구는는 위생적 문제의식을 동반하는 특징을 가졌다. 그의 초기시에는 '지저분한', '더러운', '충충한' 등 비위생의 상태를 지시하는 언어들이 동원된다. 이 불결의 수사학은 항구로 대변되는 근대 문명의 퇴폐성과 타락성에 대한 비판이다. 하지만 그는 단순히 도시와 문명 비판의 시인에 머물지 않았다. 근대 문명의 이면에 작동하는 식민지의 모순적 현실과 거기 처한 '인간'의 삶까지를 읽어내고자 한 것이다. 「수부」 제3장에서 그는 식민지 조선인의 노동조건과 주거환경을 위생의 문제의식과 연결지었다. 불결, 질병의 비위생적 환경에서 고통 받는 조선인의 삶을 제시하여, 제국의 지배정책과 그 선전이 위선과 공허한 수사에 불과한 것임을 드러냈다.

6장

해방기 좌와 우의 근대시사 인식과 담론화 양상

8·15 해방은 정치, 경제, 사회뿐 아니라 문학에서도 과거 일제강점기의 타율적 근대성에서 벗어나 주체적 차원의 근대문학을 모색할 수 있는 역사적 전환점이 되었다. 적어도 1945년까지의 해방 초기 동안 과거 식민성의 잔재를 청산하자는 것만큼은 좌와 우를 막론하고 새로운 차원의 근대문학을 건설하기 위한 공통의 관심사가 되었다. 물론 좌와 우의 이 같은 심정적 합의가 오래 간 것은 아니었다. 찬탁과 반탁을 둘러싸고 점화된 정치적 갈등은 문단에도 파급되어 근대문학의 재정립이란 동일한 목적을 두고도 '인민성'과 '예술성' 중 어느 쪽을 중시하느냐에 따라 좌와 우는 새로운 문학의 이념을 형성해가는 방법적 분화를 보이게 되었다. 그런 점에서 해방기는 좌와 우로 분극 된 문학 이념들이 상호 대립한 시기이자, 시문학에 있어서도 각각 '정치'와 '순수'를 앞세운 현실주의와 문예주의 집단들 간의 시적 이념이 극명하게 충돌한 시기였다. 조선문학가동맹(문맹)의 정치시와 청년문학가협회(청문협)의 순수시 간 대

립은 일차적으로 시의 현실 참여에 대한 인식의 차이에서 비롯된 것이라 할 수 있다. 좌우의 그 인식 차이가 문단의 표면에서 '순수시 논쟁'의 형태로 외화됐음은 익히 알려진 사실이다.

그럼에도 이 글이 주목하려는 지점은 문단의 표면보다도 이면이며, 그 이면으로 내화된 시적 이념들에 대한 좌와 우의 비평적 탐색과 도정이다. 흔히 우리는 해방기의 좌와 우가 상대방을 타자화한 싸움의 현장을 주로 기억하지만, 과연 그들이 과열된 문단적 대결을 거쳐서만 저 자신의 정체성을 확보할 수 있었는가는 좀 더 숙고해봐야 할 여지가 있다. 사실 진보든 보수든 해방기 문학 단체들의 시적 정체성은 외부의 소란했던 논쟁뿐 아니라 각자의 '내부'를 통해서도 비교적 차분한 학술의 형태로 탐색되고 있었다. 전자의 순수시 논쟁이 상대방을 통해 스스로의 정체성을 형성해간 작업이라면, 후자의 학구적 작업은 자신의 정체성을 과거의 거울에 비추어 만들어갔으며 이는 곧 시사론의 형태로 전개되었다.

흔히 잊고 있지만 해방기는 한국 근대시사의 다각적 검토가 이뤄진 최초의 시기이다. 물론 1930년대에 임화의 신문학사가 있긴 했지만, 해방기의 시사론은 일제강점기의 시사에 대한 좌와 우의 다양한 시각을 전면화한 것이란 점에서 오늘날 익숙한 한국 근대시사의 내용과 서술 관점의 원형들을 보여 주고 있다. 뿐만 아니라 이 시기의 문인들은 과거의 시들을 반추하면서 계승할 만한 근대시와 민족시의 유산들을 발굴, 섭취하려 하였고 이를 토대로 해방기 당대와 미래의 유의미한 시적 방향성까지를 얻고자 하였다. 그런 만큼 해방기의 시사적 논의들은 비록 학술의 외피를 입고 있지만 분명한 실천적 방향성을 지닌 것이라 할 수 있다. 이는 시사론 자체가 지닌 담론적 특징과도 연관된다. 시사론은 시를 논의 대상으로 삼는 시론의 한 형태로, 나아가 과거의 시들을 '유산'이란 명목 하에

선별적으로 호출하고 맥락화, 가치화하는 작업이란 점에서 시론가 주체의 시관이 적극 개입된 담론으로 볼 수 있다. 따라서 시사론은 과거 시의 특정적 유산을 근대시사의 주류로 자리매김하려는 기획을 동반하기 마련이며 그렇게 선별된 시사적 정통성을 계보화하려는 시도를 통해 완수된다. 즉, 한국 근대시사의 정통성은 애초에 있던 고정적 실체가 아니라 해방기부터 적극 창출된 것이며 전쟁과 전후를 거치며 보편사로 재생산되게 된 것이다.

이 같은 문제의식에 입각하여 이 글은 해방기에 산출된 시사론들의 내용적 구도화뿐 아니라 좌와 우의 문인들이 기술한 한국 근대시사 서술의 차이를 비교 검토하고자 한다(1절). 또한 현실주의와 문예주의의 양 진영에서 일제강점기의 시인들을 제각각의 방식으로 전유하게 된 과정과 그 담론화의 양상 및 의도까지를 분석하고자 한다(2~3절).[1] 그럼으로써 좌우의 문학 단체들이 '정치'와 '순수'로 표방된 자신들의 시적 이념을 어떻게 한국 근대시사라는 통시적 맥락에 안착시켰으며 이를 통해 자신들의 시적 신념을 어떻게 정당화하고 강화해갈 수 있었는지 살피고자 한다.

1) 이를 위해 2~3절에서는 소월과 지용을 다룬 해방기의 논의들을 분석 대상으로 삼는다. 여기서 해방기의 소월론과 지용론이 시사론보다는 개별 시인론에 속하지 않느냐는 질문이 가능할 수 있다. 하지만 전술한 대로 해방기 좌와 우의 시사적 논의들은 쓸모 있고 활용 가능한 어떤 특정적 유산을 선별하려는 '현재적' 목적 속에서 과거의 시들을 들여다보고 있었던바 다분히 객관적, 실증적이기보다는 주관적, 목적적인 방향성을 띠고 있었다. 이 연구의 궁극적 관심사도 그 같은 서술자 주체의 방향성을 규명하기 위한 데 있다. 외형적으로 볼 때 소월론과 지용론은 개별 시인론에 속하지만, 중요한 것은 해방기의 문인들이 과거의 시인들을 해방된 현재에 소환하게 된 배경, 원인, 의도를 점검하는 데 있다. 역사 서술이 E. H. 카의 말처럼 '과거와 현재의 대화'를 총칭하는 것이라면, 시사뿐 아니라 과거의 시인들까지를 호출하게 된 해방기의 현재적 목적과 대화적 양상을 밝히는 것이 긴요한 일일 것이다.

1. 1920년대의 낭만주의와 현실주의 시 인식: 한효와 서정주

일제와 봉건 잔재의 청산, 국수주의 배격, 진보적 민족문학의 건설 등을 강령으로 내세운 해방기의 좌파 문단에서 한효는 해방 전의 한국 근대시사를 현실주의 문학관에 기초하여 검토한 대표적 인물이라 할 수 있다. 해방 직후인 1945년 후반 문학의 계급성과 당파성을 고수한 조선프롤레타리아문학동맹(프로문맹)에 속해 있다가 이듬해 2월, 인민성의 원칙에 따라 민족문학 이념의 외연을 확장한 조선문학가동맹(문맹)에 편입되게 된 한효는 곧바로 「조선적 낭만주의론」(1946.7)이란 글을 통해 일제강점기의 시사를 계보화하기 위한 작업에 착수한다.

이 글에서 한효는 우선 1930년대 임화의 신문학사를 적극 수용하는 태도를 보인다. 삼일운동 직후 자산계급이 반동화했다거나 소시민적 지식계급이 회의와 방황의 길로 빠져들었다는 평가가 그렇거니와 자연주의와 낭만주의의 구도로 1920년대 전반의 문학을 논하려 한 태도가 그렇다. 그에 따르면 1920년대 초반의 문학은 『창조』, 『폐허』를 통해 소설에서 자연주의가, 『백조』를 통해 시에서는 낭만주의가 대두됐는데, 전자가 삼일운동 직후의 회의적, 절망적 정서를 다루면서도 현실의 사실성에 입각했다면, 후자는 "오로지 鑑賞하고 歎息하고 苦悶하고 絶望하면서 '虛無' 或은 幻想的昏迷의 世界"로 빠져든 한계를 지니고 있다. 그럼에도 한효는 낭만주의 시인들의 자괴적, 도피적 감정을 패배적 현실에 대한 강렬한 울분에서 비롯된 것으로 의미 부여하고 이와 연관하여 이들이 내세운 '역(力)의 예술'에 주목한다. 비록 역의 예술이 현실과의 교섭을 사상한 구호에 불과했지만 점차 민중의 발견과 더불어 "偉大한 浪漫精神"을 싹 틔우기 시작했다는 것이다. 특히 한효는 『백조』의 시인들이 "事物에對한 客觀的觀察"까지를 성장시켜 갔다고 해석함으로써 낭만주의 시를 신경향파 시의 맹아로 자리매김하기 위해 주력한다.

(1) 新傾向派의擡頭에對하야 春園, 東仁, 石松, 想涉等의 理想主義와밋 自然主義作家들이 大體로 이것을 否定하는 態度를 取하고 文學의 超階級性을 主張하고잇섯슴에 反하여 白潮를中心한 浪漫詩人及作家 月灘, 稻香, 懷月, 八峰等은 이것을 承 하는態度로 나왓을 섇만안니라 그들自身이 新傾向派를 構成하는 가장 重要한要素로서 君臨하고잇섯다는 事實이다.

(2) 이미 말한바와갓치 白潮의 浪漫精神-特히 그情熱이 新傾向派가 이러나는데잇서 한개決定的인 모맨트를 이루고 잇다는事實을 首肯한다면 後者가 前者에對한 單純한繼承者가 아니고 보다 密接한關係를가진 한개 飛躍的形態라는것을 理解하게될것이다.

— 한효, 「朝鮮的浪漫主義論」[2)]

(1)은 현실주의적 시각의 견지에 따라 자연주의 소설과 낭만주의 시의 역전 현상이 나타났다고 언급한 대목이다. 주목할 점은 “白潮를中心한 浪漫詩人及作家 月灘, 稻香, 懷月, 八峰” 등 『백조』의 시인들 모두가 신경향파의 전사(前史)에 포함된다고 주장한 부분이다. 이들 낭만주의 문인들이 주관적 정열과 함께 무엇보다도 객관적 관찰을 겸비하게 됨으로써 점차 회의적, 퇴폐적 성향을 극복하고 목적의식적이 되어 갔다고 한효는 파악한다. 따라서 (2)에서 보듯 신경향파 시는 낭만주의 시의 계승이자 동시에 “密接한關係를가진 한개 飛躍的形態”이다. 이처럼 한효는 현실주의 시사의 기원을 백조파의 낭

2) 한효, 「조선적 낭만주의론: 그 이론적 형성에 대한 사적 고찰」, 『신문학』 3집, 1946.8.

만주의 시에서 잡고 신경향파로 이어지는 발전적 연속상을 구상하고 있었다. 나아가 인용문 이후에서 1930년대 중반의 사회주의 리얼리즘까지를 거론하면서 "여기서 '浪漫'은 文學史上 처음으로 '寫實'과 交涉하게되어 革命的 로맨틔시즘"을 낳게 되었다고 논한다. 즉, '낭만주의 시 → 신경향파 시 → 사회주의 리얼리즘 시'로 연결되는 근대시사의 맥락을 구성한 셈이다.

그렇다면 남은 문제는 신경향파와 고상한 리얼리즘의 시에 대한 구체적인 검토가 될 것이다. 이 문제를 한효는 「조선현대문학의 역사적 고찰」과 『민족문학에 대하여』에서 논의하게 된다. 흥미로운 것은 월북 이후 작성된 이 글들에서 그의 시사 인식이 과거에 비해 상당 부분 달라지게 된다는 점이다. 그 차이로 우선 1920년대 초반의 시대적 환경에 대한 해석을 들 수 있다. 「조선적 낭만주의론」(1946)에서는 삼일운동의 실패에 따른 절망적 사회 분위기에 주목했다면, 「조선현대문학의 역사적 고찰」(1949)에서 한효는 동시기에 대두한 각종 계급주의 운동의 확산과 조선공산당의 출현을 새삼 강조하기 시작한다. 이는 신경향파 시의 대두를 1920년대 전반의 사회주의 성장에 따른 것으로 재해석하기 위함이다. 이 같은 재해석의 과정에서 신경향파 시의 전사 또한 기존의 낭만주의 시에서 염군사, 파스큘라 등으로 대체된다. 신경향파 문학이 "1923년 1월에 잡지 『염군』이 창간되던 당시에 이미 그 첫걸음을 시작하였다"라는 진술에서 보듯, 월북 후의 한효는 신경향파 문학을 "노동계급의 성장에 따라서 그 요구에 응하여 나타난 문학"으로 재정위하고자 하였다.

이에 따라 낭만주의 시에 대한 입장 또한 예전과 다른 모습으로 나타난다. 「조선적 낭만주의론」에서는 백조파의 시인 대다수가 신경향파의 맹아로서 적극 의미 부여됐다면, 이제 그 맹아가 계급주의 운동이라는 외적 조건으로 옮겨간 이상 낭만주의 시에 대한 긍정적 평가가 상당 부분 불필요해진 셈이었다. 한효는 낭만주의를 "부르조아 문학 일반이 처한 위기의 표현"으로 비판한 뒤 나아가 낭만주의 문인들 내부에서 일종의 구별 짓기까지를 시도한다. 일례로 『백조』 출신인 김기진과 박영희의 경우 전자는 "부하린적 우경"에, 후자는 "좌경적 경향"에 빠진 예로서 거론된다. 김기진의 비평은 자본주의가 자체 내 모순으로 저절로 붕괴되리라는 낙관론에 빠져 결국 노동계급의 투쟁이란 과제에 무관심하게 됐으며, 반대로 박영희의 비평은 계급투쟁만을 지나치게 강조함으로써 반제 반식민이라는 민족 단위의 투쟁에 등한시하게 됐다는 것이다. 그의 분석의 옳고 그름을 떠나 김기진 비판의 과정에서 계급투쟁이, 박영희 비판의 과정에서 반제투쟁이 강조됐음에 유념할 필요가 있다. 즉, 노동계급 당파성과 반제의 과제를 새롭게 부각한 셈인데, 이 같은 변화가 월북 이후의 글에서 나타나게 된 사실은 자못 예사롭지 않은 대목이다. 문맹 시절의 한효가 인민성의 원칙에 따라 소시민 지식계급의 낭만주의 시인들까지를 끌어안았다면, 월북한 이후의 그는 북한 문단에서 갈수록 고조되어 간 노동계급 투쟁 및 미제 투쟁이라는 당파적 과제를 적극 수용, 이 기준에 따라 문학사 서술의 방침을 변경하게 된 것이다.

낭만주의 문학의 내부를 구별 짓기 시작한 한효의 태도는 이상화 시를 적극 고평하는 데서도 나타난다.

> 『백조』 시대의 그의 시에 대하여 신경향파 시인으로서의 그의 시가 얼마나 우월한가! 이러한 우월성으로부터 조선 서사시의 길은 열리어지게 된 것이다. (…중략…) 상화에 의하여 열리어진 이 길에서 조선 프롤레타리아 문학은 임화, 권환, 이찬, 박세영 등 많은 프롤레타리아 시

인들을 낳게 되었다.

— 한효, 「조선현대문학의 역사적 고찰」[3]

백조파의 시인들이 공상적, 퇴폐적, 현실 도피적 한계를 보였다고 본 한효는 그럼에도 그중에서 이상화 한 명만큼은 신경향파 시로 이어지는 발전적 맥락에 위치시킨 후 상화의 시 「빼앗긴 들에도 봄은 오는가」가 보여 준 "조선 서사시의 길"을 신경향파 시인들이 계승하게 됐다고 서술한다. 그리고 인용문 이후에서 김창술, 조명희 등의 신인들을 추가적으로 언급한 뒤 "우리나라의 시문학은 신경향파 시인들에 의하여 확실히 새로운 경향을 지어내었다"라고 서술한다. 서사시를 매개로 삼아 상화에서 신경향파로 이어지는 현실주의 시사의 연속성을 구성한 셈이다. 이 또한 조기천의 「백두산」으로부터 촉발되어 서사시의 제작을 중시하게 된 당대 북한 문단의 입장이 반영된 결과로 이해된다.

월북 이후에 계급투쟁의 과제와 더불어 서사시의 장르적 기준을 시사 서술의 원칙으로 삼게 된 한효의 태도는 『민족문학에 대하여』에서도 이어진다. 이 글의 가장 큰 특징은 카프의 문학을 적극 조명한 데 있다. 「조선적 낭만주의론」(1946)이 낭만주의 시에, 「조선현대문학의 역사적 고찰」(1949)이 신경향파 시에 비중을 두었다면, 『민족문학에 대하여』(1949)를 통해 한효는 카프 시의 의의를 부각함으로써 현실주의 시사의 발전적 계보를 구체화하려 했다고 볼 수 있다.

특히 이 글에서 그는 기존까지 있었던 『백조』에 대한 논의를 완전히 삭제함으로써 문학사의 정통성을 '신경향파→카프→북한의 고상

3) 한효, 「조선현대문학의 역사적 고찰」, 『역사제문제』 11~12집, 1949, 이선영 외 편, 『현대문학비평자료집』 1, 태학사, 1993.

한 리얼리즘'으로 새롭게 재편하는 작업에 착수한다. 이 과정에서 그는 카프 시의 한 전범으로 임화의 단편서사시 「우리 옵바와 화로」를 든다. 서사시를 중시하는 입장이 계속 유지된 셈이다. 주목할 것은 이 시에 "줄기찬 정열속에 미래에대한 커다란 희망이 불타고" 있다고 함으로써[4] 혁명적 낭만주의에 의거한 해석을 시도하고 있는 점이다. 실제로 한효는 카프의 문학이 현실에 대한 비판적 문제 제기에 그친 신경향파의 한계를 딛고 승리에 대한 신념으로 대중의 투쟁 의지를 고양하는 구체적 프로그램까지를 제시했다고 봄으로써 프로문학을 현재 북한 문단의 혁명적 낭만주의(고상한 리얼리즘)와 동궤의 것으로 위치 짓는다. 이 과정에서 한효는 임화의 단편서사시를 혁명적 낭만주의를 논하는 맥락에 배치하여 그 기원에 해당하는 사례로서 적극 의미부여하고 있었던 것이다.

이처럼 한효는 당시 북한의 문예원칙인 고상한 리얼리즘의 정당화를 위해 그 시사적 원천을 카프의 시에서 찾고자 애쓰고 있었다. 그러나 임화의 시 「우리 옵바와 화로」가 한효의 분석처럼 계급투쟁의 "진정한 해답을 주려는 견지에서 창작"된 것인지는 다소 의문이다. 왜냐하면 이 시는 잘 짜인 감상성을 통한 대중적 공감의 확산에서 오히려 그 진가가 발휘되고 있기 때문이다. 이 시를 계급투쟁의 '진정한 해답'까지를 제시한 사례로 본 한효의 해석은 그런 의미에서 비약적이라고 볼 수 있다. 고상한 리얼리즘이라는 과제에 맞추어 과거의 시들을 도식화하다 보니 해석적 과잉이 유발된 경우라 할 수 있다.

한효의 시사 서술이 해방 직후 인민성의 원칙에서 월북 후 당파성의 노선으로 이동해감에 따라 갈수록 1920년대 시를 계급주의 시

---

4) 한효, 『민족문학에 대하여』, 문화전선사, 1949, 53쪽.

관에 입각해 전유하고자 했다면, 이에 비해 동시기의 시를 우파 문단에서 접근한 논자로는 서정주가 있다. 「조선의 현대시」(1950.2)에서 서정주도 한효처럼 학술적 형태의 시사론을 제출한다. 개화기부터 1930년대까지를 다룬 글이지만, 한효와의 비교를 위해 낭만주의 이후의 논의에 비중을 두어 살피면 다음과 같다.

이 글에서 서정주는 낭만주의 계열의 시를 '낭만파'로 명명하고 이를 주요한, 김억 등을 중심으로 한 1910년대의 '낭만파 전기'와 1920년대 전반의 백조파를 지칭한 '낭만파 후기'로 나눈다. 전기와 후기를 가른 분수령으로 제시된 것은 삼일운동이다. 낭만파의 시들은 망국적, 애상적 정서를 보여 준 점에서 공통되지만, 후기 낭만파는 삼일운동의 실패에 따른 "民族的 絶望" 속에서 대두된 것이란 점에서 전기 낭만파와 구분된다. 『백조』의 시인들은 삼일운동의 좌절 이후 "한결같이 어둡고, 서럽고, 원통하고, 외롭고, 아득하고 꿈꾸는" 시들을 썼는데, 그럼에도 "西歐 浪漫詩以後의 온갖 世紀末的 傾向을 雜多하게" 수입한 것에 불과하다. 따라서 서구 문예사조를 함부로 들여온 백조파의 시들에서 한국 근대시의 "正常的 開花를 볼理가 없었다"고 서정주는 평가한다.

서구 문예사조의 수용에 대한 서정주의 이 같은 비판은 사실상 글 전체에 걸쳐 시사의 서술과 평가를 위한 가장 기본적인 잣대로 작용하고 있다. 그에 따라 낭만주의뿐 아니라 카프 시의 한계 또한 "'共産主義'와같은 流行思潮"에 휩쓸렸기 때문으로 논단된다.

> 여기(『백조』의 낭만파 시: 인용자)에 滿足할수없는 靑年들이 있어 '무엇이든 判斷하고 살수있는 標準'을 찾아 헤매다가 '共産主義'와같은 流行思潮를 맞나 거기 휩쓸리게된것은 또한 어쩔수도 없는 趨勢이었다.
>
> — 서정주, 「朝鮮의現代詩」[5]

프로시인들의 등장 배경에 대해 논한 부분이다. 한효의 분석과 비교하여 우선 보이는 차이는 신경향파에 대한 검토를 뺀 채 『백조』 시에서 직접 카프 시의 논의로 이행한 점이다. 이후 카프 시들의 한계만을 거론할 뿐 그 의의를 전혀 살피지 않은 점 또한 두드러지는 차이라 할 것이다. 하지만 보다 근본적인 차이는 서술의 관점과 방식에 있다. 한효가 낭만주의 시인들의 현실 지향적 변모를 계급 운동의 성장이라는 물적 토대와 연관 지어 분석했다면, 서정주는 이를 정신사의 관점에서 접근하고자 한다. 『백조』의 시인들이 삼일 운동 직후의 절망 속에서 계속 무언가의 가치를 "찾아 헤매다가" 사회주의라는 시류에 "휩쓸리게된것"이라는 위 인용문을 볼 때 이들의 현실주의적 변모를 결국 방황적 정신의 결과로 해석하고자 했음이 드러난다. 서정주에게 『백조』의 낭만주의든 카프의 사회주의든 이 모두는 그저 서구적 사조의 유행을 부박하게 따라간 정신적 공허 그 이상도 이하도 아니었던 것이다. 이 같은 시각은 1930년대 전반의 모더니즘 시들에도 적용된다. 그가 보기에 김기림의 시는 엘리엇에, 이상의 시는 구라파의 초현실주의에 영향받았다는 점에서 "輕薄性" 또는 "末梢神經의 寄生"에 불과하다. 마찬가지로 정신성의 부재를 비판한 셈이다.

정신사적 시각에 바탕 한 서정주의 평가는 1930년대 전반의 '순수시파'와 후반의 『시인부락』으로 대변되는 '인생파', 훗날 청록파 시인이 될 조지훈, 박목월, 박두진의 '자연파'를 대하는 태도에도 일정하게 반영된다. 정지용, 박용철, 김영랑 등의 순수시파는 카프의 편내용적 시와 달리 "彫琢鍊磨"의 기교와 제작을 중시한 점에서 표현의 가치를 최초로 일깨운 공로가 있다. '정치'보다 '문학'을 앞

5)서정주, 「조선의 현대시: 그 회고와 전망」, 『문예』 7집, 1950.2.

세운 청년문학가협회(청문협)의 문인으로서 서정주가 순수시파를 한국 근대시의 출발로 잡게 된 것은 따라서 자연스러운 일이었다. 그럼에도 서정주는 1930년대 초의 순수시들이 기교 치중의 "匠人에 가까운" 것이었음을 한계로 들어 마찬가지로 기교 이전의 정신을 재차 강조하는 모습을 취한다. 따라서 한국의 본격적인 근대시는 순수시파가 아니라 '생명'과 '인간'의 정신을 내세운 『시인부락』의 인생파—여기에 자신도 포함된다—에서 출발하며, 이후 그 정신성을 '자연' 속에서까지 찾고자 한 해방기 청문협의 신세대 문사들에 의해 발전적으로 계승된다. 이 같은 정신사적 논법은 향후 한국시의 과제가 "한개 새 思想性의 出山"에 있다고 한 이 글의 끝에서도 반복되므로 주의를 요한다. 그렇다면 그가 내세운 '새로운 사상의 출산'이란 무엇일까. 이 문제는 해방기 그의 다른 시론들과 연관 지어 검토해야 할 필요가 있다.

2. 소월 시의 가치 부여와 그 기준: 오장환과 서정주

해방기 서정주의 시론은 「시의 표현과 그 기술」(1946.1)에서부터 시작된다.[6] 이 글에서 제시된 감각과 정서와 예지(입법, 묘법)의 창작 단계론은 이후 그의 시론들을 움직여간 기본 동력이 됐다는 점에서 중요하다. 그에 따르면 시인은 감각에서 정서의 시로, 나아가 예지의 시로 이행해가야 한다. 감각의 시란 "感覺現象의表現"을 노린 것으로 "末梢的으로技巧化할危險性"을 가지며 대표적 예로는 1930년대 정지용의 모더니즘 시와 해방기의 좌익계 시가 있다. 좌익의 정치시까

6) 서정주, 「시의 표현과 그 기술: 감각과 정서와 입법의 단계」, 『조선일보』, 1946.1.20~24.

지를 감각의 산물로 본 것은 의외이지만, 이는 감각이 찰나적인 것이며 그렇기에 시류적, 유행적인 것에도 적용된다는 발상에서 비롯된 것이다. 카프의 경향시를 "'共産主義'와같은 流行思潮"의 추수로만 본 서정주로선 문맹의 정치시 또한 사회주의의 일시적 유행을 반영한 것에 불과했다.

이에 비해 다음 단계인 정서의 시는 시간의 오랜 경과를 통해 "모든感覺이 오랫동안 綜合蘊蓄"되어 형성된 "恒久한情態"를 다룬 시이다. 이는 찰나적 순간, 시류, 유행에 즉각 반응하는 감각을 넘어서는 것으로 "比較的 恒久한것"으로서의 시간적 축적성을 강조한 개념이다. 서정주는 정서적 시의 사례로 소월의 「진달래꽃」과 영랑의 「모란이 피기까지」를 든다. 이들은 피식민지인의 설움 속에서 오랜 세월을 "그러케 다수굿이 살면서 서럽고 아득한 必然의情緖를 키워"왔다. 그럼에도 이들의 시가 궁극적으로 예지의 시까지는 이르지 못했다고 서정주는 본다. 예지의 시란 종합온축된 정서들 가운데서도 "民族과 人類의앞에 形成提示할수있는" 어떤 보편적 가치를 "取捨選擇"해내어 나아가 "'思想'의 再建"까지를 도모하는 시를 일컫는다.[7] 흥미로운 점은 그가 예지의 시를 아직 "朝鮮에선 찾아 볼길이 없었다"고 생각한 데 있다. 달리 말하면 그는 과거의 한국시가 도달한 다소 미흡하지만 최고의 수준으로서 소월과 영랑의 시를 내놓고 있었던 것이다.

특히 서정주는 이후 장문의 평론 「김소월 시론」(1947.4)을 통해 소월 시의 본격적인 검토에 착수한다. 우선 그는 소월의 시가 "自由詩의 時節에 있어서, 낡은民謠體의 定型詩로서 自律을 삼았던" 특징을 보였다고 서술한다. 소월 시의 정형률과 민요체가 구태의연한 것이

---

7) 위의 글, 서정주 외, 『시창작법』, 선문사, 1949, 71~72쪽.

아니라 서구 사조의 수용에 맹목이었던 일련의 유행적 경향에서 벗어나 자신만의 율격(自律)을 시도한 가치가 있다는 뜻이다. 「진달래꽃」의 감정 또한 "그리워하고 사랑한다는 自己主體의 心情"을 표현한 것이란 점에서 시류적 추수와 무관하다. 이처럼 주체적 태도를 강조한 까닭은 소월 시가 일시적 유행의 '감각'이 아니라 '정서'의 시에 속함을 밝히기 위해서이다. 아울러 소월의 시는 사랑과 그리움을 다룸으로써 인류의 보편적 정서에까지 도달할 수 있었다고 서정주는 말한다. 개인적 주체성에서 인류적 보편성으로의 정서적 확장을 논한 셈인데, 이 과정에서 소월은 그 중간 단계인 민족적 정서를 표현한 시인으로도 위치 지어진다.

(1) 朝鮮의 立像이 生겨나기에 제일 適當한자리는 亦是 朝鮮의過去世의 全體情緖의 波濤속일 것입니다. 素月은 이러한데로 돌아갔던 것입니다. 朝鮮을 누구보담도 사랑하든 사람인 그는 어느 나라에서 빌려온 立像에도 기대여서기를 首肯치 못하고 차라리 立像없는 祖國의 重壓속으로 後退했던 것입니다.

(2) 이러한 諸般現實은, 늘 朝鮮의 中心部를 흘러내려오며, 이것을 綜合한위에 한개의 充分히 自由한 理念이 形成되고, 그것의 立像으로서의 民族의 各個가 成立되기만을 그의 密語로서 소근거리고있는 民族情緖의 大洋 그것인 것입니다.

— 서정주, 「金素月詩論」[8)]

8) 서정주, 「김소월 시론」, 『해동공론』 2권 1호, 1947.4, 서정주 외, 『시창작법』, 선문사, 1949.

소월은 당시의 문단이 외래 사조를 좇으며 감각에 빠져 있을 때 홀연 고향으로 돌아갔기에 "朝鮮의 情緖"를 노래할 수 있었다. 즉, '정서'의 시와 '조선'의 시를 등가 관계에 놓음으로써 서정주는 '감각=외래' 대 '정서=조선'이라는 이분법적 구도를 창출하고 있었던 것이다. 같은 논지는 (1)에서도 반복된다. 소월은 "어느 나라에서 빌려온 立像"에 기대기보다는 과거의 연면했던 "情緖의 波濤" 속에서 조선적 정서를 시화하고 나아가 "朝鮮의 立像"이 생겨나길 기다린 시인으로 평가된다. 여기서 유의할 점은 '입상(立像)'이란 단어이다. 이 낱말은 (2)에서도 등장하는데, 입상이란 곧 조선의 정서를 "綜合(蘊蓄)한위에"서 가능한 '이념의 형성'을 의미하는바, 정서의 시보다도 그 다음 단계인 예지의 시와 밀접한 개념임을 알 수 있다. 다시 말해 소월의 시는 "民族情緖의 大洋"을 읊으면서 "立像으로서의 民族의 各個가 成立되기만을" 고대하고 있었다는 것이다. 이는 소월 시가 민족의 '정서'를 표현했음에도 사상의 입상까지는 이르지 못했다는 뜻으로 예지적 시의 전 단계에 머물렀다는 평가를 은연중 암시하고 있다. 이는 글의 결론에서 보다 명확히 드러난다. "그는 한개의 法을 세우지는 못했으나 지켜야할것을 제일 잘 지킨 朝鮮의 詩人입니다"라는 마지막 문장에서 보듯 서정주는 정서를 보여 준 소월 시의 성취와 더불어 예지의 '묘법'을 보여 주지 못한 소월 시의 한계를 동시에 거론하고 있었다.

흔히 서정주의 「김소월 시론」이 소월의 발굴과 연찬으로 이어졌다는 평가가 지배적이지만,[9] 소월 시의 한계까지를 짚으려 한 그의 태도는 이후의 글들에서도 발견된다. 그에 의하면 소월 시의 운

9) 송희복, 「북한의 김소월관 연구」, 『김소월 연구』, 태학사, 1994, 155~156쪽; 허윤회, 「미당 서정주의 시사적 위상: 그의 시론을 중심으로」, 『한국의 현대시와 시론』, 소명출판, 2007, 93쪽.

율은 "古謠體를 그 惰性으로서가 아니라 現實로서 再生시키려 努力"한 것이긴 하나 소월을 포함하여 이후의 시인들 모두는 "거이 例外없이 古體를 反芻 하는데서 머물러" 있었을 뿐이다.[10] 또한 소월의 시는 1920년대 전반의 시적 불임 속에서 예외적으로 피어난 "一種의 奇蹟"이지만 "天才的인 偶然의 產物"에 불과했다는 평을 받기도 한다.[11]

그렇다면 소월 시의 성취와 한계를 함께 거론함으로써 서정주가 기획한 것은 무엇이었을까. 소월 시가 예지의 단계를 예비하고 있었으나 안타깝게도 그에 도달하지 못했다는 진단은 곧 예지 시의 출현을 향후 한국 시단의 중차대한 과제로 삼으려는 의도를 보여준 것으로 이해된다. 나아가 서정주는 감각에서 정서로, 예지로 이어지게 될 시적 발전사의 계보 끝에 자신을 놓고자 했는데, 이는 이후 신라 정신을 예지의 전형으로 내세우면서[12] 자신이 직접 이를 작품화하려 했던 노력에서도 읽을 수 있다. "古體의 律呂"를 계승하되 이를 "드디고서야 한다"라고 한 주장[13] 또한 새로운 민요조를 실험하던 『귀촉도』(1948) 시절의 발언이었음을 염두에 둘 필요가 있다. 즉, 서정주의 시사론은 궁극적으로 자신의 시적 작업을 근대시의 발전적 계보 속에서 정통화하고 그 계보의 최종적 완성태로서 정초하기 위한 의도의 산물이었다. 그런 점에서 그의 소월론은 이후 영랑과 자신으로 연속된 근대시사의 발전상을 구성하기 위한 예비적 작업에 해당하는 것이었다.

10) 서정주, 「시의 운율」, 서정주 외, 『시창작법』, 선문사, 1949, 97~98쪽.

11) 서정주, 「조선의 현대시: 그 회고와 전망」, 『문예』 7집, 1950.2, 151·155쪽.

12) 박연희, 「서정주 시론 연구」, 『한국문학이론과 비평』 37집, 한국문학이론과비평학회, 2007.12, 117쪽.

13) 서정주, 「시의 운율」, 서정주 외, 앞의 책, 98쪽.

이처럼 서정주가 자신의 시적 위상을 과거의 소월 시로부터 이어진 '시사적 과제'와 연관 짓고자 했다면, 오장환의 소월론은 과거의 시를 다룬 점에서 공통되지만 소월의 시를 해방기의 '정치적 과제'와 연동 지은 결과란 점에서 일정한 차이를 보인다. 해방 후 문맹에서 활동한 오장환의 시론이 좌파 문단의 입장을 적극 반영하게 됐음은 당연하겠지만,[14] 좌의 '정치'와 우의 '순수'라는 표면적 차이보다도 눈여겨봐야 할 대목은 그의 소월론에 나타난 일종의 자기 참조적 성격이다.

해방기에 오장환은 세 편의 소월론을 상자한다. 첫 번째 소월론인 「조선시에 있어서의 상징」(1947.1)은 소월을 중심으로 살피되 김억과 『백조』의 시까지를 포함하여 상징의 이론에 따라 개괄한 글이다. 우선 오장환은 「초혼」과 「무덤」의 예를 들어 소월 시의 '님'이 "숨길수없는 被壓迫民族의 運命感이요 避치못할 現實에의 當面"을 암시한 일종의 상징이었다고 분석한다. 일제의 탄압 속에서 소월은 피식민지인의 감정을 상징으로 에둘러 표현할 수밖에 없었다는 것이다. 이 같은 분석은 물론 좌파 문단의 반영론적 문학관을 수용한 결과이다. 문제는 그가 소월뿐 아니라 1920년대 전반의 시 모두를 서구 상징주의 수용의 결과로 보고자 한 데 있다.

> 그러나 朝鮮에 있어서의 이 思潮의 輸入은 岸曙를 嚆矢로하나 連하야 뒤에나타난 白潮同人의 一部에서도 이것을 어떠한理念上의 共鳴과 消化에서 發展시킨것이아니고, (…중략…) 感情的으로 이것이甚하다면 情緖的

---

14) 김영철, 「오장환의 시론 연구」, 『건국어문학』 15·16집, 건국대 국어국문학과, 1991, 297~298쪽. 김영철은 계급의식과 사회주의 리얼리즘에 대한 오장환의 신념이 이미 1930년대부터 잠복된 형태로 존재했으며, 해방 후 좌파 문단과 함께 하면서 적극 발현됐다고 보았다.

으로 받어드린것에 不過하다. 그리고詩人들이 처음으로 文學에있어서의 象徵性을 重大視하고 한方便으로 쓰게까지된것은 外來의思潮와는 아모런 關聯도없이 이땅 植民地的인 桎梏에서 그들이 조그만치나마라도 우리들의 正當한權利를 要求乃至는 主張하기 위하야서만이였다.

— 오장환, 「朝鮮詩에있어서의象徵」[15]

1920년대 시의 상징이 서구 상징주의에 대한 피상적 이해의 산물에 불과했다는 것이 주된 논지다. 김억과 백조 동인들은 상징주의에 대한 깊이 있는 이해 없이 이를 "感情的으로" "情緖的으로" 수용한 데 머물렀을 뿐이다. 그런데 이 사실이야말로 도리어 "이땅 植民地的인 桎梏"의 감정과 정서를 표현할 수 있게 한 원동력이 됐다고 오장환은 평가한다. 상징에 대한 이론적 무지가 오히려 피지배의 억압과 설움을 마음껏 암시해내는 다소 어설프지만 주체적인 상징으로 변형되어 활용될 수 있었다는 것이다.

오장환은 이처럼 1920년대 시의 상징주의 수용에 내재한 피상성과 주체성을 동시에 거론하고 있었다. 이는 궁극적으로 해방기의 "現政勢아래에서" 상징의 기법이 취해야 할 방향성에 대한 논의로 이어진다. 글의 후반부에서 오장환은 상징을 주체적으로 수용하는 쪽을 택한다. 그는 해방기 현재의 "우리 朝鮮이 世界帝國主義의 간섭아래에" 있음을 부각한다. 미군정의 지배를 강조한 진술로, 현재의 상황 또한 일제 때와 대동소이하다는 현실 인식을 드러낸 셈이다. 오장환은 제국의 지배가 '미제'로 연장된 만큼 이제 시인들도 상징을 "日帝時代에 뜻있는 先輩들이 한 方便으로쓰던 또한 方便上

15) 오장환, 「조선시에 있어서의 상징: 소월 시의 「초혼」을 중심으로」, 『신천지』 2권 1호, 1947.1.

으로" 써야 할 시기가 왔다고 주장한다. 옛날의 시인들이 피억압적 감정을 상징으로 돌려서 표현했듯, 현재 가중되는 미군정의 제재 속에서 작금의 시인들 또한 과거의 사례를 적극 참조해야 할 필요가 있다는 뜻이다. 이처럼 오장환의 1920년대 시 논의는 사실상 현재 수세에 처한 좌파 문단의 시적 활로를 모색하기 위한 목적에서 작성되고 있었다. 글의 마지막에서 "憤怒의 詩人 람보-(랭보)" 식의 상징주의를 요청하게 된 배경 또한 1차 미소공위의 결렬 이후 미군정 비판으로 돌아서게 된 당시 좌파 문단의 투쟁적 노선을 반영한 결과로 이해할 수 있다.

「조선시에 있어서의 상징」이 과거의 시에 비추어 문맹의 시적 방향성을 타진하기 위한 '집단적 과제' 수행의 면모를 띠었다면, 이후의 오장환은 자신의 내면을 모색하려는 '개인적 과제' 속에서 소월을 검토하는 방향으로 나아간다. 「소월시의 특성」(1947.12)에서 우선 오장환은 소월의 시를 민요시로 보려는 견해를 비판적으로 거론한다. 이는 "民謠體의 定型詩로서 自律을 삼았"다고 본 서정주의 「김소월 시론」(1947.4)을 의식한 결과로 보인다. 그런 점에서 이 글은 서정주의 소월론과 대화적 관계를 이루고 있다.[16] 서정주가 소월의 시에서 내면의 '정서'를 찾고자 했다면, 오장환 또한 자신만의 기준으로 소월 시의 내면적 차원을 조명한다. 그는 소월 시의 궁극적 특징이 "自我의 表現"에 있다고 전제한 후 다음과 같이 진술한다.

16) 허윤회 또한 오장환과 서정주의 소월론이 지닌 대화적 양상을 거론한 바 있다(「해방 이후의 서정주: 1945~1950」, 『민족문학사연구』 36집, 민족문학사학회, 2008.4). 그에 따르면 서정주의 글 「김소월 시론」(1947.4)은 오장환의 「조선시에 있어서의 상징」(1947.1)을 의식한 결과이며(247쪽), 오장환 또한 「김소월 시론」을 염두에 두고 「소월시의 특성」(1947.12)을 작성한다("김소월 시에 대한 서정주의 내밀한 분석에 대하여 오장환은 한참을 고심한 듯하다. 1947년의 세밑에 그는 김소월에 대한 자신의 생각을 다시 한 번 표현한다"(249쪽)).

무었보다도 素月의 作品世界는 아마추어의 精神에 차있음을 느끼게 한다. 多感한 靑年期에-野心은있으나-功利를 떠나서 잠시 끄적인 詩篇들 이것은 自覺한 自我意識을 갖고 情緖와 意思를 驅使하는 文學이 아니다. 그러므로 이곳에 特色은 傳達은 있으나主張이없는것이다. 이것은 素月뿐이아니다. 大部分의 朝鮮詩人들이 이 範疇를 벗어나지못한다. 그것은 이땅詩人들의 制作過程이 大體로는 無垢한靑年期의 自然發生的인 流露에 글이있기때문이다.

— 오장환, 「素月詩의特性」[17]

"情緖와 意思를 驅使하는 文學이 아니다"에서도 정서와 예지적 사상의 관계 속에서 소월 시를 논한 서정주를 의식하고 있음이 확인된다. 오장환은 『진달래꽃』이 자아를 표현했으되 "無垢한靑年期"의 자아를 다룬 "아마추어의 精神"에 머물렀다고 비판한다. 따라서 소월의 시는 "傳達은 있으나主張이없는것"에 불과하다. 특히 소월뿐 아니라 "大部分의 朝鮮詩人들"도 마찬가지라고 한 대목에 유의할 필요가 있다. 전거한 「조선시에 있어서의 상징」을 참조할 때, 이는 1920년대 시들의 상징이 피지배의 억압을 암시적으로 '전달'했을 뿐 현실에 대한 실천적 '주장'까지는 나아가지 못했다는 뜻을 이면에 함축하고 있다. 해방기의 당면한 현실 속에서 상징 기법의 활용을 내세우던 기존의 입장과 달라진 셈이라 할 수 있다. 다시 말해 오장환은 현실에 대한 암시를 넘어서 적극적 '주장'의 필요성을 새롭게 인식하게 된 것이다. 이는 당시의 문맹이 처한 상황의 긴박성과도 일정한 관련이 있다. 1차 미소공위가 결렬된 후에 쓰인 「조선

17) 오장환, 「소월시의 특성: 시집 『진달래꽃』의 연구」, 『조선춘추』 창간호, 1947.12. 집필 시기는 말미에 1947년 10월로 부기되어 있다.

시에 있어서의 상징」(1947.1)은 분노의 암시 정도를 내세웠지만, 「소월시의 특성」(집필 1947.10)은 좌익에게 결정적 타격이 된 2차 미소공위의 결렬 이후에 작성된 글이다.[18] 상징적 '전달'을 넘어 현실에 대한 강도 높은 '주장'을 거론해야 했을 만큼 오장환의 내면은 점차 절박한 상황으로 내몰리고 있었던 것이다.

이 사실은 석 달 후의 글인 「자아의 형벌」(1948.1)에서도 나타난다.[19] 월북을 앞두고 쓴 이 글에서 오장환은 소월의 말년과 그 행적에 유독 관심을 기울인다. 그는 소월의 시 「차안서선생삼수갑산운」에 나타난 절망적 몸부림에 주목하고 나아가 자살에 이르게 된 소월의 비극적 최후를 상기하면서 "그를 싸고돌려하는心情 또그를 偏愛하는感情"을 느끼게 됐음을 고백한다. 그 이유는 지금의 현실이 자신에게도 "참으로 괴롭고 어려운" 절망의 시기이기 때문이다. 출구 없는 현실 속에서 그는 소월처럼 자살로 생을 마감하느냐 다시 한 번 역사의 전면으로 나아가느냐의 문제를 놓고 고민한다. 이는 소월처럼 "小市民을 固執하랴는 나"와 "또 하나 바른 歷史의 軌道에서 自我를 止揚하랴는 나"라는 문구로 표현되기도 한다. 「소월시의 특성」과 연관 지어 보면 소월의 '소시민적 자아'는 청년기의 자아("아마추어의 精神")에 해당하는바, '역사적 자아'란 곧 성년기의 자아를 암시한 것으로 볼 수 있다. 결국 그는 소월처럼 미성숙한 자아로 생을 끝내기보다는 행동적 지식인의 자아를 택하기로 마음먹는다.

---

18) 1947년 중반에 2차 미소공위가 결렬되자마자 미 군정과 우익은 좌익 세력에 대한 대대적인 총검거에 나선다. '해방 2주년 기념행사'를 앞두고 8월 12일부터 9월 하순까지 계속된 총검거로 인해 좌익 측은 상당수가 체포, 잠적, 월북하는 등 커다란 인적 손실을 입었다. 「소월시의 특성」은 이 과정을 거친 직후인 10월에 집필된 글이다. 곧이어 쓴 「자아의 형벌」을 마지막으로 오장환은 월북을 감행한다. 문맹의 활동 또한 구국투쟁론을 들고 나오는 1948년 4월까지 한동안 잠잠해지는 상태가 된다.

19) 오장환, 「자아의 형벌」, 『신천지』 3권 1호, 1948.1.

이처럼 오장환은 위기에 처한 스스로의 내면을 다잡기 위해 소월의 말년을 거울삼고 있었다. 소월의 사례에서 자기 내면의 향방을 가늠하려 한 오장환의 소월론은 그런 점에서 자기 참조적이다. 서정주와 오장환 모두가 '정서'와 '자아' 등으로 소월의 내면을 검토한 점에서는 공통적이지만, 서정주의 소월론이 정서의 시 이후에 와야 할 한국 시단의 과제를 제시하려 한 점에서 통시적-외부적 방향성을 지녔다면, 오장환의 소월론은 해방기 당대의 자기 내면을 진단, 모색하기 위한 차원으로 나아갔다는 점에서 공시적-내부적 방향성을 띤 것이었다고 할 수 있다.

3. 1930년대 정지용 시의 상반된 평가와 그 의도 : 문맹과 청문협

큰 틀에서 볼 때 오장환과 서정주가 일련의 소월론을 통해 추구한 시적 가치는 정치적 실천과 예지적 정신이란 문제로 환원될 수 있다. 실제로 '실천'과 '정신'은 해방기 좌우의 시단 각각에서 집단적으로 표방한 절대적 명제이자 자기 정체성의 형성과 보존, 확대 재생산을 위한 일종의 구심점으로 작용하였다. 실천과 정신의 시적 가치들은 해방기 내내 서로 충돌하는 양상이었던바, 근본적으로 이는 사적 유물론을 바라보는 좌우의 인식 차이에서 비롯되었다. 문맹 측이 역사의 변증법적 발전을 위해 시의 실천적 참여성과 기능성을 중시했다면, 청문협의 문인들은 이를 물질에 대한 정신의 예속과 포기로 보고 강하게 비판하였다. 이 같은 인식의 차이가 극명하게 드러난 사례로 정지용 시 논의를 들 수 있다.

서정주와 오장환은 소월뿐 아니라 1930년대의 지용에 대해서도 일정한 관심을 보였다. 서정주의 경우부터 보자면, 그는 해방 초기부터 1930년대 지용의 시를 "末梢的으로技巧化"한 '감각'의 시로 규정한 후,[20] 지용 시의 감각을 "傳統土臺의 薄弱"에 따른 산물로 평가 절하하는 입장을 견지하였다.[21] 지용을 위시한 시문학파의 시에 대해 낭만적 영감(백조)이나 정치적 내용(카프)에서 벗어나 최초로 언어와 표현의 가치를 일깨웠다고 의미 부여하기도 하지만, 기본적으로 "匠人에 가까운" 시였다는 비판만큼은 시종일관 변하지 않는다.[22] 아울러 서정주는 같은 시문학파 내부에서도 지용과 영랑을 구별 짓는 작업에 착수한다. 처음에는 회화성과 음악성이라는 표면적 차이를 거론하다가,[23] 그 차이는 이내 '감각'과 '정서'의 문제로 확대된다. 그에 따르면 영랑의 시는 시간의 항구한 지속 속에서 종합 온축된 정서를 표현했으나, 지용의 시는 순간적 감각에 의거한 말초적, 기교적, 관능적 산물에 불과하다. 나아가 "朝鮮産의 모시나 명주 삼팔이"와 "알숭달숭한 舶來品의 模造"란 대비적 수사에서도 보이듯, 민족적 정서의 시인으로 적극 추장된 영랑과 달리 지용은 서구적 감각을 부박하게 추수한 시류적 시인으로 격하된다.[24]

이처럼 지용의 모더니즘 시는 감각, 정서, 예지로 위계화된 창작 단계론을 구체화하는 과정에서 그 위계의 말석을 차지하는 사례로 계속 소환되고 있었다. 예지적 '정신'을 강조한 서정주에게 지용의 시는 내면성을 상실한 감각적 '물질'에 불과했던 셈이다. 뿐만 아니라 지용의 시는 서정주 자신의 시적 발전상을 증명하기 위한 디딤돌로

20) 서정주, 「시의 표현과 그 기술: 감각의 정서와 입법의 단계」, 『조선일보』, 1946.1.20.
21) 서정주, 「시의 운율」, 서정주 외, 『시창작법』, 선문사, 1949, 97쪽.
22) 서정주, 「조선의 현대시: 그 회고와 전망」, 『문예』 7집, 1950.2, 152·155~156쪽.
23) 위의 글, 152쪽.
24) 서정주, 「영랑의 서정시」, 『문예』 8집, 1950.3, 123쪽.

도 활용되었다. 서정주는 자신의 시가 한때 "鄭芝溶類의 形容詞의 수풀"에 현혹됐지만 이후 동사적 직정 언어로 이행했으며 현재는 우리말의 일상어를 담고자 노력하고 있다고 말한다.25) 시적 포부와 자신감의 발로로 읽히지만, 한편으로 한국 근대시사의 발전적 맥락상에 자신의 시를 위치 짓고자 지용의 시를 다분히 상대화하고 있다는 인상을 지우기 어렵다. 어쨌거나 지용의 시사적 위상을 거세함으로써 서정주는 한국 모더니즘 시 전체를 정신성의 결여란 이유로 일거에 공백화할 수 있었고, 이 공백의 지대에서 소월과 영랑으로 이어진 정서 시의 계보를 형성하면서 그 뒤에 자신을 끼워 넣는 대리보충적 작업을 시도하고 있었다.

정신성을 앞세운 서정주와 달리 문맹 쪽의 지용론은 진보적 실천성의 문제와 결부되는 특징을 보인다. 오장환은 지용의 1930년대 말 시집 『백록담』에 주목하면서 당시의 지용이 친일의 전향적 시대상에 휩쓸리지 않고 시적 순수 속에서 "超然"했음을 인정하면서도 "이가 시릴만큼 맑게 닥여진 形式에 世界"에 불과했음을 한계로 지적한다.26) 아울러 그는 「백록담」, 「소곡」 같은 더없이 맑고 순연한 시에서도 "俗世에 발목을잡힌" 정지용의 숨겨진 현실 인식("'지용' 個人本心의 꽁지")을 발견하려 하였다. 다만 오장환의 발견은 구체적 분석과 평가로까지 이어지지는 않았다. 지용 시에 슬며시 나타난 현실 인식을 "차라리안보는便이나엇슬" 것이라 하여 『백록담』의 시

25) 서정주, 「나의 시인생활 자서」, 『백민』 4권 1호, 1948.1, 91쪽. 우리말 일상어에 대한 당시 서정주의 관심은 '한글시론'을 통해 표현되기도 한다. "허지만, 자네가 詩를 하는사람이라면-한글詩를하는 사람이라면 자네는 여기서 떠날수없네." "그러고 아무래도 자네가 한글로서 詩를習作하는사람이돼야겠거든, 먼저 조선말이 好意로써 따라올수있는 感情을 가지는데서부터 始作해주게."(「한글문학론 서장: 누어있는 ㄷ씨의 담화 초대」, 『백민』 3권 6호, 1947.11, 45, 47쪽)

26) 오장환, 「지용사의 백록담」, 『예술통신』, 1947.1.8.

적 순수가 보다 완벽했기를 바라다가도 한편으로는 “完全한 形式主義者에 빠젓든것이다”라 하여 순수시 자체를 비판하는 다소 모호한 태도를 보여 주고 있었다.

이와 관련하여 우리는 시적 순수주의에 대한 해방기 좌익 측의 공식적 입장을 확인할 필요가 있다. 민족의 존망 자체가 위기였던 일제 말의 상황에서 순수의 유지는 나름 온당했다는 것, 하지만 해방 후의 변화된 현실 속에서 이제 순수란 진보 정치의 실천을 외면하는 현실 도피적 예술지상주의에 불과하므로 용도 폐기의 대상이라는 것이 순수시에 대한 문맹 측의 명확한 입장이었다.[27] 이를 대변하여 지용 시를 검토한 논자로는 김동석이 있다. 그의 정지용론은 『백록담』 시편을 논한 데 그친 오장환과 달리 해방기의 지용까지를 검토함으로써 해방 이전과 이후의 순수시를 두고 견해를 달리 한 문맹 측의 입장을 일정하게 대변하고 있다. 「시를 위한 시」(1946.4)의 서두에서 김동석은 『백록담』의 시세계가 “가장 純粹한 精神”의 산물이었으며 변절의 시대상 속에서 “이렇게 차고도 깨끗할수 있었다는 것은 祝賀”해야 할 일이라고 상찬한 후 다음과 같이 진술한다.

> (1) 何如튼 『鄭芝溶詩集』의 本質은 童心에 있다할것이다. 「해바라기 씨」와 「피리」. 이제부터라도 朝鮮文學에서 이런 씨는 얼마든지 뿌려도 좋고 이런 피리는 얼마든지 불어도 좋다. 童心을 잃는 날 ‘詩’는 없어지고 말리라.

---

27) 대표적인 예로 전국문학자대회에서 행한 김기림의 연설을 들 수 있다. 문맹을 출범시킨 이 대회에서 김기림은 일제 말기의 조선시가 “敵의侵略政策의追窮”으로부터 스스로를 보호하기 위하여 순수의 길을 걸을 수밖에 없었음을 인정한 후 “그러나 오늘은 벌서 事情은 달라졌”다고 말한다. 해방된 새로운 현실에서는 시인이 “詩의王國을 구름속에 꾸미는것보다는 한새나라의建設”에 이바지해야 한다는 것이다(「조선시에 관한 보고와 금후의 방향」, 전국문학자대회, 1946.2.8, 「우리 시의 방향」, 문맹 서기국 편, 『건설기의 조선문학』, 백양당, 1946, 64쪽). 이처럼 해방 이전과 이후의 순수시를 두고 다르게 접근한 것이 문맹계 문인들의 공통된 입장이었다.

그러나 芝溶도 이젠 나이먹었다. 얼굴만 쭈구렁바가지가 된것이 아니라 맘도 나이먹었다. 『白鹿潭』은 차고 맑되 늙은이가 다 된 사람의 詩集이다.

(2) 이 詩(「그대들 돌아오시니」: 인용자)를 天主教會堂 속에서 '臨政' 要人들 앞에서 朗讀하였다는데는 贊成할수 없다. 芝溶이 聖堂엘 다니든 '臨政'을 지지하든 宗教는 담배요 芝溶도 政治的動物이니까 눈감어 준다 하드라도 '詩'를 교회당에까지 껄고 들어가 눈코 달린 政治家에게 獻納한다는것은 純粹하다 할수 없다. '詩'는 '詩'를 위해서만 存在할수 있는것이다.

— 김동석, 「詩를 위한 詩」[28]

(1)은 일제 말기의 지용 시를, (2)는 해방기의 지용 시를 다루고 있다. 시를 청춘의 발화로, 산문을 노년의 발화로 규정한 후 김동석은 (1)에서 보듯 『정지용 시집』(1935)을 꿈과 동심의 세계였다며 긍정적으로 평가한다. 이에 비해 두 번째 시집 『백록담』(1941)은 "차고 맑되 늙은이가 다 된 사람의 詩集"일 뿐이다. 이유는 『백록담』에 수록된 일련의 산문들 때문이다. 산문을 노년의 발화로 본 김동석에게 이 시집의 산문들은 "'詩'만 가지고 『백록담』을 채울수 없던 芝溶"의 시적 고갈을 보여 준 것에 불과하다. 순수시에 대한 기대치를 역으로 드러낸 셈이다.[29]

순수시를 옹호한 태도는 (2)에서도 확인된다. (2)는 해방 직후의

28) 김동석, 「시를 위한 시: 정지용론」, 『상아탑』 5집, 1946.4.

29) 해방 직후인 1945년 12월부터 이듬해 6월까지 『상아탑』을 간행하던 시기의 김동석은 순수시 나름의 가치를 인정하고 있었으며 실제로 『상아탑』에 박목월, 조지훈, 박두진, 전두남의 순수시들을 싣기도 했다. 이용악의 시 「38도에서」와 임화의 시집 『현해탄』을 비판한 점에서는 생경한 정치주의 시들을 경계한 모습마저 보여 주고 있었다. 김동석, 「시와 정치: 이용악 시 「38도에서」를 읽고」, 『신조선』, 1945.12.18; 「임화론: 그의 시를 중심으로」, 『상아탑』 4집, 1946.1.30.

지용 시를 문제 삼고 있다. 특히 환국한 임정 요인들 앞에서 환영시 「그대들 돌아오시니」를 쓰고 낭독한 사실을 문제시하고 있다. 김동석은 지용에게 ① 일제 잔재를 청산하는 "民族解放의 노래"를 부르든가, ② 그게 어려우면 (2)에 나타나듯 일제 말기의 시적 순수나마 계속 유지하라고 언급한다. ①의 진보적 실천과 ②의 순수를 대안으로 함께 제시하면서 지용에게 ①도 ②도 아닌 어정쩡한 행보를 취하지 말라고 요구한 것이다. 겉으로 보면 시의 '실천'과 '순수' 양쪽을 옹호한 듯 보이는 진술이다. 하지만 내심 그가 지용에게 기대한 것은 ①의 길, 즉 문맹 쪽으로의 확실한 동참이었다.[30] 이는 이 글의 마지막 문장인 "芝溶은 맑은 샘이어니 大河長江을 이루지 못할진댄 차라리 끝끝내 白鹿潭인양 차고 깨끗하라"라는 역설적 문구에서도 확인된다. 표면적으로는 『백록담』의 순수나마 유지하라는 진술이지만, 이면에는 '대하장강'의 진보적 실천을 더 높은 가치로 설정하면서 이에 동참하기를 촉구하는 메시지가 담겨져 있다.

이처럼 김동석은 진보적 현실주의로의 확실한 전회를 압박하기 위해 지용의 1930년대 시편을 거론하고 있었다. 이는 당시 문맹에 소극적으로 운신하고 있던 지용의 행보 때문으로, 실제로 해방기 지용의 행적은 사실상 좌우 가릴 것 없이 평단 전반에 걸쳐 비평적 관심의 대상이 되었다. 작고 문인 소월이 학술적으로 담론화됐다면, 현직 문인 지용의 처지는 다를 수밖에 없었던 것이다.

30) 김동석의 「시를 위한 시: 정지용론」은 시적 순수를 옹호했던 그의 기존 입장과 시적 실천을 추구하게 된 그의 새로운 입장이 상호 공존하면서 후자 쪽에 보다 무게중심을 둔 텍스트로 볼 수 있다. 실제로 이 글의 발표 시점은 1946년 4월로, 그가 좌파 문단과 실질적 관계를 맺기 시작한 시기와 일치하고 있다. 그런 점에서 그의 지용론은 진보적 실천을 표방하게 된 변화의 단초를 알려 주는 텍스트이다. 이후 1946년 5~6월의 오장환론에 이르면 김동석은 청문협의 순수시를 철저히 비판하고, 정치시를 선명히 내세우는 문맹의 평론가로 자리매김하게 된다.

우파의 청문협 쪽에서도 해방기의 지용을 언급하면서 1930년대의 지용 시로까지 논의를 확장해갔다. 대표적 논자로 조연현을 들 수 있다. 조연현의 지용론에서 눈에 띄는 점은 김동석의 논의를 다분히 의식하고 있다는 사실이다. 시 「그대들 돌아오시니」를 거론한 점이 그렇고 이를 통해 1930년대 지용 시의 검토로 이동한 점에서도 그렇다. 이에 대한 평가와 그 기준도 김동석의 경우와 대척적이다. 조연현은 「그대들 돌아오시니」가 오히려 "感激의 一首"였던바, 문제는 이 시의 이후이며 김동석의 비판을 무작정 받아들인 정지용이 문맹에 "실흐나구지나 籍을" 두게 된 이후라고 주장한다. 또한 좌파 문단에 동참하면서 한 편의 시도 쓰지 못했음을 지적한 뒤 그 시적 불임성의 궁극적 원인을 1930년대로 거슬러 올라가 찾는다.

(1) 氏가 「鄕愁」나 「海峽」이나 「또하나 다른太陽을」 노래했을때에는 그래도 心臟이있었던것이다. 그러나 「船醉」니 「나비」를 노래하면서부터 氏의 心臟은 없어지기 始作했던것이다. 이러한 心臟이 喪失된手工詩人이 오래도록 詩作을繼續할수업는것은 어쩔수없는일일것이다. 心臟을 떠나서노래는 나오지 않는것이다. 手工으로서 延命해오던 涸渴된詩精神이 이제는完全히 말라버린것이다.

(2) 氏는 어디에서어떻게 이 이저버린 心臟을 다시 차즐것인가. 그것을 講義받기爲하여 氏는 青年金東錫氏를 訪問할必要는없는것이다.

— 조연현, 「手工藝術의運命」[31]

31) 조연현, 「수공예술의 운명: 정지용의 위기」, 『평화일보』, 1947.8.21, 『문학과 사상』, 세계문학사, 1949.

감각적 언어예술을 보인 1930년대의 지용은 사실상 손끝으로 시를 연마한 "手工詩人"에 불과했으며 그나마 남아 있던 "心臟"마저 문맹에 가담하게 된 이후 "이제는完全히말라버린" 지경에 처하게 됐다는 분석이다. 이처럼 조연현은 해방기의 지용을 "涸渴된詩精神"의 소유자로 규정하고 그 일차적 원인을 (2)에서 보듯 김동석과 함께 하게 된 지용의 행보와 결부 짓고자 하였다. 나아가 해방기의 지용 비판을 실질적으로 완수하려는 목적에서 조연현은 '심장' 상실의 맹아를 지용의 1930년대 시에서부터 적극 찾는 논법을 취하였다. 이에 따라 정지용은 심장의 시정신이 애초부터 박약했던 시인으로 평가될 수밖에 없었다. 물론 이는 문맹의 유물사관과 함께 하게 된 지용을 시의 '정신'(시정신)을 준거로 삼아 타자화한 데 따른 결과였다.

이후의 글 「포기와 지속」(1948.6~7월경)에서도 조연현은 정신성의 결여를 들어 지용을 다시 한 번 공격한다. 일 년 전 「수공예술의 운명」의 내용이 동일하게 반복되지만, 해방 공간에서 "시정신을 포기하고 말아버린" 지용에 비해 "이에 반(反)한 청록 시인들의 눈부신 진전"이 새롭게 첨가된다. 그는 박두진, 조지훈, 박목월 등 청문협의 젊은 문사들이 "시정신을 새로운 각오 아래 옹호 육성해" 왔다고 고평한다.[32] 즉, 시정신의 유무를 기준으로 삼아 '물질=유물시=지용' 대 '정신=순수시=청록파'의 구도를 기획하기 시작한 것이다.

그런 점에서 조연현의 순수시론은 좌파 문단의 유물사관을 정신의 가치를 앞세워 비판적으로 상대화하기 위한 의도의 산물이었다. 그 의도가 비록 비정치성의 '순수'를 외피로 둘렀지만, 그 순수의

32) 조연현, 「포기와 지속: 지용과 청록시인」, 『낭만파』 4집, 1948.6~7월경, 마산문학관 편, 『마산의 문학 동인지』 1, 2007.

정신 또한 '물질'로 통칭된 현실주의 시단을 극도로 배척하기 위한 일종의 상징투쟁적 표어란 점에서 문단적 '정치'를 속성으로 한 것이긴 마찬가지였다. 정치성을 전면에 내세웠느냐 아니냐의 차이가 있을 뿐, 진보적 문단에 동참하라는 압박을 위해 과거의 『백록담』 시편을 비판해야 했던 김동석이나, 청문협 시인들을 상찬하고자 『백록담』을 깎아내려야 했던 조연현이나 일제강점기의 지용 시를 각자의 목적에 따라 재편하려 한 발상 자체는 정치적일 수밖에 없었다. 정작 정지용의 『문장』지를 통해 배출된 일부 청문협의 시인들이 해방기 지용의 행보를 두고 왈가왈부하지 않았음을 고려해 볼 때, 조연현의 비판은 분명 우파 문단 내부에서도 돌출적이었고 또 그만큼 공격적이었다. 좌우 대립의 선명성을 위해 지용의 1930년대 시까지를 정신의 결여로 폄하해야 했던 조연현의 평가는 이후 『백록담』의 산수시적 동양 정신이 재조명되기 전까지[33], 실로 오랫동안 한국 문단과 학계에 보편화된 통설로 고착되어 유통되는 결과를 낳게 되었다.

4. 선택과 배제, 정전과 위계의 기원

해방기는 새로운 민족국가와 민족시의 건설이 중차대한 과제가 된 시기로, 이 과제의 수행을 위해 좌와 우의 시단은 과거의 일제강점기 시사에서 자기 정체성의 형성, 보존, 확대를 도모할 수 있는 시적 참조점들을 적극 발굴하고자 하였다. 따라서 그것은 거개가

33) 최동호, 「정지용의 산수시와 은일의 정신」, 『민족문화연구』 19집, 고려대 민족문화연구원, 1986.

학술의 외연을 지녔음에도 실증적 객관화보다는 주관적 구성화의 양상을 띠게 마련이었다. 1920년대의 낭만주의 시에 대해 월북 이전과 이후의 한효가 평가를 달리한 사실이 일례가 될 것이다. 해방 직후 문맹의 인민주의 원칙에 의거해 백조 동인을 끌어안았던 한효가 월북 후 『백조』의 소시민성을 비판하면서 신경향파를 현실주의 시사의 기원으로 재설정하게 된 까닭은 다분히 북한 문단의 계급주의 문예원칙을 의식하지 않을 수 없었기 때문이다. 나아가 당대 북한의 서사시와 고상한 리얼리즘을 정당화하고자 한효는 신경향파와 카프에서 그 원형을 찾고 해방기의 현재와 연결 짓는 일종의 계보화 작업을 수행해야 했다.

이는 우파 문단의 경우도 다를 바 없었다. 서정주가 내세운 예지의 '정신'은 곧 좌파 문단의 유물변증법을 '물질'의 추수에 불과한 것으로 몰아붙이기 위해 채택된 비판적 담론의 한 형식이었다. 이를 토대로 서정주는 카프뿐 아니라 백조 동인까지를 포함하여 1920년대 시사 전체를 사회주의 및 낭만주의라는 외래 사조의 시류적 추수에 불과한 '감각'의 산물로 규정할 수 있었다. 이에 비해 1930년대 초의 시문학파는 언어, 표현, 제작의 가치를 일깨운 '순수'한 문예의 기원에 해당하지만, 서구의 모더니즘을 추수했다는 이유에서 마찬가지로 저급한 감각의 소산으로 평가된다. 서정주에게 한국 근대시사의 개화는 따라서 1930년대 중반의 생명파부터로 인식된다. 이는 자신을 포함하여 청록파 시인들로 구성된 해방기 당대의 청문협 시단을 근대시사의 주류로 자리매김하기 위한 기획의 일환이었다. 이로써 한국 근대시사의 가치 체계는 상당 부분 축소되고 만다. 한효에 의해 신경향파와 카프만이, 서정주에 의해 생명파 이후만이 인정됨으로써 이후의 근대시사 서술은 이들의 강한 구속력 아래 오랫동안 개화기와 1910년대의 시, 나아가 1930년대의 모더니즘 시까지를 유기해야 하는 상황에 처하게 된 것이다.

협소한 시사 인식 속에서도 소월의 발견은 해방기의 시사론이 이룩한 하나의 성과로 볼 수 있다. 좌와 우를 막론하고 소월 시는 과거의 시문학이 도달한 값진 성취이자 해방기 당대 및 미래의 시단이 계승, 극복해야 할 시적 유산으로서 적극 발견되고 조명되었다. 다만 소월을 전유하게 된 이유는 좌와 우가 달랐다. 갈수록 정치적 수세에 몰리게 된 문맹의 오장환은 진보적 실천의 시적 활로를 도모하고자 과거의 소월 시를 들여다보게 된다. 오장환은 소월 시를 통해 피억압 상태에서 가능한 상징 기법을 검토해 보지만, 결국 출구 없는 현실 속에서 절망에 이르고 만다. 그럼에도 그는 소월의 말년을 거울삼아 자기 내면의 향방을 타진하였고, 자살로 생을 마감한 소월과 달리 역사의 전면에 나서는 행동적 자아의 길을 택하기로 마음먹는다.

소월을 통해 오장환이 해방기의 공시적 상황에서 가능한 진보적 실천의 방향성을 얻고자 했다면, 서정주는 소월의 시를 시사적 통시성에 안착시키면서 소월 이후에 와야 할 향후 한국시의 과제를 제출하려 하였다. 이 과정에서 서정주는 자신의 창작 단계론을 적극 활용한다. 그는 소월을 감각을 넘어선 주체적, 민족적 '정서'의 시인으로 의미 부여하면서도 '예지'의 정신에는 미달한 시인으로 보았다. 예지의 시적 과제를 미완의 공백으로 남겨둔 셈인데, 훗날 서정주는 이 공백을 자신이 직접 채워넣고자 신라 정신을 기획하고 시화하게 된다. 그런 점에서 해방기 서정주의 소월론은 소월, 영랑으로 구성된 정통적 시사 계보의 최종적 완성태로서 스스로를 정초하기 위한 일종의 예비적 작업에 해당하였다.

소월이 근대시의 발전사적 서술 속에서 나름의 시사적 조명을 받았다면, 1930년대 정지용의 시는 좌와 우를 통틀어서 상당히 홀대 받았다. 좌파 문단의 경우가 그나마 일제 말기 『백록담』 시편의 시적 '순수'를 인정했지만, 해방 후의 변화된 현실 속에서 순수는 더 이상 용인될 수 없는 반동의 가치로 타매의 대상이 되었다. 오장환에게 지용의 『백록담』은 초연한 정신의 기록이지만 현재까지 남아 있어선 곤란한 미적 형식주의의 산물에 불과한 것이었다. 김동석이 해방기의 지용 시 「그대들 돌아오시니」를 문제 삼아 차라리 일제 말처럼 계속 순수라도 유지하라고 요구했지만, 이 또한 순수의 정신보다 진보적 '실천'을 높은 가치로 설정한 것이긴 마찬가지였다. 우파의 청문협 시단에서 지용은 더욱 강도 높게 비판되었다. 이는 해방 이후 문맹 측에 운신하게 된 지용의 행보와 관련이 있는 것으로, 조연현은 1930년대 지용의 시를 일종의 수공예술로 폄훼하고 그때부터 시작된 시정신(심장)의 상실이 해방기에 좌파 문단과 함께 하면서 더욱 심화됐다고 혹평하였다. 한편으로 그는 청문협의 시인들이 시정신을 적극 옹호, 육성해 왔다고 고평함으로써 시정신의 유무를 기준으로 정치시와 순수시를 위계화하는 작업에 착수한다. 이처럼 좌와 우의 문단은 지용 시를 비판적 디딤돌로 삼아 각각 '실천'과 '정신'의 자기 정체성을 강화해간 모습을 보여 주었다. 이후 문맹이 소멸하고 청문협이 문학 장의 선편을 쥐게 됨에 따라, 조연현에 의해 가해진 1930년대 지용 시의 '수공예술'은 오랫동안 지용 시를 바라보는 문단과 학계의 고정된 편견으로 자리 잡을 수밖에 없었다.

7장

신시론과 후반기 동인의 모더니즘 시 이념 형성 과정과 그 성격

해방 이후 좌와 우의 정치적 대립에 따라 근대시사 인식의 경우에도 조선문학가동맹과 청년문학가협회의 양단간 대립이 첨예하게 전개되었음을 살펴보았다. 이 때문에 해방기 문학 장의 동역학을 '정치'와 '순수'의 문예이념 대립이라는 구도로 설명하는 일이란 충분히 가능하며 또 타당하다. 경우에 따라 우리는 좌와 우 사이의 중간파까지를 해방기 문학 장의 주요한 한 흐름으로 설정해 넣기도 한다. '신시론(新詩論)'의 멤버들 또한 표면적으로는 제삼의 길을 표방한 점에서 거시적으로는 중간자적 위치에 속한다고 볼 수 있을 것이다. 그럼에도 이들은 사실상 해방 후 갓 등장한 시단의 신인이었으며 '새로운 모더니즘'을 기치로 내건 점에서 김광균, 백철, 염상섭, 홍효민 등 정치와 순수의 양비론 및 절충론을 내세우며 1930년대의 중진들로 구성된 중간파와도 다른 인적 구성과 이론적 시도를 보여 주었다.

그렇다면 좌도 우도 중간파도 아닌 이들 신시론의 시인들이 구상한 제삼의 시적 이념이란 무엇이었을까. 흔히 현대적이자 도시적인 언어, 감각적 표현 및 병치·몽타주·패러독스 등의 추구를 모더니즘의 특징으로 상정하곤 하지만, 실상 "예술에서의 모더니즘은 통일된 전망도, 일치된 미학적 실재도 드러내지 않는다"는 점에서,[1] 새로운 기교의 추구를 모더니즘의 원리와 등가적으로 이해해야 할 하등의 이유란 없다. 실제로 해방기의 모더니스트들에게 새로운 시를 향한 모색의 가능성은 다양하게 열려 있었다. 모더니스트가 거인의 어깨에 올라탄 난쟁이라지만,[2] 물려받은 한국시의 모더니즘적 유산이 얼마 없었기에 거꾸로 해방기의 신인들에겐 다시 백지 상태에서 새로운 시의 방향성을 마음껏 구상해볼 만한 모험적 여건이 주어져 있었다. 하지만 이들 또한 격동의 해방기를 거쳐 간 역사적 존재였던바, 이들이 겪어야 했던 시대적 제약 또한 고려돼야 할 필요가 있다. 만약 신시론과 후반기 동인들이 좌와 우의 이념적 구도에서 전적으로 자유로웠다면 이것이야말로 '견고한 모든 것을 녹여버릴' 만큼 끝없이 변전해가는 모더니티의 자체적 속성과[3] 긴밀히 상호작용해야 하는 모더니스트로서 함량 미달을 의미하는 것이 아닐 수 없을 것이다.

이 같은 문제의식에서 이 글은 신시론 및 후반기 동인에 의해 시도된 모더니즘 시 이념의 모색과 그 굴절, 좌절, 심화 등의 복잡다단했던 과정을 시대적 조건과 연관 지어 살피고자 한다. 그간 이들 동인의 시에 대한 연구는 많았으나, 이들의 시 이념을 구체적으로 확인할 수 있는 시론에 대한 연구는 미진한 실정이었다. 신시론과 후반기 동인의 시론을 다룸으로써 이 글은 '실천'과 '기교'라는 모더

1) 유진 런, 김병익 역, 『마르크시즘과 모더니즘』, 문학과지성사, 1986, 45쪽.
2) 마테이 칼리니스쿠, 이영욱 외 역, 『모더니티의 다섯 얼굴』, 시각과언어, 1994.
3) 마샬 버만, 윤호병·이만식 역, 『현대성의 경험』, 현대미학사, 1994.

니즘의 양대 가치를 놓고 분리, 경합을 벌여야 했던 이들의 내부적 정황을 분석하고자 한다. 또한 이 사이에서 내적 동요를 겪었던 박인환의 변모와 그 계기를 밝히고, 김경린과 조향에 의해 모더니즘 시에서 실천의 가치가 소거된 경위를 해명하고자 한다. 특히 기존의 신시론, 후반기 동인 연구사는 1930년대 모더니즘과의 문학사적 연속성을 적극 검토하지 못한 면을 보여 왔다. 마지막에서 필자는 이들 동인이 표방한 '새로운 모더니즘'의 시사적 의미를 1930년대 김기림 시론과 비교하여 논하고자 한다.

1. 『新詩論』 내 참여적 모더니즘과 김기림론: 김병욱 계

주지하다시피 '신시론' 동인이 형성된 시기는 1947년 하반이고, 동인지 1집인 『신시론』이 발간된 시점은 대략 반 년 후인 1948년 4월 20일이다. 당시의 정세를 고려해 보면, 신시론은 문학가동맹(문맹) 측의 좌익 문단이 군정의 총검거에 의해 사라진 직후 '새로운 시'(新詩)의 기치를 내걸며 등장한 모임으로, 이후 단정 수립 움직임이 가시화되는 과정에서 첫 번째 동인지를 낸 셈이었다. 동인 결성 초기에 참여한 이들은 박인환을 비롯하여 김경린, 김경희, 김병욱, 임호권 등이며 『신시론』의 필자로도 이들 다섯 명 모두가 참여하고 있다. 신시론 동인은 '신시'를 표어로 내세운 점에서 명칭 상으로는 문예운동적 결사체의 외형을 띠었지만, 실질적으로는 다소 느슨한 이념적 결집성을 보여 주었다. 그렇다고 친목을 위주로 한 자족적 모임이었던 것은 아니다. 느슨하기보다는 엄밀히 말하면 모더니즘을 새로운 시의 대안으로 생각한 일군의 신인들이 신시의 깃발 아래 모였으되 복수의 모더니즘이 공존한 형국이었다.

특히 김병욱과 김경린은 각각 모더니즘의 실천성과 예술성을 중시한 시인들로, 부산에서 만나 "앞으로 가저야할 方向에關하여 가벼운 意見의 一致"를 보이고 합류한,[4] 동인 내의 두 가지 모더니즘을 대표한 인물들이었다.

> 우리들의 새로운 詩的思考를 表現하기爲하야 하나의現實은 科學的인面에서 正確한 速度로採擇되어야 하며, 그現實은 現實과現實과의 새로운 結合에서 新鮮한繪畵的인 이메이지네이숀으로서 具象되여야한다. 이러한새로운 結合을 規定하는것은 詩的思考이며, 다시금 이 새로운思考에 速度를 加하는것은 技術의綜合的액숀인것이다.
>
> — 김경린, 「現代詩의具象性」[5]

> (1) 에스프리·누-보, 아방가르드, 모던니스트, 그名詞는 아무레도 좋았다. 그들은 앞을 내다 볼려고 했다. 낡은 탈을 벗을랴고 만 했다. (…중략…) 都會의 雜音, 文明의 葛藤은 그 自體의 法則으로서 把握되지 못하고, 그와함께 前進하지 못하고선 自我의 좁은 消極的인 奈落속에서 裁斷되고 메카나이즈 되었을 뿐이었다.

> (2) 그들 病人은 뚜드려도 열리지 안는 大門에서 섯부른 코스모포리탄으로 逃走했고 거기서 옳은 世界認識과 歷史判斷을 지니지 못했기에 最低抵抗을 넘어 敵의 軍門앞에 屈服한 弱者들도 있었다.

> (3) 現實에의 還歸는, 遊離에서의 淸算은, 더부러 前進하는 人民속에

4) 김경린, 「후기」, 『신시론』, 산호장, 1948.
5) 김경린, 「현대시의 구상성」, 위의 책.

自己들을 發見시켰다.

— 미상, 「ESSAY」[6)]

첫 동인지에 실린 시론들로 출사표적 성격을 띤 글들이다. 「ESSAY」의 저자를 단정하기 어렵지만, 이후 1949년 초에 표면화된 김병욱 계와 김경린 계의 갈등을 미루어볼 때, 「ESSAY」는 김병욱 계의 시관이 반영된 글로 추정된다. 이는 김경린이 쓴 「현대시의 구상성」과 그 내용을 비교해 봐도 알 수 있다. 인용문에서 김경린은 '새로운'이란 수식어를 네 차례나 구사한다. 일종의 새것 콤플렉스로 보이기까지 하는 김경린의 신시 지향은 현실의 과학적 포착을 언급하고 있으되 궁극적으로 그 현실마저 "新鮮한繪畵的인 이메이지네이슌"으로 구상화해야 할 것을 천명하고 있다. "詩的思考"도 강조하고 있지만 그 사고 또한 새로워져야 하며 이를 위해선 최종적으로 "技術의綜合的액숀"이 결합돼야 한다고 그는 주장한다.

이에 비해 「ESSAY」는 시의 기교를 내세운 김경린의 입장과 사뭇 대비적이다. (1)에서는 "에스프리·누-보, 아방가르드, 모던니스트" 등 과거의 실험적인 시들을 비판하면서 그 근거로 지나친 주관화의 경향과 "메카나이즈"를 거론하고 있다. 현실을 "그 自體의 法則"을 통해 파악하지 못한 채 자아의 좁은 개성에 함몰되고 만 일종의 기교주의적 경향을 한계로 지적한 셈이다. 필자에게 기존의 모더니즘 시인들은 (2)에서 보듯 "옳은 世界認識과 歷史判斷"을 지니지 못한 "섯부른 코스모포리탄"에 불과하다. (3)에서는 이를 딛고 동인들이 지향해야 할 시적 노선이 제시된다. 소주관주의의 태도를 청산하고 현실로 돌아가 "前進하는 人民속에 自己들을 發見"해야 한다고 하여

6) 미상, 「ESSAY」, 위의 책.

시의 참여적 실천성을 부각하고 있다. 따라서 이 글의 필자가 내세운 시적 사고란 곧 인민 대중과 함께 하면서 얻어지는 "世界認識과 歷史判斷"을 뜻하는바 김경린이 강조한 기교주의적인 사고와 그 의미가 상이하다고 볼 수 있다. 「ESSAY」를 김병욱 계의 누군가가 썼으리라 판단되는 이유이다.

글의 후반부에서 필자는 동인들의 시가 "現實속에서 淨化되며 前進하면서 感傷을 止揚하는 모멘트가 되기"를 염원하면서 그 실현 방법으로 "詩로서의 새로운 批判"을 내세운다. 그런 점에서 "湖水들은 반다시 바다로 가고야 말 것이다"라고 한 마지막 문장은 현실 비판의 저항적 모더니즘이라는 바다를 향해 결집해야 한다는 촉성으로 읽힌다.

그렇다면 김병욱 계란 구체적으로 누구를 지칭하는 것일까. 우선은 이듬해인 1949년 1월경 김병욱과 함께 신시론을 동반 탈퇴한 김경희, 김종욱을 들 수 있으며, 넓게 잡자면 김경린과 박인환 주도의 동인 운영에 불만을 품고 김병욱과 함께 탈퇴하려 했으나 이후 『새로운 도시와 시민들의 합창』(1949.4. 『새도시』로 표기)의 발행 직후까지 몇 개월을 더 함께 하게 된 임호권, 양병식, 김수영 등을 들 수 있다. 『신시론』 발간 후 새로 가입한 김종욱, 양병식, 김수영까지를 포함하여 1948년 말에서 이듬해 초 사이 신시론의 멤버는 김병욱, 김경희, 김수영, 김종욱, 양병식, 임호권, 김경린, 박인환 등 총 여덟 명이었다. 이 중 김경린과 박인환을 제외한 여섯 명이 동인지 2집 격인 『새도시』의 간행을 전후하여 이탈한 셈이다. 물론 김경희, 김종욱, 김수영, 양병식, 임호권 등 다섯 사람 전부를 김병욱 유의 참여적 모더니스트로 단정할 수 있겠느냐는 질문이 가능하지만, 김경린과 박인환의 시적 지향에 대해 이들이 탐탁지 않아 했던 것은 분명해 보인다. 김수영은 "寅煥의 모더니즘을 벌써부터 불신"해 왔다고 회고한 바 있다.[7] 임호권 또한 『새도시』에서 다음과 같이 진술하였다.

> 바야흐로 轉換하는 歷史의 움직임을 모더니슴을 통해 思考해 보자는 新詩論同人들의 意圖와는 내 詩는 表現方式에 있어 距離가 멀다. 이러한 意味에서 처음부터 나는 同人 될 資格을 갖이 못했다.
>
> — 임호권, 「雜草園 序文」[8]

전쟁이 발발하자 곧바로 월북하여 체제 지향적인 시들을 썼던 임호권의 행적을 고려해볼 때, 신시론 시절 김경린 식의 모더니즘에 대해 "내 詩는 表現方式에 있어 距離가 멀다"라고 느꼈을 저간의 사정이 이해되는 대목이다. 임호권뿐 아니라 김병욱도 전쟁 기간에 월북했으며, 특히 이들은 해방 공간에서 진보적 현실주의 문단에 가담한 이력이 있었다. 김경희와 김종욱도 문맹 전력이 있었으리라 여겨진다. 다소 거친 요약일지 모르나, 신시론 동인들의 상당수가 당시 '좌파'로 불리던 쪽에 속했던 셈이다. 시의 진보적 실천성과 인민적 대중화를 내건 문맹에 직간접적으로 참여해 왔던 김병욱 계 시인들이 정치 현실을 포괄하는 광의의 모더니즘을 추구했으며, 그에 따라 기교 중심의 협의의 모더니즘을 회의하게 된 것은 자연스러운 일이었다. 현실 참여의 견지에서 모더니즘을 보고자 한 김병욱 계의 시관은 이들이

---

7) "그러지 않아도 寅煥의 모더니즘을 벌써부터 불신하고 있던 나는 秉旭이까지 빠지게 되었다는 말을 듣고, 나도 그만둘까 하다가 (『새도시』에: 인용자) 겨우 두 편을 내주었다."(김수영, 「연극하다가 시로 전향」, 황동규 편, 『김수영 전집』 2, 민음사, 1981, 228쪽) 여기서 또한 주목되는 부분은 김수영과 김병욱의 관계이다. 엄동섭은 김수영의 이 글과 시 「거대한 뿌리」, 최하림의 회고 등을 근거로 김수영이 "김병욱의 현실주의에 대해서는 강한 신뢰감"을 가졌으리라 보았다(「'신시론'을 전후한 모더니즘 시운동의 흐름과 맥」, 『어문론집』 28집, 중앙어문학회, 2000.12, 295·299·304쪽).

8) 임호권, 「잡초원 서문」, 『새로운 도시와 시민들의 합창』, 도시문화사, 1949.

남긴 김기림론에서도 확인된다.

> 이러한氏의 十四年前作品 長詩氣象圖가오늘날 우리에게던지여준 寄興性이同氏의解放後의 詩集『새 노래』보담은업다손치드라도 이것은우리들이 지닌지낸날詩壇의모더니슴의 遺産의하나로서永遠한靑春의片貌일것이며 燦然한 光芒이아닐수업다.
>
> — 임호권, 「金起林長詩 氣象圖를읽고」[9]

> (1) 八·一五가 왔을때「새 노래」의 著者는 그 念願으로서 올라가던 文明段階에서 民衆의 속에로 돌아왔다.
>
> (2) 우리는 傳統과 □心의世代-武裝하지않은 눈으로서의 可視的世界의 記錄을 武裝한 오늘의 눈으로서의 可視的世界의 記錄으로 置換하기 爲하여 (…중략…) 筆者와 같은 젊은 世代로서는 著者의 表現腕力의 的確함과 卓越함에 僭越唐突한 拍手를 안할 수 업다.
>
> — 김병욱, 「金起林詩集 새 노래」[10]

해방기에 김기림은 유독 신시론 동인에게서 많은 관심과 조명을 받았다. 신시론 동인들로선 김기림이야말로 한국 모더니즘 시를 개척한 진정한 선구자로서 추장하기에 충분한 시인이었을 것이다. 김기림의 재발견은 일제 말기를 거치며 심화된 모더니즘 시사의 단절성 해소를 위해서라도 필요한 일이었다. 주례사적 기념을 넘어서 신시론의 신인들이 시단의 중진인 김기림과 적극 교류하고자 한 이

9) 임호권, 「김기림 장시 기상도를 읽고」, 『자유신문』, 1948.11.16.

10) 김병욱, 「김기림 시집 새 노래」, 『문장』 3권 5호(속간호), 1948.10.

유이다. 김경린이 복간시집 『기상도』(1948)의 장정을 꾸몄거나, 김종욱 편역의 미국 흑인시선집 『강한 사람들』(1949)에 김기림이 서문을 쓴 사실에서도 교류의 흔적은 확인된다. 흑인시편을 해제한 김종욱은 글의 말미에 "多忙하신中 많은 敎示를 주시고 또 序文까지 써 주신 金起林恩師에게 感謝를" 드린다고 적어놓았다.[11] 하지만 신시론 동인들이 김기림을 1930년대의 모더니스트로만 기억한 것은 아니었다. 김기림은 해방된 후에도 활발히 활동한 현역 시인이었다. 특히 해방기의 김기림은 1930년대와 달리 문맹에 참여하여 여러 직책을 맡았으며 실제로 이 시기 그의 시 또한 진보적 현실주의의 색채를 다분히 띠고 있었다. 신작시집 『새 노래』(1948)야말로 문맹 활동기의 실천성 짙은 시들을 모아놓은 시집이었던 것이다.

인용한 글들은 김병욱 계 시인들이 가졌던 김기림에 대한 시선을 드러낸다. 김병욱과 임호권의 글들 모두 『기상도』와 『새 노래』를 호평했지만, 후자의 시편에 보다 호의적임을 알 수 있다. 임호권에게 『기상도』는 근대 모더니즘 시를 개척한 "燦然한 光芒"의 유산이지만 그럼에도 이 시집의 새로움은 "解放後의 詩集 『새 노래』 보담 은업다"라고 진술된다. 『새 노래』를 더욱 고평하게 된 이유는 김병욱의 글에서 확인된다. 김병욱은 『새 노래』를 "文明段階에서 民衆의 속에로" 돌아온 성과를 보여 준 시집으로 파악한다. 1930년대의 도시적 모더니즘보다도 문맹 시절의 인민적 민주주의를 반영한 시들에 비중을 둔 셈이다. 이를 토대로 (2)에서 김병욱은 자신의 시관까지를 드러낸다. 김병욱은 자신의 시가 "武裝한 오늘의 눈으로서의 可視的世界"를 기록할 사명이 있다고 말한다. '가시적 기록'과 '무장'을 강조한 점에서 당시 진보 진영의 반영론적 시각과 투쟁적 무기

11) 김종욱, 『강한 사람들』 해제, 민교사, 1949, 150쪽.

로서의 시론을 드러낸 셈이다. 하지만 유심히 봐야 할 대목은 "武裝하지않은 눈"과 "武裝한 오늘의 눈"이라는 대비적 어법을 통해 김기림의 시세계에 대한 평가까지를 은연중 병행한 점이다. 즉, 김병욱에게 『기상도』는 "武裝하지않은 눈"으로 도시 문명을 다룬 시집에 불과하지만, 『새 노래』는 "武裝한 오늘의 눈"으로 해방 후의 정치적 현실을 기록한 시집으로 여겨진 것이다.

2. 전망의 불확실성과 내적 동요: 박인환

『기상도』의 '기교'보다도 『새 노래』의 '참여'를 고평한 이상의 글들에서 보듯 신시론 내부에는 정치적 실천을 표방한 문맹 출신의 일부 시인들이 '무장'의 저항적 모더니즘을 도모하고 있었다. 김병욱의 측근으로 알려진 김경희나 흑인시의 피억압적 발화에 관심을 둔 김종욱 또한 사정은 마찬가지였을 것이다. 그렇다면 박인환의 경우는 어떠했을까. 박인환의 경우 김경린과 각별한 친분 관계를 유지했고 실제로 훗날 김경린과 함께 주도적으로 후반기 동인을 결성하지만, 정작 신시론 활동기 그의 시적 관점은 여전히 해명되지 못한 상태로 남아 있다.

최근 「인천항」을 비롯한 몇몇 시편을 들어 해방기의 박인환을 탈식민주의적 문제의식을 지닌 실천적 모더니스트로 해석하고 있지만,12) 이는 일정한 타당성에도 불구하고 보다 면밀한 검토가 요구된다. 엄밀히 말해 박인환의 탈식민주의 시들은 신시론 결성 후부터 급

12) 대표적인 예로 정영진, 「박인환 시의 탈식민주의 연구」, 『상허학보』 15집, 상허학보, 2005.8; 맹문재, 「박인환 전기 시작품에 나타난 동아시아 인식 고찰」, 『한국문학이론과 비평』 12권 1호, 한국문학이론과비평학회, 2008.3.

격히 줄어든 양상을 보여줬기 때문이다. 「인천항」, 「남풍」, 「인도네시아 인민에게 주는 시」 등이 『새도시』(1949.4)에 재수록되어 착시 현상을 주지만,[13] 이 시들의 최초 발표 나아가 최초 집필 시기는 어디까지나 신시론 결성(1947년 10~12월) 이전에 해당한다. 「인도네시아 인민에게 주는 시」의 경우 1948년 2월 『신천지』에 발표됐지만, 이 또한 작품 말미에 부기된 창작 시점은 신시론 결성 전인 1947년 7월 26일로 나와 있다. 해방기 박인환의 시세계 전반을 참여적 모더니즘으로 단정 짓기에 신중해야 하는 이유이다.

실제로 박인환의 시와 행보를 더듬다 보면 흥미로운 점들이 발견된다. 1945년 12월에 그가 서점 '마리서사'를 개업하면서 많은 시인들과 교류했음은 익히 알려져 있다. 여러 회고로 미루어볼 때 출입한 이들의 거개가 문맹 쪽 시인들이었고,[14] 지근 거리에 좌익계 출판사인 노농사가 위치한 점, 1947년 7월에 노농사의 총판을 마리서사가 맡게 된 점 등을 고려하면,[15] 박인환이 진보적 현실주의에 꽤 익숙한 상태였으며 이를 바탕으로 1947년부터 일련의 탈식민주의

---

13) 『새도시』에 수록된 박인환의 시들은 ① 「열차」(『개벽』 82집, 1949.3), ② 「지하실」(『민성』 24집, 1948.3), ③ 「인천항」(『신조선』 2권 3호, 1947.4), ④ 「남풍」(『신천지』 2권 6호, 1947.7), ⑤ 「인도네시아 인민에게 주는 시」(『신천지』 3권 2호, 1948.2) 등 다섯 편이다. 전부가 기존 발표작을 재수록한 것이며 ③~⑤까지의 탈식민주의 시들 또한 마찬가지였음이 확인된다.

14) 마리서사는 "문학청년들이 모여서 떠드는 소굴"로(김광균, 「마리서사 주변」, 『박인환 전집』, 문학세계사, 1986, 215쪽), 서점에는 "李時雨 趙宇植 金起林 金光均 등도 차차 얼굴을 보이었고, 그밖에 李治 吳章煥 裵仁哲 金秉郁 李漢稷 林虎權 등의 리버럴리스트도 자주 나타나게 되어서 전위 예술의 소굴" 같았다고 한다(김수영, 「마리서사」, 황동규 편, 『김수영 전집』 2, 민음사, 1981, 72쪽). 최하림의 회고 또한 거의 비슷한 명단을 제시하고 있다(『자유인의 초상』, 문학세계사, 1981, 51쪽). 명단을 보면 김기림, 김광균, 이흡, 오장환, 배인철, 김병욱, 임호권 등 3분의 2 이상이 문맹 관계자들이었음을 알 수 있다.

15) 정우택, 「해방기 박인환 시의 정치적 아우라와 전향의 반향」, 『반교어문연구』 32집, 반교어문학회, 2012.2, 293~294쪽.

시들을 창작했으리라 판단하기란 어렵지 않다.

그렇다고 그가 좌익 쪽 시인들하고만 교유한 것은 아니다. 1차 미소공위의 결렬 직후인 1946년 6월 20일, 좌우 대립의 파고가 정점에 달한 한복판에서 박인환은 청년문학가협회가 주최한 '예술의 밤' 행사에 참가하여 최초의 자작시 「단층」을 낭독하였다. 염철의 분석대로 이 시에 나타난 허무주의는 "현실 극복의 의지나 미래에 대한 낙관적 전망과 충돌"한다는 점에서,[16] 1947년부터 산출된 탈식민주의의 저항적 문법과 상당한 차이가 있다. 비록 잠깐이었지만 우익의 순수시인들과 함께 한 행보는 지나칠 수 없는 대목이다. 좌익계 시인들과의 친분과 달리 실제로 박인환은 「단층」을 낭독한 당시뿐 아니라 1947년 여름까지 줄기차게 이어진 문맹의 시 낭독 및 각종 문화 행사에 제대로 참여한 적이 없기 때문이다. 좌와 우의 이념적 선택과 그 진정성의 증명을 위한 실질적 활동들이 개개인에게 요구되던 상황에서 이 같은 박인환의 행보가 뜻하는 바는 무엇일까. 모더니즘 시인들에게 좌냐 우냐의 '낡은' 이분법을 들이대는 것이 적절치 않을 수 있지만, 문제는 그 당시 누구도 자유로울 수 없었던 정치적 실재이자 당시로선 모더니즘을 '새로운' 대안으로 내세워야 했을 만큼 역설적으로 완강했던 좌와 우 이념 대립의 도상학적 압력을 고려해야 할 필요가 있다. 표면적으로는 좌도 우도 아닌 '새로운 시'를 표방한 동인들이었지만, 김병욱 계의 반발과 이탈에서 보듯 신시론이라는 제삼의 소집단 내에도 참여냐 예술이냐의 당시로선 좌우 이념과 착종된 시적 선택의 문제가 가로지를 수밖에 없었던 것이다.

---

16) 염철, 「박인환의 최초 발표작 「단층」에 대하여」, 『우리문학연구』 40집, 우리문학회, 2013. 10, 541~542쪽.

이 문제에서 박인환 또한 자유로울 수 없었음은 분명하다. 1946년 6월 우익측 행사에 참여했던 그가 「인천항」을 비롯하여 탈식민의 비판적, 저항적 시들로 방향을 튼 시점은 1947년에 접어들면서부터이다. 이후 7월경부터 노농사의 좌익서적 총판을 맡게 된 박인환은 가중되던 금서 압수조치 속에서 마리서사의 운영에 어려움을 겪고 있었다.[17] 신시론 동인을 결성하기 시작한 것이 이 무렵이다. 1947년 10~12월에 동인을 결성한 그는 이후 『신시론』에 발표한 「골키-의 달밤」을 끝으로 해방기의 남은 기간 동안 더 이상 실천적 모더니즘 계열의 시를 쓰지 않았다. 이 같은 변화의 분기점에 군정의 대대적인 좌익 총검거와 그로 인한 마리서사 운영의 난관이 자리하고 있다. 1947년 8월부터 휘몰아친 선풍은 그야말로 문맹을 비롯한 좌익 세력에게 결정적 타격이 되었다.[18] 월북하거나 지하로 잠적한 시인들을 지켜보면서, 또 그만큼 시인들의 발길이 끊어진 서점과 불온서적의 총판으로까지 의심 받던 난맥상 속에서, 신시론을 결성한 그가 예전처럼 탈식민의 저항적 문법을 계속 고수하기란 어려운 일이었을 것이다. 전망의 불확실성과 내적 동요는 첫 동인지 『신시론』에서부터 발견된다. 박인환은 레닌을 제재로 한 시 「골키-의 달밤」과 더불어 그와 상이한 성격의 시론까지를 싣는다.

(1) 오늘날 南部朝鮮의詩人들은 所謂 純粹文學을 부르짖는 詩人들을

17) 이중연, 『고서점의 문화사』, 혜안, 2007, 196~197쪽.

18) 좌익 총검거는 1947년 중반의 2차 미소공위가 결렬된 후 우익 측의 대대적인 공세로 시작되었다. 8월 12일부터 9월 하순까지 계속된 검거로 김태준을 비롯한 상당수의 좌익 인사들이 체포되었다. 문맹의 경우도 이후로는 일체의 문화 행사를 중지하고 지하에 숨어 『문학』, 『우리문학』 등의 기관지와 몇몇 간행물만을 낼 수 있었다. 당시 상황에 대해선 다음 글을 참고할 것. 오장환, 『남조선의 문학예술』, 조선인민출판사, 1948, 김학동 편, 『오장환 전집』, 국학자료원, 2003, 649~665쪽.

除外하고서는 모다들 크다란 社會混亂속에서 헤메고있다. 그들은 아름다움을 노래하기보담도 險惡한 現實의 反抗을 스스로 노래하였다. (…중략…) 지난날의 레토릭크와 스타일의 世界에서 버서나지못하는 詩人들이 있다는것은 그들이 암만 새로운意慾과 政治性에 몸소격고있다할지라도 그들은 現代의詩人으로서는 完全한意味의 退步를 하고있는것밖에는 아무것도아닌것이다.

(2) 우리는 形象的生命에 現實的精神을 附合식히지 못하고서는 처음부터 詩를쓸資格이없는것이다.

— 박인환, 「詩壇詩評」[19)]

당시의 시단을 진단한 이 글에서 박인환은 "純粹文學을 부르짖는 詩人들을 除外하고서는 모다들 크다란 社會混亂속에서 헤메고있다"고 말한다. 우익의 순수시를 옹호하면서 그는 "險惡한 現實의 反抗"을 외친 문맹계 시인들에 대해선 미적 갱신의 답보를 문제 삼아 "現代의詩人으로서는 完全한意味의 退步"를 했다고 비판한다. 정치주의 시들이 내용은 좋되 형식은 미숙한 한계를 지녔다는 뜻이다. (2)에서 보듯 대안으로 그는 "形象的生命"과 "現實的精神"의 결합을 내세운다. 이는 정치시에 대해선 형상의 부족을, 순수시에 대해선 사상의 결여를 지적한 김광균, 염상섭, 백철의 논리와 흡사하지만, 이들 중간파와 달리 박인환은 우익의 순수시를 두고선 이렇다 할 비판을 하지 않는다. 오히려 "時代潮流만을 感受하고 詩의 前進해온 (미적 갱신의: 인용자) 歷史를忘却"한 현실주의 시의 극복을 주장한 점에서 종전까지 탈식민의 시들을 쓰던 상황과 달라진 그의 모습을

19) 박인환, 「시단시평」, 『신시론』, 산호장, 1948.

확인할 수 있다. 시의 참여성에 대한 회의는 얼마 후 김기림 시집을 평하는 글에서도 이어진다.

(1) 에스라 파운드에서 出發하신氏는 에스라 파운드마저 否認하여왔든 舊時代의 保守的인 詩의 思考를 氏의 衒學한立場에서 우리에게 노래하여주며 要求하고있다. (…중략…) 그리하였슴으로 解放된 오늘 先頭에나서 侵害된 文化를再建식히기위하야 宣傳性과刺戟性의詩를 파운드의伊太利에 있어서의 悲劇을 深刻히 想起하여가며 로우부로우의槪念에서 말하고있다.

(2) 氏는 어느새 風土化되여 버렸다. 知的情緖를아직도喪失하지않는 詩人金起林氏는 時事問題를整理못하고 있는데 이것이야말로 가장 危機한 來日을 招來할지도모른다.

— 박인환, 「金起林詩集『새 노래』評」[20]

朝鮮에있어 참다운 現代詩가 存在하고 있다면 그것은 氣象圖외 몇 詩集과 現存하는 몇詩人들의 作品일 것이다. 우리의 自然發生的 (센티멘탈) 詩와 無詩學的 詩의 洪水 속에 끼여 金起林氏만이 처음으로 새로운 詩와 그에 따르는 모든 要素를 革新 또는 創造하였다는데 重要한 意義와 價値가 發見한다. 困難한 物質 打擊을 받어가며 오늘날의 詩集으로 서 出刊된 氣象圖는 아마 이렇게 混亂된 時代와 無秩序한 詩의 運動에 있어 커다란 警鐘을 울릴 것이다.

— 박인환, 「金起林 長詩 氣象圖·展望」[21]

20) 박인환, 「김기림 시집 『새 노래』 평」, 『조선일보』, 1948.7.22.

21) 박인환, 「김기림 장시 기상도·전망」, 『신세대』 4권 1호, 1949.1.

『기상도』보다 『새 노래』에 호의적이었던 김병욱 계와 상반된 시각이 확인된다. 그에게 『새 노래』는 "舊時代의 保守的인 詩"이자 "衒學한立場"을 보인 시집에 불과하다. 『새 노래』의 투쟁성이 김병욱에게 유용한 '오늘의 무기'였다면, 박인환에겐 구시대의 "宣傳性과刺戟性"에 빠진 저속한(lowbrow) 것에 불과하다. (2)에서 박인환은 『새 노래』의 메너리즘을 지적하면서 여전히 정치적인 "時事問題"에 관심을 둔 김기림 시의 위기를 거론한다. 이와 달리 『기상도』에 대한 박인환의 평가는 긍정적이다. "새로운 詩와 그에 따르는 모든 要素를 革新 또는 創造"한 장시 기상도는 참된 현대시 중 하나로, 현재의 "混亂된 時代와 無秩序한 詩의 運動에 있어 커다란 警鐘을 울릴" 기념비적 유산이다. 이처럼 박인환은 김병욱과 대조적인 김기림론을 통해 모더니즘 시의 현실 참여보다 미적 실험을 중시하는 쪽으로 재차 방향 전환을 시도하고 있었다. 이 글들이 작성된 시점은 『신시론』 발간 후 『새도시』를 준비하던 때로, 김병욱과 김경린의 노선 갈등이 표면화된 시기에 해당한다. 이 시기 달라진 박인환의 문학관은 실존주의를 다룬 다음의 글에서도 발견된다.

> 과거 反 파시즘 戰線이 치열할 즈음에 나타난 사르트르는 오늘날에는 여러 作家들과 한가지로 프랑스의 傳統을 지키기 위하여 건설적인 노동자의 계급을 옹호하고 나아가서는 過激的인 政治 동태에도 발언하기 이르게 되어 왔다. 그것은 오로지 그가 자신의 哲學的 회의와 현대 인테리겐차의 나약한 정신과 사상에서 나온 태도이며, 그것이 앞으로 어떠한 方向으로 전개될 것인가 하는 것에 우리들의 기대가 큰 것이다. (밑줄은 인용자)
>
> — 양병식, 「實存主義의 思想과 作品」[22]

그러한 그들의 反파시슴 抗戰이 激烈하였을적에 나타난 J·P·사르트르는 哲學的懷疑와 現代 인테리겐챠의 脆弱한 精神과 思考의 立場에서 實存主義를 내세웠다. 앞으로 이 孤獨한 實存主義 主唱者는 어떠한 方向으로 前進할것인가.

— 박인환, 「사르트르의實存主義」[23]

1948년도 10월 『신천지』의 실존주의 특집에 실린 글들이다.[24] 실존주의의 초창기 유입 때인지라 양병식과 박인환의 두 글 모두 자기식의 깊은 이해보다는 영미계 잡지에 실린 여러 개설적 글들을 번역, 짜깁기하면서 개인 의견을 보태는 방식으로 사르트르 문학을 소개하고 있다. 특히 곳곳에서 발견되는 동일하거나 유사한 문장들을 보면, 영미계 잡지의 몇몇 실존주의론을 이들이 공유했을 가능성이 커 보인다.[25]

22) 양병식, 「사르트르의 사상과 그의 작품」, 『신천지』 3권 9호, 1948.10, 「실존주의의 사상과 작품」, 『사르트르의 문학과 실존주의』, 삼광출판사, 1983, 24쪽.

23) 박인환, 「사르트르의 실존주의」, 『신천지』 3권 9호, 1948.10, 95쪽.

24) 특집 제목은 '실존주의 특집–포기·고민·절망의 철학'이었으며 수록된 글들은 다음과 같다. ① 김동석, 「실존주의 비판: 싸르트르를 중심으로」, ② 양병식, 「사르트르의 사상과 그의 작품」, ③ 박인환, 「사르트르의 실존주의」, ④ 쩡·폴·싸르트르, 「문학의 시대성」, 청우·홍일 공역, ⑤ 장·폴·사르트르, 「벽 LE MUR」, 전창식 역.

25) 일례로 『신천지』의 해당 글들에는 다음의 문장들이 나와 있다.

① "그는 實存은 無動機 不合理하며 또는 醜態로운 것이라 하며 人間은 이러한 하나의 實存으로서 不安과 恐怖의 深淵에 묻혀 있다고한다. 또 우리들은 機械的인 人間도 아니고 惡魔에게 魂을 빼앗긴것도 아니다."(양병식, 「사르트르의 사상과 그의 작품」, 85쪽)

② "사르트르가 暗示하는것은 實存이란 無動機 不合理 醜怪이며 人間은 이實存의一員으로서 不安 恐怖의 深淵에 있다는것이다. (…중략…) 우리들은 機械的人間도 아니며 惡魔에 시달린것도아니다."(박인환, 「사르트르의 실존주의」, 92쪽)

이 문장들의 경우 양병식과 박인환 모두 같은 영어 원문을 번역한 것으로 보인다. 실존주의 학습을 위해 두 사람이 읽은 잡지들은 양병식의 글 도입부에 나와 있는 다음의 미국 잡지들로 추정된다. "그(실존주의의: 인용자)想內容의 細密한 點에 있어서는 材料의 不足으로 直接 알길이 없으나 美國에서 들어오는 雜誌–卽 Harpeis, New Yorks

위에 제시한 양병식의 「실존주의의 사상과 작품」은 『신천지』에 발표한 「사르트르의 사상과 그의 작품」을 훗날 수정 보완한 글로, 인용한 단락은 글의 결론에 해당하며 『신천지』에 발표할 당시에는 없었던 새로 가필된 부분이다. 가필된 이 부분을 보아도 박인환 글과의 유사성이 확인된다. 두 인용문은 인용자가 밑줄 친 곳을 제외하고 읽으면 사실상 동일한 영어 원문을 번역한 문장들임을 알 수 있다. 양병식과 박인환 모두 어떤 영미계 잡지에 소개된 사르트르론을 이 대목에서 번역하고 있었던 셈이다.

주목할 것은 동일한 원문을 다뤘음에도 번역에 일정한 차이가 나타난다는 점이다. 양병식의 글에서 인용자가 표시한 밑줄 부분이 박인환의 글에서는 삭제되어 있다. 밑줄 친 부분은 사르트르의 사회주의적 전향을 다룬 대목이다. 물론 이 대목은 양병식이 애초 『신천지』에 발표한 「사르트르의 사상과 그의 작품」에 없었던 부분이다. 하지만 훗날 양병식이 가필해 넣은 이 부분을 보면 사르트르가 선보였다는 "哲學的 회의와 현대 인테리겐차의 나약한 정신과 사상"은 박인환의 번역과 그 의미가 완전히 달랐음을 알 수 있다. 양병식의 글에서 사르트르는 과거 자신의 유약성을 극복하고 맑시즘으로 전향한 실천적 지식인으로서 소개됐지만, 박인환은 사르트르의 진보적 실천과 관련된 내용을 의도적으로 번역에서 누락하였다. 아울러 그는 사르트르가 지닌 "哲學的懷疑와 現代 인테리겐챠의 脆弱한 精神과 思考"를 행동적 실존주의가 아닌 "孤獨한 實存主義"와 연결시켜 놓았다. 일종의 번역적 변개를 통해 사르트르의 실존주의에서 무, 고독, 절망 등을 읽어내려 한 것이다.

Saturday, a view of art news, Vogue, Time, Town and Country 等을 通하여 多少그一面을 窮知할수있는 程度다."

사르트르의 전향을 번역 과정에서 은폐한 점에서 보듯 박인환은 비판, 저항, 참여 등 문학의 실천적 가치에 대해 분명 과거와 달라진 인식을 하고 있었다. 실제로 이 글을 앞서 분석한 글들과 겹쳐놓고 보면, 『신시론』 간행 때부터 ① 현실주의 시단 비판(1948.4), ② 김기림 시집 『새 노래』 비판(1948.7), ③ 실존주의를 통한 고독과 절망의 인식(1948.10), ④ 김기림 시집 『기상도』 연찬(1949.1) 순으로 이어지는 일련의 정신적 변모가 확인된다. ①과 ②를 통해 시의 정치적 참여를 회의하다가 ④의 기교적 모더니즘에 대한 동조로 기울어갔던바, 그 궤적의 중간에 실존주의의 자기식 전유를 통한 허무의식의 발견이 분기점으로 자리하고 있었던 것이다.

흔히들 박인환의 시가 기교와 포즈로 흐르게 된 원인을 김경린 탓으로 돌리곤 하지만, 그것만으로는 해명되지 않는 난점이 존재한다. 박인환 시의 감상성은 김경린, 조향의 시와도 다른 그만의 독창적인 개성을 보여 준 것이기 때문이다. 그런 점에서 그의 감상적 허무주의는 김경린과의 교유 때문이라기보다는 사실상 사르트르 번역을 통해 실존주의를 접하기 시작한 때부터 배태된 것으로 볼 수 있다.[26)]

문제는 그의 허무주의가 실존주의의 피상적 이해, 정확히 말하자면 자의적 이해에서 비롯된 것이며, 더 근본적으로는 사르트르의

---

26) 엄동섭은 김경린의 회고를 참조하여 박인환의 이념 변화가 "김경린과 함께 새로운 동인, 즉 後半期를 결성해가는 때"인 1949년 여름에 시작됐을 것으로 추정한다(「해방기 박인환의 문학적 변모 양상」, 『어문론집』 36집, 중앙어문학회, 2007.3, 229쪽). 또한 엄동섭은 그 당시가 박인환이 국가보안법 위반 혐의로 체포됐다가 풀려난 때임을 강조하고 있는데(같은 글, 228쪽), 이와 관련하여 정우택은 특히 1949년 10월부터 시작된 전향 공간에 주목, 이후 보도연맹에 동원되면서 박인환의 시가 "페이소스가 짙게 묻어나는 자기연민의 어조로 변화"됐으리라 보고 첫 전조로 1949년 3월에 발표된 시 「정신의 행방을 찾아」를 들고 있다(「해방기 박인환 시의 정치적 아우라와 전향의 반향」, 『반교어문연구』 32집, 반교어문학회, 2012.2, 314~317쪽). 둘 다 충분히 설득력 있지만, 필자는 1949년보다도 더 이전인 1948년 가을, 즉 사르트르의 실존주의를 번역하던 무렵부터 이미 박인환이 허무주의의 단초를 드러내고 있었다고 판단한다.

앙가주망을 외면 혹은 은폐해야 했을 만큼 문학의 실천적 가치에 대해 거리감각을 가져야 했던 당시의 개인적 사정과 무관치 않았다는 점이다. 한때 탈식민의 저항적 문법을 시화하다가 「시단시평」에서 보았듯 현실주의 시단 비판으로 급선회하게 된 배경에는 신시론 동인 결성이라는 계기도 있지만, 1947년 중반을 넘어서면서 가시화되기 시작한 좌익 세력의 패퇴가 실질적인 원인으로 작용하였다. 교류하던 문맹계 시인들의 잠적, 마리서사에까지 압박해 들어오던 전사회적인 금서 수색, 노농사와 연루된 혐의, 그로 인한 서점 운영의 타격 등은 박인환으로 하여금 더 이상 저항적 문법의 시 쓰기를 주저하도록 만들었을 것이며, 김병욱과 김경린의 갈등에서 김경린 쪽에 손들게 한 이유가 됐을 것이다. 『새 노래』를 비판하고 사르트르의 전향을 모른 척해야 했을 만큼 당시 그의 내면은 좌로부터 벗어나 있었고 또 벗어나야 했다. 불온성을 추궁 받지 않기 위해, 그래야만 온전한 생존이 가능했던 정부 수립기 반공 체제의 가속화 시기에 박인환으로선 과거 자신이 추구한 저항적 모더니즘을 용도폐기해야 하는 일종의 내적 딜레마와 실존적 결단에 처해 있었던 것이다. 실존주의에서 그가 고독과 절망을 읽어내고 싶어 했던 까닭이 여기에 있다.

3. 김경린의 기교적 모더니즘과 '後半期' 결성기의 조향

지금까지 논의했듯 신시론 동인은 일제 말기를 거치며 단절된 모더니즘 시의 부활을 알린 신호탄이었지만, 정작 김병욱 계 시인들과 박인환은 모더니즘 시의 새로운 방향에 관해 별다른 이론적 추구 없이 사라지거나 급변하던 정세 속에서 내적 동요의 상태에 처해 있었다. 실제로 이들 모두는 1949년 4월 『새도시』를 간행한 이후 해방기의 남은 기간 동안 일체의 시론적 발언을 하지 않았다. 그런 점에서 김경린과 조향이 주목된다. 김경린은 『신시론』에 「현대시의 구상성」이란 시론을 처음 발표한 뒤, 이후 동인들의 이합집산 속에서 『새도시』를 낸 후에도 「현대시와 언어」 등의 시론을 발표하였다. 조향은 신시론 동인 때부터 함께 한 사이는 아니지만, 해방 직후 마산과 부산에 거주, 경남 지역문단을 주도하는 위치에 서서 일찍부터 다수의 시론을 발표했으며, 이후 김경린을 만나 '후반기' 동인을 결성하면서도 「현대시 단상」 등을 통해 모더니즘 시의 방향성을 이론적으로 타진하고 있었다. 해방기에 김경린과 조향은 모더니즘 시의 본격적 이데올로그였던 셈이다.

신시론 활동 때부터 김경린은 시의 기교를 중시함으로써 김병욱계와 상이한 시각차를 드러내고 있었다. 김경린이 처음부터 전위적인 기교를 내세운 것은 아니다. 『신시론』 발간 당시의 김경린은 현대시의 위기가 변형과 왜곡의 데포르마시옹을 통해 혼돈의 세계를 창조해 왔기 때문이라고 진단한 후 그보다는 "이메이지의 受精膜的效果"로서의 주지적 이미지즘을 모색하고 있었다.

> 우리들의 새로운 詩的思考를 表現하기僞하야 하나의現實은 科學的인面에서 正確한 速度로採擇되어야하며, 그現實은 現實과現實과의 새로운結合에서 新鮮한繪畵的인 이메이지네이슌으로서 具象되여야한다. 이러한새로운 結合을 規定하는것은 詩的思考이며, 다시금 이 새로운思考에速度를 加하는것은 技術의綜合的액숀인것이다. 그러나 綿密한 計算을하여야한다. 우리의背後에는 무서운 새터이어의 世界가 따르고있는것이다. 새터이어는 詩를 危險케한다.
>
> — 김경린, 「現代詩의具象性」[27]

"新鮮한繪畫的인 이메이지네이슌"을 구상화하는 "技術의綜合的액숀"을 강조한 대목이다. 주목할 곳은 "하나의現實은 科學的인面에서 正確한 速度로採擇"돼야 하며 회화적 이미지로 형상화해야 한다고 한 부분이다. 1930년대의 김기림을 연상시키는 대목인데, 실제로 복간시집 『기상도』의 장정을 꾸몄을 정도로 김기림과 교류하려 했던 일정한 흔적이 발견된다. 특히 김기림의 주지적 모더니즘을 계승하려 한 점에서 김경린은 김병욱 계와 차이를 드러내고 있다. 하지만 정작 그는 1930년대의 김기림이 주장한 세타이어 문학에 대해선 회의적이었다. "새터이어는 詩를 危險케한다"에서 보듯 김경린은 김기림 시론에서 이미지즘론만을 전유하려 했을 뿐 세타이어의 비판적 시대정신에 대해선 부정적이었다.

엘리엇에 관해서도 김경린은 해방기의 김기림과 시각차를 드러낸다. 새로운 기교뿐 아니라 구라파의 병적 징후에 대한 "誠實하고도 綿密한診斷"까지를 엘리엇의 장점으로 본 김기림과 달리,[28] 김경린에게 엘리엇은 "새로운 타잎으로서詩人의態度와 테크닉에많은變化를 갖어" 왔으며 특히 "音響 이메이지 그리고 인테레트"의 주지적 기교를 구사한 점에서 "가장 尖端的인 言語를使用"한 시인으로 평가된다.[29] 엘리엇을 기교적 실험의 지평을 넓힌 시인으로만 고평한 것이다. 김경린의 엘리엇론은 『신시론』 간행 반 년 후인 1948년 11월에 작성되었다. 즉, 주지적 이미지즘을 내세운 『신시론』 때의 입장에서 더 나아가 본격적으로 "타잎", "테크닉"의 어휘를 구사할 정도로 기교적 모더니즘을 전면에 부각하기 시작한 것이다. 이는 동시기의 글 「지성의 해변」에서도 확인된다. "詩에잇서서 테크닉을

27) 김경린, 「현대시의 구상성」, 『신시론』, 산호장, 1948.
28) 김기림, 「T. S. 에리얼의 시: 노-벨 문학상 수상을 계기로」, 『자유신문』, 1948.11.7.
29) 김경린, 「그의 현대시 운동: 1948년 노-벨 문학상 수상자」, 『경향신문』, 1948.11.18.

無視함으로서 文學的 모랄을 保守하려는사람들이잇다. 그러나 (…중략…) 테크닉은最高의 모랄이라는것을아러야한다."[30] 이처럼 새로운 기교를 추구하는 실험 정신이야말로 그가 말한 "끄님업시 前進하는思考"의 의미였다. 전진하는 사고로서의 시론은 다음에도 나타난다.

(1) 低俗한 〈리알이즘〉에 對抗하기 爲하여 出發한 現代詩는 또한 偶然하게도 놀나운 速度를 갖고 온地球에 傳派되였다.

(2) 우리의 많은 先輩들도 自己 스스로가 〈모-던이스트〉임을 自處했고 또한 〈아방·걀트〉임을 자랑하였으나 그들은 너무나 强한 現實의 抵抗線을 넘어 新領土를 開拓하지 못하였기에 詩의 國際的인 發展의 〈코-스〉와는 正反對의 方向에 기우러져가고 말었든것이다.

(3) 詩의 世界도 하나의 歷史的인 〈코-스〉를 向하야 發展하여 가고 있는것이 嚴然한 事實이다. (…중략…) 詩는 結局에 있어서 前進하는 思考인것이다.

— 김경린, 「迷惑의年代」 서문[31]

(3)에서 보듯 "하나의 歷史的인 〈코-스〉"를 향해 전진하는 시적 사고를 강조한 글이다. 다만 '역사적 코스'의 함의가 무엇인지 명확치 않은데, (2)에서 기존의 모더니스트들이 "詩의 國際的인 發展의 〈코-스〉와는 正反對의 方向"으로 흘러왔다고 비판한 점으로 보아

---

30) K·R, 「지성의 해변」, 『자유신문』, 1948.12.3.

31) 김경린, 「미혹의 연대」 서문, 『새로운 도시와 시민들의 합창』, 도시문화사, 1949.

이들의 한계를 딛고 더욱 새로운 실험을 해야 한다는 취지에서 '역사적 코스'란 표현을 사용한 것으로 보인다. 이 같은 논지에서 (1)을 읽을 때 김경린의 문제의식이 보다 명료하게 드러난다. "低俗한 〈리알이즘〉"의 극복 그것이야말로 시의 발전적 코스를 위해 선결돼야 할 과제라고 그는 여긴 것이다. 특히 이 글이 『새도시』에 실렸음을 상기할 필요가 있다. 김병욱, 김경희, 김종욱이 탈퇴한 뒤에 작성된 이 글은 진보적 현실주의와의 갈등이 얼마나 심각했는지 알게 해준다. 실제로 『새도시』의 「후기」에서도 김경린은 "우리들은 어떠한 政治的인勢力에 貢獻하기 위한 모임이 않임은 自明"하며 "새삼스러히 政治를 말함은 僞善的인 行爲임에 틀님없다"라고 적어놓았다.[32] 일종의 선언을 통해 새로운 모더니즘의 지향에서 저항과 참여의 가치를 거세해 놓은 것이다.

『새도시』의 출간 후 본격적으로 김경린은 시의 기교에 관한 이론적 탐색에 착수한다. 「현대시와 언어」의 전반부에서 현대시는 "言語의 機能에 關한 새로운實驗"에서 출발했으며 "포름(form)에關한 새로운發見"에도 힘써야 한다고 운을 뗀 그는 시의 시각성과 청각성 양 차원의 관계를 검토하기 시작한다.[33] 음악성을 추구한 상징주의 운동은 실패로 돌아갔으며, 회화성에 기반한 이미지즘 운동 또한 난관에 봉착했다고 분석한 그는 대안으로 다음을 제시한다.

> 이마지스트와 이에 가까운 詩人들의 作品의 缺陷은 音樂에對한 關心이 적었기때문이라는 것보담은 오히려 이메이지의 構成에對한 明確한 指導原理를갖지못한데 原因을 두는 것이다. 要컨대 音에 關하여서든視

---

32) 김경린, 「후기」, 위의 책.

33) 김경린, 「현대시와 언어」, 『경향신문』, 1949.4.22.

覺的 要所에 關하여서든 그의 核心을 把握하므로서 그리고 그위에明確한 指導原理를 樹立하므로서 만이 새로운詩의 領土의開拓을 約束될것이요 더욱히 이두가지의 裁斷面은 意識的으로 惑은 無意識的으로 結合과離反을 反復하므로써 流動的으로 새로운 詩의發展에 도움이될것이 틀림없는 事實이다.

— 김경린, 「現代詩와言語」[34]

인용문은 두 가지 내용을 담고 있다. 첫째, 그는 과거의 이미지즘 시들마저 "缺陷"을 보였다고 평가하면서 그 원인으로 지도원리의 부재를 든다. 따라서 향후 요청되는 과제는 "明確한 指導原理를 樹立"하는 일이 된다. 둘째, 음악성과 회화성의 관계에 대한 관심이다. 그에 의하면 시의 음악성과 회화성 "이두가지의 裁斷面은 意識的으로 或은 無意識的으로 結合과離反을 反復"하면서 현대시의 역동적 발전에 도움을 줄 수 있다. 그런 점에서 이 글은 음악성과 회화성의 양 차원에 대한 지도 원리의 수립을 과제로 내세운 글로 볼 수 있다. 결론에서 새로운 언어의 실험을 강조했으나, 이전부터 반복된 주장에 불과하단 점에서 새삼 눈여겨봐야 할 대목은 바로 이 지점이라 할 수 있다. 그러나 당시의 김경린이 정작 음악성과 회화성의 문제에 관해 지도적 원리를 제시할 수 있을 정도로 이론적 수준을 갖췄는가에 대해선 회의적일 수밖에 없다. 실제로 이후 그는 이 문제에 관해 더 이상의 발언을 접고 침묵에 들어갔기 때문이다. 그런 점에서 김경린은 지도 원리의 구축에 관한 한 자신보다 역량 있는 다른 누군가를 찾아야 하는 실정이었다. 이때 만난 사람이 '후반기' 결성 과정에서 만난 조향이었다.

34) 위의 글, 1949.4.23.

音樂의 고용살이로서 병든삼보리즘의詩를 救하려고 새로운 깃빨을 든 무리들은 詩의 □□을 다했기때문에 포오마리즘이란 막다른 골목에서 窒息을했다. 詩에 있어서의 繪畫性을 그 포옴에서 追究한 한過誤가 아닐수없다. 詩에있어서의 새로운 繪畫性이란 言語의 構成에서비저지는 또렷한 이메이지(映像)이어야 할것이다. 이런 의미에서 音樂性과 繪畫性의 揚棄야말로 現代詩가 치루어야할 한 큰課題인 것이다.

— 조향, 「量과質의跛行」[35)]

김경린과 만나기 전의 조향의 시적 관심사가 나타난 글이다. 이 글에서 보듯 조향 또한 음악성과 회화성의 관계에 많은 관심을 기울였음을 알 수 있다. 사실 이 문제에 대한 조향의 관심은 더 이전으로 거슬러 올라간다. 해방 직후인 1946년 1월경에 김춘수, 김수돈, 탁소성과 마산에서 '낭만파' 동인을 결성, 『낭만파』를 주도적으로 간행했던 조향이 당시 가졌던 관심사 중 하나는 바로 낭만주의 시 이념의 새로운 모색이었다. 그가 보기에 과거 한국의 낭만주의 시는 센티멘털 로맨티시즘으로 통칭되는 감상적 산물에 불과했다. 그런 점에서 낭만주의를 "宇宙의 原始的인 갓밝이(黎明)", "無限", "樂園의 言語"를 통한 "理性에 對한 挑戰"으로 본 Huidobro의 시론을 번역 소개하면서,[36)] 조향은 "우리의 현대를 통찰함으로써 모더니칼"해질 수 있는 새로운 방식의 낭만주의를 구상하고 있었다.[37)] 낭만주의의 기저에 근대적 이성에 대한 문제의식이 자리하고 있음을 본 점에서 서구 낭만주의 사조의 핵심을 정확히 꿰뚫었다고 볼 수 있다.

---

35) 조향, 「양과 질의 파행」, 『평화일보』, 1948.9.2.

36) 조향 역, 「HUIDOBRO의 시론」, 『낭만파』 3집, 1947.1.

37) 조향, 「편집을 마치고」, 위의 책.

그럼에도 조향은 낭만주의의 또 다른 특징인 혁명적 정열과 진보적 이상에 대해서는 시종일관 비판적으로 접근하였다. 최초의 시론인 「전통·낭만·지성」에서부터 조향은 "'진보적'을 들고 나옵신 시인(詩人) 작가(作家)들"에게 "모름지기 浪漫을 배운 뒤에 知性을 공부"하라고 힐난하였다. 현실주의 시단이 지성은커녕 순수한 낭만에도 못 미치는 수준이라는 질책이었다.38) 그런 점에서 조향이 기획한 새로운 낭만주의란 우파적 필요성에 따라 진보적 열정을 소거한 형태를 띠고 있었다. 그에게 혁명적 정열의 추구는 그릇된 낭만주의에 불과했던 셈이다.39)

그렇다고 조향이 혁명적 낭만주의를 제외한 모든 형태의 낭만주의에 긍정적이었다는 것은 아니다. 앞서 언급했듯 그는 과거 한국시의 감상적 낭만성에 대해서도 부정적이었다. 특히 이후의 「단장」을 통해 그는 "몽롱한 분위기와 걷잡을 수 없는 세계에의 도피를 꾀한" 상징주의 시를 "말의 음악성에의 오롯한 길"을 걸었다는 이유에서 강하게 비판하였다. 따라서 그는 "노래 부르던 옛날의 시인에서 구성하는 현대의 시인", 나아가 현대의 생활어를 기반으로 한 "시의 구체성, 회화성(따라서 근대성)"을 대안으로 내세우게 된다.40) 음악

38) 조향, 「전통·낭만·지성: 머리말에 대신하여」, 위의 책. 여기에서 조향이 '낭만'부터 배우라고 말한 그 낭만을 혁명적 낭만주의로 볼 수 있느냐는 질문이 가능하다. 하지만 이 글 전체에서 사용된 '낭만'이란 글의 첫머리에 제시된 것처럼 "감정 감각 정열 정서의 순수하고 무량대한 비약(飛躍) 아름다운 파탄(破綻)"을 의미하는 심미적 낭만주의로, 초월적 '비약'과 예술적 '파탄'을 부정한 혁명적 낭만주의와 대립된다.

39) 좌파 문단에 대한 이 같은 조향의 반감은 해방기 내내 계속된다. 일례로 「역사의 창조」란 글에서 조향은 당대의 현실을 외세 추수적 '사대정신'과 민족 주체적 '자주정신'의 투쟁기로 보고, 전자의 예로 유물사관을 들면서 "唯物帝國主義의 思想侵略에서 우리들의 國土와 영혼을 직히자!"라고 부르짖는다(「역사의 창조」, 『죽순』 6집, 1947.10). 전조선문필가협회나 청년문학가협회 등 다른 우파 계열의 문인들에 비해서도 조향의 좌익 비판은 감정적이고 극단적이었다.

40) 조향, 「단장」, 『낭만파』 4집, 1947년 6~7월경.

성 대 회화성의 구도 속에서 후자의 이미지즘 시를 새롭게 요청한 것이다. 물론 회화성의 강조로 초점을 옮겨간 이상 음악성과 밀접한 관련이 있게 마련인 낭만주의를 주장했던 과거의 발언과는 모순이 생길 수밖에 없었다. 이 점을 의식한 듯 이후 그는 낭만주의에 대해선 한 마디도 하지 않았다. 『낭만파』 또한 「단장」을 발표한 4집을 끝으로 더 이상 발간하지 않았다.[41]

인용한 「양과 질의 파행」은 「단장」의 발표 이후 일 년이 넘은 침묵 끝에 나온 시론이다. 낭만주의에 대한 발언은 완전히 사라졌지만, 음악성과 회화성의 문제에 대한 생각은 보다 심화된 논리로 제시되어 있다. 상징주의의 음악성을 "병든삼보리즘(symbolism)"으로 비판한 태도는 여전하지만, 과격한 포말리즘 시에 대해서도 조향은 "막다른 골목에서 窒息"하고 말았다며 한계를 지적한다. 시를 단순히 "포옴에서 追究"한 형태주의의 과오를 벗기 위해선 선명한 이미지를 추구하는 "새로운 繪畫性"이 요구된다고 그는 말한다. 이미지즘을 내세운 점은 「단장」 때와 다를 바 없으나 이미지즘이 왜 필요한지에 대한 논리가 시사적(詩史的) 관점에서 보강된 셈이다. 상징주의의 음악성과 형태주의의 회화성을 지양하여 "또렷한 이메이지(映像)"를 추구해야 한다는 것이 1948년 9월, 즉 김경린과 만나기 일 년 전에 도달한 조향의 모더니즘 시 인식이었다.

「양과 질의 파행」을 김경린이 읽었는지 알 수 없지만, 적어도 1949년 여름에 두 사람이 처음 만난 자리에서 조향의 시관을 김경린이 들었으리란 점만큼은 충분히 예상할 수 있다. 음악성과 회화성의 관계, 이미지즘의 중시, 정치주의 시에 대한 반감 등 두 사람이 그간

41) 『낭만파』의 종간에는 동아대 전임강사로 부임하여 부산으로 옮겨가게 된 개인적 사정도 한 이유가 되었다.

품어왔던 관심 분야와 문제의식은 놀라울 만큼 흡사했던바 이것이야말로 새로운 모더니즘의 깃발 아래 두 사람을 곧바로 의기투합하게 한 계기가 된 것으로 볼 수 있다. 특히 음악성과 회화성에 관해 "明確한 指導原理"가 필요했던 김경린으로선 이 문제에 지속적으로 천착해 온 조향이야말로 새로운 동인의 지도적 이론가로서 적임자가 아닐 수 없었다. 서로의 만남 이후 이들은 곧바로 박인환의 인적 네트워크를 통해 '후반기'(後半期) 동인을 결성한다.[42)]

그렇다고 김경린과 조향의 관계가 일방적이었던 것은 아니다. 조향 또한 김경린과의 교류에서 일정한 영향을 받고 있었다. 이는 후반기 결성 직후 발표된 「정리기서 본궤도로」에서부터 발견된다.[43)] 이 글은 영남 지역의 문화 상황에 대한 현장 비평의 형태를 띠고 있다. 당시 동아대 교수로 재직하던 조향은 1949년 7월 17일 부산에서 결성된 '전국문화단체총연합회 경남지부'의 출판부장을 맡고 있었다.[44)] 직책으로 보아 경남 지역의 출판물 현황에 환했을 것이고 당시 극우 일로에 있던 문총에 몸담았던바 반공 이데올로기에 입각하여 부산 일대에 "붉은制服의 勞動文化人들"이 잔존하고 있음을 고발하고 있다. 특히 유력 일간지 『서울신문』의 기고문임으로 보아

42) 이한직의 주선으로 조향을 만난 김경린은 이후 조향에게 박인환을 소개했으며, 박인환은 김차영, 이상노, 배 모씨를 동인에 넣자고 제의한다. '후반기'란 명칭은 박인환의 아이디어로 알려져 있다. 1949년 여름에 결성된 후반기는 김경린, 조향, 박인환, 이상노, 이한직 등 다섯 명의 동인과 김차영, 배모씨 등 두 명의 준동인 체제로 출발한다. 전쟁 직전 동인지 발간을 준비하던 시기에 임호권도 가세한 것으로 보인다. 이후 전쟁을 거치면서 이상노, 이한직이 탈퇴하고 김규동, 이봉래가 가세하면서 동인 형성이 완료된다. 1952년 6월 6일 『주간국제』의 「후반기문예특집」을 보면 김경린, 조향, 박인환, 김규동, 김차영, 이봉래가 공식 멤버로 나와 있다. 하지만 그 직후인 1952년 7월 하순경 부산에서 박인환의 반대에도 불구하고 남은 동인들의 전원 가결로 후반기 동인은 해체되었다.

43) 조향, 「정리기서 본궤도로: 작년 영남 문화계의 개관」, 『서울신문』, 1949.9.4.

44) 이순욱, 「광복기 부산 지역 문학사회의 형성과 창작 기반」, 『석당논총』 50집, 동아대 석당전통문화연구원, 2011, 107쪽.

"左翼文化人들의 整理工作"을 외친 그의 주장은 당시 중앙 문단에 상당한 파급력을 줬으리라 짐작된다. 제목에도 나타나듯 조향은 잔존한 좌익 문화인들을 "可及的짧은 동안에정리해버린 다음 우리는 文化運動의本軌道로 突入해야" 한다고 촉구하였다. 그렇다면 그가 내세운 '문화운동의 본궤도'란 무엇일까.

> 技術, 技巧가 重視되지않는곳에 藝術은없다. 技術技巧를通하지아니한 想이란 藝術의史前史이지藝術그것은아니다. (…중략…) 언제나 口號로만 새로운 內容에 따르는 새로운技術方法論이 具體的으로 피나게 提出되어야할것이 아닌가? 問題는 한가지로 現代人의生理와論理에 알맞는 技術 그것에달려있는것이다. 새로운角度와 새로운技巧를들고 나오는新世代만이 이 世紀의寵兒가될것이다.
>
> — 조향, 「整理期서本軌道로」45)

한눈에 봐도 기교주의를 향후 문화운동의 과제로 제시하고 있음이 확인된다. "새로운角度와 새로운技巧를들고 나오는新世代"란 바로 후반기 동인을 암시한 표현이며, 이들 신세대만이 "이 世紀의寵兒"가 되리라고 그는 말한다. 조향의 시론에서 '기교', '기술' 등의 어휘가 부각된 것은 이 글이 처음이다. 즉 후반기 결성 직후 발표된 이 글에서 시의 기교를 늘 강조해 온 김경린의 목소리가 확연히 발견되는 것이다.

이후에도 조향은 김경린처럼 기교적 모더니즘을 외치는 방향으로 계속 나아갔다. "藝術에있어서의 엑쓰페리멘트란 항상 (…중략…) 內容的인面보다表現의 技巧的인 面에 適用되는것"이라는 발언이나 "씨

---

45) 조향, 「정리기서 본궤도로: 작년 영남 문화계의 개관」, 『서울신문』, 1949.9.4.

크라멘과 산테리아와 파아카아드와 쌕쓰폰과 裸體群像"의 현대적 소재를 거론하면서 "素材面의 엑쓰페리멘트는 表現 技巧에 있어서의 엑쓰페리멘트를 必然시키는것"이라고 한 주장에서도 기교 우선주의로 기운 그의 모습을 읽을 수 있다.[46] 실제로 『문예』 지의 최근작들을 평한 「실험 없는 세대」에서 조향은 오상순, 유치환, 김광섭, 장만영, 김상용, 김영랑, 노천명, 모윤숙, 김달진, 박두진, 구상, 서정태 등 숱한 시인들의 작품을 공격하면서도 김경린만큼은 "이 새로운 모던이스트를 위해서 祝杯를 들기로 하자!", "朝鮮의現代詩를 위해서 +×할수있는 詩人"이라며 격찬을 아끼지 않았다. 같은 후반기 동인인 이한직의 시를 두고 "아직도 갈팡질팡"이라고 비판한 모양새와도 대조적이었다.[47] 후반기에 참여하면서부터 조향은 김경린의 영향 속에서 시의 기교를 전면화하는 방향으로 모더니즘 시의 이념을 구축하고 있었던 것이다.

물론 기교적 모더니즘으로 기운 조향의 변화를 단순히 김경린과의 친분 및 영향 관계 때문만으로 해석해도 무방하다는 것은 아니다. 이 문제의 온전한 해명을 위해선 김경린과의 외적 관계뿐 아니라 조향 자신의 내적 문제까지에 대한 검토가 필요하다. 조향이 좌익의 정치주의 시단에 깊은 반감을 보여 왔음은 이미 언급한 바와 같다. 그가 기교주의를 주창하게 된 보다 근본적인 이유 또한 이와 무관하지 않았다.

> 詩의進化란 어디까지나 方法論의 메카니즘 곧技巧의 歷史가아닐수없다. 解放以後 무척 쏟아져나온 '붉은 詩人'들을 볼때얼핏 보기엔 새로운

46) 조향, 「실험 없는 세대: 최근 우리 시단 개평」, 『서울신문』, 1950.1.25.

47) 위의 글, 1950.1.26~27.

> 對象과 主題를 들고 나온것처럼뵈지만 (…중략…) 지금 새삼스레珍奇하다고 呶呶할 것도 고마울것도없는 것이다.
>
> — 조향, 「現代詩斷想」[48]

"붉은 詩人들"에 대해 비판한 대목이다. 주목할 점은 조향 또한 문맹의 현실주의 시들이 지닌 일종의 새로움을 반어적이나마 거론하고 있었다는 사실이다. 변혁적 시들이 "얼핏 보기엔 새로운 對象과 主題를 들고 나온것처럼" 보인다는 진술이 그것이다. 인용문은 정치성과 실천성의 시들이 '소재'와 '내용'에선 새로워 보이지만 기교의 새로움까지는 이르지 못했다는 비판을 담고 있다.

실제로 해방기에 정치적 열망을 시로 분출한 사건은 과거에 보기 힘든 유례없는 사건이었으며 그 자체가 당시로선 곧 새로운 시적 사건이었다. 우익 문단에서 정치주의 시를 비판한 논리는 크게 두 가지였다. 하나는 미적 형상화가 부족하다는 것이었고(순수성·예술성의 논리), 또 하나는 맑시즘이라는 외래 사조의 일시적 유행에 휩쓸리고 있다는 것이었다(민족성·영원성의 논리). 정치주의 시를 시류적 유행이라며 비판해야 했던 사실은 거꾸로 변혁적인 시들이 해방기 문단에 '새로운' 물결로 유통되어 왔음을 알려 준다. '맑스 보이'란 말이 유행할 정도로, 김상훈·유진오·이병철 등의 신인들이 '전위시인'으로 호명됐을 정도로 해방기에 시의 정치성이란 분명 새로움의 가치와 동의어였다. 그런 점에서 조향으로선 정치주의 시들의 성행을 '낡은 유행'으로 타자화할 수 있는 또 다른 시의 새로움을 논리적으로 개발해야 했다. 그 결과가 '붉은 시=내용, 주제의 새로움' 대 '모더니즘 시=기교의 새로움'이란 구도의 설정이었고, 이를

48) 조향, 「현대시 단상」, 『서울신문』, 1949.10.26.

통해 후자를 부각한 조향은 전자의 새로움에 대해 "새삼스레珍奇하다고" 할 필요 없다며 애써 일축하는 태도를 보여야 했던 것이다. 이처럼 조향이 내세운 기교주의는 문맹 시단의 내용 우선주의를 비판적으로 상대화하기 위한 의도의 산물이었다. 이로써 해방 이후 모더니즘 시의 새로운 이념 구축 과정에서 저항과 참여의 가치는 절하, 말소되기에 이른다. 후반기 동인의 이론적 지도자였던 조향은 정치도 순수도 아닌 제삼의 길로서 기교적 모더니즘을 제시했지만, 그 새로운 모더니즘 또한 해방기의 좌우 이념 대립으로부터 온전히 자유로울 순 없었던 것이다.

4. 실천과 기교, 모더니즘의 가능성과 그 축소

지금까지 신시론과 후반기 동인의 시론들을 살피면서 내부적으로 이들이 상호 길항하게 된 배경과 원인, 과정, 그리고 결과 등을 해방기의 시대적 상황과 결부 지어 논하였다. 또한 모더니즘의 참여적 가치로부터 박인환이 이탈하게 된 경위를 분석하고, 김경린과 조향이 서로의 영향 속에서 강화해나간 기교적 모더니즘의 성격을 조명하였다.

1947년 후반에 새로운 시를 기치로 내걸며 등장한 신시론 동인의 내부에는 출발부터 참여의 '내용'과 기교의 '형식'을 추구하는 복수의 모더니즘이 불안하게 공존하고 있었다. "技術의綜合的액숀"을 내세우며 회화적 이미지즘을 추구한 김경린과 달리, 문맹 출신이었던 다수의 김병욱 계 시인들은 시의 정치적 참여와 진보적 실천을 중시하면서 저항적 모더니즘을 표방하고 있었다. 김기림에 대해서도 이들은 1930년대의 『기상도』보다 해방 후의 시집 『새 노래』에 호의적이었던 바 정치 현실을 포괄하는 광의의 모더니즘관을 보이고 있었다. 모더니즘 시의 방향성을 두고 전개된 김경린과 김병욱 계의 갈등은 『신시론』을 출간한 이후인 1949년 초 김병욱 계의 탈퇴로 일단락되었다.

박인환의 경우는 1947년부터 「인천항」, 「남풍」, 「인도네시아 인민에게 주는 시」를 통해 탈식민주의에 입각한 저항의 시들을 써오고 있었다. 하지만 신시론을 결성한 뒤 그의 시관은 변화를 겪는다. 첫 동인지에 발표한 「시단시평」에서 그는 "險惡한 現實의 反抗"을 외친 시들을 비판하였다. 이후에도 김병욱 계와 달리 『새 노래』의 "宣傳性과刺戟性"을 우려하고 반면에 『기상도』를 창조적인 모더니즘의 유산으로 고평하였다. 실존주의를 소개할 때에도 박인환은 사르트르의 맑시즘적 전향과 실천에 대해 번역하지 않았으며, 실존주의를 고독과 절망의 철학으로 인식하고자 하였다. 이 같은 박인환의 변모는 김경린과의 교유 때문이지만, 근본적으로는 1947년 하반부터 가시화되기 시작한 좌익 세력의 패퇴 및 이에 따른 개인적 신변의 변화와 밀접한 관련이 있다. 한때 자신이 추구한 저항적 모더니즘을 용도폐기해야 하는 딜레마 속에서 박인환은 『신시론』 간행 때부터 내적 동요를 겪고 있었던 것이다.

김경린의 경우는 신시론 결성기부터 시종일관 기교적 모더니즘을 주장하였다. 그 또한 복간시집 『기상도』의 장정을 꾸밀 정도로 김기림과 교류했고 실제로 1930년대 전반의 김기림 시론을 복화하고 있었지만, 김기림 시론에서 이미지즘론에만 관심을 뒀을 뿐 세타이어의 비판 정신에 대해선 회의적이었다. 해방기의 정치주의 시들에도 부정적이었던 그는 『신시론』 발간 이후 본격적으로 '테크닉', '타입' 등의 용어를 부각하였고 특히 음악성과 회화성의 관계에 많은 관심을 기울였다. 신시론이 해체된 후에 그는 새로운 동인의 결성을 위해 조향을 만난다. 조향 또한 음악성과 회화성의 문제에 천착해 오고 있었으며 이미지즘의 중시, 현실주의 시단에 대한 반감 등 사실상 김경린과 동일한 관심 분야와 문제의식을 보여오고 있었다. 때문에 두 사람은 곧바로 의기투합하여 후반기 동인을 결성할 수 있었다. 이후 조향은 시의 기교주의를 더더욱 전면에 내세우게 된다. 일차적으로 이는 김경린의 영향 탓이지만, 보다 근본적인 이유는 실천주의 시단에 대한 뿌리 깊은 반감 때문이었다. 조향이 앞세운 기교의 새로움은 곧 변혁적 시들의 소재적, 내용적 새로움과는 다른 종류의 새로움을 내세워야만 했던 일종의 반공 이데올로기적 기제 속에서 작동되고 있었다.

이처럼 해방기의 모더니즘 시운동은 표면적으로는 좌도 우도 중간파도 아닌 제삼의 새로운 시를 표방했으나 김병욱과 김경린의 갈등, 김병욱 계의 이탈, 박인환의 변모, 김경린과 조향에 의한 기교주의 천명에서 보듯 참여냐 예술이냐, 내용이냐 형식이냐 등의 당시 좌우 이데올로기와 착종된 면모로부터 온전히 자유로울 수 없었다. 물론 이 사실로 이들 동인의 가치를 절하해야 한다는 뜻은 아니다. 서두에서 밝혔듯 모더니즘이야말로 변전하는 당대의 모더니티와 긴밀한 상호작용을 가지는바, 이들 동인이야말로 모더니즘의 역동적 반응을 공시적으로 구현한 해방 공간의 대표적 사례로 볼 수 있기 때문이다.

통시적으로 볼 때도 이들의 모더니즘 시론은 1930년대와 전후(戰後)를 잇는 매개적 지점에 위치한다는 점에서 시사적 연속성의 의미를 부여 받을 수 있다. 특히 이들의 등장은 일제 말기를 거치며 단절된 모더니즘의 부활을 알린 신호탄이었다. 그럼에도 이들이 추구한 '새로운 모더니즘'이 1930년대 중반의 김기림에 비해 얼마나 유의미한 성취를 보였는가에 대해선 의문이다. 내용과 형식, 고전주의적 지성과 낭만주의적 인간성의 종합을 통해 문명 비판적 시대정신까지를 도모한 김기림의 전체시론을 상기해볼 때 그렇다. 김병욱 계와 김경린 계 모두 김기림의 계승을 내세웠지만, 사실상 양쪽 모두는 주지적 기교주의와 비판적 시대정신의 종합이라는 전체시론의 성취 중 어느 한쪽을 사상(捨象)한 채 성립된 것이었단 점에서 다분히 가치 축소적인 방향성을 띨 수밖에 없었다. 이 사상의 과정에 좌우 이념의 충돌이라는 해방기의 당대적 특수성이 작용하고 있었음은 물론이다. 만약 김병욱 계와 김경린 계가 이 충돌을 어떻게든 끌어안고 나아가려 노력했다면, 이들이 표방한 '새로운 모더니즘'은 1930년대 김기림의 성취 위에서 출발하여 보다 진전된 지점으로 나아갔을지 모른다. 하지만 김병욱 계는 시의 형식적, 기술적 문제를 도외시함으로써 모더니즘 시를 실천의 원리에서만 이해하였다. 게다가 이들의 이탈은 너무나 빨랐고 그로 인해 그마저 있던 비판적 시대정신의 추구마저 종식되었다. 반면에 김경린과 조향은 비판, 저항, 참여 등의 실천적 가치를 새로운 모더니즘의 영역에서 추방하였다. 이로써 한동안 한국의 모더니즘 시는 1960년대의 김수영을 만나기 전까지 모더니즘과 기교주의를 등가적으로 이해하는 또 하나의 편향된 길로 접어들게 되었다.

8장

김종삼 시와 근대 회화

: 추상미술의 영향을 중심으로

김종삼은 전후(戰後) 모더니즘을 대표한 시인들 중 한 사람으로, 『신세계』에 「園丁」을 발표한 1953년부터 1984년 타계할 때까지 그만의 독창적인 시세계를 선보였다. 생전에 그에 대한 연구는 잡지 월평 등에서 시도되다가 사후에 본격적으로 전개되었다. 지금까지 주제론적 연구들은 그의 시세계를 전쟁체험, 고향상실, 현실과의 불화, 방황의식, 부재의식, 죽음의식, 죄의식, 이원론적 세계관, 평화지향성, 천진성, 순수미학주의 등의 함수들로 독해해 왔다. 초기의 난해한 미학주의에서 후기로 갈수록 일상의 이웃을 껴안는 현실주의로 이행했다는 식의 변모 과정을 살핀 연구 또한 주제론적 접근의 또 다른 줄기를 형성해 왔다.

이상의 성과들을 통해 김종삼의 시세계는 현재 상당 부분 밝혀졌다 해도 과언이 아니다. 이와 더불어 음악과 회화 등 타예술에 대한 시인의 애착이 종종 거론된 바 있다. 하지만 개인의 호사가적 취미 또는 예술지상주의의 지향 정도로 소략하게 취급된 감이 없지 않다. 이는 인접예술에 대한 시인의 관심이 잘 알려진 전기적 사실인 탓도 있고, 예술지상주의라는 용어에 대한 학계의 암묵적 시선이 작용한 때문으로도 여겨진다. 어쨌든 이 논문은 김종삼이 시인이기에 앞서 평생 스스로를 한 사람의 '예술가'로 자각했던 점에 주목하고자 한다.[1] 생전의 그는 동시대 시인뿐 아니라 화가, 음악가와도 교류를 했다. 그가 꿈꾼 사후세계란 것이 온갖 장르의 예술가들이 모여 사는 공동체였을 정도다. 순수미학을 추구한 그는 현실의 재현이나 참여보다는 시어 자체의 조탁에 우선 심혈을 기울였다. 예술가로서의 자의식은 그 자체 사실로써 그의 시세계를 해명하기 위한 좋은 참조가 된다. 회화, 음악의 기법이나 조형이념이 어떤 방식으로든 그의 시에 도입됐으리란 전제에서 이 글은 출발한다.

사실 인접예술과의 상관성에 주목한 선행 연구가 없지는 않았다. 특히 음악의 경우는 몇몇 주목할 만한 성과가 있었다. 김종삼 시가 '무관심의 리듬'을 띠었다는 것이나,[2] 음악·소리가 그의 시의 환상공간을 창출했다고 언급한 경우가 그것이다.[3] 이숭원은 그의 상당수 시가 음악의 환상 창조 방법과 유사한 '명암(明暗)과 정동(靜動)의 대위법적 구성'을 가졌음을 분석했다.[4] 오형엽의 연구는 그의 시에 작용한 음악의 기능을 본격적으로 해명한 시도였다. 그는 김종삼 시의

1) 김종삼의 시에는 시인뿐 아니라 타 영역의 예술가들도 많이 등장하며 그 인명들은 고전에서 현대에 이르기까지 다양하다. 시를 쓸 때에도 그는 다양한 예술가들에게서 영감을 받고 싶어 했다. "스테판 말라르메의 준엄한 채찍질 畵家 반 고호의 狂氣어린 熱情, 불란서의 건달 장폴 사르트르의 풍자와 아이러니칼한 饒舌, 프랑스樂團의 세자르 프랑크의 古典的 체취-이들이 곧 나를 도취시키고, 고무하고, 채찍질하고, 詩를 사랑하게 하고, 쓰게 하는 힘이다."(「먼 시인의 영역」, 『문학사상』, 1973.3)

2) 서우석, 「김종삼: 무관심의 리듬」, 『시와 리듬』, 문학과지성사, 1981.

3) 조남익, 「장미와 음악의 시적 변용」, 『현대시학』, 1987.2; 이명찬, 「라산스카, 낯선 아름다움」, 『작가연구』, 2003.10.

4) 이숭원, 「김종삼 시의 내면 구조」, 『근대시의 내면 구조』, 새문사, 1988.

풍경이 소리나 음악의 울림을 배면에 거느린 '풍경의 배음' 기법으로 조직됐음을 밝혔다.5)

하지만 음악과 관련된 이상의 예에 비해 회화의 영향을 추적한 사례는 별반 없다시피 하다. 시의식이나 시의 형식적 특성에 대한 고찰을 통해 김종삼 시가 '추상성'에 기반했음을 밝힌 논의들이 추상미술의 흔적을 일부 언급하긴 했으나 산견에 그쳤다.6) 이 논의들은 김종삼 시의 내용과 형식 등 시 자체의 내부적 요소에 주목한 것이라 할 수 있다. 따라서 아직까지 타예술로서의 미술과의 연관성은 본격적으로 해명되지 못한 실정이다. 대상을 극히 단순화한 김종삼 시가 몬드리안의 회화와 닮았다는 견해가 제출된 바 있으나 짧은 인상적 산견이었다.7)

---

5) 오형엽, 「풍경의 배음과 존재의 감춤」, 송하춘·이남호 편, 『1950년대의 시인들』, 나남, 1994.

6) 김종삼 시의 '추상성'을 처음 언급한 이는 이승훈이다. 그는 시인이 타락한 현실의 유기적 공간에서 추상적 공간으로 이탈하고자 '추상적 미'를 추구했다고 보았다(「30년의 강가에서」, 『현대시학』, 1975.9; 「유기적 공간과 추상적 공간」, 『문학사상』, 1978.3). 김종삼 시가 이처럼 추상성을 띠게 된 이유는 시인이 현실에 없는 고전주의적 이상을 추구했기 때문이란 논평과(김준오, 「고전주의적 절제와 완전주의」, 『도시시와 해체시』, 문학과비평사, 1992), 역설적으로 일상적 삶의 훈기를 갈망했기 때문이라는 견해가 있다(최동호, 「한국 현대시사의 전개」, 『한국현대시사의 감각』, 고려대 출판부, 2004). 보다 본격적으로 김종삼 시의 추상성을 살핀 연구자로는 권명옥, 김승희가 있다. 이들의 연구는 시 의식뿐 아니라 시어, 구문, 화법 등 형식적 자질에로까지 분석을 확대한 의의가 있다. 권명옥은 시인이 실향민으로서의 상실감과 소외감을 추상성의 '강밀한 시어' 속에 숨겨놨는데(「추상성 시학」, 『한양어문』 17집, 한양어문학회, 1999, 125·128·135쪽), 이 추상성의 시어는 개인적 삶의 고난과 현실 역사의 비극을 암시한 소위 '황야시편'에서 두드러진다고 보았다(「은폐성의 정서와 시학」, 『한국시학연구』 11집, 한국시학회, 2004.11, 169~171쪽). 김승희는 김종삼의 시세계를 자본주의적 욕망 팽창에 저항한 아방가르드적 '미니멀리즘 시학'으로 규정하고, 그의 시의 추상성이 미니멀리즘 예술의 특징인 자아의 감소와 서술의 축소에 기인한 것이라 보았다(「김종삼 시의 전위성과 미니멀리즘 시학 연구」, 『비교한국학』 16권 1호, 국제비교한국학회, 2008.6). 이상의 논의들은 내용과 형식 등 시 자체의 '내적 요인'을 통해 추상성을 해명한 공통점을 보이고 있다.

7) 이기철, 「추상의 두 세계」, 『심상』, 1985.7. 그에 의하면 추상회화는 '시각을 단순화시킨

그런 점에서 최근 류순태의 논의는 현대미술의 영향에 주목한 최초의 본격 연구란 점에서 의의를 가진다. 그의 논문은 김종삼 시가 구체적으로 (후기)인상파와 앵포르멜 미술을 도입했음을 추적하였다. 그에 따르면 김종삼 시의 '잔상효과'는 (후기)인상파의 회화적 기법과 유사하며, '대상의 물질성'을 강조하여 정신성을 추구한 작법은 앵포르멜 운동의 수용을 보여 준다.[8] 잔상효과를 인상파 화풍의 일환으로 해명한 것은 설득력이 있지만, 앵포르멜과 관련한 고찰은 아쉬움을 남긴다. 김종삼이 시어의 '물질성'을 부각했다는 것은 이해되나, 앵포르멜의 또 다른 특징인 '즉흥성'에 의지했는지에 대한 질문과 논의가 필요하기 때문이다.[9] 또한 앵포르멜이 20세기 추상회화의 공통 지반을 전적으로 이탈한 것이 아님을 감안할 때, 이차대전 이전에 구축된 추상회화의 기본 조형이념까지를 참조해야 김종삼 시의 회화성이 해명될 수 있으리라 판단된다. 더불어 한국의 앵포르멜 운동과 그 특수성도 고려돼야 할 것이다.

김종삼이 음악뿐 아니라 회화에도 많은 관심을 가졌다는 것, 「앙포

경우'와 '환상적이고 복잡한 것으로 만든 경우'가 있는데, 김종삼과 김영태의 시는 전자에, 오규원과 정현종의 시는 후자에 해당한다. 각 시인별로 한 편씩의 시만을 제시하여 인상비평적 소감에 머문 아쉬움이 있지만, 회화와 관련한 최초의 견해였다는 의의가 있다.

8) 류순태, 「김종삼 시에 나타난 현대미술의 영향 연구」, 『국어교육』 125집, 한국어교육학회, 2008.2.

9) 기존의 '기하학적 추상'이 이성적 구도의 질서를 차분히 계산한 논리적 작업이었다면, 앵포르멜 추상미술은 "내면의 자발성과 본능의 폭발적 힘에 의한 감정의 분출이 만들어 내는 우연적 효과"를 추구하였다(김현화, 『20세기 미술사: 추상미술의 창조와 발전』, 한길아트, 1998, 199쪽). 류순태의 앵포르멜 논의는 이 '우연성'을 고려하지 못한 아쉬움을 남긴다. 김종삼 시가 앵포르멜의 구속 아래서 과연 얼마나 즉흥적으로 시를 썼는가란 질문이 필요한 것이다. 김종삼의 산문 「의미의 백서」(『한국전후문제시집』, 신구문화사, 1961)를 보면, 릴케의 언어관을 거론하면서 자신 또한 심사숙고하여 오래도록 다듬는 시를 쓰겠다는 진술이 나온다. 이를 고려할 때 그가 비록 앵포르멜에 관심을 가졌더라도 그의 시 「앙포르멜」을 유럽 앵포르멜 조형이론의 대입으로 보기란 다소 무리일 수 있다. 구체적 이유는 본문에서 논하기로 한다.

르멜」이란 제목의 시를 썼으며 "지금까지 쓴 1백여 개 가운데서 이 〈돌각담〉 〈앙포르멜〉 〈드뷔시 산장부근〉 등 3, 4개 정도가 고작 내 마음에 찬다"고 말할 정도로 이 시에 애착을 가졌다는 것,[10] 그럼에도 앵포르멜 식의 '즉흥성'과 '우연성'에 기대어 시를 쓰진 않았다는 것, 일부 선행 논의들이 그의 시세계에서 추상성을 감지했다는 것 등을 고려할 때, 회화에 대한 시인의 관심은 20세기 추상미술 전반에 걸쳐 있었다고 전제해 볼 수 있다. 이 글은 현대 추상회화의 조형 이념 및 기법이 김종삼의 시에 어떻게 수용됐는지 고찰하고자 한다. 이를 위해 우선 필요한 것은 현대 추상미술의 회화적 원리를 점검하는 일일 것이다.

1. 추상미술의 조형론과 앵포르멜

추상미술은 20세기에 탄생된 현대 회화의 혁신적 조형운동이다. 일차대전이 발발할 무렵의 유럽에서 1910년대에 탄생했는데, 『예술에서의 정신적인 것에 대하여』(1910)를 쓴 칸딘스키에게서 시작됐다는 것이 일반적 견해다. 넓은 의미에서 추상이란 "자연을 재현하지 않는 미술의 양식"으로, 현실 재현의 노력을 버리고 "평평한 화면 위에서 색채와 형태의 질서와 조화를 탐구"하는 것이다.[11] 20세기 이전의 미술이 투시원근법, 공기원근법, 명암론, 음영법, 해부학 등에 의해 사실적 모방을 견지했다면, 추상미술은 이로부터 벗어나 점, 선, 면, 색채 등 회화의 기본 질료들이 이루는 "그 자체의 독립된

10) 김종삼, 「먼 시인의 영역」, 『문학사상』, 1973.3.

11) 김현화, 『20세기 미술사: 추상미술의 창조와 발견』, 한길아트, 1998, 9·20쪽.

질서와 구조에 의해 현현"되는 평면을 추구한다. 이는 회화를 외부 묘사를 위한 도구가 아니라 "회화 자체의 자율성"을 추구하도록 이끈다. 따라서 추상화의 선, 면, 색채들은 "다른 목적에 상응되는 의미체계"가 아니다.[12] 그것들은 주어진 기의에 종속된 기표가 아니라 새로운 기의를 창출하는 기표들이다.

이처럼 추상미술은 '질료들의 일정한 질서' 자체의 구현을 추구하는바, 재현의 도구적 목적을 벗어난 '순수미학주의'에 해당된다. 대상 재현의 이탈이란 문제에 주목하자면, 칸딘스키 이전의 조형 문맥들도 추상회화와 선조적 관계에 있기에 추상적 미술로 평가된다. 인상주의는 자연의 모방에서 벗어나 빛에 반응하는 '주관'의 시각적 경험을 드러냈다. 후기인상주의는 자연 대상을 불변의 몇 가지 단순한 기하학적 형태로 '요약'했으며, 높이의 원근법을 통해 회화 고유의 '평면성'을 실현했다. 야수파는 '색채(색면)'를, 표현주의는 주체의 내적 감정을 자율적 질료로 해방시켰다. 야수파가 색채를 해방시켰다면, 후기인상주의에 영향 받은 입체주의는 다시점에 의해 해체된 '형태'의 자율성을 이룩했다. 한 예로, 배경이 형태가 되고 형태가 배경이 되는 식인데, 이는 형태와 배경을 달리 처리하여 원근감을 재현했던 전통적 시도와의 단절에 해당한다.[13]

외부의 묘사에서 완벽히 벗어난 회화도 있고, 대상을 왜곡시킨 수준에서 재현의 흔적을 남긴 회화도 있지만, 대상의 모방에서 이

12) 오광수, 『추상미술의 이해』, 일지사, 1988, 55·62쪽.

13) 하지만 큐비즘 회화가 다시점을 통해 수많은 각도에서 본 형태들로 대상을 분해했더라도, 이 해체된 형태들은 대상의 완전한 복원을 위해 논리적으로 재조립됐단 점에서 "현실대상을 회복"하려 한 방향성을 띤다. 이를 두고 "이들의 의도엔 추상은 존재하지 않았다"라고 할 수 있지만(오광수, 위의 책, 82쪽), 그럼에도 "기존질서와 전통성을 파괴하는 감수성"의 혁신을 꾀했다는 점에서 큐비즘은 추상미술의 시대정신과 무관하지 않다(김현화, 앞의 책, 72쪽).

탈하려는 일체의 시도는 추상 작업으로 평가될 수 있다. 추상미술은 주관의 감정과 정신성의 투영, 대상의 요약을 통한 단순형태화의 시도, 이차원적 평면성의 지향(삼차원적 원근법의 거부), 질료들(점·선·면·색채·형태)의 자율성 추구, 질료들 자체의 관계로 구성되는 조형적 질서에 대한 탐구 등으로 회화를 재현의 도구적 기능에서 해방시켰다. 김종삼 시의 추상회화적 속성을 확인하려면 이 같은 조건들의 충족 여부부터 살펴야 할 것이다.

아울러 김종삼의 시세계가 추상미술의 다양한 사조들 가운데서 어떤 경향에 근접했는지를 따지는 일도 필요하다. 이차대전을 기준 삼아 전전의 추상화적 문맥은 '기하학적 추상'으로 불린다. 몬드리안, 칸딘스키, 말레비치의 절대주의, 러시아 구성주의 등으로 대변되는 그것은 선·면·색채·삼각형·사각형·원 등으로 환원된 요소들끼리의 기하학적 구성을 꾀한 회화로, 논리적·계산적·이성적 특징을 띤다. 어떤 완전무결한 형태 질서를 사유하려는 시도로서,[14] 근대의 이성과 과학 문명이 전쟁 청산과 유토피아 건설을 가져올 것이란 믿음에 기반하고 있었다.[15] 그러나 이차대전의 참상은 이성적 신념에 기초한 모든 가치들의 붕괴를 목도하게 했으며, 기존 질서에의 전면적 회의와 거부를 낳았다. 이 같은 상황에서 전후의 유럽과 미국에서 태동한 추상미술은 각각 '앵포르멜'과 '액션 페인팅'으로 불리는데, 이 둘은 내적 감정을 화폭에 직접 표현한 점에서 '추상표현주의'로 명명되기도 한다. 가치 전도의 시대에서 비롯된 회화이므로 질료들의 정제, 질서, 조화를 계산한 기하학적 추상과 달리 우연성의 작업으로 우연적 효과의 창출을 노렸다. 한국에는 1950년

14) 오광수, 위의 책, 69쪽.

15) 김현화, 앞의 책, 157쪽.

대 후반에 앵포르멜 운동이 유입되어 성행한 바 있다. 인접예술에 관심 있었던 김종삼이 시 「앙포르멜」을 썼다는 사실은 한국 화단에 끼친 이 운동의 영향력을 짐작케 한다. 그가 앵포르멜 회화를 포함한 추상미술의 본질적 조형이념을 창작에 과연 수용했는지의 여부, 했다면 어떤 방식이었는지 등의 문제를 텍스트의 구체적 분석을 통해 살피기로 한다.

2. 대상의 생략과 요약을 통한 비구상의 작법

상당수 김종삼의 시에는 전쟁 체험과 고향 상실로 인한 실향민 의식이 투영되어 있다. 자신의 전쟁 체험을 직접 다룬 시는 없지만 「민간인」, 「어둠 속에서 온 소리」 같은 시들은 전쟁이 그에게 남긴 깊은 외상을 짐작케 한다. 김종삼뿐 아니라 전후의 예술가라면 누구나 전쟁의 폭력성에 따른 기존 가치의 붕괴와 인간성 상실을 목도하면서 실존적 폐허의식에 휩싸였을 것이다.

미술계도 사정은 다르지 않았다. 전후 1950년대의 한국미술사에서 가장 부각되는 사건을 꼽으라면 국전(國展)의 파행 운영에 따른 미술계 내부의 갈등과, 그로부터 촉발된 앵포르멜 미술의 성행이라 할 수 있다. 특히 앵포르멜은 1957년을 기점으로 1960년대 중반까지 한국 화단을 가장 강력히 지배한 미술 운동이었다. 그것은 재야에서 갓 등장한 젊은 화가들이 주축이 된 한국 최초의 본격적인 추상미술이었다. 당시 20대였던 그들은 전쟁터의 부조리한 실상을 몸소 겪은 세대란 점에서 기존 가치에 총체적 불신을 느끼고 있었다. 기성 가치의 자명성에 대한 이들의 회의는 곧 전쟁을 거치며 더욱 공고해진 기성 화단의 천편일률적 화풍에 대한 저항으로 이어진다.

즉, 앵포르멜 운동은 구상(具象) 계열이 지배한 소위 '국전류'의 그림을 전면 거부하며 시작된 것이라 하겠다. 젊은 화가들의 이 같은 도전적 분위기는 천상병, 홍사중, 이봉래를 위시한 문학판의 '세대교체론'과 병행한 것이란 점에서 주목을 요한다. 그만큼 기성의 예술 관행을 불신하는 움직임이 문화계 전반을 휩쓸었단 뜻이기도 하다. 인접예술에 관심을 기울인 시인 김종삼을 감안할 때, 그가 1950년대 당시 미술계에 일어난 이 같은 쇄신의 동향을 예의주시했으리라 추정하기란 어렵지 않다.

나의 無知는 어제 속에 잠든 亡骸 쎄자아르 프랑크가 살던 寺院 주변에 머물렀다.

나의 無知는 스떼판 말라르메가 살던 本家에 머물렀다.

그가 태던 곰방댈 훔쳐 내었다
훔쳐낸 곰방댈 물고서
나의 하잘것이 없는 無知는
방 고호가 다니던 가을의 近郊 길바닥에 머물렀다.
그의 발바닥만한 낙엽이 흩어졌다.
어느 곳은 쌓이었다.

나의 하잘것이 없는 無知는
쟝 뽈 싸르트르가 經營하는 煉炭工場의 職工이 되었다.
罷免되었다.

—「앙포르멜」 전문[16]

제목을 '앙포르멜'로 한 시를 썼단 점에서 이 미술사조에 대한 시인의 관심을 읽을 수 있다. 그런데 이상한 것이 있다. 제목과 달리 정작 본문에선 앵포르멜과 무관한 인물들이 제시됐다는 점이다. 후기인상파 화가인 고호가 그럴뿐더러 프랑크, 말라르메, 사르트르는 미술 자체와 무관한 인물들이다. 이 시를 쓴 이유와 시의 의미를 두고 분분한 해석이 있지만, 텍스트 자체의 미결정성 탓에 규명은 쉽지 않다. 필자 또한 확정 곤란한 해석 하나를 더 보탤 생각은 없다. 하지만 이 시는 당시의 앵포르멜 미술에 대한 시인의 이해를 측정할 수 있게 한다.

1957년부터 한국 화단을 지배한 앵포르멜 미술은 앞에서 언급했듯 전후 프랑스 앵포르멜의 유입에서 촉발된 것이었다. 한국 앵포르멜의 자생성 논란이 당시 상당했던 것으로 보이는데,[17] 비록 유럽에서 들어왔지만 한국의 그것은 서정성을 가미하며 독특한 개성을 확보해갔다. 한국적 앵포르멜의 특수성은 사실 역설적으로 추상미술의 불모성 탓에 가능한 것이기도 했다. 추상의 탐색은 1930년대 후반에 일본에서 활동한 김환기, 유영국, 이규상 정도가 있었을 뿐, 1940년대의 식민지 전시체제와 1950년대의 전쟁 시기엔 그마저 명맥이 끊긴 실정이었다.[18] 국전풍의 구상미술이 지배했던 1950년대 화단에서 앵포르멜 화가들의 집단적 출현이란 그야말로 이채로운 것이었다. 추상미술의 불모지에서 난데없이 출현한 한국의 앵포르멜이 수십 년간 축적된 유럽 추상미술의 조형이론을 체득한 결과였다고 보기는 어렵다. 전후 한국의 앵포르멜 운동은 조형이념보다는 '시대정신' 차원에서 유럽의 것을 받아들인 면이 다분히 컸다.

16) 김종삼, 「앙포르멜」, 『십이음계』, 삼애사, 1969.
17) 오광수, 「한국 추상미술, 그 계보와 동향」, 『한국 추상미술 40년』, 재원, 1997, 21쪽.
18) 오광수, 『시대와 한국미술』, 미진사, 2007, 134쪽.

즉, 유럽의 앵포르멜을 무엇보다도 기존 질서에 대한 전면적 회의와 거부의 정신으로 이해하고 수용한 것이다.[19]

그런 점에서 한국의 젊은 화가들이 시도한 것은 어떤 특정한 추상 조형이념으로서의 유럽적 앵포르멜이 아니라 구상미술만이 답습되던 미적 제도성을 혁신하려는 '태도'로서의 앵포르멜이었다. 따라서 한국의 앵포르멜 운동은 추상미술 내의 어떤 사조에 대한 특정적 탐구였기보다는 구상미술의 관행을 추상미술을 통해 집단적으로 쇄신하려 한 움직임이었다. 그만큼 한국의 화가들은 기존의 추상미술과 달라진 앵포르멜 회화만의 조형론적 특수성에 일천했던 것이다. 하지만 기성 미학의 거부와 미적 혁신의 창출을 부르짖었을 정도로 그들은 구질서의 구상미술과 대결하기 위해 필요한 넓은 개념의 추상미술에 대해선 잘 이해하고 있었다. 이러한 사정은 시 「앙포르멜」을 썼을 만큼 한국 화단의 동향을 파악해 온 김종삼에게도 마찬가지였으리라 판단된다. 그는 유럽의 앵포르멜 미술보다도 같은 시공간을 살아간 한국의 화가들과 교감했을 것이다.[20]

---

19) 서성록, 『한국 현대회화의 발자취』, 문예출판사, 2006, 380~381쪽; 「전통의 파괴, 현대의 모험: 앵포르멜 미술의 전후」, 오광수 외, 『한국 추상미술 40년』, 재원, 1997, 66~67쪽 참조.

20) 김종삼이 1977년에 쓴 시 「掌篇·3」을 보면 "작고한 心友銘"으로 "全鳳來 詩/金洙暎 詩/林肯載 文學評論家/鄭圭 畵家"가 제시되어 있다. '心友'란 표현을 쓴 것으로 보아 각별히 친했던 인물들의 명단으로 보인다. 여기에서 '鄭圭'에 주목할 필요가 있다. 정규는 1957년 창립된 〈모던아트협회〉의 일원으로 화가이자 미술비평가였다. 1957년은 〈창작미술가협회〉, 〈모던아트협회〉, 〈현대미술가협회〉(현대미협) 등 새로운 조형이념을 주장한 단체들이 대거 등장한 해였다. 특히 〈모던아트협회〉와 〈현대미협〉은 국전의 아카데미즘적 구상미술에 대항하여 새로운 모색을 시도한 재야의 단체들이었다. 당시 30대 화가들로 구성된 〈모던아트협회〉가 '온건한 모더니즘'(오광수, 『한국현대미술사』, 열화당, 2000, 128쪽), '구상과 추상의 과도기적 작풍'(서성록, 「전통의 파괴, 현대의 모험: 앵포르멜 미술의 전후」, 오광수 외, 『한국 추상미술 40년』, 재원, 1997, 38쪽)을 통해 기하학적 구성을 추구했다면, 〈현대미협〉은 갓 미대를 졸업한 20대의 화가들이 '앵포르멜'을 주창하면서 과격한 추상미술을 실험한 단체였다. 앵포르멜 운동은 이 〈현대미협〉에서 탄생한 것이라 할 수 있다. 한편 앵포르멜이 이후 미술계를 지배하게 되자 기성작가들의

그렇기에 그 또한 유럽 앵포르멜만의 추상조형론은 잘 몰랐을 수 있다.[21] 하지만 다음의 시에서 보듯 그는 넓은 의미로서의 추상미술론을 숙지하고 있었으며 이를 시작법에 적극 활용하고 있었다.

내용 없는 아름다움처럼

가난한 아희에게 온
서양 나라에서 온
아름다운 크리스마스 카드처럼

어린 羊들의 등성이에 반짝이는
진눈깨비처럼

—「북치는 소년」 전문[22]

이 시를 원관념의 생략을 통한 '잔상의 미학'으로, 북치는 소년 그림의 북소리가 숨겨진 '풍경의 배음'으로, 그 옛날 가난의 축복을 성스러운 흰색으로 표현하려 한 "추상 충동에 의한 그림"으로 볼 수 있다는 선행 논의들은 추상성과 관련된 여러 참조점들을 시사해

상당수도 이에 동참하는데, 정규 또한 이론적 비평가로 참여했음이 확인된다(오광수, 「한국 추상미술, 그 계보와 동향」, 『한국 추상미술 40년』, 재원, 1997, 19쪽).

21) 그런 점에서 이 시에 반복되는 '나의 無知'를 해석해 볼 수 있다. 시 「앙포르멜」이 발표된 시점은 1969년으로, 왕성했던 앵포르멜 운동의 기운이 거의 꺼져가던 시기였다. 달리 말하자면 이는 과거 십 년을 거치면서 앵포르멜의 이론적 축적과 그간의 작업들에 대한 충분한 평가가 이뤄졌단 뜻이기도 하다. 이 시는 앵포르멜 조형이념의 본질을 알게 된 1969년의 그가 앵포르멜에 대해 무지했던 지난날 자신의 방황을 회고하는 발화로 구성되어 있다. 즉, 앵포르멜에 대한 과거 자신의 이해와 추구가 "나의 無知"에 기반한 것이었음을 술회하는 내용으로 이뤄져 있다.

22) 「북 치는 소년」, 『십이음계』, 삼애사, 1969.

준다.[23] 그 무엇의 생략(황동규)과 은폐(오형엽), 백색의 색채가 주는 추상적 느낌(권명옥)이 공존한다는 점에서 그렇다.

그렇다면 이 시의 추상성은 어떤 방법으로 구현된 것일까. 분석하자면 2연부터는 ① 가난한 나라의 아이에게 온 이국의 크리스마스 카드가 있고, ② 그 카드에는 어린 양들이 그려져 있으며, ③ 그 양들의 등에 진눈깨비가 반짝인다는 설정이 있다. ②는 ①의 내용을 연결 받으면서 ①의 부분적 속성인 "어린 洋들"을 강조한 것이고, ③은 ②의 양들을 이어받으면서 그것들의 부분인 "등성이"를 부각하였다. 즉, ①은 ②의 초점화에, ②는 ③의 초점화에 기여하고 있다. 달리 말해 ②는 ①의 전체 구성요소들 중 상당수를 덜어낸 결과이며, ③ 또한 ②에 대해 그렇다고 할 수 있다. ① ⊃ ② ⊃ ③의 관계가 성립하는 셈이다. 원래의 카드에는 양들만 있지 않았을 것이다. 제목이 암시하듯 북 치는 소년의 그림도 있었을 것이며, 그 소년이 카드의 중심을 차지했을지도 모른다. 하지만 시인은 카드의 여러 구성 요소들을 지우고 "어린 洋들"만을, 또 그 양들의 머리·몸통·다리 등을 삭제하여 "등성이"만을 얻어냈다.

대상의 '생략'과 '요약'이 계속 시도됐음은 추상미술의 기법이 이 시에 적용됐음을 뜻한다. 추상회화는 대상을 점·선·면 등의 단순 형태들로 환원시키는데, 이 환원은 대상의 생략과 요약에서 얻어진다. 온전한 재현을 위해 대상의 세목을 낱낱이 묘사하는 구상의 길과 달리, 추상회화는 대상의 재현·모방·지시를 배제한다. 시인이었던 김종삼은 화가와 달리 선·면·색 등의 질료를 취할 수 없었지만, 생략과 요약을 통해 대상의 모방에서 벗어나는 식으로 추상미술의

23) 순서대로 황동규, 「잔상의 미학」, 『북치는 소년』, 민음사, 1979, 91쪽; 오형엽, 「풍경의 배음과 존재의 감춤」, 송하춘·이남호 편, 『1950년대의 시인들』, 나남, 1994, 321쪽; 권명옥, 「적막의 미학」, 『한국문예비평연구』 15집, 한국현대문예비평학회, 2004.12, 13~14쪽.

원리를 시도하고 있었다. 뿐만 아니라 시의 본문은 '~처럼'의 보조관념만 나열했을 뿐, 원관념을 생략하여 제시하지 않았다. 그럼으로써 원대상을 직접 지칭하기 위한 지시적 언어의 운용에서 이탈했는데, 이 같은 비재현적 언술의 구사 또한 대상의 구상적 모방에서 멀어지려는 추상회화적 전략으로 볼 수 있다.

형태의 생략과 요약, 보조관념의 열거를 통해 이 시가 귀착하게 된 지점은 바로 양들의 등에 "반짝이는/진눈깨비"이다. 시인이 표현하려 한 궁극도 '진눈깨비의 반짝임'인 셈이다. 이 눈은 추상회화적 미의 속성을 가지며 이는 1연을 참조함으로써 파악된다. 1연의 "내용 없는 아름다움"에서 중요한 방점은 '내용 없는'에 있다. 어떤 대상은 내용이 사라질 때 아름다울 수 있다는 뜻이다. '내용'이란 의미작용이 일어났단 뜻이고, 의미작용이란 어떤 대상으로서의 기표가 기의에 결합, 종속되어 지시성을 띠게 됐음을 나타낸다. 그런데 시인은 기의에의 종속에서 해방된 "내용 없는" 것의 아름다움을 강조한다. 이 아름다움은 결국 추상회화 식의 생략과 요약을 계속 거쳐 얻어낸 진눈깨비의 "반짝이는" 색채에 해당한다. 이 눈의 흰색 자체는 어떤 지시적 의미관계에 종속되지 않는다. 눈의 반짝임이 어떤 의미를 지칭한다면 그것은 '내용 있는' 아름다움이 될 터이니 말이다. 따라서 시인이 어떤 내용을 지시하고자, 즉 어떤 의미작용에 결속시키고자 흰 눈의 색을 언급했다고는 보기 어렵다. 추상미술에 이르러 색채가 대상의 의미를 지시하기 위한 수단에서 벗어나 자율적 질료로 해방됐듯, "반짝이는/진눈깨비"의 백색 또한 '내용 없는' 자율성의 색채인바 추상회화의 그것과 다르지 않다 할 수 있다.

3. 색면 추상과 기하학적 추상의 시세계

김종삼의 시 「북치는 소년」에 추상미술의 회화적 기법으로 보이는 대상의 과감한 생략과 요약, 색채의 자율적 구사가 나타나 있음을 확인해 보았다. 이 같은 추상회화적 속성은 이후에 다룰 작품들에서도 공통된다 하겠는데, 추상회화 기법의 수용 양상을 확인하면서 더불어 그의 시들의 추상성이 어떠한 개성적 세계를 펼쳤는지 논하기로 한다.

헬리콥터가 떠 간다
철뚝길 연변으론
저녁 먹고 나와 있는 아이들이 서 있다
누군가 담배를 태는 것 같다
헬리콥터 여운이 띄엄하다
김매던 사람들이 제집으로 돌아 간다
고무신짝 끄는 소리가 난다
디젤 기관차 기적이 서서히 꺼진다

—「文章修業」 전문[24]

醫人이 없는 病院 뜰이 넓다.
사람의 영혼과 같이 介在된 푸름이 한가하다.
비인 乳母車 한 臺가 놓여졌다.
말을 잘 할줄 모르는 하느님의 것일까.
버리고 간 것일까.

24) 「문장수업」, 『십이음계』, 삼애사, 1969.

어디메도 없는 戀人이 그립다.

窓門이 열리어진 파아란 커튼들이 바람 한점 없다.

오늘은 무슨 曜日일까.

—「무슨 曜日일까」 전문[25]

어떤 시각적 풍경을 다뤘다는 점에서 공통적인 시들이다. 첫 번째 시는 저녁의 철뚝길을, 두 번째 시는 고요한 병원 내부의 풍경을 진술하였다. 주목할 것은 두 시 모두가 묘사적 시선으로 외부 세계를 재현한 듯 보이지만, 잘 살펴보면 그렇지 않다는 점이다. 외려 이 시들은 풍경의 구성적 세목들을 지워내면서 아무것도 없는 적막의 공간을 창출하고 있다. 「문장수업」에서 철뚝길 연변의 헬리콥터는 "여운이 띄엄"하게 사라지고, 김매던 사람들은 "제집으로" 사라지며, 디젤 기관차도 꺼져가는 기적 소리와 함께 사라진다. "담배를 태는" 사람의 존재도 담뱃불로 확인된 것이므로, 담배가 꺼진 후엔 밤의 어둠에 가려 보이지 않게 된다. 「무슨 요일일까」의 병원 내부 또한 사정은 마찬가지다. 병원에는 "醫人"이 없고, "戀人"도 없으며, "乳母車"는 비어 있고, 한 점 "바람"조차 없다. 대상들이 소거된 상태를 진술했단 점에서 추상회화적 발상이 나타난 셈이다.

또한 흥미로운 것은 외부 풍경을 다뤘음에도 원근법적 시선을 배제한 점이다. 「문장수업」의 경우 지상과 하늘을 포괄하는 거대 공간을 진술했음에도 원근에 따라 대상들을 배치하지 않았으며, 따라서 대상들 상호간의 멀고 가까운 관계가 포착되지 않는다. 삼차원적 공간성보다는 이차원적 평면성이 느껴질 정도이다. 「무슨 요일일까」에선 원근법의 고정적 시점이 파괴되어 있다. 병동 안의 어떤 병실

25) 「무슨 요일일까」, 『본적지』, 성문각, 1968.

내부에 있는 화자가 열린 창문을 통해 바깥의 뜰을 본 것인지, 병동 바깥에 위치한 화자가 병동 안의 뜰과 어떤 병실의 창문을 본 것인지 분명치 않으며, 양쪽 모두의 시선에서 본 풍경이 제시된 느낌마저 준다. 이차원적 평면성의 공간, 다시점의 활용 등에서도 추상회화적인 속성이 발견되는 것이다.

외부의 풍경을 다뤘지만, 원근법적 시선이 배제됐단 점에서 인용 시들은 세계의 사실적 모방이라는 구상의 의도에서 꽤 벗어나 있다. 더욱이 한 폭의 그림으로 떠올려 보자면, 이 시들은 어둠이 지배한 철뚝길 주변과 인적 없는 병원 내부 등 존재자들이 사라진 공간을 제시했으며, 이 '비어 있음'의 공간은 흑색과 청색에 의해 단일하게 채색되어 있다. "저녁 먹고 나와 있는 아이들"만 조그맣고 흐릿하게 처리된 「문장수업」은 지상과 하늘의 공간 전체를 까맣게 칠한 흑색의 모노톤 그림이 될 것이다. 「무슨 요일일까」는 "사람의 영혼과 같이 介在된 푸름"과 "파아란 커튼들"에서 나타나듯, 청색의 색면을 "한가"한 병원의 '넓은 뜰'과 '창가'를 담은 화폭의 전면에 칠한 그림이 될 것이다. 이 청색은 단순히 대상의 재현을 위한 도구로서의 색이 아니라 "사람의 영혼"처럼 정신성이 "介在된" 색이란 점에서 추상미술의 색채 인식과 매우 닮아 있다.[26]

미구에 이른
아침

26) "사람의 영혼과 같이 介在된 푸름"의 시어 '介在'에서 나타나듯, 이 시에서 청색은 단순한 색이 아니라 뜰에 영혼성이 작용(介在)하도록 영혼을 움직이게 한 힘을 가진다. 시인의 이 같은 색채 인식은 칸딘스키의 색채론과 닮은 것이라 할 수 있다. 칸딘스키는 색채가 "심리적 효과"를 동반하고(59쪽), "영혼에 직접적인 영향"을 주어(61쪽), "인간의 영혼을 합목적적으로 움직이게" 만든다고 말하였다(62쪽). 바실리 칸딘스키, 권영필 역, 『예술에서의 정신적인 것에 대하여』, 열화당, 2000.

하늘을

파헤치는

스콥소리

—「라산스카」 전문[27]

영혼성의 파동을 투영한 색의 구사는 이 시에서도 나타난다. '라산스카'가 뉴욕의 소프라노 가수이든,[28] 하늘에 있는 어떤 장소이든,[29] 다의적 의미의 대상을 제목으로 삼고는 본문에선 라산스카의 묘사가 아니라 그것의 소리를 제시하였다. 축자적 문맥에서 보자면, 새벽하늘을 파헤치듯 들려온 스콥 소리가 제공된 정보의 전부이다.[30] 아마도 스콥 소리란 라산스카의 어떤 속성을 비유한 표현일 것이다. 그렇더라도 시어 "소리"에서 암시되듯 시인은 라산스카를 새벽하늘의 어떤 소리울림하고만 연계시켰다.

그런 점에서 이 시를 배음 효과를 노린 음악적 상상력의 결과로 볼 수도 있지만, 회화적 관점에서 보자면 색다른 점이 발견된다. 사실 시인은 "하늘을/파헤치는/스콥소리"처럼 청각의 시각화를 시도하였다. 비가시의 소리를 삽이 하늘을 파헤친다는 가시적 장면으로 회화화한 셈이다. 그러나 이 대목의 그림이 머릿속에 잘 그려지는 것은 아니다. 어떤 구상화된 형태로 떠오르지 않기 때문인데, 이는

27) 「라산스카」, 『평화롭게』, 고려원, 1984.

28) 김인환, 『상상력과 원근법』, 문학과지성사, 1993, 105쪽.

29) 권명옥, 「적막의 미학」, 『한국문예비평연구』 15집, 한국현대문예비평학회, 2004.12, 24쪽.

30) 이 시의 "미구에 이른"이란 사전적으로 '오래지 않아'이므로 1연은 생각보다 빨리 온 아침을 뜻한다. "스콥"은 삽schop(김인환, 앞의 책, 106쪽), 숟가락처럼 생긴 삽(백은주, 「김종삼 시 연구: 환상의 구조와 의미를 중심으로」, 고려대 석사논문, 2000, 53쪽), 중세 영어의 음유시인(정한용, 「한국 현대시의 초월지향성 연구」, 경희대 박사논문, 1996, 102쪽) 등으로 추정되는 낱말이다.

비가시의 "소리" 자체를 화폭에 재현할 수 없는 것과 마찬가지 이치이다. 따라서 회화로 치자면, 이 시는 이른 아침 하늘의 열 푸른색만이 전면을 차지한 그림이 된다. 어떤 형상도 제시하지 않은 채, 투명하고 무한한 하늘의 빈 공간성을 자아내는 청색 계열의 단색만을 칠한 그림, 그것은 분명 아름다운 한 폭의 추상화에 해당한다. 특히 캔버스 전체를 차지한 그 하늘빛의 색면이 형태의 재현을 위해 칠해진 것이 아니라 라산스카로 대변되는 어떤 영혼의 "소리"를 울리고 있음에 주목해야 한다. 형태의 매개 없이 색채 자체로 정신적인 무엇을 표현할 수 있다는 추상회화의 색채론이 발견되는 것이다. 더구나 단일한 색조의 색면만이 있는 그림 같다는 점에서 이 시는 1950년대의 미국에서 성행한 '색면주의 추상화'를 일견 떠올리게 한다.[31)]

물
닿은 곳

神羔의
구름밑

31) '색면주의 추상'이란 뉴먼, 로스코, 스틸, 고틀리브 등의 화가들에 의해 추구됐으며, 잭슨 폴록으로 대변되던 '액션 페인팅'과 함께 1950년대 미국의 추상표현주의를 양분했던 미술이다. 거대한 캔버스에 색면의 표현만으로 "평평한 표면만이 실재"임을 보여주고자 했으며, 초월성과 영원성의 명상적 분위기를 자아냈다(김현화, 『20세기 미술사: 추상미술의 창조와 발전』, 한길아트, 1998, 236~237쪽, 241쪽). 김종삼이 미국의 이 색면추상 회화를 알았는지의 여부는 미지수이다. 따라서 그의 시가 색면추상의 영향을 받았다고 말해선 곤란할 것이다. 필자는 색면이 강조된 그의 시를 '색면주의 추상의 시'라 호명했지만, 이는 미국의 색면주의 추상을 뜻하는 것이 아니라 그것과 비견할 만한 유비어로서 사용한 것임을 밝힌다.

그늘이 앉고
杳然한
옛
G·마이나

—「G·마이나」 전문[32)]

마찬가지로 색면추상화적 기법이 구사된 시이다. 1~3연까지는 시각 이미지들이 배열됐으므로 회화적이다. 천천히 차오른 지상의 물과 점점 내려온 천상의 구름이 서로 맞닿은 곳, 그 두 세계의 접경에 형성된 수평의 긴 경계선 한 줄이 여린 빛("그늘")을 품으며 그어져 있을 법하다. 즉, 화면의 중간 어디쯤을 기준으로, 신성한 빛을 자아내는 색면으로서의 "神羊의/구름"이 상단 전체를 차지하고, 하단부에는 물을 암시하는 투명한 색면이 가득하다. 그 색면들 외에 어떠한 형상도 없는 점, 또 그 색면들의 만남이 저 너머 영혼의 소리("杳然한/옛/G·마이나")를 전달한다는 점 또한 「라산스카」의 경우와 동일하다.

또한 이 시는 상단부(하늘)와 하단부(지상)의 수평적 분할이라는 기하학적 구성을 취하고 있기도 하다. 그 밖에 물의 상승과 구름의 하강이라는 두 가지 수직적 움직임도 개입됐는데, 이 같은 '수평-수직'의 기하학적 구도는 다음의 시들에서도 확인된다.

희미한
風琴 소리가
툭 툭 끊어지고

32) 「G·마이나」, 『전쟁과 음악과 희망과』, 자유세계사, 1957.

있었다

(…중략…)

머나 먼 廣野의 한복판
야튼
하늘 밑으로
영롱한 날빛으로
하여금 따우에선

—「물桶」 1, 4연[33]

한 모퉁이는 달빛 드는 낡은 構造의 大理石. 그 마당(寺院) 한구석 잎사귀가 한잎 두잎 내려 앉았다.

—「주름간 大理石」 전문[34]

「물통」은 미완결 구문들의 결합과 불연속적 장면들의 제시 탓에 의미 파악이 쉽지 않지만, 오형엽의 분석대로 인용시의 마지막 뒤에 첫 연을 연결하면 그 뜻이 살아난다. 즉, "하늘/땅의 대립 구조 속에서 하늘에서 내리는 날빛이 풍금소리로 전환"되는 장면을 인용 부분은 제시하고 있다.[35] 이를 그림으로 떠올려 보면, 시인은 "廣野"와 "하늘"을 진술했으되 그 드넓은 공간에 있을 법한 많은 대상들을 다루지 않았다. 구상의 묘사적 시선을 배제한 채 단지 하늘에

33) 「물통」, 『본적지』, 성문각, 1968.

34) 「주름 간 대리석」, 『한국전후문제시집』, 신구문화사, 1961.

35) 오형엽, 「풍경의 배음과 존재의 감춤」, 송하춘·이남호 편, 『1950년대의 시인들』, 나남, 1994, 315쪽.

서 내려온 한줄기 빛과 조그만 물통 하나만을 제시한 것이다. 광야에 놓인 물통이란 게 얼마나 작은 것인지를 상기해 보면, 미소(微小)한 사물 외의 숱한 대상들을 전부 삭제했단 점에서 이 시에는 추상회화 기법이 들어와 있다. 마찬가지로 「주름 간 대리석」에서도 대상의 과감한 생략이 확인된다. 사원 마당의 "한구석", "한 모퉁이"에서 일어난 사태만을 진술했을 뿐, 그 이외 마당의 넓은 면적에서 있었을 법한 자연 현상들을 그는 다루지 않았다. 대리석 사원 마당에 잎이 떨어진 사건을 발화한 시이기에 앞서, 이 짧은 시에서 '구석'의 의미를 띤 시어를 두 차례나 썼다는 사실은 곧 이 시가 그 구석 이외의 넓은 공간을 생략한 결과임을 강조하고 있는 것이다.

추상회화처럼 대상의 생략을 시도한 인용시들은 한편 기하학적 추상의 세계를 보여 준 점에서도 공통적이다. 김종삼 시가 몬드리안의 회화와 닮았다는 이기철의 짧은 언급은 그의 시들에 곧잘 나타난 '수직-수평'의 구성을 염두에 둔 말인지 모른다. 「물통」은 "廣野"의 긴 지평선과 "하늘"에서 떨어진 "영롱한 날빛"의 수직선으로 분할된 구도를 취하고 있다. 「주름 간 대리석」 또한 지상의 넓은 사원 마당이라는 수평적 공간의 한구석에 나무에서 떨어진 잎의 움직임을 병치시켜서 수평과 수직의 만남이라는 기하학적 추상의 세계를 선보이고 있다. 김종삼 시에서 이처럼 기하학적 추상이 발견된다는 사실은 곧 그가 전후의 특정한 추상미술인 앵포르멜보다는 넓은 문맥의 추상회화에 영향 받았음을 시사해 주는 예라 할 것이다.

4. 넓은 의미의 추상미술과 시적 수용

김종삼의 시세계가 음악적 상상력과 밀접하다는 것은 많은 연구들에서 밝혀져 왔지만, 회화의 기법과 조형이념을 수용한 측면에 대해선 아직 규명되지 못한 사실이 많다는 문제의식에서 이 글은 출발했다. 인접예술에 관심 많았던 그가 1950년대 중반 이후 대략 십 년을 풍미한 이 땅의 추상미술 운동이었던 앵포르멜을 지켜본 뒤에 시 「앙포르멜」을 썼단 사실은 미술에서도 시석 자양분을 취했을 것이란 추정을 가능케 했다. 당대 한국의 젊은 화가들이 유럽의 앵포르멜에서 그것만의 특수한 추상조형론보다는 '부정'과 '혁신'의 시대정신 정도를 취했듯, 김종삼 또한 사정은 마찬가지였으리라 판단된다. 즉, 「앙포르멜」을 썼다고 해서 그가 전전(戰前)의 기하학적 추상과 변별되는 유럽 앵포르멜 특유의 조형이념을 충분히 숙지하여 시에 수용했다고 보기란 어려울 것이다.

그러나 시대정신으로서 앵포르멜을 취한 이 땅의 화가들이 곧 국전풍의 관습적 구상미술을 거부하고 추상미술의 시대를 본격적으로 열었듯, 그들과 교류한 김종삼의 시들에서도 넓은 개념에서의 추상회화론의 영향이 나타나 있음을 텍스트 분석으로 확인할 수 있었다. 그의 시들에서 발견되는 대상의 과감한 생략과 요약, 정신성이 투영된 색채와 색면의 구사, 원근법의 배제, 비재현적·비지시적·비모방적 표현 등은 추상미술의 기법과 조형이념을 다분히 수용한 결과라 하겠다. 이처럼 추상회화적인 그의 시들은 구체적 형상들이 사라진 빈 공간의 전체를 단일한 색으로 칠한 '색면추상화' 같은 세계를 선보였거나, '수직-수평'의 선 혹은 면으로 공간을 분할한 '기하학적 추상'을 표현했다고 할 수 있다. 주목할 것은 전전의 기하학적 추상이 발견된다는 점인데, 이는 곧 김종삼 시가 전후의 특정한 추상미술인 앵포르멜보다는 보다 넓은 문맥의 추상회화론을 수용하여 창작된 것임을 알려 준다.

제2부 근대시와 숭고

1장

숭고 미학의 이론과 양상

> 장엄함이여,
> 우리들이 하늘에다 쏘아올리는
> 조포소리를 받으라.
>
> — 조정권, 「산정묘지·4」

최근 숭고의 미학이 몇몇 관심 있는 연구자들에 의해 탐색되고 있는 것 같다. 아직 그 수는 적고, 숭고론을 적용하여 기존의 우리 시들을 새로운 각도에서 재해석하는 차원에 머물고 있지만, 오랜 세월 묻혀 있었기에 재발견된 것이라고까지 말해지는 숭고론이 앞으로 시론과 시비평의 새로운 출구로 기능할 수 있으리라는 일말의 기대가 있는 것 같다.

숭고론은 무언가 압도적인 것에 크게 '동요한' 시적 주체를 탐색하는 데 매우 유용한 이론이 될 수 있다. 이 글의 범위를 넘어서는 일이지만, 소박한 미학 이론을 넘어서 역사적·사회적 지평의 담론으로까지 확장 가능한 것이 숭고론의 장점일 것이다. 칸트의 말처럼 우리를 압도하는 크기와 위력을 지닌 것이 꼭 자연물일 필요는 없다. 거대하거나 위력적인 것은 자연물뿐 아니라 역사의 압력도 될 수가 있다. 파시즘, 해방기, 한국전쟁, 전후, 4.19, 군부독재 등 그 얼마나 많은 압도적인 역사의 위력과 마주하면서 우리의 근현대

시가 산출돼 왔던가. 격변하는 역사의 격랑마다 제출된 상당수의 시들은 사실 숭고의 언어와 무관하지 않으며, 숭고를 통해 재접근될 여지를 상당수 열어두고 있다. 문학사 내부의 문제도 마찬가지다. 기존의 미적 규범에서 '거대한' 구속력을 느꼈거나, 반대로 새롭고 도전적인 시들의 집단적 출현이 기성 미학에 '위력적인' 힘을 행사할 때 등에서 오는 답답함, 당혹감, 불편감을 동반하는 시적 주체들의 '동요'가 미와 숭고를 통해 재해석, 재평가될 여지를 남겨두고 있다. 그러나 안성찬의 책 『숭고의 미학』 정도가 있을 뿐, 다양한 숭고론에 대한 개관적 정리조차 아직 제대로 소개되지 못한 실정이다. 이 글은 대표적인 숭고 이론들의 핵심을 살피면서 그것들을 맥락화하여 다뤄보고자 한다. 롱기누스, 칸트, 니체, 리오타르 등이 그 대상이 될 것이며, 아울러 그에 상응할 만한 몇 편의 시들을 소개, 감상하고자 한다.

1. 초월적 신성의 열망: 롱기누스

숭고에 대한 체계적인 언급은 기원 후 1세기 또는 2세기 초의 그리스 수사학자로 알려진 롱기누스의 글 「페리 흡스스(Peri Hupsous)」에서 처음 발견된다. 최근에 미셸 드기는 이 글이 훗날 「숭고에 대하여」라는 오역의 제목으로 전해져 왔으며, 원저자 또한 롱기누스가 아니라 롱기누스의 이름을 빌은 누군가의 저작물임을 밝힌 바 있다.[1] 따라서 이 글의 저자를 위(僞) 롱기누스라고 할 수도 있겠는데 그러나

1) 미셸 드기, 「고양의 언술: 위(僞) 롱기누스를 다시 읽기 위하여」, 김예령 역, 『숭고에 대하여』, 문학과지성사, 2005, 11쪽.

편의상 롱기누스로 호칭하는 것이 일반적이다.

롱기누스의 숭고론은 일종의 웅변론으로, 청중을 사로잡는 탁월하고 위대한 말은 어때야 하는가에 대한 수사학적 논의라 할 수 있다. 숭고의 감정을 일으키는 말의 방법으로 그가 제시한 것은 다섯 가지이다. ① 큰 것을 만들어내는 생각, ② 강렬하고 신들린 파토스, ③ 특정한 말무늬, ④ 고상한 말씨, ⑤ 위엄 있고 명료한 구성이 그것이다. 특히 이 가운데서 롱기누스 숭고론의 요체로 평가되는 것은 ①과 ②이다.[2] 롱기누스는 자신의 앞 시대에 성행한 소피스트들의 수사학에 깊은 회의를 가지고 있었다. 말의 인공적인 장식과 기교에만 치우쳐 신성과 영혼성이 거세당했다고 본 것이다. 그는 가짜 말에 불과한 소피스트 수사학이 아니라 오래전 호메로스 시대의 비극들에서 위대한 말의 전범을 찾을 수 있다고 보았다. 위대한 말이란 호메로스 시대의 비극처럼 듣는 이를 사로잡아 경탄케 하거나 황홀하게 만드는 말이다. 이 숭고한 말에 도달하기 위해 요청되는 필수적인 조건이 곧 '큰 것을 생각하는 능력'과 '강렬하고 신들린 파토스'라는 것이다. 여기에서 그가 말한 '큰 것'이란 신적인 완전성을 뜻한다. 신들은 유한자인 인간과 달리 완전하고 영원불멸하다. 특히 롱기누스는 숭고한 것을 '높은 것'으로 보았다. 그의 숭고론은 높이 개념과 연관된 특징이 있다. 신들은 인간의 유한한 지상 세계를 넘어선 저 높은 초월적 세계에 산다. 따라서 높은 것은 신성하고 영원하며 무한하다. 숭고한 말의 첫째 조건인 '큰 것을 생각하는 능력'이란 곧 신들의 세계인 저 높은 곳의 초월적 불멸성을 생각해야 한다는 의미이다. 그리고 두 번째 조건인 '강렬하고 신들린 파토스'는 '신들린'이란 말에 나타나듯 신적인 세계에 대한 광적인 동경과

2) 김상봉, 「롱기노스와 숭고의 개념」, 『나르시스의 꿈』, 한길사, 2002, 90~91쪽.

열광에 휩싸여야 한다는 뜻이다. 소멸하는 유한자의 세계를 벗어나 신들린 듯한 강렬한 감정으로 저 높은 세계의 신성을 전하는 것, 그것이 롱기누스가 말한 숭고론의 핵심이라 할 수 있다. 여기 한 편의 시가 있다.

> 미구에 이른
> 아침
>
> 하늘을
> 파헤치는
> 스콥소리
>
> — 김종삼, 「라산스카」 전문[3]

"미구에 이른"이란 사전적으로 '오래지 않아'의 뜻이다. 따라서 1연은 생각보다 빨리 찾아온 아침을 의미한다. 또한 김인환의 분석에 의하면 "스콥"은 '삽'을 뜻하고 제목 "라산스카"는 뉴욕의 소프라노 가수 이름이라고 한다.[4] 이상의 정보를 참조하면, 축자적 문맥에서는 새벽의 하늘을 파헤치듯 천상에서 들려온 삽 소리를 형상한 것이 이 시의 본문을 이룬다. 제목과도 연관 지어 살피면, 하늘에서 들려온 삽 소리는 소프라노 가수 라산스카의 아름다운 목소리에 대한 비유일 것이다. 따라서 이 시는 하늘을 파헤치듯 들려오는 라산스카의 목소리가 천상의 음악과도 같다는 문맥을 가진다. 라산스카는 이미 죽었고 그렇기에 그는 천상에 있을 것이다. 음악을 무척

3) 김종삼, 「라산스카」, 『평화롭게』, 고려원, 1984.
4) 김인환, 『상상력과 원근법』, 문학과지성사, 1993, 105~106쪽.

좋아한 시인 김종삼에게는 라산스카야말로 더없이 신성한 음악의 신이었을 것이다. 시인의 귀는 라산스카가 있을 저 높은 하늘을 향해 열려 있다. 시인은 단지 몇 개의 어휘만을 구사하여 음악의 신이 살고 있을 저 높은 천상의 신성한 소리를 표현하고자 했다. 그것도 삽이 파헤친다는 역동적인 표현으로 말이다. 라산스카의 목소리를 삽이 파헤치는 것 같다고 한 것은 그만큼 음악의 신인 라산스카의 선율이 자신을 강렬히 휘감았다는 의미가 된다. 롱기누스의 숭고론에 부합하는 사례이다.

2. 상상력의 불쾌와 사유 능력의 쾌: 칸트

사실 롱기누스의 숭고론은 오랜 세월 묻혀 있었다. 롱기누스의 숭고론이 발굴되어 세상에 알려진 데는 프랑스의 비평가 브왈로의 공이 컸다. 즉, 숭고에 대한 본격적 논의는 17~18세기에 와서야 가능해진 셈이다. 이 시기의 가장 주목할 만한 숭고론으로는 버크와 칸트의 것을 들 수 있다. 특히 『판단력 비판』에서 시도된 칸트의 숭고론은 롱기누스의 것과 함께 숭고론의 고전적 위상을 차지하게 된다.

주지하다시피 『판단력 비판』은 칸트의 미학 이론에 해당하는 철학서이다. 개인에 따라 주관적으로 달라질 수 있는 감성과 취미의 문제가 '미학'이라는 보편적 학명을 얻게 된 것, 즉 확실성과 명증성을 추구하는 철학의 한 분과로 편입될 수 있게 된 것은 분명 칸트의 『판단력 비판』에 힘입은 바 크다. 그러나 칸트에 의해 정초된 근대 미학이란 것은 이후 『판단력 비판』의 어느 한 측면만을 발전시켜 온 것이라고도 할 수 있다. 『판단력 비판』에는 '미'와 '숭고'에 대한 논의가 각각 담겨 있다. 하지만 칸트 이후의 근대 미학자들은 미의 문제에 천착했을 뿐 숭고의 문제에 대해선 외면해 왔다. 칸트 식으로 말하자면 미는 규정적 판단력에 따라 보편타당성을 확보할 수 있다. "저 꽃은 참 아름다워"라고 말할 때, 이 진술은 여러 가지 증명에 의해 상대방의 동의를 얻어낼 수 있다. 학적 진술의 가능성이 열리는 것이다. 하지만 숭고는 미적 판단력을 넘어서는 어떤 아찔하고도 당혹스러운 현상과 매개되기에 근대 학문의 체계에서 소외되어 왔다. 사실 압도적인 현상 앞에서 우리는 경탄만 할 뿐 달리 할 말을 잃는다. 이성적 규정력을 마비시키는 어떤 현상에 대해 논한다는 것은 학적 영역을 넘어서는 불가지의 문제로 치부되었을 것이다. 따라서 칸트 이후에 숭고는 다시 잊혀진다. 숭고는 20세기에 와서야 그 미학적 의의가 재발견된 이론이다.

칸트의 숭고론은 롱기누스와 버크에게서 어느 정도 영향 받은 것으로 알려져 있다. '단적으로 큰 것'을 숭고 체험의 발생적 계기로 본 것은 롱기누스에게서, 자연 현상에서 안전한 거리를 확보해야 숭고 체험이 가능하다는 것은 버크의 소위 생리론적 숭고론에서 그 흔적을 발견할 수 있다. 그러나 롱기누스가 저 높은 초월적이고도 완전한 신들의 세계에서 숭고를 발견했다면, 칸트는 숭고 체험의 자리에 신들 대신 인간의 어떤 능력을 위치시키고자 했다. 칸트는 숭고란 '단적으로 큰 것', '일체의 비교를 넘어서 큰 것', '그것과 비교했을 때 다른 모든 것이 작은 것'과 관계한다고 말한다. 롱기누스의 숭고가 높이 혹은 기원 개념과 연관됐다면, 칸트의 그것은 '크기' 개념과 밀접한 셈이다. 또한 롱기누스의 숭고론이 신적인 세계로 표상되는 어떤 대상 자체의 속성을 지칭했다면, 칸트의 숭고론은 압도적으로 크거나(수학적 숭고), 위력적인(역학적 숭고) 자연 대상에 대한 논의에서 출발하기는 하되, 대상에 매몰되지 않고 그 압도적인 대상을 체험하는 인간의 내적 능력에 대한 탐구로 한 발 더 나아간다. 칸트는 절대적으로 크거나 위력적인 어떤 대상 자체가 숭고일 수 없음을 여러 차례 강조하였다. "자연의 어떤 대상을 숭고하다고 부르는 것은 전혀 정당한 표현이 아니다."[5] 다시 말해 "'그것은 숭고하다'고 부른다면, 우리는 그것에 적합한 척도를 그것의 밖(대상)에서가 아니라 안(마음)에서 찾아야 한다."[6] 따라서 신이든 자연현상이든 거대하거나 위력적인 어떤 대상 자체가 숭고는 아니다. 그러한 외적 대상들은 숭고 체험의 계기에 해당할 뿐이다. 오히려 칸트는 참된 숭고성을 '판단자의 심의 능력'에서 궁극적으로 찾아야 한다고 말한다. 숭고 체험이 어떤 정신적 작용을 거쳐야 얻어질 수 있다는 의미이다.

『판단력 비판』에서 칸트는 상상력(구상력)의 역할을 분석해 들어간다. 그에 따르면 상상력은 한계를 지니고 있다. 포착할 수 있는 범위 내의 것만을 이미지로 떠올릴(현시할) 수 있다는 점에서 그렇다. 상상력의 현시 능력에는 최대치의 한계가 존재한다. 만약 그 한계를 넘어서는 어떤 절대적인 크기나 위력 앞에 직면한다면 상상력은 위축되고 말 것이다. 아무리 노력을 기울여도 상상적으로 떠올릴 수 없을 테니 말이다. 자신의 현시 능력을 넘어선 어떤 압도적인 것 앞에서 상상력은 스스로의 무력감을 절감하고 '동요'한다. 일종의 불쾌를 느끼는 것이다. 하지만 칸트는 이로부터 숭고 체험이 가능해질 수 있다고 말한다. 물론 상상력의 불쾌 자체가 숭고가 될 수는 없다. 칸트는 측정 불가능한 대상 앞에서 느끼는 상상력의 한계감이 역설적으로 주체로 하여금 상상을 넘어선 어떤 거대한 세계

---

5) 이마누엘 칸트, 김상현 역, 『판단력 비판』, 책세상, 2005, 83쪽.

6) 위의 책, 90쪽.

가 존재한다는 사실 만큼은 인식하게 해줄 것이라고 말한다. 더불어 우리는 상상할 수 없는 무한의 것이 존재한다는 사실 자체를 두고 그에 대해 '사유'할 수가 있다. 그런 의미에서 인간의 사유 능력은 상상을 넘어선 무한의 어떤 것보다도 더 크고 위대하다. 이 같은 사유 능력의 우월성에 대한 자각, 그것이 칸트가 말하는 숭고의 체험이다. "숭고란 그것을 단지 생각할 수 있다는 사실만으로 감관의 모든 척도를 능가하는 어떤 마음 능력이 (우리 안에: 인용자) 있음을 알려준다"(같은 책, 91쪽). 그런 점에서 숭고는 압도적인 것에 동요한 불쾌의 주체가 자기 귀환을 통해 자신의 사유 능력을 경험하게 되는 쾌라는 점에서 '불쾌의 쾌'이다. 이처럼 숭고는 압도적인 것에 처한 주체가 자신의 한계를 사유하게 되는 더 큰 마음 능력을 발동시키는 데서 체험된다.

> 매운 계절의 채쭉에 갈겨
> 마츰내 北方으로 휩쓸려오다
>
> 하늘도 그만 지쳐 끝난 高原
> 서리빨 칼날진 그 우에서다
>
> 어데다 무릎을 꿇어야 하나
> 한발 재겨 디딜곳조차 없다
>
> 이러매 눈 감아 생각해 볼밖에
> 겨울은 강철로 된 무지갠가 보다

— 이육사, 「絶頂」 전문[7]

이 시의 화자를 북방으로 몰아간 것은 "매운 계절의 채쭉"이다. '채찍'과 '마침내'라는 시어는 그간 화자가 겪었을 고난의 강도를 짐작하게 한다. 현재 화자는 "하늘도 그만 지쳐 끝"날 만큼 어마어마하게 높은 고원의 꼭대기에 서 있다. 고원의 정상에까지 피신해야 할 정도로 그는 "매운 계절의 채쭉"이라는 혹독한 시련을 겪어야 했던 것이다. 그가 겪었을 시련의 압도적 위력이 감지되는 대목이다. 게다가 그 시련을 더는 피할 수 없을 정도로 "한발 재겨 디딜곳조차 없"게 된 절체절명의 위기에 화자는 처해 있다. 자신을 향한 외압의 강도가 절정에 달한 것이다. "어데다 무릎을 꿇어야 하나"라는 자조적인 탄식은 무릎 꿇을 곳조차 떠올릴 수 없게 된 무기력을 알려 주며, 자신을 거대하게 옥죄어오고 있는 외압과 시련의 운명에 대해 느낀 마음의 크나큰 동요를 보여 준다. 압도적인 것에 직면했을 때 느끼는 주체의 심적 동요, 그것이 칸트가 말한 불쾌이다. 하지만 화자는 절망 속에서도 "이러매 눈 감아 생각해" 보겠다고 말한다. 눈 감고 생각한다는 것은 정신의 자기 귀환 능력과 관계된다. 압도하는 것에서 자신의 한계를 느꼈지만 거대한 비극적 운명이라는 한계 상황 자체를 두고 사유할 수 있게 된 화자의 모습이야말로 칸트가 말한 숭고와 부합하는 것이라 할 수 있다. 그런 점에서 "겨울은 강철로 된 무지갠가 보다"라는 진술을 숭고 체험의 발화도 보아도 무리는 없을 것이다. 특히 이 마지막 행의 의미가 정확히 무엇인가에 대해 많은 해석이 있어 왔다. 그 같은 해석들은 규정적 판단력에 의한 것이므로 미의 범주에 속하는 작업들이다. 그러나 숭고는 미의 영역을 넘어서 있다. 숭고는 결코 명확하게 규정될 수 없는 성질의 것이다. 아마 마지막 구절은 끝까지 해석 불가의 영역

7) 이육사, 「절정」, 『육사시집』, 범조사, 1956.

으로 남게 될지 모른다.

> 그러나 잠시 뒤에 나는 고개를 들어,
> 허연 문창을 바라보든가 또 눈을 떠서 높은 턴정을 쳐다보는 것인데,
> 이 때 나는 내 뜻이며 힘으로, 나를 이끌어 가는 것이 힘든 일인 것을 생각하고,
> 이것들보다 더 크고, 높은 것이 있어서, 나를 마음대로 굴려 가는 것을 생각하는 것인데,
>
> — 백석, 「南新義州柳洞朴時逢方」 20~23행[8]

우리나라 시인들이 가장 좋아한다는 시 「남신의주유동박시봉방」에도 숭고 체험이 형상화되어 있다. 이 시의 인용 못한 전반부에는 빈 방에서 화자가 겪은 고통스러운 심사가 생생하게 묘사되어 있다. 집과 가족을 잃고 만주 일대를 떠돈 화자가 '점점 더해오는' 추위를 피해 빈 방에 며칠씩 머물면서 "내 슬픔이며 어리석음이며를 소처럼 연하여 쌔김질하는" 모습 말이다. 그 같은 비극적 감정의 증폭 속에서 마침내 "나는 내 슬픔과 어리석음에 눌리어 죽을 수밖에 없는 것"을 느낀다고 한 화자의 탄식을 상기해 보자. 비극적 운명의 감정에 압도된 주체의 내적 상태가 환기될 것이다. 화자는 비극적 운명의 감정에서 실로 거대한 크기와 위력을 느낀 것이다. 화자는 이 감정의 위력에 짓눌려 칸트가 말한 불쾌, 즉 동요와 무력감과 절망에 빠져 있다. 하지만 위에 인용한 대목은 불쾌에서 빠져나오는 어떤 인식의 전환을 보여 준다. 화자는 "나는 내 뜻이며 힘으로, 나를 이끌어가는 것이 힘든 일"임을 생각한다. 이유는 자신의

8) 백석, 「남신의주유동박시봉방」, 『학풍』 창간호, 1948.10.

주체적 힘보다도 "더 크고, 높은" 어떤 운명의 작용을 생각하게 됐기 때문이다. 이 운명의 힘은 '나를 마음대로 굴려 갈' 정도로 화자보다 압도적인 위력을 지녔다. 주목할 것은 압도적인 운명의 위력과 그에 휘둘린 자신의 절망적 처지에 대해 화자가 차분하게 '생각'하기 시작했다는 것이다. 이 시는 언어에 매우 예민했던 백석의 시치고는 '생각하다'란 시어를 네 번이나 구사하고 있어 이례적이다. 거대한 운명의 힘에서 비극적 절망감을 느꼈지만, 그 감정의 근거에 대해 생각할 수 있는 주체의 사유 능력이 강조되어 있는 것이다. 그런 점에서 이 시는 운명의 위력보다도 더 큰 마음 능력을 발동시킨 숭고한 주체의 모습을 형상화했다고 볼 수 있다.

3. 예술을 통한 고양과 삶의 포월: 니체

리오타르의 숭고론으로 건너가기 전에 20세기를 연 철학자 니체의 숭고 논의를 잠시 살피기로 하자. 체계적인 숭고론을 전개한 것은 아니지만, 니체의 철학 곳곳에 나타나는 '고양'과 '상승'은 숭고에 대한 그의 관심을 충분히 짐작하게 만든다. 우선 니체의 숭고 사유는 그의 예술론과 밀접하게 관련된다. 니체는 개념의 굴레에 빠진 전통 형이상학으로는 삶과 세계에 근접할 수 없다고 보고 그에 대한 방법으로 자신만의 독특한 '미적 형이상학'을 개진한다. '개념의 거미줄'을 찢을 수 있는 것은 바로 예술이다. 관념으로 위장한 철학이 밀려나간 자리에 들어서는 것이 예술이며, 예술이야말로 창조적 형이상학을 가능하게 한다.[9]

9) 최문규, 「가상으로서의 예술: 니체의 "예술 형이상학"」, 『문학이론과 현실인식』, 문학

니체의 미적 형이상학은 초기의 저술 『비극의 탄생』에서 집중 거론되는데, 잘 알려진 그리스 비극의 '아폴론적인 것'과 '디오니소스적인 것'에 대한 논의를 동반하고 있다. 현실 세계는 혼돈, 무질서, 절망으로 가득한 디오니소스적인 것이다. 이 같은 현실로부터 벗어나 꿈이나 가상을 통해 질서와 인과율을 구성하려는 원리가 아폴론적인 것이다. 그러므로 아폴론적 형상은 "절도와 단순성에의 의지, 규칙과 개념"으로 디오니소스적인 현실을 제어하려는 의지의 산물이다. 흔히 아폴론적인 것을 미로, 디오니소스적인 것을 숭고로 결부 짓는 논의가 있지만,[10] 이는 표면적인 독법이다. 사실 그 둘은 서로를 필요로 하는 대리보충의 관계이다. 비극은 아폴론적인 것과 디오니소스적인 것이라는 두 가지 예술 충동의 긴장적 결합에서 산출될 수 있다. 삶의 끔찍한 측면과 디오니소스적 혼돈을 버텨내려는 아폴론적인 질서의 측면이 동시에 어우러질 때 비극 작품이 탄생하며, 이 비극의 예술을 통해 우리는 고양된 감정, 즉 숭고감을 전달받는다는 것이다. 숭고란 아폴론적인 것과 디오니소스적인 것의 긴장적 결합에서 유발되는 고양의 감정이다.

그러나 이후의 니체는 비극 예술론을 통한 초기의 숭고론에서 벗어나, 후기 철학으로 갈수록 숭고를 삶의 방식과 연관 짓는 방향으로 나아간다. 결론부터 말해 니체의 숭고론은 삶 자체와 관계한다. 니체에게 와서 숭고는 롱기누스 식의 초월적 세계나 칸트 식의 초감성적 이성 이념을 위한 전통 형이상학을 벗어던지고 삶 자체와 조우하려는 의지로 전환하게 된다.

니체는 삶을 고양하거나 상승시키는 감정은 삶 자체를 살아가는

동네, 2000.

10) 안성찬, 『숭고의 미학』, 유로서적, 2004, 175쪽.

데서 나오며 이를 종교적 초월주의나 관념적 형이상학으로는 얻을 수 없다고 강조한다. 그러한 것들은 '노예 도덕'이거나 '가짜 해결사'에 불과하며 인간을 원한에 휩싸이게 하여 삶에서 도피하도록 만들 뿐이다. 그렇다면 삶이란 자신 이외의 다른 것을 필요로 하지 않을 만큼 완벽한 것인가. 그렇다면 니체의 소위 차라투스트라 철학은 에피쿠로스 유의 쾌락주의와 다를 바 없는 것인가. 하지만 니체는 삶의 심연이란 혼돈스럽고 끔찍하며 무질서하고 우연에 가득 찬 것이라고 말한다. 그것이 삶의 디오니소스적 실체이며 라깡 식의 실재와도 무관하지 않을 것이다. 그렇다면 이 같은 삶의 부정성은 어떻게 극복될 수 있는가. 니체는 삶의 부정성 자체를 받아들이며 긍정하라고 말한다. 종교, 도덕, 전통 형이상학에 의지해 삶을 초월하려는 것은 도피일 뿐 진정한 극복이 되지 못한다. 진정한 극복자, 즉 위버멘쉬(超人)는 삶의 디오니소스적 심연 자체에서 시작하여 수직적 초월이 아니라 수평적 포월로 대지의 삶을 생동감 있게 건너가려는 자이다. 포월(包越)이란 문자 그대로 끌어안으면서 넘어가는 것, 즉 철학자 김진석의 말처럼 삶의 실재하는 고통까지도 있는 그대로 수용하면서 옆으로 기어 건너가려는 극복의 자세를 뜻한다.[11] 이처럼 삶 자체에 대한 도취 속에서 정신의 고양과 상승, 즉 숭고감이 발생할 것이며, 이 지상적 삶에 천착하려는 숭고한 의지 속에서 생명력을 얻게 될 것이라고 니체는 말한다.

> 자, 들어보라, 그들이 오고 있다.
> 힘의 씨앗을 은밀히 마련하며
> 영혼 속에 기쁨을 부여하는 봄사냥꾼들,

---

11) 김진석, 『초월에서 포월로』, 솔, 1994, 211~227쪽.

북소리 울리는 大地를 두 발굽으로 들어올리며
달리는 봄사냥꾼들이
끌어 안으면서 넘쳐버린 유리빛 바다여,
위대한 정신이여, 다시 오라,
더 가까이 더 가까이
저 大地의 북소리 속에서
내 피를 푸르게 튀게 하라.

— 조정권, 「산정묘지·3」 1연 19~28행[12]

"위대한 정신"의 도래를 갈망하는 이 시를 보자. 위대한 정신이 더 가까이 와서 "내 피를 푸르게 튀게 하라"라고 노래하고 있음을 볼 때, 위대한 정신이란 외부에서 오는 "그들"만의 것이 아니라 시인 자신 또한 얻고자 염원하는 것임을 알 수 있다. 그리고 그 위대한 정신은 지상을 이탈한 꿈과 가상의 초월적 낙원이 아니라 엄연히 지상에 붙박고 있는 "저 大地의 북소리"에서 들려와야 한다. 이 대지의 고동치는 생명력을 "자, 들어보라"라고 시인은 웅변하고 있는 것이다. 대지에 사는 자들은 "힘의 씨앗"을 심으면서 "영혼 속에 기쁨을 부여"하는 자들이다. 이 대지의 기쁨과 함께 하려는 삶 속에서 "두 발굽을 들어올리"는 고양과 상승의 감정을 얻을 수 있다. 특히 "위대한 정신이여, 다시 오라"라는 진술과 등위적으로 접속된 앞 구절에 주목할 필요가 있다. 시인은 위대한 정신이란 "끌어 안으면서 넘쳐버린" 정신이라고 말한다. 그것은 한량없이 거대한 크기와 위력을 지닌 '바다'의 정신이며 그런 의미에서 숭고의 영혼을 표상한다. 시인은 '봄 사냥꾼들'처럼 대지에 밀착하여 지상의 삶을 "끌어 안으면서" 살아가려는

12) 조정권, 「산정묘지」 3, 『산정묘지』, 민음사, 1991.

영혼만이 비로소 바다의 위력처럼 숭고하게 '넘칠 수 있음'을 노래하고 있는 것이다.

4. 현시 불가능한 것의 현시와 아방가르드: 리오타르

어느 저녁 나는 미(美)를 내 무릎에 앉혔다.—그러고 보니 못마땅한 것임을 알았다.—그래서 욕을 퍼부어주었다.

— 랭보, 「지옥의 계절」 부분

어쩌면 니체의 숭고론이 지닌 의의는 숭고를 통해 '예술이란 무엇인가'의 문제를 본격적으로 사유하기 시작한 데 있지 않을까 싶다. 20세기의 숭고 논의는 예술의 가치와 지향에 대한 논의로 전환된 특징이 있다. 아도르노와 하이데거는 숭고를 딱히 거론하지 않았지만, 숭고와 상관성 있는 논의들을 잠재적으로 펼쳤다고 평가되곤 하는데, 어쨌든 그들의 숭고론도 예술론과 결부되어 있는 것만은 분명해 보인다.

예술론으로서의 숭고론은 20세기의 대표적인 숭고 논의자로 알려진 리오타르에게서도 마찬가지이다. 리오타르는 포스트모던 이론가로 알려져 있지만, 그가 말한 예술론에 접근하기 위해서는 그의 숭고 논의를 거쳐야 하는 것이 필수적이다. 리오타르의 숭고론은 다소 복잡하게 알려져 있지만, 사실 그가 숭고를 통해 주장하려는 의도는 간명하다. 리오타르의 예술론은 궁극적으로 아방가르드 예술을 이론화하고 더 나아가 옹호, 독려하기 위한 목적을 가지고 있다. 그의 예술론은 일종의 '미적 태도'로서의 예술론에 속한다. 예술가는 어떤 태도로 창작에 임해야 하는가에 대한 제안이라고도 할 수 있다. 그에 따르면 현대의 예술가는 암시적으로 숭고를 표현해야 한다. 그렇다면 그가 말한 숭고란 무엇일까.

칸트 미학을 논하는 자리에서 리오타르는 칸트가 현시 능력과 인식 능력을 구분한 최초의 철학자임을 상기시킨다. 그에 따르면 칸트가 말한 '미'란 현시 능력과 인식 능력 간의 일치에서 오는 쾌와 관련되며, '숭고'는 이 두 능력 간의 불일치에서 유발되는 불쾌에서 비롯된다. 이처럼 리오타르는 칸트의 미학을 재해석하면서 미적 지향과 숭고적 지향 중 현대의 예술가에 요청되는 것이 숭고임을 계속하여 강조한다. 따라서 리오타르의 예술론은 숭고의 미학적 지위를 복권하는 작업이라 할 수 있으며, 이 과정에서 미의 지향은 비판적으로 검토된다.

리오타르는 미란 교육과 학습을 통해 선험적으로 주어지며, 훈련에 의해 표현과 감상이 가능한 것이라고 말한다. 미의식은 미적 제도에 의해 주어지는 규범적이자 관습적인 것이며 보편적, 공동체적으로 합의된 것이다. "원칙적으로 보편적인 합의에 호소할 때 미는 나타난다."[13] 따라서 미는 하버마스가 말하는 창작자와 감상자 간의 의사소통 코드에 의해 충분히 매개될 수 있다. 칸트 식으로 말하면, 창작자의 현시 능력과 감상자의 인식 능력 간의 일치를 통해서 미가 형성되는 것이다. 따라서 미는 감상자의 규정적 판단력과 합치되는 합목적성을 지니는바 감상자에게 기쁨을 준다. 달리 말해 미는 '재현의 미학'에 기초해 있다고도 볼 수 있다. 상상력(구상력)으로 충분히 그려낼(현시할) 수 있고, 그렇게 재현된 것이 감상자의 인식 능력을 통해 충분히 전달될 수 있을 때 쾌가 발생하며 거기에

13) J. 리오타르, 「질문에 대한 답변: 포스트모던이란 무엇인가」, 이현복 역, 『지식인의 종언』, 문예출판사, 1993, 32쪽.

미가 있다. 그런 의미에서 미에의 욕구는 '소통적 질서의 소환 및 단일성, 동일성, 안전성, 대중성, 공공성'에 대한 갈망이다.

그런데 리오타르의 이 같은 미에 대한 분석과 해명은 사실상 현대의 예술가들로 하여금 미의 지향을 넘어서 '숭고로 가라'고 독려하기 위한 목적을 가지고 있다. 그의 숭고론은 '현시 불가능한 것의 현시'라는 유명한 명제에서 잘 드러난다. 숭고란 표현(현시)할 수 없는 것을 표현할 때, 구체적으로 말하면 표현 불가능한 것이 존재한다는 사실 그 자체를 표현해 놓았을 때 발생하게 된다는 것이다. 이 무슨 말인가.

예를 하나 들기로 하자. 여기 한 폭의 추상화가 있다. 기본적으로 추상화는 어떤 대상을 구체적으로 재현하지 않은 비구상의 그림을 일컫는다. 점·선·면·색으로만 구성된 그림, 그것이 추상화이다. 추상화가 처음 등장했을 때 당시의 반응은 어떠했을까. 추상화는 지금의 우리에겐 꽤 익숙한 것이지만, 당시로선 처음 보는 그림인바 일종의 전위로서 나타났을 것이다. 그것은 구상화라는 기존의 미적 규범과 경계를 깨고 나타났던 것이다. 대부분의 사람들은 어떠한 대상도 재현해놓지 않은 이 그림 앞에서 매우 당혹해했고 심지어 불편감마저 느꼈다. 대체 무엇을 그려놓았는지 알 수 없었기 때문이다.

추상화가 요령부득으로 다가왔다는 것은 인식론적으로 무엇을 의미하는가. 칸트 식으로 말하면 표현된 것과 그것을 파악하는 인식 능력 간에 불일치가 생긴 것이다. 표현 능력과 인식 능력의 불일치는 불쾌를 유발한다. 그런데 따지고 보면 인식 능력이란 것은 지식의 전수를 거쳐 얻어진 것이다. 흔히 우리는 "그림은 아는 만큼 보인다"라는 말을 한다. 대상을 파악하고 이해하는 능력은 지식의 양과 비례한다. 그리고 그 지식이란 것은 리오타르의 말처럼 "학교, 프로그램,

기획”을 통해 주어지거나 “과거로부터 학습”된 것이다.14) 내가 알고 있는 지식은 언제나 ‘그동안의’ 지식인 것이다.

초창기 추상화의 이야기로 다시 넘어가보자. 당시 사람들의 그림 인식 능력은 기성의 그림, 즉 구상화에 대한 지식과 매개된 것이었다. 따라서 어떤 화가가 대중이 획득한 학습과 지식에 합목적적인 그림, 즉 구상화를 잘 그려서 걸어놨다면, 사람들은 그 그림에서 쾌를 느끼며 아름답다고 말할 것이다. 나아가 자신의 인식 능력과 소통한다고도 말할 것이다. 그러나 “바로 지금 여기”의 눈앞에 기존의 감상법으로는 이해도 파악도 할 수 없는 그림이 하나 나타났다. 이 추상화에 사람들은 아찔감, 당혹감, 무력감, 불편감 따위를 느끼며 심적으로 동요한다.

리오타르는 이처럼 칸트가 숭고의 계기로 언급한 불쾌가 예술 작품에서도 경험될 수 있다고, 아니 경험되어야 한다고 주장한다. 압도적인 크기나 위력을 가진 자연물처럼 숭고는 형체를 파악할 수 없는 것에서 시작된다. 숭고의 대상은 그것과 마주한 주체의 인식 능력을 마비시켜서 아찔하고 불편하게 만들며 마음을 크게 요동치게 한다. 따라서 압도적인 충격을 주어 주관을 동요시키는 어떤 예술 작품이 있다면, 그러한 작품만을 숭고하다고 말해야 한다는 것이 리오타르의 견해이다. “숭고의 미학에 자극을 받아 예술은 아름답기만 한 모델을 모방하는 것은 접어두고 강렬한 효과를 추구하고 놀랍고 비일상적이며 충격적인 결합을 시도할 수 있고 해야만 한다.”15) 물론 리오타르가 말한 그 숭고의 예술이 전위적 아방가르드를 지칭하고 있음은 분명하다. 아마 리오타르가 한국의 시를 봤다면, 이상(李霜)의

14) J. 리오타르, 「숭고와 아방가르드」, 이현복 역, 위의 책, 159~160쪽.

15) 위의 책, 176쪽.

시야말로 가장 이상(理想)적인 숭고한 텍스트라고 말했을 것이다. 또는 1950년대의 전후 모더니즘시, 1980년대의 실험시도 숭고 텍스트의 목록에 포함시켰을 것이다.

그러나 전위 미학을 옹호하고 독려한 리오타르의 숭고론은 그 치밀한 논리적 전개에도 불구하고 필자가 보기에 미해결된 결정적인 문제점을 하나 안고 있다. 포스트모던 시대의 도래 여부도 따져봐야 할 문제지만, 정말 그의 말처럼 포스트모던적 탈근대의 시대가 혹 왔다 치더라도 바로 그 탈근대 자체의 속성 때문에 전위 예술의 숭고한 충격 효과가 과연 얼마나 광범위한 범위에서 지속적으로 가능할 수 있겠느냐는 것이다.

주지하다시피 탈근대는 탈중심의 시대인 만큼 극히 다원화된 미적 취향들을 예고하고 있으며, 벌써 이미 우리 시대는 어느 단일한 중심으로 수렴될 수 없는 상당히 다변화된 개별적 주체들의 취미 판단을 각양각색으로 보여 주고 있다. 아방가르드가 문자 그대로 '집단적' 전위 부대의 움직임이라면, 그 전위의 집합적 움직임도 탈근대의 시대에서는 다변화한 취미 판단들 중의 어느 한 '부분'에 속할 수밖에 없게 될 공산이 커진 것이다. 아방가르드가 전 시대의 중심 미학을 완전히 교체할 만한 전위 부대로서의 영향력을 가지기에는 그 집단적 움직임의 크기가 작거나 단기간일 수밖에 없게끔 됐는데, 이는 탈근대성 자체가 내재하고 있는 시대적 속성에 기인한 바 크다. 탈중심의 시대답게 아방가르드는 기존의 미학적 중심을 파괴할 수 있지만, 탈중심의 시대이니만큼 그 자신도 미학의 중심을 차지하기엔 어려울 운명에 처하게 된 것이다.

그런 의미에서 아방가르드적 숭고의 광범위하고도 지속적인 충격과 전율은 역설적이게도 탈근대가 아니라 온전한 근대의 내부에서 가능할 수 있었다고 볼 수 있다. 이미 오래전의 추상화나 이상의 시가 상당한 기간 동안 전위의 전범으로서 영향력을 행사하게 된 것은 기존의 미학적 중심을 바꾸는 또 다른 '중심'이란 것이 가능할 수 있었던 근대의 중심지향성에 힘입은 바 컸던 것이다. 리오타르의 아방가르드적 숭고론이 1990년대를 휩쓸다 물거품처럼 사라지게 된 것도 이미 1990년대 후반의 우리 사회가 전적은 아니더라도 어느 정도는 탈근대적 징후의 시대로 접어들었기 때문이며 이에 따라 다원화된 개별적 취미 판단들의 각축장으로 변모해갔기 때문은 아닐까. 미학적 패러다임의 전환을 동반하는 '크고도 압도적인' 파괴력, 즉 숭고의 파괴력을 가지기에는 어느 시점부터 리오타르의 아방가르드한 주장 또한 일개 철학자의 한 취미판단 정도로 여겨지기 시작했던 것이다.

2장

백석 시의 숭고와 미

1939년 만주로 떠난 뒤에 산출된 백석의 시들을 두고서 이전의 『사슴』 시편 및 국내 기행시편과 매우 다른 것이라 단정할 수 있을까. 이 질문에 대한 대답은 간단할 수 없다. 1935년부터 5~6년의 짧은 기간 동안 그의 대부분 시들이 창작됐다는 사실을 고려해 보면 그렇다. 따라서 백석 시세계의 다양한 요소들을 통시적 단계를 준거 삼아 시기별로 절분해내기란 쉽지 않다. 이미지즘 기법, 서정/서사 지향성, 전통공동체 모티프, 기행시, 방언 구사 등의 요소들은 강약을 달리하여 혼효되면서 사실상 그의 시세계 전반에 걸쳐 발견된다. 그럼에도 백석의 후기시들이 앞선 시기에 비해 유의미한 변모를 보여줬다는 판단에서 이 글은 출발한다. 특히 그의 후기시편에 새롭게 숭고 체험이 형상화됐음을 규명하고자 할 것이며, 이를 위해 「북방에서」와 「남신의주유동박시봉방」을 증거 자료로 호출할 것이다. 이 두 편의 시에 나타난 숭고는 이전의 백석 시들에는 없었던 것이며, 따라서 그의 시세계에서 변별된 미학적 영토를 형성하는 데 기여하고 있다.

백석의 후기 시세계에 새롭게 출현한 숭고와 그 특징을 분석하려면 우선 숭고에 대한 개념 정의가 선행되어야 할 것이다. 숭고는 포스트모던 이론가인 리오타르에 의해 최근 그 가치가 조명된 미학 개념으로 알려져 있다. '현시 불가능한 것의 현시'를 숭고라고 한 그의 논의는 그러나 궁극적으로 아방가르드 미학을 옹호하려는 의도를 띤 것이어서 자의적이라는 비판에서 자유롭지 못하며, 백석 시의 분석을 위한 개념적 도구로서도 유용하지 못해 보인다. 물론 리오타르에 의해 숭고의 미학적 지위가 재해석됐다는 의미는 있다. 하지만 숭고의 논의는 고대 수사학에까지 연원을 둘 정도로 뿌리가 깊으며, 초창기 근대 미학에서 활발히 논의된 것이기도 해서 별도의 고찰을 요한다. 특히 롱기누스와 칸트의 숭고론은 숭고에 대한 고전적 논의라 할 만하다. 이들의 논의를 점검하면서 백석 시의 숭고 분석에 유효한 숭고 개념을 추출하고자 한다.

1. 숭고의 개념: 롱기누스와 칸트

흔히 일상적 어법에서 말해지는 숭고는 죽음의 가능성에 굴하지 않고 자신의 고귀한 신념에 따라 위험에 맞서 투신하는 행동을 뜻한다. 그러나 미학의 영역에서 다뤄지는 숭고는 일상의 용법과 다른 의미를 가진다. 일차적으로 그것은 '매우 높거나 거대한 자연물'로 사뭇 알려져 있다. 깎아지른 절벽, 준봉, 광활한 대양, 휘몰아치는 폭풍 등 주체를 압도하는 높이나 크기를 가진 자연물을 숭고하다고 부르곤 하는 것이다. 하지만 사실 숭고는 높고 거대한 자연 대상을 지칭하는 말이기보다는, 칸트 식으로 말하면 압도적인 자연물에 의해 촉발된 주체의 '심적 반응'과 관계하는 용어이다. 숭고함을 느끼는 주체의 심적 반응을 유발하는 것이 꼭 자연물이어야 할 필요는 없다. 『숭고에 관하여』의 저자 롱기누스는 숭고가 듣는 이를 경탄케 하거나 황홀하게 만드는 위대한 웅변이라고 제시한 바 있다.[1] 위대한 말이 숭고감을 유발할 수 있다는 뜻이다. 즉, 숭고는 거대한 자연물하고만 관계하는 것이 아니다.

롱기누스가 언급한 숭고감을 일으키는 위대한 웅변이란 무엇일까. 그것은 아득한 높이를 가진 것과 관계된다. 롱기누스에 의하면 숭고한 것은 '높은 것'이며, 숭고한 말은 인간의 유한성을 넘어서 신들의 세계로 표상되는 저 높은 초월 세계의 불멸성을 전함으로써만 획득된다.[2] 즉, 숭고는 소멸하는 유한자의 세계에 맞서, 소멸을 넘어선 어떤 비-소멸적인 무한의 질서와 관계 맺으려는 주체의 시도에서 발생한다. 또한 숭고는 치솟은 높이뿐만 아니라 '기원으로 거슬러 오름'을 통해서도 얻어질 수 있다. 숭고에 대한 사유는 지고

---

1) 롱기누스, 「숭고에 관하여」, 천병희 역, 『시학』, 문예출판사, 2002, 266~267쪽. 한편 이 글의 저자가 진짜 롱기누스라고 단정할 수는 없다. 역자는 이 글이 기원 후 1세기 또는 2세기 초에 롱기누스의 이름을 빌은 누군가에 의해 써졌다고 설명한다. 따라서 이 글의 저자를 '위(僞) 롱기누스'라 부를 수 있을 것이다. 하지만 통상적이고도 편의적인 호명을 받아들여 여기에서는 저자를 '롱기누스'로 부르기로 한다. 또한 이 글의 제목에 대해서도 논란이 있는데, 미셸 드기는 「숭고에 관하여(Du sublime)」라는 제목이 오역의 결과임을 지적하면서 원제목이 『페리 흡수스(*Peri Hupsous*)』임을 밝힌다. 미셸 드기, 「고양의 언술: 위(僞) 롱기누스를 다시 읽기 위하여」, 김예령 역, 『숭고에 대하여』, 문학과지성사, 2005, 11쪽.

2) 롱기누스에게 숭고감을 유발하는 저 높은 불멸의 세계란 구체적으로 신들의 세계를 뜻한다(김상봉, 「롱기누스와 숭고의 개념」, 『나르시스의 꿈』, 한길사, 2002, 83쪽). 롱기누스는 숭고를 만들어내는 조건으로 ① 생각에 있어서 큰 것을 만들어내는 능력, ② 강렬하고 신들린 파토스, ③ 특정한 말무늬의 형성, ④ 고상한 말씨, ⑤ 위엄 있고 명료한 구성 등 다섯 가지를 제시했는데, 김상봉은 그중에서도 ①과 ②를 롱기누스 숭고론의 핵심으로 본다. ①에서 언급된 '큰 것'이란 바로 신적인 완전성을 뜻한다. 즉 ①과 ②는 "유한한 인간이 신적인 완전성과 탁월함을 동경"하는 큰 생각과 열정(신들린 파토스)을 가질 때 "거기서 생겨나는 정신의 상승"을 의미하며, 이것이야말로 롱기누스 숭고론의 요체에 해당한다(같은 글, 89쪽).

한 기원에 큰 의미를 부여하고 그것에 향수를 느끼며 다시 이르기를 갈망한다.[3] 그런데 이처럼 저 너머 비-소멸적인 세계의 높이 혹은 기원에 가닿기 위해서는 소멸하는 유한의 세계를 벗어나게 하는 움직임이 필요할 것이다. 따라서 숭고 체험은 사멸하는 세계에 속한 주체를 사로잡아 무한의 세계로 이동시키는 움직임을 수반하며, 구체적으로 그 움직임은 주체를 '휩쓸어갊'의 형태를 띤다.[4]

롱기누스의 숭고론은 이후 칸트의 숭고론에 영향을 미친다. 하지만 롱기누스가 저 높은 곳에 존재하는 완전성(신들)의 세계로부터 숭고가 가능하다고 여겼다면, 칸트는 그 완전성의 자리에 신들 대신 인간의 다른 능력을 위치시키고자 했다. 이 점을 살펴보자. 칸트의 『판단력 비판』에 따르면 숭고는 '단적으로 큰 것', '일체의 비교를 넘어서 큰 것', 즉 '그것과 비교했을 때 다른 모든 것이 작은 것'과 관계한다.[5] 높이 개념을 강조했던 롱기누스와 달리 숭고를 '크기' 개념과 연관 지은 셈이다. 그러나 칸트가 말한 절대적으로 큰 어떤 것 자체가 숭고는 아님에 유의해야 한다. 광활한 바다, 사막, 몰아치는 폭풍 같은 "자연의 어떤 대상을 숭고하다고 부르는 것은 전혀 정당한 표현이 아니다"(『판단력 비판』, 83쪽). 아마 칸트는 롱기누스가 숭고한 대상이라고 생각한 완전한 신들 또한 숭고와 관계하

3) 미셸 드기, 앞의 글, 28~29쪽. 한편 숭고가 '신성하고도 먼 기원에 대한 추구'와 밀접하다는 드기의 주장은 롱기누스가 숭고론을 쓴 이유에서도 확인된다. 롱기누스는 자신의 시대가 먼 옛날 호메로스 시대의 비극을 전범 삼아 그것을 모방해야 함을 주장했던 것으로 보인다. 즉, 롱기누스의 숭고론이란 비극의 기원인 호메로스 시대로 회귀하자는 주장에 다름 아니다. 또한 그의 숭고론을 훗날 번역하여 알린 비평가 브왈로에게서도 숭고란 신성한 기원으로 거슬러 올라감을 뜻한 것 같다. 이는 신구논쟁의 당사자였던 브왈로가 신(新)으로 대변되는 르네상스 예술에 맞서 구(舊)로 상징되는 그리스 시대의 예술을 옹호하고 추구했던 태도에서도 드러난다.

4) 미셸 드기, 앞의 글, 16·30쪽.

5) 이마누엘 칸트, 김상현 역, 『판단력 비판』, 책세상, 2005, 86~87·90쪽.

는 것일 뿐 숭고 자체는 아니라고 말할 것이다. 다시 말해 자연물이든 신이든 어떤 종류의 거대한 '대상' 자체가 숭고는 아니다. 숭고는 어떤 큰 대상이기보다도, 압도적인 것의 크기나 위력을 감지한 주체의 내면에서 촉발되는 상상력과 관계되는 용어이다. "참된 숭고성이란 오직 판단자의 심의에서만 찾아야 하는 것이요, 자연물의 판정이 심의의 그러한 상태를 유발한다고 해서 자연물에서 찾아야 하는 것은 아니다."[6]

아울러 칸트는 "숭고에 대해서는 단지 우리 내부에서만, 그리고 자연의 표상에 숭고성을 끌어넣는 우리의 심적 태도에서만 그 근거를 찾아야 한다"라고 말한다.[7] 그렇다면 칸트가 말한 숭고란 정신의 어떤 작용을 거쳐 얻어지는 것일까. 우리의 심의 능력 중에는 상상력(구상력)이 있다. 상상력은 자신이 포착할 수 있는 범위 내의 크기만을 이미지로 떠올릴(현시할) 수 있다. 이를 바꿔 말하면, 상상력에는 스스로의 능력으로 현시할 수 있는 최대치의 한계가 존재하며, 그 최대치를 넘어선 '절대적인 크기나 위력' 앞에서 상상력은 최대의 노력을 기울여보지만 그것을 이미지로 현시할 수가 없다. 압도적인 그것을 머릿속에 떠올려볼 수 없는 무능력에 직면했을 때 상상력은 위축되고 무력감과 절망감을 맛보게 된다는 것이다. 이는 무한한 세계로의 움직임이 주체를 휩쓸어간다고 말한 롱기누스의 견해를 상기시킨다.

하지만 여기에서 칸트는 일종의 반전을 시도한다. 측정 불가능한

6) 김광명, 『칸트 판단력 비판 연구』, 철학과현실사, 2006, 87쪽.

7) 이마누엘 칸트, 앞의 책, 85쪽. 숭고가 대상의 문제가 아니라는 점을 칸트는 곳곳에서 강조하고 있다. "다시 말해 '그것은 숭고하다'고 부른다면, 우리는 그것에 적합한 척도를 그것의 밖(대상)에서가 아니라 안(마음)에서 찾아야 한다."(90쪽) 그러므로 "반성적 판단력을 활동시키는 어떤 표상을 통해 야기된 정신의 상태가 숭고하다고 불릴 수 있는 것이지, 객관이 그러한 것은 아니다"(91쪽).

상상력의 한계를 확인했다는 사실이 역설적으로 주체를 무력감과 절망감에서 벗어나게 해 준다는 것이다. 왜 그런가? 상상력으로 현시할 수 없는 것은 그러나 우리로 하여금 상상을 넘어선 어떤 커다란 세계가 존재한다는 사실만큼은 알게 해 준다. 나아가 우리는 상상으로는 현시 불가능한 무한의 것이 존재한다는 사실 그 자체를 두고 '생각(사유)'할 수가 있다. 따라서 "숭고란 그것을 단지 생각할 수 있다는 사실만으로도 감관의 모든 척도를 능가하는 어떤 마음 능력이 있음을 알려준다"(『판단력 비판』, 91쪽). 숭고감은 우리 속에 내재하는 이 사유하는 마음 능력에 대한 자각에서 촉발된다.[8] 즉, 엄청난 크기와 위력을 가진 것은 우리 내부에 그것을 생각할 수 있는 더 크고 우월한 능력이 존재한다는 숭고의 감정을 환기시켜 주는 것이다.

2. '아득한 녯날'로의 회귀와 기원 상실: 「北方에서」

이상의 논의들을 종합할 때, 롱기누스와 칸트가 공통되게 말한 숭고의 기본 속성은 ① 주체를 압도하는 어떤 현상이 있다는 것, ② 압도적인 것에 주체가 심적 반응을 보인다는 것으로 요약될 수 있다. 세부적으로 말하면, ③ '압도적인 것'이란 롱기누스의 경우 유한을 넘어선 영원과 불멸의 세계 혹은 아득한 높이나 기원의 세계이며, 칸트의 경우는 상상의 범위를 넘어선 현상을 뜻했다. 다음으로 ④ 압도적인 현상에 대한 '주체의 반응'이란 롱기누스의 경우 비-사멸하는 세계로의 열망과 움직임을, 칸트의 경우는 압도적인 것에서

8) 김상봉, 「칸트와 숭고의 개념」, 『나르시스의 꿈』, 한길사, 2002, 134쪽.

한계를 느낀 주체의 부정적 감정과 더불어 자신의 한계를 사유하는 더 큰 마음 능력의 자각으로의 이행을 뜻했다.

①과 ②는 숭고의 기본 요소이자 숭고 체험의 계기를 구성하는 것이라 할 수 있다. 백석의 후기시들은 압도적인 현상에 대한 인식과 그에 따른 주체의 심적 반응을 종종 진술한다. "이것은 또 참으로 밝고 그윽하고 깊고 무거운 마음이라/이마음안에 아득하니 오랜 세월이 아득하니 오랜 지혜가 또 아득하니 오랜 人情이 깃들인 것이다"(「수박씨, 호박씨」), "내 가슴은 너무도 많이 뜨거운것으로 호젓한 것으로 사랑으로 슬픔으로 가득찬다"(「힌 바람벽이 있어」) 등의 진술들이 그것이다. 압도적인 감정의 힘과 크기에 대한 인식과 더불어 슬픔, 사랑, 연민, 외로움 등의 심리적 반응까지 보여 준다는 점에서 이 시들은 숭고와 무관하지 않다. 그러나 숭고의 계기가 나타났다는 측면에서 숭고적이라 할 수 있을 뿐, ③과 ④를 보여 주는 온전한 숭고 체험의 발화라고는 하기 어렵다. 슬픔과 고독 등 페시미즘적 '정서의 고양과 토로'에 그쳤다는 점에서도 그렇다. 어쨌든 압도적인 현상에 대한 심적 반응을 드러냈으므로 이 시들은 백석의 이전 시들과 변별되는 점이 있다. 한편 「북방에서」와 「남신의주유동박시봉방」은 온전한 숭고 체험을 발화한 시들로 제시될 수 있다. 「북방에서」부터 분석하자면 다음과 같다.

아득한 녯날에 나는 떠났다
扶餘를 肅愼을 勃海를 女眞을 遼를 金을,
興安嶺을 陰山을 아무우르를 숭가리를,
범과 사슴과 너구리를 배반하고
송어와 메기와 개구리를 속이고 나는 떠났다.

나는 그때
자작나무와 익갈나무의 슬퍼하든것을 기억한다
갈대와 장풍의 붙드든 말도 잊지않었다
오로촌이 멧돌을 잡어 나를 잔치해 보내든것도
쏠론이 십리길을 딸어나와 울든것도 잊지않었다.

나는 그때
아모 익이지못할 슬픔도 시름도 없이
다만 게을리 먼 앞대로 떠나나왔다
그리하여 따사한 해ㅅ귀에서 하이얀 옷을 입고 매끄러운 밥을먹고 단샘을 마시고 낮잠을 잤다
밤에는 먼 개소리에 놀라나고
아츰에는 지나가는 사람마다에게 절을 하면서도
나는 나의 부끄러움을 알지못했다.

그동안 돌비는 깨어지고 많은 은금보화는 땅에 묻히고 가마귀도 긴 족보를 이루었는데
이리하야 또 한 아득한 새 녯날이 비롯하는때
이제는 참으로 익이지못할 슬픔과 시름에 쫓겨
나는 나의 녯 한울로 땅으로-나의 胎盤으로 돌아왔으나

이미 해는 늙고 달은 파리하고 바람은 미치고 보래구름만 혼자 넋없이 떠도는데

아, 나의 조상은 형제는 일가친척은 정다운 이웃은 그리운것은 사랑하는것은 우럴으는것은 나의 자랑은 나의 힘은 없다 바람과 물과 세월

과 같이 지나가고 없다.

—「北方에서」 전문[9]

백석의 북방시편을 대표하는 이 시에는 우선 시각의 전면적 확장이 나타난다. 시집 『사슴』이 유년 시절의 자신 또는 마을 공동체의 삶을 되살렸다면, 「북방에서」의 백석은 매우 확장된 시야로 "민족 전체의 역사적 공간적 체험에 대한 기억"을 떠올린다.[10] 백석의 시 세계 전체에서 이 시는 가장 큰 스케일을 가졌다고 할 만하다. 만주 지역에서 흥망성쇠한 여러 고대국가와 부족 또는 거대한 산맥과 강이 거론됐기 때문만은 아니다. 만주라는 공간 체험을 가진—또는 그 광활한 벌판에 화자는 현재 서 있을 수도 있다—화자 '나'는 큰 크기를 지닌 역사적, 자연적 대상에서 비롯한 사건을 유구한 역사적 시간이라는 거대한 척도 속에서 생각하고자 한다.

매우 큰 것을 생각하는 능력은 롱기누스가 말한 숭고의 제1조건이다. 1연은 "아득한 녯날에 나는 떠났다"라는 1행의 진술이 2~5행에 열거된 대상들을 결속하는 구조이다. 2~5행에 제시된 만주 지역의 고대국가, 종족, 산맥, 강, 동식물들은 모두 목적어 자리에 위치하며, 1행의 "아득한 녯날에 나는 떠났다"에 문법적으로 종속되어 있다. 즉, 문맥상 1연은 '아득한 옛날에 나는 이러저러한 것들을 떠났다'는 의미이다. 여기에서 부사어 "아득한"에 주목할 필요가 있다. 화자는 어떤 대상들을 떠나야 했고, 그 떠남의 시점을 '까마득한' 과거의 어느 한때였다고 제시한다. 이는 생각의 범위가 측량하기 어려운 매우 먼 시간 단위에까지 닿아 있음을 보여 준다. 화자의

9) 백석, 「북방에서: 정현웅에게」, 『문장』 2권 6호, 1940.7.

10) 최동호, 「북방에서」 해설, 최동호·유성호·방민호·김수이, 『백석 시 읽기의 즐거움』, 서정시학, 2006, 278쪽.

생각은 그만큼 큰 폭으로 확대되어 있다. 1연은 만주라는 광활한 공간에서 '나'가 거대한 역사적, 신화적 시간성—그리고 그 속에서 일어난 사건들—을 생각하고 있음을 알려 준다. 2연과 3연의 첫 행에 반복된 "나는 그때" 또한 '나'의 생각이 아득히 먼 과거라는 거대 단위의 시간성에서 비롯된 것임을 강조한다.

구체적으로 "아득한 녯날"이란 민족사 기원의 시공간을 떠나 "앞대"로 이동하기 시작한 때를 뜻한다. 1연의 2~5행에 열거된 대상들은 '나'가 버리고 떠난 대상들이며, 따라서 떠남의 시점인 "아득한 녯날"보다 더 이전에 존재한 것들로 볼 수 있다. "아득한 녯날"보다도 더 이전의 대상들까지 열거한 사실은 화자의 생각이 민족사의 기원에까지 가닿고자 함을 보여 준 점에서 주목을 요한다. 앞에서 언급했듯, 숭고는 '기원으로의 거슬러 오름'을 통해서도 얻어진다. 미셸 드기는 롱기누스의 숭고론이 "기원이며 단일성이고 지고성인 것을 향해 거슬러 오른다. 기원을 향한 언어의 logique"임을 말하면서, 기원과 관계된 생각이 숭고하려면 "자연히 상류에 커다란 의미를 부여하고, 그것에 향수를 느끼며, 그곳에 다시 이르기를 갈망"해야 한다고 제시한 바 있다.[11]

이를 더 살펴보면 다음과 같다. 이 시는 내용상 크게 두 부분으로 나뉜다. "앞대"(평안도 이남)에 도착한 때를 기준으로 하여, 그 전인 1연~3연 3행과 그 후인 3연 4행~6연까지가 그것이다. 우선 전반부인 1연~3연 3행에는 옛 고구려로 상징되는 민족사 기원의 시공간에서 일어난 사건들이 제시된다. 그 사건들은 기원의 시공간에서 화자가 분리되기까지의 과정에 해당하며, 구체적으로는 그 기원을

11) 미셸 드기, 「고양의 언술: 위(僞) 롱기누스를 다시 읽기 위하여」, 김예령 역, 『숭고에 대하여』, 문학과지성사, 2005, 28~29쪽.

'나'가 배반하고 속이면서 평안도 이남으로 떠났다는 내용으로 압축된다. 떠난 이유에 대해 알 순 없지만, 그 기원의 시공간이 지닌 특징은 암시되어 있다. 적어도 머나먼 옛날의 만주는 그곳을 떠나기 전의 '나'에게 친화적인 곳이었음이 분명하다. 떠나려는 화자를 자작나무, 이깔나무, 갈대, 청포 등의 자연물이 붙들고 슬퍼했다는 것과 오로촌, 쏠론 등의 변방 부족이 안타까워하며 잔치해줬다는 내용을 볼 때 그렇다.

다음으로, 후반부인 3연 4행부터 마지막까지는 기원의 시공간을 떠난 '나', 즉 기원으로부터 분리된 화자가 현재에 이르기까지 겪은 사건에 해당한다. 이 대목 전체는 '기원과 분리된 삶'을 다뤘다는 점에서 공통적이다. 하지만 3연 4행부터 4연 1행까지와, 4연 2행부터 마지막까지의 두 부분으로 더 나눠서 살펴볼 필요가 있다. 전자에는 평안도 이남의 한반도에 정착한 후의 삶이 제시된다. 기원을 버리고 떠난 화자가 "앞대"에 정착하여 겪게 된 새로운 삶이라 할 수 있다. 기원과의 단절 속에서 화자는 따뜻한 햇살을 받으며 한때 편안한 의식주를 누리기도 한다. 그러나 이는 개 짖는 소리에 놀라거나 아침마다 사람들에게 절을 해야 하는 등 왜소해진 주체의 삶으로 이어진다. '나'의 왜소한 처지는 시간을 거듭할수록 더욱 작아져서 4연의 1행에서는 몰락을 맞이할 정도가 된다. 4연 1행은 왜소했지만 그 나름 누릴 수 있었던 삶의 풍요(돌비석과 금은보화)마저 땅에 묻혀버리고, "가마귀"로 상징되는 어둠의 역사가 도래했음을 알려 준다. 즉, 3연 4행부터 4연 1행까지는 기원에서 단절된 '앞대'의 세계가 '나'에게 삶의 왜소함과 몰락을 주었다는 내용이다. 그렇게 볼 때 「북방에서」에는 이원성의 구조가 숨겨져 있음을 알 수 있다. 앞대로 떠난 시점인 '아득한 옛날'의 어떤 때를 기준으로 하여, 그 이전의 기원(만주)에서의 삶과 그 이후 앞대(한반도)에서의 삶이 그것이다. 앞대는 현재의 화자에게 부끄러움의 대상이다. 그곳은 근원과 분리되어 축소된 현실적 삶의 공간인바, 롱기누스의 용어를 빌자면 몰락과 소멸로 이어지는 유한성의 세계를 뜻한다.

이 이원성의 구조에 비춰볼 때 4연 2행부터 마지막 6연까지의 의미가 드러난다. 기원과 분리된 유한성의 세계에서 몰락과 사멸을 경험한 화자는 그곳에서의 삶을 반성하면서 "참으로 익이지못할 슬픔과 시름에 쫓겨" 다시 "녯 한울"과 "땅"과 "나의 胎盤"으로 상징되는 기원의 시공간으로 '돌아가는' 움직임을 취한다. 즉, 화자는 기원의 시공간을 비-사멸성과 영원성의 세계로 재인식하게 된 것이다. 그리고 실제 지금 화자는 그 기원의 세계를 찾아 만주로 이동해 와 있다. 주체가 어떤 거대한 힘에 휩쓸려, 사멸하는 유한의 세계에서 비-사멸하는 기원의 세계로 이동하는 움직임을 가진다는 것이 롱기누스가 말한 숭고론의 요체였다. 실제로 화자는 "참으로 익이지 못할" 만큼 커다란 "슬픔과 시름"의 힘에 쫓겨서(휩쓸려서), 사멸하는 앞대의 세계에서 비-사멸하는 기원의 세계인 "나의 胎盤"을 찾아 이동해 왔다고 볼 수 있다.

그러나 마지막 6연과 7연에는 돌아왔다고 여긴 기원의 땅에서 화자가 겪는 상실감이 제시된다. 앞대의 유한한 세계를 떠나 만주로 돌아왔지만, 화자는 '아득한 옛날' 이전에 만주에 존재했던 기원적 삶의 형태들(대상들)이 이제는 사라져버렸음을 확인한다. 마지막 연에서 화자는 광활한 땅의 기원을 구성했던 혈연, 사랑, 우정, 존중, 자긍의 대상들이 지금은 "없다"고 강조한다.[12] 사실 칸트에 의하면

12) 이처럼 「북방에서」는 '무(無)'의 발견으로 끝맺는다. 이를 들어 감상적 허무의식의 토로에 그쳤다고 볼 수도 있을 것이다. 하지만 숭고와 연관 지어 이 시를 분석한 박현수의 견해에 주목할 필요가 있다. 그는 숭고의 과도한 지향이 자칫 전체주의로 변질될 수 있음을 경계한 후, 백석의 시가 그렇게 되지 않았음에 주목한다. 민족사 기원의 신성한 공간에서 시인이 느낀 것은 허무감이지만, 이는 감상적 탄식이나 절망이 아니라 대상의

숭고한 대상 자체란 존재하지 않는다. 숭고는 막대한 크기나 위력을 지닌 대상에서 촉발된 주체의 심적 반응과 관계할 뿐이다. 숭고란 어떤 거대하거나 위력적인 대상이기보다는, 그 대상을 재현할 수 없다는 절망감을 매개로 경험되는 감정이다. 화자 '나'의 감정 또한 까마득한 옛날에 거대한 만주 공간에서 펼쳐졌던 기원으로서의 민족사가 이제는 사라져서 더 이상 현시 불가능한 것이 되고 말았다는 무력감 및 절망감이라 할 수 있으며, 그 점에서 숭고를 매개하는 감정이라 할 수 있다.

3. 비극적 감정의 증폭과 운명에 대한 사유
:「南新義州柳洞朴時逢方」

「북방에서」는 모든 것이 소멸해버린 유한성의 세계에서 시인이 견디기 힘든 슬픔과 시름에 휩싸였음을, 그에 따라 민족사의 기원을 찾아 만주로 왔음을, 그러나 비-사멸하리라 여겼던 기원의 가치들이 이미 사라지고 광활한 벌판에 남겨진 것이 없음을 확인한 자의 비극적 감정을 제시한 시였다. 그 점에서 「북방에서」는 '무(無)'에 대한 인식으로 끝맺은 셈이다. 이후의 시 「남신의주유동박시봉방」은 그 무의 재확인에서 시작한다.

어느 사이에 나는 아내도 없고, 또,

객관적 인지와 자기반성적 성찰에서 유발된 "대안적 허무"라는 것이다. 백석이 "전체주의로 매몰될 위험성을 지닌 숭고라는 미적 범주를 균형 있고 가치 있게" 만들 수 있었던 이유이다. 박현수, 「일제강점기 시의 '숭고' 고찰: 이육사의 '광야'와 백석의 '북방에서'를 중심으로」, 『한국시학연구』 창간호, 1998, 217~220쪽.

아내와 같이 살던 집도 없어지고,
그리고 살뜰한 부모며 동생들과도 멀리 떨어져서,
그 어느 바람 세인 쓸쓸한 거리 끝에 헤매이었다.
바로 날도 저물어서,
바람은 더욱 세게 불고, 추위는 점점 더해 오는데,
나는 어는 木手네 집 헌 샅을 깐,
한 방에 들어서 쥔을 붙이었다.

—「南新義州柳洞朴時逢方」 1~8행[13]

가치의 부재를 확인한 화자 '나'는 어느 바람 부는 거리를 헤매고 있다. '무의 확인→유랑' 속에서 화자가 찾아 들어간 곳은 "어는 木手네 집 헌 샅을 깐,/한 방"이다. 그 방은 만주 공간의 광활함, 아득한 옛날 선조적 역사의 거대함, 일제강점기의 "참으로 익이지못할 슬픔과 시름"이라는 위력적인 감정 등 매우 크고 압도적인 것의 경험 속에서 아무 것도 현시할 수 없었던 무력한 주체가 피신하듯 찾아든 공간이라 할 수 있다. 거리에 "더욱 세게" 부는 바람과 "점점 더해 오는" 추위 등 자연의 위력적인 힘을 실감하고 화자는 이를 피해 작은 방을 찾아 들어간다. 위력적인 자연물로부터 일정하게 '안전한 거리'를 확보한 셈인데, 이는 숭고 판단을 유발하기 위한 최소의 조건에 해당한다. 자연의 위력에 사로잡혀 있을 뿐이라면 숭고를 판단할 수가 없기 때문이다.[14]

이리하여 나는 이 습내 나는 춥고, 누긋한 방에서,

---

13) 백석, 「남신의주유동박시봉방」, 『학풍』 창간호, 1948.10.
14) 이마누엘 칸트, 김상현 역, 『판단력 비판』, 책세상, 2005, 107쪽.

낮이나 밤이나 나는 나 혼자도 너무 많은 것 같이 생각하며,
딜옹배기에 북덕불이라도 담겨 오면,
이것을 안고 손을 쬐며 재우에 뜻 없이 글자를 쓰기도 하며,
또 문 밖에 나가디두 않구 자리에 누어서,
머리에 손깍지 벼개를 하고 굴기도 하면서,
나는 내 슬픔이며 어리석음이며를 소 처럼 연하여 쌔김질하는 것이었다.
내 가슴이 꽉 메어 올 적이며,
내 눈에 뜨거운 것이 핑 괴일 적이며,
또 내 스스로 화끈 낯이 붉도록 부끄러울 적이며,
나는 내 슬픔과 어리석음에 눌리어 죽을 수 밖에 없는 것을 느끼는 것이었다.

—「南新義州柳洞朴時逢方」 9~19행

여기서부터 시의 마지막까지는 "습내 나는 춥고, 누긋한" 방에서 "문 밖에 나가디두 않구" 지내는 화자의 심경이 진술된다. 내면에 전개되는 상념들은 시간의 흐름을 따라 "여러 날이 지나는 동안" 계속된다. 상념들은 시간의 계기성을 지시하는 어사들과 줄곧 접속되며, 그 어사들은 화자의 감정을 더욱 큰 것으로 증폭시킨다. 그 예로 인용문에 표현된 '나 혼자도 너무 많은 것' 같은 외로움은 "낮이나 밤이나" 계속해서 밀려드는바, 화자가 느끼는 고독의 크기를 확대시킨다. "내 가슴이 꽉 메어올 적이며,/내 눈에 뜨거운 것이 핑 괴일 적이며,/또 내 스스로 화끈 낯이 붉도록 부끄러울 적이며"에 구사된 시간접속어 '~적이며'의 반복은 답답함, 슬픔, 부끄러움의 감정을 강조하면서 부정적 감정의 폭을 확장시킨다.

이처럼 이 시에는 시간적 계기의 어사들이 많이 표현되어 있다.[15] 이 시간의 연속에서 생성되는 것은 삶의 비극적 감정이다. 화자는

"어떤 초월적 불가항력에 번롱(翻弄)당하고 있다는 무력감에 빠져 있다."[16] 이 무력감은 일차적으로 자신과 관계된 온갖 것이 상실됐다는 인식에서 비롯한다. 아내, 집, 부모, 동생들이 주변에 없다는 인식(1~3행)은 큰 고통일 것이다. 상실감 속에서 화자는 스스로를 작은 방에 가둔다. 외부와의 끈이 모두 끊어진 절대 고독 속에서 그나마 유일하게 남겨진 게 있다면 자신뿐이다. 하지만 화자는 "나 혼자도 너무 많은 것" 같다고 말함으로써 극단적 자기 부정에 도달한다. 그는 스스로에 대해 "화끈 낯이 붉도록" 부끄러움을 느낀다. 자신의 삶이 부끄럽고 무의미하다는 인식은 "재우에 뜻 없이 글자를" 쓰는 행동에서도 나타난다. 시간이 지나면서 화자의 상실감은 강도를 더해간다. 자신의 "슬픔이며 어리석음이며를 소 처럼 연하여 쌔김질"하고 있기 때문이다. 부사어 "연하여"는 화자가 슬픔과 회한을 계속 곱씹고 있음을 알려 준다. 이로써 화자의 비극적 감정은 거대한 크기로 증폭된다. 이는 부정적 감정에 의해 "내 가슴이 꽉 메어" 온다는 것과 "내 슬픔과 어리석음에 눌리어 죽을 수 밖에 없는 것"을 느낀다는 내적 토로에서 절정을 이룬다. 시어 '눌린다'는 일차적으로 어떤 감정에 짓눌린다는 뜻이지만, 스스로의 감정이 제 자신을 짓누르는 압도적인 크기와 위력을 지니게 됐음을 알려 주고 있다.

비극적 감정에서 거대한 크기와 위력을 느꼈다는 것은 숭고와 관

---

15) 가족의 부재는 화자 자신도 모르는 "어느 사이에" 벌어진 일이다. 신의주의 혹한을 피해 묵을 곳을 찾은 것도 "바로 날도 저물어서"이기 때문이다. 매서운 추위는 시간에 따라 "점점 더해" 온 것으로 진술되어 화자가 처한 극한 상황을 강조한다. 이외에도 "그러나 잠시 뒤에", "이 때 나는", "여러 날이 지나는 동안에", "외로운 생각만이 드는 때 쯤 해서는", "싸락눈이 와서 문창을 치기도 하는 때도 있는데" 등 상념의 변화를 동반하는 시간적 계기의 어사들이 곳곳에서 발견된다.

16) 유종호, 『다시 읽는 한국 시인: 임화·오장환·이용악·백석』, 문학동네, 2002, 196쪽.

계가 있다. 숭고는 대상 자체가 아니라, 크거나 위력적인 대상에서 촉발되는 심적 반응과 관계한다는 것, 따라서 숭고의 촉발물이 꼭 자연물일 필요도 없다는 것은 이미 언급한 바와 같다. 숭고는 '어디에서' '무엇을' 봤느냐의 문제이기보다, 감지한 그 무엇이 압도적인 것으로 주체에게 '판단되었느냐'의 여부에서 시작된다. 따라서 감정의 크기와 위력 또한 숭고를 유발하는 대상이 될 수 있으며, 그 체험은 고립된 공간에서도 가능하다.[17] 좁은 방이지만, 그 안에서 화자는 아무것도 남겨진 것이 없는 상황과 그로 인한 비극적 감정의 위력에 짓눌려 가사(假死)의 무력감과 절망감에 빠져 있다. 이는 압도적인 것에서 겪는 불쾌의 감정에 주목한 칸트의 숭고론을 상기시킨다.

> 그러나 잠시 뒤에 나는 고개를 들어,
> 허연 문창을 바라보든가 또 눈을 떠서 높은 턴정을 쳐다보는 것인데,
> 이 때 나는 ① 내 뜻이며 힘으로, 나를 이끌어 가는 것이 ② 힘든 일인 것을 생각하고,
> ② 이것들 ③ 보다 더 크고, 높은 것이 있어서, 나를 마음대로 굴려 가는 것을 생각하는 것인데,
>
> —「南新義州柳洞朴時逢方」 20~23행(밑줄은 인용자)

불쾌의 감정 속에서 "그러나 잠시 뒤에" 고개를 든 화자는 "높은 턴정"을 바라보면서 자신에게 일어난 일련의 사태들을 생각한다. 특히 인용문의 셋째와 넷째 행을 분석할 필요가 있다. 이 두 행은

17) 김광명은 "모든 감성적 관심으로부터 초연한 이념 위에 기초를 둔 것이라면 사회로부터 떨어져 고립되어 있는 경우도 숭고의 범주 안에 포함된 것으로 본다"라고 말한다(『칸트 판단력 비판 연구』, 철학과현실사, 2006, 96쪽).

세 가지 정보를 제시한다. 먼저 ①은 "내 뜻이며 힘으로, 나를 이끌어 가는" 주체적인 삶을 뜻한다. 다음으로 ②의 밑줄 부분은 ①의 주체적 삶의 지향을 어렵게 만드는 방해물이다. 즉, 화자가 처한 부정적 환경과 비극적 감정들에 해당하며, 다음 행에서는 "이것들"로 표현된다. ②는 앞에서 분석한 바 있듯 ①보다도 크고 압도적이다. 마지막으로 ③의 밑줄 부분은 ②의 "이것들"보다도 "더 크고, 높은 것"이며 "나를 마음대로 굴려가는 것"이다. 즉, ③은 ②보다 더 크고 압도적이다. 따라서 위력의 크기로 보자면 ①〈②〈③의 관계가 성립함을 알 수 있다. 이 두 행에 걸쳐 화자가 최종적으로 자각하게 된 것은 ③이다. ③은 거대한 운명의 힘을 암시한다. '나'의 삶을 마음대로 굴려 간다고 표현되어 있기 때문이다. 압도적인 위력을 가진 이 운명의 힘은 ②에 비해서도 물론 크다. 즉, ③은 주체적인 삶의 지향보다도, 또한 이를 방해했던 부정적인 환경과 감정들보다도 더 크고 위력적이라 할 수 있다. 더불어 흥미로운 점이 발견된다. 인용문의 이전 단계에서 화자는 왜소해진 처지 탓에 비극적 '감정'에 빠져 있었다. 하지만 시의 후반부인 19행 이후부터는 동사 '생각하다'가 많이 등장한다. 이는 부정적 감정에 압도됐던 상태에서 빠져나와서 그 감정의 근거를, ①〈②〈③의 문제를, 궁극적으로는 삶을 좌지우지한 "더 크고, 높은" 운명의 힘을 화자가 사유하기 시작했음을 알려 준다.

> 이렇게하여 여러 날이 지나는 동안에,
> 내 어지러운 마음에는 슬픔이며, 한탄이며, 가라앉을 것은 차츰 앙금이 되어 가라앉고,
> 외로운 생각만이 드는 때 쯤 해서는,
> 더러 나줏손에 쌀랑쌀랑 싸락눈이 와서 문창을 치기도 하는 때도 있는데,

나는 이런 저녁에는 화로를 더욱 다가 끼며, 무릎을 꿇어 보며,
어니 먼 산 뒷옆에 바우 섶에 따로 외로이 서서,
어두어 오는데 하이야니 눈을 맞을, 그 마른 잎새에는,
쌀랑쌀랑 소리도 나며 눈을 맞을,
그 드물다는 굳고 정한 갈매나무라는 나무를 생각하는 것이었다.

—「南新義州柳洞朴時逢方」 24~31행

어지러웠던 화자의 마음은 "더 크고, 높은" 운명에 대한 사유를 거치면서 마음의 안정을 얻는다. 이처럼 매우 크고 높은 것이 주체에게 마음의 안정을 주는 경우란 숭고를 체험했을 때뿐이다. 왜냐하면 거대하거나 높거나 위력적인 대상은 일차적으로 불편감을 주기 때문이다. 거대한 크기와 위력에 직면했을 때, 왜소해진 주체는 무력감 속에서 처음엔 어떠한 사유도 할 수 없다. 이것이 이 시의 화자가 1~19행까지 진술한 내용이었다. 화자는 자신을 압도한 환경과 감정의 힘에 위축되어 부정적 감정, 즉 불쾌에 빠져 있었던 것이다. 그런데 칸트는 숭고란 불쾌가 쾌로 바뀔 때 발생하는 감정이며, 이 쾌의 감정은 인식의 어떤 전환에서 얻어진다고 말한다. 주체는 아무것도 떠올리지 못한 스스로의 한계에 대해 사유할 수 있으며, 이 '사유 능력'에 대한 확인은 압도적인 자연물보다도 더욱 크고 높은 심의 능력이 우리 안에 내재해 있음을 증명해 준다. 숭고 체험은 이처럼 '불쾌의 쾌'로 이행하는 심리적 메커니즘에서 얻어진다. 간략히 말하면, 숭고는 압도적인 대상 자체에서가 아니라, 그 큰 대상을 생각할 수 있는 더 크고 높은 사유 능력이 우리 안에 있음을 발견한 마음 상태에서 체험되는 것이라 할 수 있다.

시어 '생각한다'의 반복은 내면의 사유 능력을 화자가 자각했음을 알려 준다. 이 사유 능력을 통해 화자가 발견한 것은 문맥상으로

"굳고 정한 갈매나무"이다. 갈매나무의 구체적 의미가 무엇인지는 알기 어려우며, 그 의미를 따지는 것은 숭고 분석에서 중요하지 않다. 장 뤽 낭시는 숭고한 것, 그 대상이 무엇이냐를 분석해선 곤란하다고 지적했다. 숭고의 형상과 의미를 따지는 순간 그 분석은 미의 담론이 되기 때문이다. 미는 형태 속에서 파악되지만, 숭고는 상상 불가능한 크기이기에 형태를 넘어서 있다.[18] 따라서 현시 불가능한 것의 형상과 의미를 규정짓고자 한다면 그것은 제대로 된 숭고 분석이라 할 수 없다.

그렇다면 갈매나무와 관련하여 살필 수 있는 점은 무엇일까. 낭시는 (탈)경계의 움직임에 주목하라고 제안한다. 숭고에는 어떤 '경계'에서 일어난 '움직임', 즉 경계에 맞닿은 자리에서 감지되는 어떤 탈경계의 움직임이 관련된다(68쪽). 그 움직임은 총체성에 관여한다(75쪽). 하지만 탈경계의 그 숭고한 총체성은 미의 영역에서 판단될 수 없으므로 하나의 형상일 수 없다. 떠올릴(현시할) 수 있는 형상을 지닌 어떤 배후의 세계도 무한의 이념도 아닌 셈이다. 숭고는 오직 경계에서 어떤 탈경계의 움직임이 제시되었다는 사실 자체를 나타낸다. 따라서 "숭고는 경계를 넘어 도주하지 않는다. 숭고는 거기에 머물고 거기에서 발생한다"(93쪽).

「남신의주유동박시봉방」의 화자 또한 경계에서 발생한 어떤 움직임에 주목한다. "싸락눈이 와서 문창을 치기도 하는" 움직임이

---

18) 낭시는 칸트의 숭고론을 분석하는 자리에서 "매우 커다란 이 형상들은 숭고를 생각하기 위한 유비적 계기들에 지나지 않는다. 숭고와 관련된 것은 거대한 형상이 아니라 절대적 크기이다. (…중략…) 미는 있는 그대로의 형태 속에, 말하자면 형태의 형태 속에 존재한다. 또는 그 형태가 빚어내는 형상 속에 존재한다. 그러나 숭고는 (경계에서: 인용자) 그어지는 궤적 속에, 형태의 소거 속에, 그 형태가 윤곽을 그어 규정해내는 형상과는 독립적으로 존재한다"고 말한다(장 뤽 낭시, 「숭고한 봉헌」, 김예령 역, 『숭고에 대하여』, 문학과지성사, 2005, 73쪽).

그것이다. '문창'은 화자가 있는 작은 방과 바깥 세계를 가르는 경계이다. 시어 "쌀랑쌀랑"이 두 번, "(싸락)눈"이 세 번 등장했음에도 유의해야 한다. 즉, 화자는 문창에 주목하고, 그 경계 지대에서 감지되는 바깥 세계의 눈의 움직임(탈경계의 움직임)을 반복하여 강조하고 있는 것이다.

나아가 화자는 그 눈을 맞고 서 있을 "굳고 정한" 갈매나무를 생각한다. 갈매나무는 경계(문창)에서 감지된, 탈경계적 움직임(눈)과 관계한 것이란 점에서 숭고함을 지니고 있다. 갈매나무 상징의 정확한 의미를 파악하기란 곤란하며, 그럴 필요도 없다. 왜냐하면 갈매나무는 의미 해석이 가능한 미의 영역을 넘어서 있기 때문이다. 하지만 이렇게 말해 볼 순 있겠다. 숭고성과 관계된 그 나무에 화자는 "굳고 정한"이란 수식어를 붙였다. 정신의 강함과 순결함이 반영된 이념적 낱말들이다. 화자가 자신의 내면이 지향하는 바(숭고 체험)를 갈매나무에 투영했음을 알 수 있다. 칸트는 숭고를 체험하고 싶다면 "마음을 미리 여러 가지 이념으로 가득 채워두지 않으면 안 된다"라고 말한다(『판단력 비판』, 83쪽). 이는 숭고가 자연의 대상이 아니라 궁극적으로 우리 내부의 이념 안에서 찾아질 수 있음을 의미한다. 그렇다면 "굳고 정한 갈매나무"란 이념에 대한 화자의 "내적 의지를 외적 대상에 투사하여 이입한 것"으로 볼 수 있다.[19] 숭고는 "마음의 이념이 그 이념을 표시하기에 적합하다고 생각되는 대상에 투사되는 경우"에서 발생하기 때문이다.[20]

19) 김광명, 『칸트 판단력 비판 연구』, 철학과현실사, 2006, 83쪽.

20) 김상현, 「비판철학의 완성과 낭만주의로의 이행」, 『판단력 비판』, 책세상, 2005, 158쪽.

4. 미와 숭고의 이중주: 『사슴』과 후기시의 관계

지금까지의 분석대로 백석의 후기시에서 숭고 체험이 시화되었다면, 그의 시세계 전체에서 숭고의 형상화가 무슨 의미를 가지는지 끝으로 물을 필요가 있다. 이 질문은 그의 전기 시세계인 『사슴』 시편의 미학적 문제와 연관 지어 살필 필요가 있다. 선행 연구들의 지적대로 시집 『사슴』은 "정서를 배제하고 정황의 이미지만을 제시하는 작품들"을 선보였다. 토속적 방언 구사를 통해 고향의 풍속적 세계를 담아낸 시들이 한 축이었다면, "대상과의 거리감을 두고 정경을 묘사한 간결한 형식"의 작품들이 『사슴』의 또 다른 축을 형성했던 것이다.21) 전자의 축은 『사슴』 이후에도 백석의 시세계에서 계속 이어지지만, 화자의 감정 개입을 최대한 차단한 채 정경의 외관을 묘사한 후자의 소위 이미지즘 시들은 많이 사라지게 된다. 하지만 북방 지역의 민속을 토속어로 담아낸 전자의 시들이더라도 "지적으로 감정을 통제하고 사건이나 정황을 제시하는 선을 유지하려 했다"는 점을 상기할 필요가 있다.22) 이 점을 언술 주체의 태도와 관련지어 보면, 『사슴』의 세계는 전자의 축이든 후자의 축이든 소재, 감정, 정황 등의 시적 대상들을 적극 '통어'하려 한 의도의 산물이었다 할 수 있다.

> 녯城의돌담에 달이올랐다
> 묵은초가집웅에 박이
> 또하나달같이 하이얗게빛난다

---

21) 이숭원, 「시집 『사슴』의 시세계와 표현방법」, 『백석 시의 심층적 탐구』, 태학사, 2006, 114쪽.

22) 이숭원, 「백석 시의 전개와 그 정신사적 의미」, 위의 책, 121쪽.

언젠가 마을에서 수절과부하나가 목을매여죽은밤도 이러한밤이었다

—「힌밤」 전문[23)]

새끼오리도 헌신짝도 쇠똥도 갓신창도 개니빠디도 너울쪽도 집검불도 가락닢도 머리카락도 헌겁조각도 막대꼬치도 기와장도 닭의짗도 개털억도 타는 모닥불

(…중략…)

모닥불은 어려서우리할아버지가 어미아비없는서러운아이로 불상하니도 몽둥발이가된 슳븐력사가있다

—「모닥불」 1, 3연[24)]

달밤의 풍경과 자살한 과부의 사연을 담아낸 「힌밤」에는 화자의 감정 개입이 차단된다. 대상과의 거리 두기 속에서 정경의 묘사와 사건의 함축적 전달에 머문 「힌밤」 같은 시들은 백석의 전기 시세계에서 빈번한 것들이다. 더 나아가 사건의 실마리를 전달하는 화자의 위치마저 소거한 채 이미지의 제시에만 주력한 「산비」, 「청시」 같은 시들도 다수 존재한다. 이는 주지주의적 이미지즘을 선택하여 그 미학에 입각하고자 한 시인 백석의 의도적이고도 적극적인 노력을 보여 준다. 정경과 사건 등의 시적 대상들을 온전히 포착하고 장악한 상태의 인식 능력 혹은 상상 능력에서 써질 수 있는 시들인 것이다.

---

23)「힌밤」, 『조광』 1권 2호, 1935.12.

24)「모닥불」, 『사슴』, 선광인쇄주식회사, 1936.

타오르는 것들을 나열한 「모닥불」 또한 이미지즘에 기초하진 않았지만 사정은 다르지 않다. 버려진 것들을 말하려는 분명한 의도 아래 포착된 대상들은 '작디작은' 사물들이다. 구체적 명칭으로 열거된 고유명사들은 그 이름들만큼이나 상상적으로 포착 가능한 대상들이다. 그런데 시인은 몇 개의 어휘로도 충분했을 것을 장황하리만치 나열하였다. 슬픈 역사를 환기하는 모닥불은 시인 백석의 역사 인식이 투영된 빛이라 할 수 있는데, 이 인식의 빛 내부에 그는 '상상할 수 있는' 모든 것들을 집어넣으려 한 것이다. 그는 지나간 역사에서 슬픔을 인식했음을 드러내는 와중에 그 인식을 매개할 상상 가능의 표상물들을 최대한 끌어 모으고자 애썼다. 스스로의 인식을 드러내고자 그에 걸맞은 표상물들을 발견하여 적극 끌어당긴 셈인데, 이 같은 자아의 표상 능력은 곧 근대적 자아의 능력과 무관하지 않다.[25] 특히 「모닥불」에 열거된 표상물들은 시인의 인식 능력과 자유로운 합치를 보여 준 점에서 합목적적인바, 이는 『사슴』 시기의 백석이 근대 미학의 징표인 '미의 미학'을 추구했음을 알려 준다.

백석의 전기 시세계는 다분히 '미'에 기초해 있었다. 「모닥불」은 상상(현시) 가능한 범위 내의 작은 사물들을 일일이 끌어당겨 모은 시적 자아의 힘을 은연중 과시하고 있다. 위력에 있어서 '주체〉대상'의 관계가 성립하는 것이다. 그런 점에서 볼 때, 정경 묘사에 주력한 「흰밤」 계열의 시들 또한 대상보다 우월한 위치에 선 근대적 주체의 미의 미학을 보여 준 것으로 평가할 수 있다. 정황, 감정,

25) 근대적 주체란 의식의 표상 활동을 통해 "다자를 하나의 (의식적) 지평 위에 그러모을 수 있는" 주체를 말한다. "그러므로 근대 세계에 와서 인간이 주체가 되었다는 말의 본질은 존재자를 자기 (의식) 앞에 대상으로 세울 수 있게 되었다"는 것, "즉 표상 활동을 할 수 있게 되었다는" 것을 뜻한다. 서동욱, 『차이와 타자』, 문학과지성사, 2000, 8~9쪽.

사건 등을 장악한 시적 주체가 시적 대상들을 축소 혹은 은폐하는 힘을 발휘했다는 점에서 그렇다. 한편 고향의 풍속을 평화롭게 담아낸 그 밖의 초기시들도 미의 지향과 동떨어진 것일 수 없다. 인식 능력과 대상 간의 자유로운 합치로부터 발생되는 미에서 주체는 쾌를 경험한다. 백석이 회상한 고향의 유년 공동체는 모든 것이 조화와 화해 속에서 공존하는 충족적인 세계였다.

그렇다면 『사슴』 이후의 시들은 어떤 변모를 거치는 것일까. 백석의 후기시편에 숭고의 미학이 나타났음을 연구자는 구체적인 텍스트 분석을 통해 확인하였다. 하지만 백석의 시세계가 초기의 '미의 미학'에서 후기의 '숭고 미학'으로 이행됐다고 단정하기란 섣부른 일이 될 것이다. 『사슴』 시기에 노정된 미의 지향이 이후에 사라졌다고 할 수는 없기 때문이다.[26] 초기시의 특징들은 강약을 달리하며 계속 이어진다. 감정을 극히 통제한 이미지즘 시들도 희박하지만 여전하며, 민속공동체의 미풍양속에서 누리는 기쁨과 화해의 시들 또한 많이 산출된다. 「북방에서」와 「남신의주유동박시봉방」 두 편에 나타난 숭고를 들어 백석 후기시편의 지배소로 거론하기엔 무리일 수 있다. 백석 시의 숭고 체험은 초기시의 미적 지향이 연이어지는 흐름 속에서 그 흐름을 '간헐적으로' 뚫고 등장한 것이라 할 수 있다. 그럼에도 백석의 기존 시들에 없었던 것이란 점에서 두 편의 시에 새롭게 출현한 숭고는 주목을 요한다. 숭고는 근대 미학의 테두리 안에서 그 미학의 외연을 확장하려는 실천적 갱신의 문

26) '현시 불가능한 것의 현시'를 들어 전통 미학과의 단절과 아방가르드를 옹호한 리오타르의 숭고론을 백석의 시에서 떠올려야 할 필요는 없다. 백석 시의 전개를 볼 때 그의 시가 근대적 미의 미학과 단절하여 탈근대적 전위미학으로 나아갔다고 보기는 어렵기 때문이다. 「북방에서」와 「남신의주유동박시봉방」이 『사슴』의 미적 지향과 다른 미학을 드러냈다는 점에서 숭고의 사례로 말할 순 있겠으나, 그렇다고 하여 리오타르 식의 아방가르드적 숭고를 대입해서는 곤란할 것이다.

제를 포함하기 때문이다.

1930년대 후반부터 한국시는 과거에 다룬 적 없었던 거대하거나 위력적인 자연물을 대상으로 한 시들을 산출한 바 있다. 정지용의 「장수산」과 「백록담」, 이육사의 「절정」과 「광야」, 유치환의 「생명의 서」 등이 그것이다. 숭고 체험의 사례로 거론될 만한 시들이 1930년대 후반부터 적극 창작된 사실에는 별도의 분석이 필요하며 이는 추후의 과제로 남겨둔다. 다만 다른 시인들의 시와 비교할 때 백석의 「북방에서」와 「남신의주유동박시봉방」에 나타난 숭고는 각별해 보인다. 압도적인 대상 앞에 선 주체의 무기력한 반응과 이를 통한 정신적 이념의 현시라는 전통적인 숭고론에 부합한 대표적 사례에 해당하기 때문이다. 또한 앞선 시기의 '미의 지향'과 상호관련성을 맺고 출현한 것이란 점에서도 백석 시의 숭고는 미학적 역동성을 보여 준 것으로 평가되어야 할 것이다.

3장

김종삼 시의 숭고와 죽음의식

이 글은 숭고 미학의 관점에서 백석뿐 아니라 김종삼의 시까지를 새롭게 조명하기 위한 것이다. 그간 김종삼의 시세계를 두고 형식적 차원에서는 외래어 및 조어의 구사, 구문의 생략과 도치, 상황 설명의 부재 및 압축적 제시, 이미지의 병치 등을 거론하면서 통사론적 단절과 비약이 낳은 시적 효과들에 주목해 왔다. 비대상의 시,[1] 반향과 암시의 미학,[2] 추상성,[3] 환상성[4] 등 초기 연구사에서 제출된 이상의 관점은 이후의 연구들에서도 큰 틀의 합의를 이뤄왔으며, 나아가 인접 예술과의 기법적 영향 관계를 살피려는 논의로까지 확장되었다.[5] 특히 '잔상의 미학'이란 명명을 통해 김종삼의

---

1) 김춘수, 「지양된 어둠: 70년대 한국시의 한 양상」, 『시의 표정』, 문학과지성사, 1979.

2) 김현, 「시와 암시」, 『상상력과 인간』, 일지사, 1973.

3) 이기철, 「말과 조형」, 『현대시학』, 1978.11; 「추상의 두 세계」, 『심상』, 1985.7.

4) 백은주, 「김종삼 시 연구: 환상의 구조와 의미를 중심으로」, 고려대 석사논문, 1994.

5) 음악과의 연관성을 밝힌 대표적 논문으로는 이숭원, 「김종삼 시의 내면구조」, 『근대시의 내면구조』, 새문사, 1988; 오형엽, 「풍경의 배음과 존재의 감춤」, 송하춘·이남호 편,

시세계를 순수미학의 영역에 위치 지어놓은 황동규의 평문은 일종의 정전화된 견해로 자리 잡은 지 오래다.[6] 미적 순수성 및 자율성과 연관 지은 이 같은 시도는 더 일찍이 "조형성을 통한 미의 추구"(김현), "자율적인 미의 공간"(이승훈)에서도 찾아볼 수 있는 실로 오래된 것이라 할 수 있다.[7]

이상의 사실을 상기하는 일에서 시작해 보자. 김종삼 시의 핵심 원리를 여백의 창출로 보든 환상이나 병치나 음악이나 미술과 관련된 것으로 보든, 분명한 것은 그의 시세계가 순수한 아름다움을 추구한 '심미주의'의 산물이라는 견해에 대해 늘 의견의 일치가 존재해 왔다는 점이다. 심미주의, 미학주의, 순수주의 등의 개념은—이를 아울러 순수미학주의로 불러도 좋다—김종삼 시에 대한 여러 해석적 차이들을 하나로 묶은, 의문시된 적 없는 최상위의 대전제였다. 이는 내용적, 주제적 차원의 연구들에서도 다를 바 없었다. 전쟁 체험, 고향 상실의식, 방황의식, 부재의식, 죽음의식, 죄의식, 공동체 의식, 이원적 세계관 등을 다룬 논의들 또한 김종삼이 순수미학주의자라는 대전제를 암묵적으로 공유하긴 마찬가지였다. 김종삼 시의 내용이 "때 묻지 않은 세계의 아름다움"[8]을 드러냈다고 한 발언은 주제론적 접근에서도 가해진 미적 순수주의의 해석적 압력을 잘 보여 준다. 그의 추상적인 시들을 두고 "현실에 도무지 존재하지

『1950년대의 시인들』, 나남출판, 1994. 미술과 관련해서는 류순태, 「김종삼 시에 나타난 현대미술의 영향 연구」, 『국어교육』 125집, 한국어교육학회, 2008.2; 박민규, 「김종삼 시에 나타난 추상미술의 영향」, 『어문논집』 59집, 민족어문학회, 2009.4.

6) 황동규, 「잔상의 미학」, 『북치는 소년』, 민음사, 1979.

7) 김현, 「이해와 공감」, 『상상력과 인간』, 일지사, 1973, 274쪽; 이승훈, 「유기적 공간과 추상적 공간」, 『문학사상』, 1978.3, 285쪽.

8) 김시태, 「김종삼론: 언어의 고독한 축제」, 김용직 외, 『한국 현대시 연구』, 민음사, 1989, 349쪽.

않는 것, 곧 '부재의 미'"라고 한 김준오의 비판조차도 따지고 보면 근대 미학의 한 개념적 틀인 '미'의 미학을 기준으로 삼은 평가였던 것이다.[9]

김종삼 시 연구사에서 끝없이 소환된 이 '미'의 세계란 그렇다면 무엇일까. 황동규가 언급한 잔상의 아름다움이 "어린 洋들의 등성이에 반짝이는/진눈깨비"와 같다면, 그 미의 구체적 형상을 알긴 어렵다 쳐도 적어도 어떤 작고, 소박하고, 고요한 세계와 관련된 것이라 보아도 무리는 없을 것이다. 순수미를 추구했다는 황동규의 견해는 최근에 '미니멀리즘 시학'의 관점에서 재해석될 정도로,[10] 완강한 해석적 틀을 견지하고 있다. 물론 이 같은 기존의 견해가 틀렸다고 단정 지으려는 것은 아니다. 김종삼의 시들에는 칸트가 말했듯 대상의 한정된 형식을 "평정한 관조 상태"에서 바라봄으로써 "직접적으로 생을 촉진하는 감정"을 다룬 미의 세계가 분명 존재하고 있다. 그럼에도 미의 미학만으로 설명될 수 없는 김종삼 시세계의 커다란 공백이 존재한다는 전제에서 이 글은 출발한다. 그의 시들은 작디작은 사물에 대한 감각, 소박한 일상의 기쁨, 이웃에 대한 애정뿐 아니라 신성과 무한의 세계(롱기누스), 불쾌의 쾌(칸트)로 대표되는 숭고미를 또한 드러내고 있다. 그의 상당수 시들은 거대

9) 김준오, 「고전주의적 절제와 완전주의」, 『도시시와 해체시』, 문학과비평사, 1992, 258쪽. 그는 김종삼의 시를 현실에 존재하지 않는 추상 세계의 미라고 비판한 뒤 '부재의 미'의 원인을 고전주의 미학의 완전주의적 세계관에서 찾았다.

10) 김승희, 「김종삼 시의 전위성과 미니멀리즘 시학」, 『비교한국학』 16권 1호, 국제비교한국학회, 2008.6. 김승희는 김종삼의 시들을 '자아의 감소'와 '서술의 축소'를 보여 준 미니멀리즘 시학의 산물로 규정한 후 김종삼 시의 축소 지향성이 실은 팽창적 자본주의 및 세속주의의 욕망에 맞서기 위한 아방가르드적 대항 담론의 성격을 띤 것이었다고 분석한다. 김종삼 시의 순수미학주의가 지닌 나름의 정치성을 조명한 의의가 있지만, 축소 지향의 미를 기본 전제로 삼았다는 점에서 황동규가 말한 '잔상의 미'를 그 출발에서 공유하고 있기는 마찬가지라 할 수 있다.

하고 압도적이며 위력적인 현상에도 시선을 던지는 주체, 그러한 현상들에 내적으로 반응하는 주체의 숭고 체험이 다양한 방식으로 형상화되어 있다.

1. 초월적 세계로의 비상과 천상의 형상 지우기

숭고의 이론화를 처음 시도한 롱기누스에 의하면, 숭고란 고양의 언술이며 그런 점에서 위로 붙들려 들어 올려지는 영혼의 발화와 관계된다. 롱기누스는 훌륭한 연설가가 되려면 고양의 감정, 즉 상승하는 영혼의 느낌을 전달해야 하며 그럴 때만이 청중을 경이와 황홀로 이끌 수 있다고 하였다. 롱기누스의 주장을 시의 경우에 적용해 보면, 고양의 언술을 발화하는 주체는 곧 시인이 될 것이다. 특히 롱기누스는 '큰 것을 생각하는 능력'과 '강렬하고 신들린 파토스'를 숭고 발화의 필수 조건으로 제시했는데,[11] 여기서 '큰 것'이란 완전하고도 불멸하는 영원의 세계를 뜻한다. 다시 말해 '큰 것'이란 유한한 인간 세계로부터 벗어나 저 높은 곳에 있는 신들의 세계와 관계된 것이다.[12] 따라서 숭고한 언술은 지상을 초월한 저 높은 곳의 신성함을 생각하는 능력에서 시작되며, '강렬하고 신들린 파토스'란 말에 나타나듯 그 신성의 세계를 동경하는 크나큰 염원의 감

11) 롱기누스는 숭고 발화의 요건으로 ① 큰 것을 생각하는 능력, ② 강렬하고 신들린 파토스, ③ 특정한 문체, ④ 고상한 말씨, ⑤ 위엄 있고 명료한 구성을 제시하였다. 롱기누스는 이 중에서도 ①과 ②를 숭고 발화의 가장 필수적인 요건으로 보았다. ③~⑤까지는 기술적으로 교육될 수 있지만, ①과 ②는 "후천적인 훈련과 배움을 통해서는 얻어질 수 없는 것"으로 ""본성적으로"(φύσει) 타고난 사람들에게서만 기대할 수 있는" 천부적 자질에 해당되기 때문이다. 김상봉, 「롱기노스와 숭고의 개념」, 『나르시스의 꿈』, 한길사, 2002, 90~91쪽.

12) 위의 글, 82~84쪽.

정을 동반할 때 발생한다.

물
닿은 곳

神恙의
구름밑

그늘이 앉고
杳然한
옛
G·마이나

—「G·마이나」 전문[13)]

이 地上의
聖堂
나는 잘 모른다

높은 石山
밤하늘
헨델의 메시아를 듣고 있었다

—「聖堂」 전문[14)]

13) 「G·마이나」, 『전쟁과 음악과 희망과』, 자유세계사, 1957.
14) 「성당」, 『현대문학』, 1981.8.

미구에 이른
아침

하늘을
파헤치는
스콥소리

—「라산스카」 전문[15]

세 편의 시 모두에서 화자의 감각적 촉수는 하늘을 향해 있다. 「G·마이나」의 화자는 지상의 물이 점점 차오르며 맞닿은 "神恙의/구름밑" 어딘가를 바라본다. 하늘의 더 위쪽은 "神恙"의 세계이며 화자는 그 신양의 성스러움이 번져 내려온 하늘의 중간 어디쯤 "구름밑"에서 들려오는 "옛/G·마이나"의 음악에 귀를 기울인다. 다시 말해 G·마이나는 하늘 맨 꼭대기에 있는 신양의 신성함을 음영으로 드리운 선율이다. 「성당」에서도 화자는 현재 지상의 성당에서 헨델의 음악을 듣고 있지만 그 음악이 "높은 石山/밤하늘"에서 들려온다고 느낀다. 헨델의 음악을 매개로 하여 지상에서 천상으로 향하는 마음의 움직임, 즉 높은 돌산의 세계에 대한 동경을 담아내고 있다. 「라산스카」는 "미구에 이른/아침"인 새벽의 하늘에서 들려오는 "스콥소리"를 전면화한 작품이다. 소프라노 가수 라산스카의 미성을 삽 소리 같다고 표현했는데,[16] 특히 이를 "하늘을/파헤치는" 소리라고 부연함으로써 신성의 높은 세계에 도달하려는 염원의 강렬함을 드러내고 있다.

---

15) 「라산스카」, 『평화롭게』, 고려원, 1984.
16) 김인환, 「소설과 시」, 『상상력과 원근법』, 문학과지성사, 1993, 105~106쪽.

이처럼 숭고 발화의 조건을 갖춘 김종삼의 시들에서 드높은 하늘은 곧 신성함의 표상이자 가닿고 싶어 하는 열망의 세계로 나타난다. 위 시들에서 천상의 소리에 귀 기울이는 시인은 지상에서 수동적인 자세를 취하고 있지만, 그 높은 세계로 적극 진입하려는 행보를 여러 시들의 곳곳에 표현하기도 한다. "大地 밖으로 새끼줄을 끊어버리고 구름줄기를 따랐다"(「둔주곡」)거나 "나는 飛躍할 수 있는 超能力의 怪物體이다"(「외출」), "얕은 지형물들을 굽어보면서 천천히 날아갔다"(「또 한번 날자꾸나」) 같은 대목들은 비상과 비행 및 조망의 환상을 통해 초월적 세계에 대한 체험 욕구를 강하게 표현하고 있다. 미셸 드기에 의하면 가장 높은 곳이란 초월적인 비-소멸의 세계이며, 숭고는 이 높이의 세계를 향해 "솟아오르는 전망" 속에서 "전체를 아우를 수 있는 상징적 시야"를 확보할 때 체험된다. 숭고란 높이 있는 대상 자체가 아니라 그 대상을 향해 비상하는 영혼의 상승 속에서 "모든 것을 아우르며 굽어보는 시선"을 통해 획득되는 체험이다.[17]

大地 밖으로 새끼줄을 끊어버리고 구름줄기를 따랐다
(…중략…)

띠엄 띠엄
기척이 없는 아지 못할 나직한 집이
보이곤 했다.

17) 미셸 드기, 「고양의 언술: 위(爲) 롱기누스를 다시 읽기 위하여」, 김예령 역, 『숭고에 대하여』, 문학과지성사, 2005, 18·25·29쪽.

天上의 여러 갈래의 脚光을 받는
수도원이 마주보이었다.
가까이 갈수록

그 자리에만 머물러 있는 사랑하는 사람의 자리.
가까이 갈수록 廣闊한 바람만이 남는다.

—「遁走曲」 1~4연[18]

나는 飛躍할 수 있는 超能力의 怪物體이다

노트르담寺院
서서히 지나자 側面으로 한바퀴 돌자 차분하게

和蘭
루벤스의 尨大한 天井畵가 있는
大寺院이다

畵面 全體 밝은 불빛을 받고 있다 한귀퉁이 거미줄 쓸은 곳이 있다

부다페스트
죽은 神들이
點綴된

漆黑의

18) 「둔주곡」, 『한국전후문제시집』, 신구문화사, 1961.

마스크

外出은 短命하다.

—「外出」 2~7연[19]

亞熱帶에서 죽을 힘 다하여 살아온 나에게

햇볕 깊은 높은 山이 보였다

그 옆으론

大鐵橋의 架設

어디로 이어진지 모를

大鐵橋 마디마디는

요한의 칸타타이다

어지러운 文明 속에서 날은 어두워졌다

—「가을」 전문[20]

「둔주곡」은 대지의 세계에서 벗어난 영혼의 비상을 표현한 작품이다. 이 시에서 화자는 하늘의 "나직한 집"이며 "수도원"의 풍경을 천천히 조망한다. 천상은 "기척이 없는" 무인경의 적막한 공간으로, 시 「그럭저럭」과 「난해한 음악들」 등에 나타나는 세속적 소음으로 가득한 지상과 대비되는 절대 고요의 공간이며, 천상의 빛들에 둘러싸인 수도원이 있는 신성한 공간이다. 하지만 화자는 천상의 수도원에 근접할 수 있으나 "가까이 갈수록 廣闊한 바람만이 남는다"에서 보듯 실제로는 진입할 수가 없다. 삶/죽음, 현실/탈현실, 이쪽/저쪽 등 이원적 세계의 경계에 처한 주체를 김종삼의 시들은 곧잘

19) 「외출」, 『누군가 나에게 물었다』, 민음사, 1982.

20) 「가을」, 『시인학교』, 신현실사, 1977.

다루는데, 이 시 또한 대지와 천상의 경계에서 비행할 수밖에 없는 시인의 주변인적 속성을 알려 주고 있다.

「외출」의 화자 또한 허공을 날아다니는 중이며 "한바퀴 돌자 차분하게", "畵面 全體" 등의 어사에서 나타나듯 조망의 시선을 확보하고 있다. 화자는 꿈속에서 노트르담 성당의 주변을 비행하다가 성당 안에 들어가 루벤스의 그림을 감상한다. 사원에 들어가지 못하던 「둔주곡」의 상황과 달라진 셈인데, 그럼에도 그 어떤 경계적인 것을 인식한 점에서는 「둔주곡」과 공통적이다. 환한 조명을 받으며 천정에 있는 루벤스의 성화는 드높은 세계의 영원성과 불멸성을 암시하지만, 그 성화의 "한귀퉁이"에서 화자는 "거미줄 쓸은 곳"의 어떤 소멸성을 감지한다. 화자는 성화의 모서리, 즉 경계에 있는 거미줄에서 "부다페스트/죽은 神들이 點綴된//漆黑의/마스크"를 연상한다. '죽은 신'이란 '칠흑의 마스크'에서 암시되듯 루벤스 성화의 밝은 조명과 대립되는 어둠의 세계에 속해 있다. 영원성과 소멸성, 밝음과 어둠의 이 같은 대립 구조를 고려하면, "부다페스트/죽은 神들"이란 성화 속 신들의 세계와 대비되는 인간 세계의 어떤 속성을 환기하고 있다. 다시 말해 부다페스트로 상징되는 인간의 문명이란 곧 신성함을 죽이고 유지되는 세계와 같다. 같은 인식은 시 「가을」에서도 펼쳐진다. "햇볕 깊은 높은 山"의 신성한 세계를 보던 화자는 "그 옆"의 경계 너머로 길게 이어진 "大鐵橋의 架設"로 시선을 이동시킨다. 수직성("높은 山")과 수평성("大鐵橋"), 밝음("햇볕 깊은")과 어둠("날은 어두워졌다")의 대비를 감안하면, 가설 중인 대철교란 "어지러운 文明"에서도 암시되듯 신성함을 결여한 세속적 인간의 세계를 표상한다.

드높은 세계의 신성함을 생각하면서 그 세계에 대한 강렬한 동경을 상승 및 비행 모티프를 통해 표현한 점에서 김종삼의 시는 숭고

하지만, 이상에서 보듯 그의 시는 천상과의 합일 불가능성을 술회하거나(「둔주곡」), '죽은 신'과 '대철교'로 표상된 인간 문명에 대한 비판적 인식까지를 보여 주고 있다(「외출」, 「가을」). 천상과 지상 어디에도 속하지 못하는 이 같은 주변인적 자의식은 또한 위의 시들에서 보듯 '경계성'에 대한 인식을 공통분모로 삼고 있다.[21] 낭시에 의하면 숭고는 "경계와의 접촉을 느끼는 감각"이며 "경계를 넘어 도주하지 않는다. 거기에서 머물고 거기에서 발생한다."[22] 숭고한 주체는 경계의 접점 지대에서 무한을 감지하지만, 무한의 세계를 형상화하는 것이 아니라 경계를 짓고 허무는 움직임 그 자체를 무한히 반복한다.[23]

만약 김종삼이 신성과 무한의 세계를 묘사한 데 그쳤다면 그의 시들은 숭고보다도 소위 형태, 윤곽, 틀의 제시 및 형상화 작업으로 일컬어지는 미에 속했을지 모른다. 하지만 그의 시들은 신성의 세계를 묘사하면서도 그 세계의 형상을 지우는 진술들을 잇달아 배치하는 특징을 보인다. '나직한 집'과 '수도원'이 있는 천상의 모습을 제시한 뒤, "가까이 갈수록" 접하게 되는 그 풍경의 경계에서 갑자기 그는 천상의 형상들을 지워내고 "廣闊한 바람만"을 남겨 놓는다(「둔주곡」). 루벤스의 성화를 제시한 뒤 그 그림의 경계선에서 '거미줄'과 '죽은 신'의 소멸적 감각을 배치하거나(「외출」), "햇볕 깊은 높은 山"의 신성한 형상에 뒤이어 그 형상을 교란하는 문명의 '대철교'

---

21) 서진영에 의하면 김종삼 시는 황야와 가시밭길로 표상되는 지상의 '이쪽'에서 오두막·방갈로 등의 집과 높은 언덕으로 표상되는 천상의 '저쪽'을 향해 떠나는 여정의 도상학을 보여 준다(「김종삼의 시적 공간에 나타난 순례적 상상력」, 『인문논총』 68집, 서울대 인문학연구원, 2012.12). 따라서 그의 시들은 순례적 운동성을 드러내며 이 과정에서 대문·울타리·터널·복도·계단 등의 시어들을 빈번하게 구사한다. 이 시어들은 이쪽과 저쪽 사이에 놓인 "주체의 경계적 상태를 상징"하기 위한 기호들이다(같은 글, 243쪽).

22) 장 뤽 낭시, 「숭고한 봉헌」, 김예령 역, 『숭고에 대하여』, 문학과지성사, 2005, 84·93쪽.

23) 위의 글, 68~70쪽.

를 배치하고 그 철교의 형태마저 "날은 어두워졌다"라는 진술을 통해 없애는 방식에서도(「가을」), 그어진 형상의 경계선상에서 형상의 윤곽을 지워내는 숭고의 미학을 읽을 수가 있는 것이다.

2. 거대하고 압도적인 것의 제시와 불쾌의 감정

김종삼의 많은 시들이 드높은 세계의 신성함에 대한 생각, 동경, 열망 및 환상적 체험을 전하면서도 정작 그 세계와 합일 불가능한 상태였음을 언급했는데, 이는 그 신성한 세계가 사후에나 도달 가능한 세계이거나 또는 삶의 어떤 한순간에 꿈과 환상으로 출현했다가 이내 사라지는 에피파니적 계시의 속성을 지니고 있기 때문이다.[24] '지금-여기'의 순간에서 찰나적으로 맛본 그 높은 세계의 환상은 따라서 시인에게 이 땅의 삶을 견디게 하는 힘을 주지만, 삶을 영위하는 동안만큼은 영원한 소유가 불가능한 것이기에 시인의 마음을 슬프게 만든다. "환멸의 습지에서 가끔 헤어나게 되며는 남다른 햇볕과 푸름이 자라고 있으므로 서글펐다"(「이 짧은 이야기」)에서 보듯, 초월적 세계의 잔영("남다른 햇볕과 푸름")은 "환멸의 습지"인 삶의 지평을 견디게 해 주는 아름다운 환상이지만, 곧이어 사라지는, 다시 말해 "가끔" 체험할 수밖에 없는 순간적 환상이기에 '서글픔'의 정조를 동시에 유발한다. 이 서글픔의 감정은 신성한 세계를 알게 됐지만 그 세계에 영원히 머물 수 없다는 사실에서 오는 슬픔의 자각이자 동시에 그 신성을 엿보게 된 사정으로 인해 지상적 삶의 누추함, 비루함, 덧없음을 대비적으로 깨닫게 된 부정성의 자각,

24) 남진우, 『미적 근대성과 순간의 시학』, 소명출판, 2001.

즉 이중적 세계인식의 구조를 시인의 내면에 발생시킨다.

신성한 세계와 지상적 삶의 '간극'에 대한 이 같은 인식은 김종삼의 시세계에서 실로 빈번하게 등장하는 시적 모티프라 할 수 있다. 그의 시들은 천상과 지상의 도저한 간극을 기본 삼아, 가고 싶은 천상과 진입 불가능한 천상 사이의 간극, 눈 감고 싶은 세속의 삶과 껴안고 살아가야 하는 삶 사이의 간극 등을 다채롭게 진술하고 있다. 이 과정에서 그의 시들은 여러 종류의 간극들에서 촉발되는 다양한 심리적 감정까지를 다루게 된다. "쾌와 불쾌, 즐거움과 두려움, 감정의 강화와 저하가 결합된 이 모순적 감정"의 병존이야말로 숭고 미학의 특징에 해당한다면,[25] 실제로 김종삼의 많은 시들은 초월적 세계의 쾌감과 지상적 삶의 불쾌감(또는 빛과 어둠), 신성의 세계에 접근한 안도감과 그 세계로부터 추방된 당혹감, 탈현실적 환상의 황홀감과 그 환상의 상실로 인한 슬픔, 현실의 비판과 이웃의 긍정 등 여러 양상의 대립적 감정들을 때로는 한 편의 시 내부에서조차 함께 제시하는 특징을 보이기도 한다.

주목해야 할 점은 시인이 이상의 간극들과 그로 인한 모순된 감정들을 겪으면서 일종의 마음의 '동요'를 경험하게 된다는 사실이다. 미가 무관심성의 평정한 관조에서 얻어지는 취미판단이라면 숭고의 판단은 "심의의 동요를 그 특성으로서 가진다".[26] 일례로 "空中을 흘러가는 널판조각들의 溶暗"을 보면서 "나의 精神은 술렁이고 있다"라고 하거나(「개체」), 죽은 동생 '종수'를 꿈꾼 뒤에 깨어나

---

25) J. 리오타르, 「숭고와 아방가르드」, 이현복 역, 『지식인의 종언』, 문예출판사, 1993, 161쪽. 그런 점에서 숭고는 "조화, 균형, 통일 등을 주요한 특징으로 내세우는 미"와 변별된다. "숭고는 모순적이고 이중적인 성격을 띤다. 불쾌와 쾌, 고통과 환희, 불안과 안심, 부정과 긍정의 감정을 동시에 껴안고 있는 것이다"(김점용, 「이육사 시의 숭고미」, 『한국시학연구』 17집, 한국시학회, 2006.12, 48쪽).

26) 김광명, 「숭고의 분석」, 『칸트 판단력 비판 연구』, 철학과현실사, 2006, 81~82쪽.

"갑자기 아무거나 먹고 싶어졌다"는 절박한 생존 욕구를 표현하거나(「아침」), 산에 올라 "금빛 구름 작대기들"의 멋진 풍경을 감상하다가 병든 자신의 처지를 떠올리며 "어른거리는 검은 斑點들이 무겁다"라고 두려워하는 대목들이 흔들리는 마음의 상태를 드러낸 예가 될 것이다. 그러나 이 같은 심적 동요는 숭고 체험의 한 계기일 뿐 그것만으로 온전한 숭고 체험이 이뤄졌다고 말할 수는 없다. 이는 이중적 감정의 병존에 대해서도 마찬가지다. 쾌와 불쾌, 환희와 고통, 희망과 좌절, 긍정과 부정 등의 모순된 감정들은 일단 심의 능력들의 조화에 따른 미적 쾌감과는 다르지만, 그 모순으로서의 혼합 감정 자체를 숭고한 감정이라고 판단하기란 어렵다.

숭고는 마음의 동요뿐 아니라 그 동요를 일종의 쾌로 전환시키는 마음의 '이행'을 통해 체험될 수 있다. 칸트는 이를 '불쾌의 쾌'라는 도식으로 설명한 바 있다. 칸트에 따르면 숭고 체험의 계기는 매우 거대한 자연물(수학적 숭고)이나 위력적인 자연물(역학적 숭고)을 접한 주체의 내면에서 촉발된다. 자연물의 예를 들어 칸트는 설명했지만, 굳이 자연물이 아니더라도 엄청나게 크거나 압도적인 현상으로 느껴진 것이라면 무엇이든 숭고 체험을 유발하는 계기가 될 수 있다.[27] 미가 작고 소박한 대상의 한정된 형식과 관계한다면, 숭고는 대상의 몰형식성·무규정성과 관계한다. 형태 파악이 불가능할 정도로 크거나 위력적인 현상 앞에서 주체는 숭고 체험을 위한 첫

27) 왜냐하면 숭고한 것은 크거나 위력적인 어떤 자연물 자체가 아니라 궁극적으로 그러한 자연물을 통해 주체의 내면에 촉발된 어떤 심적 반응과 관계하기 때문이다. 그런 점에서 "숭고성이란 자연의 대상, 곧 자연물(自然物)이 아니라 우리의 심의에 포함되어" 있다(위의 글, 91쪽). 칸트에 의하면 숭고는 우리 내면에 존재하는 사유 능력이 저 밖의 매우 거대하거나 압도적인 자연물보다도 더 크고 우월하다는 사실을 자각함으로써 체험되는 감정이다. 그런 점에서 크기와 위력을 지닌 자연물이 아니더라도 "우리의 내부에 이러한 감정을 유발시키는 모든 것은 본래의 의미는 아니지만 숭고하다고 불리울 만하다"(같은 쪽).

번째 단계를 밟게 된다.

까마득한 벼랑바위
하늘과 땅이 기울었다가
바로잡히곤 한다

—「벼랑바위」 1연28)

세자아르 프랑크의 音樂 〈바리아숑〉은
夜間 波長
神의 電源
深淵의 大溪谷으로 울려퍼진다

밀레의 고장 바르비종과
그 뒷장을 넘기면
暗然의 邊方과 連山
멀리는
내 영혼의
城郭

—「最後의 音樂」 전문29)

철저하게 얼어 붙었다
나무와
계곡과

28)「벼랑바위」,『평화롭게』, 고려원, 1984.
29)「최후의 음악」,『누군가 나에게 물었다』, 민음사, 1982.

바위와
하늘
그리고 산봉우리까지도

우직끈 무너져 내린
돌덩어리들이 도망치는
나에게 날아오고 있었다
어떤 것들은 굴러오고 있었다

—「겨울 피크닉」 1~2연[30]

그 언제부터인가
나는 罪人
수億年間
주검의 連鎖에서
惡靈들과 昆蟲들에게 시달려왔다
다시 계속된다는 것이다

—「꿈이었던가」 전문[31]

인용한 작품들은 김종삼 시의 시선이 '아름다운 크리스마스 카드'(「북 치는 소년」)처럼 작디작은 심미적 사물에만 머문 것이 아니라 매우 크거나 압도적인 현상에도 가닿고 있음을 보여 준다. 「벼랑바위」와 「최후의 음악」에서 화자는 "까마득한 벼랑바위"나 "深淵의 大溪谷", "暗然의 邊方과 連山"처럼 깎아지른 절벽·암벽·계곡·산맥 등의

30) 「겨울 피크닉」, 위의 책.
31) 「꿈이었던가」, 위의 책.

실로 거대한 자연물을 발화하고 있다. 이외에도 "巨巖들의 光明"(「미켈란젤로의 한낮」), "웅대한 天井畵"(「한 계곡에서」)뿐 아니라 드넓은 하늘(「G·마이나」, 「웅음의 전통」, 「소리」, 「라산스카」), 끝없는 지평선(「동트는 지평선」), 바다(「바다」, 「민간인」), 광막한 황야(「돌각담」, 「투병기」, 「걷자」) 등도 그의 시들에 곧잘 등장하는 크나큰 사물들이다. 세 번째와 네 번째 시들의 경우는 위력적인 현상들을 다룬다. 「겨울 피크닉」에서는 혹한과 더불어 붕괴된 산과 돌덩어리들의 위협이 등장하며, 「꿈이었던가」에서는 벗어날 수 없는 죽음의 힘과 함께 "수億年間" 화자에게 계속된 "惡靈들과 昆蟲들"의 엄청났던 공격이 서술되어 있다. 이 같은 위력적 현상들은 "비 바람이 휑청거린다./매우 거세이다"(「원두막」) 같은 폭우뿐 아니라 폭설(「스와니강이랑 요단강이랑」), 풍랑(「어부」), 벼락(「극형」)으로도 그의 시들에 자주 나타난다.

칸트 식으로 말하면 크고 압도적인 현상들은 그것을 마주한 주체에게 그 크기와 위력을 상상할 수 없다는 사실로 인해 일종의 불쾌를 일으킨다. 주체의 상상력은 매우 거대하고 위력적인 현상들 앞에서 상상력으로 그것들을 포착할 수 없다는 당혹감 속에서 위축된다. 스스로 무력감을 경험하는 것이다. 따라서 숭고 체험을 다루려는 시들에는 이 같은 당혹감, 아찔감, 위축감, 무력감 따위의 불쾌가 우선적으로 표현되어야 한다. 김종삼의 시들은 순수한 심미주의적 쾌만을 드러내지 않는다. 그의 시들에는 칸트가 말한 불쾌 또한 다양한 방식으로 진술되어 있다. 구체적으로 보자면 그의 시들에 표현된 불쾌는 신성의 상실 체험, 전쟁 체험, 세속적 현실의 체험, 죽음의 가체험 등 크게 네 가지 정도로 분류될 수 있다. 앞의 세 가지 경우부터 살펴보면 다음과 같다.

分娩되는

뜨짓한 두려움에서

永劫의 현재 라는
內部가 비인
하늘이 가는
납덩어리들의……

있다는 神의 墨守는 차츰 어긋나기시작 하였다.

—「凝音의 傳統」 4~6연[32]

1947년 봄
深夜
黃海道 海州의 바다
以南과 以北의 境界線 용당浦

사공은 조심 조심 노를 저어가고 있었다.
울음을 터뜨린 한 嬰兒를 삼킨 곳.
스무몇 해나 지나서도 누구나 그 水深을 모른다.

—「民間人」 전문[33]

나에겐 너무 어렵다. 난해하다.
이 세기에 찬란하다는
인기가요라는 것들, 팝송이라는 것들,

---

32) 「응음의 전통」, 『자유문학』, 1957.9.
33) 「민간인」, 『시인학교』, 신현실사, 1977.

그런 것들이
대자연의 영광을 누리는 산에서도
볼륨 높이 들릴때가 있다.

그런 때엔
메식거리다가
미친놈처럼 뇌파가 출렁거린다.

—「난해한 음악들」 전문[34)]

첫 번째와 두 번째 시는 "內部가 비인/하늘"에서 감지된 "永劫의 현재" 및 "海州의 바다"(용당포)의 깊고 깊은 "水深"을 진술한 점에서 거대한 크기의 자연물에 주목하고 있다. 우선 「응음의 전통」의 화자는 "聖河의 흐름"인 은하수를 바라보면서 크나큰 우주에서 펼쳐진 "永劫의 현재", 즉 신성의 향연을 감지한다. 하지만 그 신성한 세계의 무한한 시간성에 직면하자 화자는 문득 자신의 내면에서 "分娩되는/뜨짓한 두려움"을 느낀다. 일종의 불쾌를 경험한 것이다. 그 불쾌는 신성한 "永劫의 현재"가 실은 "內部가 비인" 일종의 무정형성으로 화자에게 인식됐기 때문인데, 이는 한정된 형식과 윤곽을 지닌 형태에서 느낄 수 있는 미의 감정과 다른 것으로, 비정형적인 것을 마주한 화자의 당혹감을 알려 주고 있다. "있다는 神의 墨守는 차츰 어긋나기 시작 하였다"는 마지막 연 또한 '있다고' 믿어온 "神의 墨守"가 실은 어긋나고 있는 상황, 다시 말해 기대감의 배반에 따른 일종의 당혹감을 전하며 끝맺고 있다.

불쾌의 제시로 시를 맺은 상태는 「민간인」에서도 발견된다. 김종

34) 「난해한 음악들」, 『누군가 나에게 물었다』, 민음사, 1982.

삼의 전쟁 체험과 분단 인식이 잘 드러난 이 시에서 화자는 목숨 걸고 바다를 건너야 했던 월남민들을 다룬다. 담담한 서술체의 묘사는 우는 아이를 생존을 위해 바다에 빠뜨려야만 했던 한 가족의 비극적 크기를 증폭하고 있다. "스무몇 해나 지나서도 누구나 그 水深을 모른다"라고 끝맺음으로써 화자는 아이가 수장된 바다의 '수심'을 유달리 강조한다. 그 수심은 용당포 바다의 수심이지만 비극적 역사의 끝 모를 깊이까지를 암시한다. 이 비극성의 깊이를 아무도 "모른다"라고 하여 화자는 그 깊이가 상상 이상의 큰 것임을 전언하고자 한다. 또한 "스무몇 해"의 세월을 강조함으로써 과거의 비극을 오랫동안 망각해 온 현실에 대한 안타까운 감정마저 이면에 드러낸다. 현실에 대한 부정적인 감정은 「난해한 음악들」에서 더욱 전면화된다. 세속의 대중음악은 화자에겐 난해한 소음에 불과하다. 세속의 소음은 높은 산에 있는 자신에게까지 기어이 찾아오고야 마는 일종의 폭력성을 띠고 있다. 그런 점에서 세속의 폭력은 화자가 감당 못할 정도의 위력으로 나타나며, 이 위력 앞에서 화자는 자신의 "뇌파가 출렁"거리는 극도의 불편감을 느낀다. 현실의 폭력에 대한 이 같은 부정적 인식은 김종삼의 시들에 흔한 것으로, 전쟁 및 물질만능주의, 배금주의의 위력을 경험하는 시인의 무력감이나 불편감을 공통적으로 드러내고 있다.

3. 위력적인 죽음의 대면과 황야적 삶의 수용

김종삼의 상당수 시들이 신성한 것의 상실에 대한 당혹감과 더불어 전쟁 및 세속적 현실 세계의 폭력성에 대한 안타까움, 무력감, 불편감 등을 드러냄으로써 거대하고 위력적인 현상과 마주한 주체의 부정적 반응(불쾌)을 다루고 있었음을 살펴봤지만, 그렇다고 하여 이 같은 시들에서 숭고 체험이 온전하게 표현됐다고는 판단할 수 없다. 앞서 검토한 시들은 불쾌를 인식한 상태에서 시가 끝나는 공통점을 보이는데, 숭고란 불쾌를 거쳐야만 체험될 수 있는 감정이지만, 다만 불쾌에서 그치는 것이 아니라 그 불쾌를 쾌로 전환시키는 심의 능력의 이행을 통해 체험되기 때문이다. 칸트는 그 심의 능력을 우리 안에 내재한 이성의 능력으로 보았지만,[35] 사실상 숭고 체험의 유무를 판단함에 있어 칸트가 말한 이성 이념의 자각 유무를 따져보는 것은 부차적인 일에 해당한다. 칸트의 숭고론에서 보다 유의미한 지점은 불쾌와 쾌라는 이중적 감정의 관계에 대한 문제이다. 이 문제를 재전유하는 방식으로 현대 철학의 숭고 논의가 확장되어 왔음을 상기해 보면 그렇다.[36]

숭고란 불쾌를 경험한 주체가 그 불쾌를 쾌로 전환시킬 때 발생되는 '부정적 쾌'로서의 감정이다. 불쾌와 쾌가 하나의 작품에 공존

35) 칸트에 의하면 매우 거대하거나 압도적인 것은 그 크기와 위력을 상상할 수 없으므로 일시적인 상상력의 위축을 가져오지만, 상상 불가능한 것이 존재한다는 사실 그 자체에 대해서만큼은 생각할 수 있기 때문에 "감관의 모든 척도를 능가하는 어떤 마음 능력"(이성의 사유 능력)이 우리 안에 있음을 알게 해 준다(97쪽). 그런 의미에서 "본래의 숭고란 감각적 형식에 포함될 수 있는 것이 아니고 이성의 이념들에만 관계"한다(83쪽). 이마누엘 칸트, 김상현 역, 『판단력 비판』, 책세상, 2005.

36) 리오타르의 숭고론을 예로 들 수 있다. '현시 불가능성의 현시'를 내세운 리오타르의 숭고론은 현대의 아방가르드 예술을 옹호하려는 목적에서 작성된 것인데, 이를 위해 칸트의 숭고론을 재해석하는 과정에서 그는 칸트가 강조했던 이성 이념의 중요성을 별반 거론하지 않는다. 칸트의 숭고론에서 그가 보다 간취하려 한 것은 상상력 이론이며 이에 기반한 불쾌와 쾌의 관계에 대한 문제이다. 리오타르에 의하면 현대 예술은 숭고의 예술이어야 하며, 상상력으로 제시할 수 없는 것이 존재한다는 사실 그 자체를 제시해야 한다(현시 불가능성의 현시). 숭고의 예술은 어떤 것을 인식할 수 있지만 상상력으로 표현할 수가 없는 상태, 즉 "파악하는 것과 현시하는 것 간의 분열"(인식능력과 현시능력의 불일치)에서 오는 "이중적인 쾌"를 제시해야 한다. 미의 예술이 인식능력과 현시능력의 단순 일치에서 오는 쾌를 전한다면, 숭고의 예술은 "불쾌와 혼합된 쾌이며, 불쾌로부터 나오는 기쁨"을 다뤄야 한다는 것이다(J. 리오타르, 이현복 역, 『지식인의 종언』, 문예출판사, 1993, 171~172쪽).

하되, 불쾌에서 쾌로 이행하는 마음의 상태까지가 표현될 때 온전한 숭고 체험이 발화된 작품으로 볼 수가 있다. 김종삼의 시들에서 이 같은 숭고의 도식은 죽음의식을 다룬 작품들에서 전면화된다. 죽음의 모티프는 김종삼 시의 전시기에 걸쳐 등장하는데, 유년 시절에 겪은 동생 종수와 친구 개똥이의 죽음 및 전쟁으로 인한 무수한 인명의 참상을 목격하면서 원체험이 형성된 것으로 알려져 있다. 가족과 친구의 죽음은 시인의 마음에 죄의식을, 자신과 이웃에게 다가온 전쟁의 폭력성은 시대와 현실에 대한 일종의 부정의식을 싹트게 하였다. 나아가 지병의 육체적 고통 속에서 시인은 늘 자신의 삶에 어른거리는 죽음의 예감과 더불어 병상에서든 꿈을 통해서든 죽음을 가체험해야 하는 상태였다. 즉, 시인에게 죽음이란 과거, 현재, 미래로 이어지는 삶의 지평 속에서 끝없이 맞닥뜨려야만 하는 불가항력적 실체로 여겨졌던 셈이다. 이 죽음은 우선적으로 그의 시들에서 공포감의 대상으로 나타난다. 때때로 시인은 사후의 예술 공동체에 대한 미적 환상을 통해 잠시 죽음의 공포를 잊기도 하지만,[37] 일차적으로 죽음은 그에게 가공할 위력을 지닌 두려움의 대상이었다.

> 또 죽음의 발동이 걸렸다
>
> 술 먹으면 죽는다는 지병이 악화 되었다 날짜 가는 줄 모르고 폭주를 계속하다가 중환자실에 幽閉되었다 무시무시한 육신의 고통 속에서 허우적거린다 고통스러워 한시바삐 죽기를 바랄 뿐이다.

---

37) 일례로 시 「꿈 속의 나라」는 이미 죽은 나도향, 한하운, 프로이트, 말러를 상상하면서 그들이 모여 살고 있을 "꿈속의 나라", 즉 사후의 예술 공동체에 대한 동경을 전하고 있다. 「掌篇·3」에서도 시인의 "작고한 心友銘"으로 전봉건, 김수영, 임긍재, 정규 등을 그리움의 대상으로 거론하고 있으며, 「그날이 오며는」에서는 임박한 죽음을 예감한 시인이 "모짜르트의 플루트 가락이 되어 죽을 거야"라고 염원하는 대목이 나온다.

희미한 전깃불도 자꾸만 고통스럽게 보이곤
했다
해괴한 팔짜이다 또 죽지 않았다
뭔가 그적거려 보았자 아무 이치도 없는

—「죽음을 향하여」 전문[38]

내가 죽어가던 아침나절 벌떡 일어나
날계란 열 개와 우유 두 홉을 한꺼번에 먹어댔다.
그리고 들로 나가 우물물을 짐승처럼 먹어댔다.
얕은 지형물들을 굽어보면서 천천히 날아갔다.
착하게 살다가 죽은 이의 죽음도 빌려 보자는
생각도 하면서 천천히
더욱 천천히

—「또 한번 날자꾸나」 전문[39]

나는 지금 살아있다 건재하다
다시 말해
누구보다도 더 힘차게 살아가고 있다
그러나 언제 죽을지 모른다
그러므로 생각이 흩어지기 전
거기에 對備
무엇인가를 감지해 내야만 하겠다.

—「前程」 전문[40]

---

38)「죽음을 향하여」, 권명옥 편, 『김종삼 전집』, 나남출판, 2005.
39)「또 한 번 날자꾸나」, 『누군가 나에게 물었다』, 민음사, 1982.
40)「전정」, 『신동아』, 1982.4.

첫 번째 시에서 보듯 지병으로 인한 “무시무시한 육신의 고통”과 그로 인한 죽음의 가체험은 화자를 공포에 떨게 만든다. 그 고통과 공포는 중환자실에 있는 화자에게 실로 엄청난 힘을 행사하고 있다. 불가항력적인 죽음의 위력 앞에서 화자는 차라리 “고통스러워 한시바삐 죽기를 바랄” 정도로 스스로를 무기력한 존재로 인식한다. 또한 “뭔가 그적거려” 보지만 “아무 이치도 없는” 삶의 무의미함마저 느낀다. 극단적인 무력감이 나타난 셈이다. 이처럼 일종의 불쾌를 제시한 상태에서 「죽음을 향하여」는 끝나고 있다. 따라서 이 시에도 숭고의 계기만이 있을 뿐 그 체험의 완성은 아직 부재한 형편이라 할 수 있다. 그럼에도 시인은 죽음의 위력을 마주한 불쾌에 그치지 않고 두 번째 시에서 보듯 날계란을 먹고 우유와 물을 마시는 등 강한 생존욕을 드러내기도 한다. 나아가 “착하게 살다가 죽은 이의 죽음도 빌려 보자는” 다시 말해 죽음의 가체험을 마음 편히 받아들이자는 일종의 “생각”을 하기도 한다. 숭고 체험이 불쾌를 쾌로 전환시키는 마음의 능력에서 경험된다고 할 때, 「또 한 번 날자꾸나」는 이처럼 사유하는 주체의 모습을 부각하고 있는 것이다. 「전정」에서도 “언제 죽을지 모른다”라며 죽음의 불가항력적 위력을 인식하되 “생각이 흩어지기 전/거기에 對備/무엇인가를 감지해 내야만 하겠다”라는 사유 능력의 의지가 표출되어 있다.

정신병원에서 밀려나서
며칠이 지나는 동안 살아가던
가시밭길과 죽음이 오고가던
길목의 광채가 도망쳤다.
다만 몇 그루의 나무가 있는
邊方과 시간의 次元이 없는 古稀의

계단과 복도와 엘리자베스 슈만의

높은 天井을 느낀다

—「掌篇·4」 전문[41]

담배 붙이고 난 성냥개비불이 꺼지지 않는다 불어도 흔들어도 꺼지지 않는다 손가락에서 떨어지지도 않는다.

새벽이 되어서 꺼졌다.

이 時刻까지 무엇을 하며 살아왔느냐다 무엇 하나 변변히 한 것도 없다.

오늘은 찾아가보리라

死海로 향한

아담橋를 지나

거기서 몇 줄의 글을 감지하리라

遼遠한 유카리나무 하나.

—「詩作노우트」 전문[42]

그렇다면 죽음의 가체험 속에서 그의 사유가 감지하고자 한 것은 무엇일까. 「장편·4」에는 병원 생활의 고통에서 잠시나마 벗어난 화자가 등장한다. 죽음의 힘에 휩쓸려 허우적대지 않고 그 위력으로부터 "며칠"이 지난 상태의 시간적—그로 인한 심리적—거리를 획득한 셈이다. 안전한 거리의 확보가 숭고 체험에 필수적임을 감안하면,[43] 이 시의 화자 또한 죽음의 위협에서 잠시 "도망"친 상태에

---

41) 「장편·4」, 『시인학교』, 신현실사, 1977.

42) 「시작 노우트」, 『북치는 소년』, 민음사, 1979.

43) 버크에 따르면 미는 종족보존 본능, 숭고는 자기보존 본능과 연관되어 있다. 따라서

있다. 차분한 생각의 여유를 확보하자 화자는 문득 "시간의 次元이 없는" 무시간성의 세계와 함께 "높은 天井"을 감지한다. 이 신성함의 초월적 세계야말로 죽음에 마주 선 시인이 죽음의 부정적 감정을 일종의 사유 능력을 통해 쾌로 전환시켜 얻어낸 숭고한 세계라 할 수 있다.

숭고 체험은 두 번째 시에서도 확인된다. 「시작 노우트」에서 화자는 "담배 붙이고 난 성냥개비불"이 계속 켜져 있었던 밤을 불면으로 지새운 상태다. "불어도 흔들어도" 꺼지지 않는 성냥불이란 사실 없으므로, 성냥불이란 외부의 사물보다도 화자의 내면에 밤새 타오른 의식의 불꽃을 암시하고 있다. 즉, 밤새워 숱한 생각을 했다는 것인데, 궁극적으로 그 생각은 "이 時刻까지 무엇을 하며 살아왔느냐"의 삶과 "死海로 향한" 죽음에 관한 사유로 귀착된다. 지나간 삶의 회상 속에서 화자는 그동안 "무엇 하나 변변히 한 것도 없다"라고 스스로를 느낀다. 삶은 자신의 뜻대로 움직여지지 않았다는 의미에서 거대한 세계이며, 그 삶의 거대함 앞에서 화자는 무력감과 위축감을 경험한 셈이다. 하지만 화자는 "死海로 향한" 죽음의 세계를 찾아가 거기에 있는 "몇 줄의 글"과 "遼遠한 유카리나무"를 감지하리라 전언한다. 몇 줄의 글과 유칼리나무가 있는 죽음의 세계는 삶의 한계에 직면한 불쾌의 주체가 그 한계의식을 극복하려는 내적 의지를 투사한 세계이며, 쾌의 원천이란 점에서 숭고한 세계에 해당된다. 여타의 시들에서 공포의 대상이었던 죽음이 이 시에서는 숭고한 대상으로 전환되면서 극복되고 있는 것이다.

숭고를 체험하려면 우선은 위협적 대상을 접하되 스스로를 보호할 수 있는 안전한 거리의 확보가 필수적이다. 왜냐하면 "위험이나 고통이 너무 가까이 엄습해 있다면, 그것은 어떠한 기쁨도 줄 수 없을 뿐 아니라 다만 소름끼칠 뿐"이기 때문이다(E. 버크, 김동훈 역, 『숭고와 아름다움의 이념의 기원에 대한 철학적 탐구』, 마티, 2006, 제7장).

아울러 위 시들에서 흥미로운 것은 죽음의 위력이 삶의 위력과 결부되어 나타나고 있다는 점이다. 「장편·4」에서는 "가시밭길"의 고난으로 점철됐던 삶이, 「시작 노우트」에서는 "무엇 하나 변변히 한 것도" 없는 무력했던 삶이 회고되어 있다. 죽음의 가체험이 지나간 삶의 양상까지를 반추하게 한 계기가 된 셈이다. 따라서 또한 살펴봐야 할 것은 고단한 삶의 지평에 대한 암시로 자주 등장하는 '황야' 이미지이다.

나는 죽어가고 있었다
며칠째 지옥으로 끌리어가는 최악의 고통을 겪으며
죽음에 이르고 있었다.
(…중략…)
자동차 발동거는 소리가 들렸다
갑자기 아무거나 먹고 싶어졌다
닥치는대로 먹었다
아침이다
이틀만에 깨어난 것이다
고되인 걸음이 시작되었다
앞으로 앞으로

—「아침」 전문44)

여긴 또 어드메냐
목이 마르다
길이 있다는

44) 「아침」, 『누군가 나에게 물었다』, 민음사, 1982.

물이 있다는 그 곳을 향하여
罪가 많다는 이 불구의 영혼을 이끌고 가 보자
그치지 않는 전신의 고통이 하늘에 닿았다

—「刑」 전문[45]

방대한
공해 속을 걷자
술 없는
황야를 다시 걷자

—「걷자」 전문[46]

「아침」에는 죽음에 대한 극한의 가체험 및 그로 인한 공포에서 벗어나고자 생존을 강렬히 욕망하는 모습이 진술되어 있다. 생명 연장의 그 욕구는 삶의 "고되인 걸음"까지를 수용하면서 "앞으로 앞으로" 나아가야 한다는 삶에의 의지로까지 전환되고 있다. 이 같은 행진 모티프는 소위 '황야시편'에서 두드러지는데,[47] 이를 참조하면 두 번째 시의 화자가 걸어가고 있는 시적 배경 또한 황야적 공간에 해당함을 유추해 볼 수 있다. 실제로 「刑」의 화자가 현재 서 있는 '여기'는 극심한 갈증 탓에 "전신의 고통"이 느껴지는 곳이다. 고된 삶의 지평인 황야를 걸으면서 화자는 삶의 고통 때문에 역설적으로 "물이 있다는 그 곳"의 초월적 세계를 꿈꾼다. 즉, 초월

45) 「형」, 위의 책.

46) 「걷자」, 『시인학교』, 신현실사, 1977.

47) 김종삼의 시세계를 황야-떠돎시편, 기억-성하시편, 라산스카-환영시편의 세 범주로 분류한 권명옥은 「걷자」를 대표작으로 한 황야시편이 "삶이나 현실에서 조금도 비켜서 있지 않는 정서" 속에서 "삶과 현실과의 대결의식을 보여준다"고 평가하였다(「은폐성의 정서와 시학」, 『한국시학연구』 11집, 한국시학회, 2004.11, 171쪽).

적 세계는 지상의 황야를 지나가야만 도달 가능한 곳으로, 삶의 고단한 행진을 견디게 하는 힘을 부여해 주고 있다. 황야적 삶의 지평에서 화자는 "전신의 고통"이라는 극한의 위력과 함께 스스로를 "불구의 영혼"으로까지 인식하는 불쾌를 맛보지만, 이에 머물지 않고 "이 불구의 영혼을 이끌고 가 보자"라는 의지를 재차 고양하고 있는 것이다.

같은 맥락에서 시 「걷자」 또한 숭고의 발화로 볼 수가 있다. '방대한'에서 암시되듯 화자는 "공해"로 가득한 세속의 현장에서 거대한 크기의 부정성을 감지한다. 그럼에도 "황야를 다시 걷자"고 다짐함으로써 드넓은 현실을 향해 재차 나아가려는 의지의 고양을 드러내고 있다. 이 과정에서 '술'과 관련된 대목은 흥미롭다. 술로 인한 지병과 죽음의 가체험이 여타 시들에 나타남을 고려할 때,[48] "술 없는/황야"란 황야의 어떤 속성보다도 '술 없이' 황야를 걸어가려는 주체의 내적 상태를 암시한 구절로 이해된다. 예전에는 술로 인한 죽음의 공포에 시달렸지만, 이제부터는 술에서 벗어나 현실을 "다시 걷자"라며 새로운 다짐을 하는 셈이다. 깨어 있는 의식으로 광막한 현실의 지대를 재차 건너려는 이 같은 의지는 주병(酒病)으로 인한 육체적 한계 다시 말해 죽음의 두려움을 지양하려는 시도로도 읽을 수 있다.

이처럼 김종삼의 시들에서 죽음과 삶의 관계는 서로 분리되어 있지 않다. 죽음의 위력이 크듯 시인에겐 삶 또한 황야처럼 실로 거대한 것이었다. 죽음의 불쾌를 쾌로 전환하기 위해 시인은 한계 상태의 육체와 정신을 추스르면서 광막한 삶의 지대부터 적극 껴안고 넘어가고자 했던 것이다. 거대한 삶의 지평을 수용한 결과 죽음에 대한 그의 인식에도 변화가 나타난다. 최종적으로 그의 시에서 죽음의 공포는

48) 대표적 예로 「죽음을 향하여」.

지양된다. 죽음은 위협적인 것이 아니라 수용해야 할 삶의 마지막 사건이 된다. 죽음을 다룬 마지막 작품인 「전정」(1984.11)에서 그는 "죽음과 더욱 친근"해졌다고 진술한다. 목전에 이른 죽음 앞에서 시인은 "찬연한/바티칸 시스틴의, 한 壁畵처럼" 숭고한 세계를 체험하는 것으로 생을 마감한다.

4. 심미주의적 독법의 한계를 넘어서

김종삼의 시세계에 드높은 곳에 존재하는 신성에 대한 열망과 아울러 위협적인 죽음을 쾌로 전환하려는 의지의 고양이 나타나 있음을 확인하면서 이를 숭고 미학의 관점에서 고찰해 보았다. 우선 김종삼의 많은 시들은 무한성, 영원성, 신성으로 표상되는 '높이'의 세계로 적극 진입하려는 영혼의 비상과 함께 그로 인한 조망적 시선을 획득한 점에서 숭고를 발화하고 있었다. 뿐만 아니라 정작 드높은 세계에의 진입 불가능성과 함께 그 높이의 세계와 대비되는 지상적 문명 세계에 대한 비판까지를 전언함으로써 그의 시들은 천상과 지상 어디에도 속하지 못하는 경계인적 주체를 보여 주고 있었다. 특히 천상과의 합일 불가능을 드러내고자 그의 시들은 천상에 인접한 경계에서 천상의 풍경들을 지워내는 기법을 취하였는데, 이 또한 무한성을 감각하되 그 감각의 경계 지점에서 무한의 형상적 윤곽을 짓고 허무는 움직임을 제시하는 숭고의 미학을 보여 준 것으로 평가할 수 있다.

김종삼의 시세계는 천상과 지상의 간극을 기본 삼아 천상과의 합일과 그 불가능 사이의 간극, 지상적 현실에의 비판과 수용 사이의 간극 등을 다루면서 그러한 간극들에서 유발되는 모순된 감정들과 동요하는 마음의 상태를 발화한다. 이 과정에서 상당수 그의 시들은 거대하거나 위력적인 현상 앞에 직면한 당혹감, 무력감, 불편감 등 불쾌를 전한다. 불쾌의 감정은 신성함의 상실, 전쟁의 참상, 현실의 폭력 등을 다룬 시들에서 나타나는데, 불쾌의 제시로만 끝맺음으로써 쾌로의 이행이라는 숭고 체험을 보여 주기에는 미흡한 바가 있었다. '불쾌의 쾌'로서의 온전한 숭고 체험은 죽음의식을 전면화한 작품들에서 주로 발견된다. 죽음의 위력 앞에서 위축된 자아의 두려움과 무기력만을 제시하고 끝난 시들도 있지만, 기본적으로 그의 시들은 죽음의 불가항력 속에서도 "무엇인가를 감지해" 내려는 사유의 주체를 부각하면서, 나아가 초월적 세계를 향한 내적 의지를 통해 죽음의 공포를 쾌로 전환하는 태도를 보여 준다. 실존의 한계의식을 쾌로 전환했다는 점에서 김종삼의 시에는 숭고가 표현되어 있다. 또한 그는 황야적 삶의 지평에서 고통을 겪으면서도 부정적 감정에 매몰되지 않고 "황야를 다시 걷자"는 식의 고양된 의지를 발화하였다. 삶의 지평을 껴안고 감으로써 최종적으로 그의 시는 죽음마저 수용하는 자세로 나아갈 수 있었다.

그동안 김종삼 시 연구사의 전반적 얼개는 소위 '잔상의 아름다움'으로 통칭되는 미의 추구를 암묵적인 대전제로서 합의해 왔다고 볼 수 있다. 기존 연구의 이 같은 심미주의적 독법을 전적인 오류라고 볼 수만은 없다. 김종삼의 시세계에는 어쨌든 한정된 크기의 작고 소박한 사물들도 등장하고, 그러한 대상의 형태를 관조하는 고요함의 주체도 발견되며, 미니멀한 대상으로부터 직접적 만족을 얻어냄으로써 촉진되는 생의 감정을 다룬 시들도 분명 존재한다. 하지만 이 같은 미의 세계는 김종삼 시세계의 일면에만 해당된다. 그의 시세계 전체를 아름다운 순수미의 산물로 등식화해 온 기존의 견해에는 재고가 요청되는 것이다. 오히려 그의 상당수 시들은 작은 크기의 사물보다도 거대하고 광활하며 위력적인 현상을, 대상의 고요한 관조보다도 당혹감·무력감·불편감 등의 심적 동요를, 단일한 만족감보다도 불쾌의 쾌라는 이중적 혼합 감정을 표현하고 있다. 촉진되는 생의 감정 또한 따지고 보면 죽음의 두려움을 쾌로 전환하려 한 죽음 충동의 결과란 점에서 미적 체험보다도 숭고 체험의 복합적 프로세스와 연관된 것으로 볼 수가 있다. 그런 의미에서 김종삼 시의 천진성 및 평화지향성 또한 아름다운 세상을 단순소박하게 노래한 미적 세계관의 발로로만 볼 수 있을지 의문이 든다. 그의 시의 동심(童心) 또한 현실의 폭력과 죽음의 가체험이라는 극한적 상황을 거쳐 오면서 감정의 부정성을 긍정성으로 전환하여 길어 올려낸 것이란 점에서 '불쾌의 쾌'에 따른 숭고 체험의 결과로 이해해야 할 필요가 있을 것이다.

참고문헌

1. 기본자료

『경향신문』, 『고려시보』, 『동아일보』, 『서울신문』, 『자유신문』, 『조선일보』, 『조선중앙일보』, 『중외일보』, 『평화일보』

『낭만파』, 『대중공론』, 『문예』, 『문예월간』, 『문장』, 『문학』, 『민성』, 『백민』, 『삼천리』, 『상아탑』, 『새한민보』, 『시원』, 『신동아』, 『신세대』, 『신세대』, 『신천지』, 『예술통신』, 『음악과 시』, 『인문평론』, 『조선춘추』, 『죽순』, 『춘추』, 『풍림』, 『학풍』, 『해동공론』

김광균, 『와사등』, 남만서점, 1939.

———, 『기항지』, 정음사, 1947.

———, 『황혼가』, 산호장, 1957.

———, 『추풍귀우』, 범양사, 1986.

———, 『임진화』, 범양사, 1989.

———, 김학동·이민호 편, 『김광균 전집』, 국학자료원, 2002.

———, 오영식·유성호 편, 『김광균 문학전집』, 소명출판, 2014.

김기림, 『시론』, 백양당, 1947.

———, 김학동 편, 『김기림 전집』 1~5, 심설당, 1988.

———, 윤여탁 편, 『김기림 문학비평』, 푸른사상사, 2002.

김동리, 『문학과 인간』, 백민문화사, 1948.

김동석, 이희환 편, 『김동석 비평 선집』, 현대문학, 2010.

김수영, 황동규 편, 『김수영 전집』 2, 민음사, 1981.

김종삼·김광림·전봉건, 『전쟁과 음악과 희망과』, 자유세계사, 1957.

김종삼, 『본적지』, 성문각, 1968.

_____, 『십이음계』, 삼애사, 1969.

_____, 『시인학교』, 신현실사, 1977.

_____, 『북치는 소년』, 민음사, 1979.

_____, 『누군가 나에게 물었다』, 민음사, 1982.

_____, 『평화롭게』, 고려원, 1984.

_____, 장석주 편, 『김종삼 전집』, 청하, 1988.

_____, 권명옥 편, 『김종삼 전집』, 나남, 2005.

김종욱 편역, 『강한 사람들』, 민교사, 1949.

박인환, 『박인환 전집』, 문학세계사, 1986.

_____, 맹문재 편, 『박인환 전집』, 실천문학사, 2008.

백 석, 『사슴』, 선광인쇄주식회사, 1936.

_____, 고형진 편, 『정본 백석 시집』, 문학동네, 2007.

서정주, 『화사집』, 남만서고, 1941.

_____, 『미당 시전집』 1, 민음사, 1994.

_____, 『미당 자서전』 1~2, 민음사, 1994.

서정주·조지훈·박목월, 『시창작법』, 선문사, 1949.

송기한·김외곤 편, 『해방공간의 비평문학』, 태학사, 1991.

신시론 동인회, 『신시론』, 산호장, 1948.

__________, 『새로운 도시와 시민들의 합창』, 도시문화사, 1949.

오장환, 『성벽』, 풍림사, 1937.

_____, 『헌사』, 남만서방, 1939.

_____, 김재용 편, 『오장환 전집』, 실천문학사, 2002.

_____, 김학동 편, 『오장환 전집』, 국학자료원, 2003.

이선영 외 편, 『현대문학비평자료집』 1, 태학사, 1993.

마산문학관 편, 『마산의 문학동인지 1』, 2007.
장만영 편, 『현대시집』, 정음사, 1950.
조선문학가동맹 서기국 편, 『건설기의 조선문학』, 백양당, 1946.
조선문학가동맹 시부위원회 편, 『삼일기념시집』, 건설출판사, 1946.
조연현, 『문학과 사상』, 세계문학사, 1949.
조 향, 『조향 전집』 2, 열음사, 1994.
중앙문화협회 편, 『해방기념시집』, 1945.
한 효, 『민족문학에 대하여』, 문화전선사, 1949.
『조선문학전집』, 한성도서, 1949.
『한국전후문제시집』, 신구문화사, 1961.

2. 학위논문

고형진, 「1920~30년대시의 서사지향성과 시적 구조」, 고려대 박사논문, 1991.
김영범, 「백석 시어 연구」, 고려대 석사논문, 2005.
김윤성, 「개항기 개신교 의료선교와 몸에 대한 인식틀의 '근대적' 전환」, 서울대 석사논문, 1994.
김진희, 「생명파 시의 현대성 연구」, 이화여대 박사논문, 2001.
박민규, 「김종삼 시의 병치적 특성 연구」, 고려대 석사논문, 2005.
———, 「해방기 시론 연구」, 고려대 박사논문, 2013.
박윤우, 「오장환 시 연구: 비판적 인식의 변모과정을 중심으로」, 서울대 석사논문, 1989.
백은주, 「김종삼 시 연구: 환상의 구조와 의미를 중심으로」, 고려대 석사논문, 2000.
심재휘, 「오장환 시 연구」, 고려대 석사논문, 1989.
양효실, 「보들레르의 모더니티 개념에 대한 연구: 모더니즘 개념의 비판적 재구성을 위하여」, 서울대 박사논문, 2006.
이경수, 「백석 시 연구: 화자 유형을 중심으로」, 고려대 석사논문, 1993.
이현승, 「1930년대 후반기 시의 언술구조 연구: 백석·이용악·오장환의 시를 중심으로」, 고려대 박사논문, 2011.
임재서, 「서정주 시에 나타난 세계인식에 관한 연구」, 서울대 석사논문, 1996.
장영수, 「오장환과 이용악의 비교연구」, 고려대 박사논문, 1987.
정한용, 「한국 현대시의 초월지향성 연구」, 경희대 박사논문, 1996.
조형근, 「일제시대 한국에서 의료체계의 변화와 그 사회적 성격」, 서울대 석사논문, 1997.
주영중, 「오장환 시 연구」, 고려대 석사논문, 1999.
최정례, 「백석 시의 근대성 연구」, 고려대 박사논문, 2004.

3. 소논문

강계숙, 「'불안'의 정동, 진리, 시대성: 박인환 시의 새로운 이해」, 『현대문학의 연구』 51집, 한국문학연구학회, 2013.10.
______, 「김종삼의 후기 시 다시읽기: '죄의식'의 정동과 심리적 구조를 중심으로」, 『동아시아문화연구』 55집, 한양대 동아시아문화연구소, 2013.11.
강연호, 「김종삼 시의 내면 의식 연구」, 『현대문학이론연구』 18집, 현대문학이론학회, 2002.12.
고봉준, 「고향의 발견: 1930년대 후반시와 '고향'」, 『어문론집』 43집, 중앙어문학회, 2010.3.
고봉준·이선이, 「1930년대 후반 시의 도시표상 연구」, 『한국시학연구』 25집, 한국시학회, 2009.8.
고형진, 「김종삼의 시 연구」, 『상허학보』 12집, 상허학회, 2004.2.
______, 「용례 색인으로 본 백석시의 어석」, 『현대문학이론연구』 27집, 현대문학

이론학회, 2006.4.
권명옥, 「추상성 시학」, 『한양어문』 17집, 한양어문학회, 1999.
———, 「은폐성의 정서와 시학」, 『한국시학연구』 11집, 한국시학회, 2004.11.
———, 「적막의 미학」, 『한국문예비평연구』 15집, 한국현대문예비평학회. 2004.12.
권성우, 「시대에 대한 성찰, 혹은 두 가지 저항의 방식: 임화와 김기림」, 『한민족문화연구』 26집, 한민족문화학회, 2008.8.
권영민, 「해방공간의 문단과 중간파의 입장」, 『한국민족문학론연구』, 민음사, 1986.
권혁웅, 「백석 시의 비유적 구조」, 『한국문학이론과 비평』 6권 1호, 한국문학이론과비평학회, 2002.3.
김동식, 「1930년대 비평과 주체의 수사학: 임화·최재서·김기림의 비평을 중심으로」, 『한국현대문학연구』 24집, 한국현대문학회, 2008.4.
김동우, 「롱기누스 숭고론의 시학적 전유」, 『한국문학이론과 비평』 43집, 한국문학이론과비평학회, 2009.6.
김문주, 「백석 문학 연구의 현황과 문학사적 균열의 지점」, 『비평문학』 45집, 한국비평문학회, 2012.9.
김병욱, 「한국문학사 기술의 제문제」, 김열규 외, 『한국문학사의 현실과 이상: 우리문학사 어떻게 기술할 것인가』, 새문사, 1996.
김병택, 「박인환 시에 있어서의 모더니즘의 수용과 시대인식」, 『한국현대시인론』, 국학자료원, 1995.
김상현, 「비판철학의 완성과 낭만주의로의 이행」, 『판단력 비판』, 책세상, 2005.
김석준, 「김광균의 시론과 지평융합적 시의식」, 『한국시학연구』 21집, 한국시학회, 2008.4.
김승구, 「김기림 수필에 나타난 대중의 의미」, 『동양학』 39집, 단국대 동양학연구소, 2006.2.

김승희, 「김종삼 시의 전위성과 미니멀리즘 시학 연구」, 『비교한국학』 16권 1호, 국제비교한국학회, 2008.6.

김시태, 「김종삼론: 언어의 고독한 축제」, 김용직 외, 『한국 현대시 연구』, 민음사, 1989.

김영미, 「죽은 자에게 말 걸기: 소월시의 죽음 의식」, 『한국문학이론과 비평』 12권 4호, 한국문학이론과비평학회, 2008.12.

김영철, 「오장환의 시론 연구」, 『건국어문학』 15~16집, 건국대 국어국문학연구회, 1991.

______, 「50년대 모더니즘에서의 '후반기' 동인의 역할」, 『인문과학논총』 30집, 건국대 인문과학연구소, 1998.3.

김용직, 「1930년대 김기림과 「황무지」: 김기림의 비교문학적 접근」, 『한국현대문학연구』 창간호, 한국현대문학회, 1991.4.

______, 「식물성 도시 감각의 세계: 김광균론」, 『한국현대시사』 1, 한국문연, 1996.

김유중, 「김기림의 래디컬 모더니즘 수용과 그 의의」, 『한국현대문학연구』 4집, 한국현대문학회, 1995.2.

______, 「김기림의 역사관, 문학관과 일본 근대 사상의 관련성: '근대의 초극'론의 극복을 위한 사상적 모색 과정에 대한 검토」, 『한국현대문학연구』 26집, 한국현대문학회, 2008.12.

김인환, 「소설과 시」, 『상상력과 원근법』, 문학과지성사, 1993.

김재용, 「식민지 자본주의와 근대 문명의 내파」, 『오장환 전집』, 실천문학사, 2002.

______, 「김기림: 동시성의 비동시성과 침묵의 저항」, 『협력과 저항』, 소명출판, 2004.

김재홍, 「김광균: 방법적 모더니즘과 서정적 진실」, 『한국현대시인 연구』 (1), 일지사, 1986.

김점용, 「이육사 시의 숭고미」, 『한국시학연구』 17집, 한국시학회, 2006.12.
김종훈, 「잔해와 파편의 시어: 김종삼, 「북치는 소년」의 경우」, 『어문논집』 68집, 민족어문학회, 2013.8.
김종철, 「30년대의 시인들」, 『시와 역사적 상상력』, 문학과지성사, 1978.
김준오, 「고전주의적 절제와 완전주의」, 『도시시와 해체시』, 문학과비평사, 1992.
김준환, 「스펜더가 김기림의 모더니즘에 끼친 영향 연구」, 『현대영미시연구』 12권 1호, 한국현대영미시학회, 2006. 봄.
______, 「김기림의 반-제국/식민 모더니즘」, 『Comparative Korean Studies』 16권 2호, 국제비교한국학회, 2008.12.
김진희, 「김기림의 전체시론과 모더니즘의 역사성」, 『한국근대문학연구』 6권 1호, 한국근대문학회, 2005.4.
김창원, 「김광균과 소멸의 시학」, 김은전·이승원 편, 『한국현대시인론』, 시와시학사, 1995.
김춘수, 「기질적 이미지스트: 김광균과 30년대」, 『심상』, 1978.11.
______, 「지양된 어둠: 70년대 한국시의 한 양상」, 『시의 표정』, 문학과지성사, 1979.
김춘식, 「식민지 도시 '경성'과 '모던 서울'의 표상: 유리, 강철, 대리석, 지폐, 잉크가 끓는 도시」, 『한국문학연구』 38집, 동국대 한국문학연구소, 2010.6.
김학동, 「오장환의 시적 변이와 지속성의 원리」, 『시문학』, 1990.4~6.
김 항, 「댄디와 주권: 벤야민의 문턱」, 『현대비평과 이론』 23호, 2005. 봄·여름.
나희덕, 「김광균 시의 조형성과 모더니티」, 『한국시학연구』 15집, 한국시학회, 2006.4.
남기혁, 「해방기 시에 나타난 윤리의식과 국가의 문제: 오장환과 서정주의 해방기 시에 대한 비교를 중심으로」, 『어문론총』 56집, 한국문학언어학회,

2012.6.
노 철, 「김기림의 모더니즘과 김수영의 모더니티」, 『민족문학사연구』 16집, 민족문학사학회, 2000.
류순태, 「김종삼 시에 나타난 현대미술의 영향 연구」, 『국어교육』 125집, 한국어교육학회, 2008.2.
맹문재, 「박인환의 전기 시작품에 나타난 동아시아 인식 고찰」, 『한국문학이론과 비평』 12권 1호, 한국문학이론과 비평학회, 2008.3.
______, 「『신시론』의 작품들에 나타난 모더니즘 성격 연구」, 『우리문학연구』 35집, 우리문학회, 2012.2.
문덕수, 「김광균론」, 『한국 모더니즘시 연구』, 시문학사, 1981.
문혜원, 「김기림의 문학에 미친 스펜더의 영향」, 『비교문학』 18집, 한국비교문학회, 1993.
박민규, 「오장환 시의 댄디즘에 나타난 근대 비판의 성격」, 『Comparative Korean Studies』 15권 1호, 국제비교한국학회, 2007.6.
______, 「백석 시의 숭고와 그 의미」, 『한국시학연구』 23집, 한국시학회, 2008.12.
______, 「김종삼 시에 나타난 추상미술의 영향」, 『어문논집』 59집, 민족어문학회, 2009.4.
______, 「중간파 시 논쟁과 김광균의 시론」, 『배달말』 50집, 배달말학회, 2012.6.
박수연, 「문명과 문화의 갈림길: 최남선과 김기림을 중심으로」, 『Comparative Korean Studies』 16권 2호, 국제비교한국학회, 2008.12.
박연희, 「서정주 시론 연구: 예지, 전통, 신라정신을 중심으로」, 『한국문학이론과 비평』 37집, 한국문학이론과비평학회, 2007.12.
박정호, 「오장환의 부정의식과 체념적 비애」, 『한국어문학연구』 16집, 한국외대 한국어문학연구회, 2002.9.
박주택, 「백석 시의 자연 이미지와 욕망의 구현 연구」, 『어문연구』 52집, 어문연구학회, 2006.12.

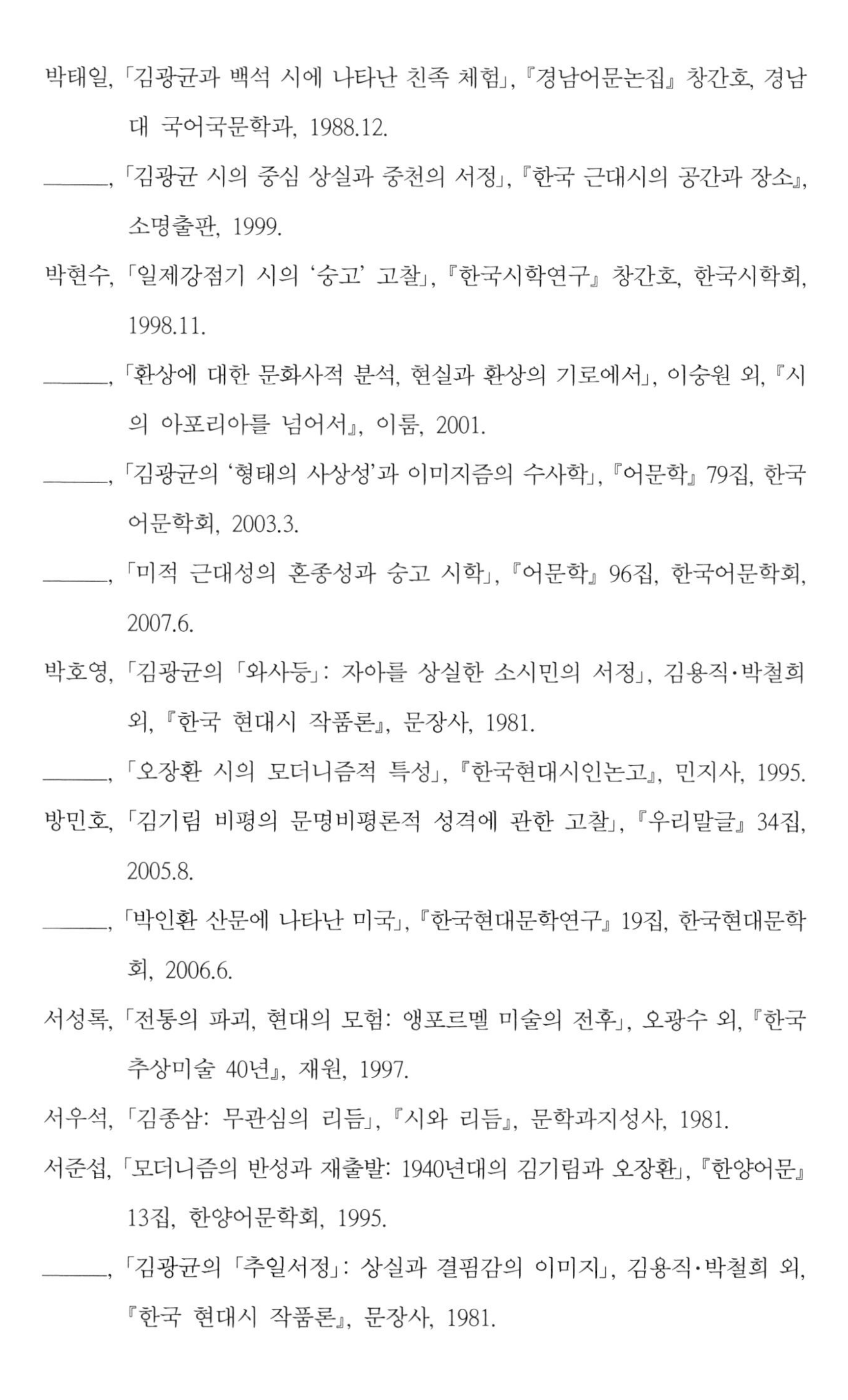
박태일, 「김광균과 백석 시에 나타난 친족 체험」, 『경남어문논집』 창간호, 경남대 국어국문학과, 1988.12.

———, 「김광균 시의 중심 상실과 중천의 서정」, 『한국 근대시의 공간과 장소』, 소명출판, 1999.

박현수, 「일제강점기 시의 '숭고' 고찰」, 『한국시학연구』 창간호, 한국시학회, 1998.11.

———, 「환상에 대한 문화사적 분석, 현실과 환상의 기로에서」, 이승원 외, 『시의 아포리아를 넘어서』, 이룸, 2001.

———, 「김광균의 '형태의 사상성'과 이미지즘의 수사학」, 『어문학』 79집, 한국어문학회, 2003.3.

———, 「미적 근대성의 혼종성과 숭고 시학」, 『어문학』 96집, 한국어문학회, 2007.6.

박호영, 「김광균의 「와사등」: 자아를 상실한 소시민의 서정」, 김용직·박철희 외, 『한국 현대시 작품론』, 문장사, 1981.

———, 「오장환 시의 모더니즘적 특성」, 『한국현대시인논고』, 민지사, 1995.

방민호, 「김기림 비평의 문명비평론적 성격에 관한 고찰」, 『우리말글』 34집, 2005.8.

———, 「박인환 산문에 나타난 미국」, 『한국현대문학연구』 19집, 한국현대문학회, 2006.6.

서성록, 「전통의 파괴, 현대의 모험: 앵포르멜 미술의 전후」, 오광수 외, 『한국 추상미술 40년』, 재원, 1997.

서우석, 「김종삼: 무관심의 리듬」, 『시와 리듬』, 문학과지성사, 1981.

서준섭, 「모더니즘의 반성과 재출발: 1940년대의 김기림과 오장환」, 『한양어문』 13집, 한양어문학회, 1995.

———, 「김광균의 「추일서정」: 상실과 결핍감의 이미지」, 김용직·박철희 외, 『한국 현대시 작품론』, 문장사, 1981.

서진영, 「김종삼의 시적 공간에 나타난 순례적 상상력」, 『인문논총』 68집, 서울대 인문학연구원, 2012.12.
손종호, 「한국시와 필리핀시에 나타난 탈식민주의 연구」, 『비평문학』 37집, 한국비평문학회, 2010.9.
송기한, 「김광균 시의 전향과 그 의식변이 연구」, 『어문연구』 65집, 어문연구학회, 2010.9.
송희복, 「북한의 김소월관 연구」, 『김소월 연구』, 태학사, 1994.
신익호, 「오장환 시에 나타난 기독교 의식」, 『현대시의 구조와 정신』, 박문사, 2010.
신형기, 「중간파 문학론」, 『해방직후의 문학운동론』, 화다, 1988.
심재휘, 「김종삼 시의 공간과 장소」, 『아시아문화연구』 30집, 가천대 아시아문화연구소, 2013.6.
엄동섭, 「'신시론'을 전후한 모더니즘 시운동의 흐름과 맥」, 『어문론집』 28집, 중앙어문학회, 2000.12.
______, 「해방기 박인환의 문학적 변모 양상」, 『어문론집』 36집, 중앙어문학회, 2007.3.
엄동섭·염 철, 「새로 작성한 박인환 연보」, 『근대서지』 8집, 근대서지학회, 2013.12.
여태천, 「1930년대 새로운 시와 시적 언어의 한계: 김기림의 시와 시론을 중심으로」, 『Comparative Korean Studies』 21권 3호, 국제비교한국학회, 2013.12.
염 철, 「박인환의 최초 발표작 「단층」에 대하여」, 『우리문학연구』 40집, 우리문학회, 2013.10.
오세영, 「탕자의 고향발견: 오장환론」, 『문학사상』, 1989.1.
오형엽, 「김기림 초기 시론 연구」, 『어문논집』 39집, 민족어문학회, 1999.
______, 「풍경의 배음과 존재의 감춤」, 송하춘·이남호 편, 『1950년대의 시인들』,

나남, 1994.
원종찬, 「서자 의식의 극복」, 『한국 근대문학의 재조명』, 소명출판, 2005.
유선영, 「근대적 대중의 형성과 문화의 전환」, 『언론과 사회』 17권 1호, 성곡언론문화재단, 2009.3.
유성호, 「김광균론: 이미지즘 시학의 방법적 수용과 굴절」, 『한국 현대시의 형상과 논리』, 국학자료원, 1997.
______, 「김광균 시의 문학사적 의미」, 오영식·유성호 편, 『김광균 문학전집』, 소명출판, 2014.
유임하, 「1920~30년대 시에 나타난 근대문명 인식」, 『한국문학연구』 14집, 동국대 한국문학연구소, 1992.2.
윤여탁, 「역사적·사회적 실천으로서의 시론: 김기림 문학론의 선택」, 『선청어문』 30집, 서울대 국어교육과, 2002.
윤지영, 「한국 현대시의 숭고 연구에 관한 탈근대적 검토」, 『현대문학이론연구』 48집, 현대문학이론학회, 2012.3.
윤해동, 「식민지 근대와 대중사회의 등장」, 임지현·이성시 편, 『국사의 신화를 넘어서』, 휴머니스트, 2004.
이경수, 「1930년대 후반부 시에 나타난 '가난'의 의미」, 『현대문학의 연구』 32집, 한국문학연구학회, 2007.7.
______, 「백석 시에 나타난 문화의 충돌과 습합: 여행·음식·종교를 중심으로」, 『한국시학연구』 23집, 한국시학회, 2008.12.
이경호, 「도시 서정시의 출발과 그 한계: 김광균의 시세계」, 『현대시학』, 1989.7.
이기철, 「말과 조형」, 『현대시학』, 1978.11.
______, 「추상의 두 세계」, 『심상』, 1985.7.
이명찬, 「김광균론」, 『한성어문학』 17집, 한성대 한성어문학회, 1998.
______, 「라산스카, 낯선 아름다움」, 『작가연구』, 2003.10.
______, 「중등교육과정에서의 김소월 시의 정전화 과정 연구」, 『독서연구』 20집,

한국독서학회, 2008.12.
이미순, 「오장환 시에서의 '고향'의 의미화 과정 연구」, 『한국시학연구』 17집, 2006.12.
이순욱, 「광복기 부산 지역 문학사회의 형성과 창작 기반」, 『석당논총』 50집, 동아대 석당전통문화연구원, 2011.7.
이숭원, 「모더니즘과 김광균 시의 위상」, 『현대시와 지상의 꿈』, 시와시학사, 1995.
______, 「김종삼 시의 내면 구조」, 『근대시의 내면 구조』, 새문사, 1988.
이승훈, 「30년의 강가에서」, 『현대시학』, 1975.9.
______, 「유기적 공간과 추상적 공간」, 『문학사상』, 1978.3.
이재복, 「한국 현대시의 숭고성에 대한 연구: '죽음'의 문제를 중심으로」, 『한국언어문화』 45집, 한국언어문화학회, 2011.8.
이종찬, 「메이지 일본에서 근대적 위생의 형성 과정, 1868~1905」, 『의사학』 12권 1호, 대한의사학회, 2003.6.
이형권, 「한국시의 보들레르 이입과 수용 양상: 미당의 초기시를 중심으로」, 『어문연구』 45집, 어문연구학회, 2004.8.
이현승, 「오장환 시의 부정의식 연구: 초기시를 중심으로」, 『한국시학연구』 25집, 한국시학회, 2009.8.
이혜원, 「근대성의 지표와 과학적 시학의 실험: 김기림의 시와 시론」, 『상허학보』 3집, 상허학회, 1996.9.
______, 「한국 현대시에 나타난 '서울'의 문학지리학적 연구: 식민지 시대를 중심으로」, 『어문연구』 59집, 어문연구학회, 2009.3.
임수만, 「백석 시의 '아름다움'과 '숭고'」, 『청람어문교육』 40집, 청람어문교육학회, 2009.12.
임승빈, 「1950년대 신세대론 연구」, 『새국어교육』 82집, 한국국어교육학회, 2009.8.

장규식, 「근대 문명의 확산과 대중문화의 출현」, 『새로운 한국사 길잡이』 하, 지식산업사, 2008.
장만영, 「해설」, 『한국시인전집』 8권, 신구문화사, 1959.
장만호, 「부정의 아이러니와 환멸의 낭만주의: 오장환 초기시의 시의식」, 『비평문학』 32집, 한국비평문학회, 2009.6.
장사선, 「자연주의에 대한 반대 투쟁과 연극사의 체계화: 해방 이후의 한효론」, 『남북한 문학평론 비교 연구』, 월인, 2005.
장석원, 「백석 시의 리듬」, 『어문논집』 55집, 민족어문학회, 2007.4.
전병준, 「박인환과 김수영의 시에 나타난 신의 의미 연구」, 『Comparative Korean Studies』 21권 3호, 국제비교한국학회, 2013.12.
정근식, 「일제하 서양 의료 체계의 헤게모니 형성과 동서 의학 논쟁」, 『한국의 사회제도와 사회변동』, 문학과지성사, 1996.
______, 「'식민지적 근대'와 신체의 정치: 일제하 나 요양원을 중심으로」, 『사회와 역사』 51집, 한국사회사학회, 1997. 봄.
______, 「한국에서의 근대적 나 구료의 형성」, 『보건과 사회과학』 창간호, 한국보건사회학회, 1997.4.
정문권·이강록, 「근대적 관점에서의 한국 대중문학」, 『우리어문연구』 32집, 우리어문학회, 2008.9.
정영진, 「박인환 시의 탈식민주의 연구」, 『상허학보』 15집, 상허학보, 2005.8.
______, 「연구사를 통해 본 문학연구(자)의 정치성: 박인환 연구사를 중심으로」, 『상허학보』 37집, 상허학회, 2013.2.
정우택, 「해방기 박인환 시의 정치적 아우라와 전향의 반향」, 『반교어문연구』 32집, 반교어문학회, 2012.2.
정효구, 「백석의 삶과 문학」, 『백석』, 문학세계사, 1996.
조강석, 「도착적 보편과 마주선 특수자의 요청: 김기림의 경우」, 『한국학연구』 27집, 인하대 한국학연구소, 2012.6.

______, 「해방기 김기림의 의식 전회 연구-보편주의와 특수주의를 중심으로」, 『현대문학의 연구』 49집, 한국문학연구학회, 2013.2.
조남익, 「장미와 음악의 시적 변용」, 『현대시학』, 1987.2.
조해옥, 「근대인의 불안과 허무의식: 오장환의 '성벽'과 '헌사'를 중심으로」, 『한남어문학』 22집, 한남대 국어국문학회, 1997.12.
주영중, 「김소월 시의 숭고 미학」, 『한국시학연구』 28집, 한국시학회, 2010.8.
______, 「김수영 시론의 숭고 특성 연구」, 『비평문학』 43호, 한국비평문학회, 2012.3.
______, 「김춘수 시의 숭고 특성 연구」, 『어문논집』 67집, 민족어문학회, 2013.
천정환, 「근대 초기의 대중문화와 청소년의 책읽기」, 『독서연구』 9집, 한국독서학회, 2003.6.
______, 「주체로서의 근대적 대중독자의 형성과 전개」, 『독서연구』 13집, 한국독서학회, 2005.6.
천정환·이용남, 「근대적 대중문화의 발전과 취미」, 『민족문학사연구』 30집, 민족문학사학회, 2006.4.
최동호, 「정지용의 산수시와 은일의 정신」, 『민족문화연구』 19집, 고려대 민족문화연구원, 1986.
최두석, 「오장환의 시적 편력과 진보주의」, 『오장환 전집』 2, 창작과비평사, 1989.
최명표, 「해방기 김광균의 시와 시론」, 『현대문학이론연구』 21집, 현대문학이론학회, 2004.4.
최현식, 「민족, 전통, 그리고 미: 서정주의 중기 문학」, 『말 속의 침묵』, 문학과지성사, 2002.
한계전, 「김광균의 시적 변모고」, 『한국국어교육연구회논문집』 창간호, 1969.
한수영, 「'순수문학론'에서의 '미적 자율성'과 '반근대'의 논리」, 『국제어문』 29집, 국제어문학회, 2003.12.

한영옥, 「김광균 시 연구: '형태의 사상성'과 관련하여」, 『한국문예비평연구』 11집, 한국현대문예비평학회, 2002.12.
허 수, 「식민지기 '집합적 주체'에 관한 개념사적 접근: 『동아일보』 기사제목 분석을 중심으로」, 『역사문제연구』 23집, 역사문제연구소, 2010.4.
———, 「1920~30년대 식민지 지식인의 '대중' 인식」, 『역사와 현실』 77집, 한국역사연구회, 2010.9.
허윤회, 「미당 서정주의 시사적 위상: 그의 시론을 중심으로」, 『한국의 현대시와 시론』, 소명출판, 2007.
———, 「해방 이후의 서정주: 1945~1950」, 『민족문학사 연구』 36집, 민족문학사학회, 2008.4.
허혜정, 「서정주의 「김소월 시론」을 통해 본 현대시와 전통: 감각과 정조론을 중심으로」, 『한국어문학연구』 56집, 한국어문학연구학회, 2011.2.
황동규, 「잔상의 미학」, 『북치는 소년』, 민음사, 1979.

4. 단행본

강심호, 『대중적 감수성의 탄생: 도박, 백화점, 유행』, 살림, 2005.
고미숙, 『한국의 근대성, 그 기원을 찾아서: 민족·섹슈얼리티·병리학』, 책세상, 2001.
고형진, 『백석 시 바로 읽기』, 현대문학, 2006.
권성우, 『모더니티와 타자의 현상학: 한국 근대 문학의 풍경』, 솔, 1999.
김광명, 『칸트 판단력 비판 연구』, 철학과현실사, 2006.
김병택, 『현대 시론의 새로운 이해』, 새미, 2004.
김상봉, 『나르시스의 꿈』, 한길사, 2002.
김성기 외, 『모더니티란 무엇인가』, 민음사, 1994.
김영철, 『박인환: 한국 전후 문학의 기수』, 건국대학교출판부, 2000.

김용직, 『한국현대시사』 2, 한국문연, 1996.
김욱동, 『모더니즘과 포스트모더니즘』, 현암사, 1992.
______, 『포스트모더니즘』, 민음사, 1992.
김유중, 『김광균: 회화적 이미지와 낭만 정신의 조화』, 건국대학교출판부, 2000.
김윤식·김현, 『한국문학사』, 민음사, 1973.
김인환, 『상상력과 원근법』, 문학과지성사, 1993.
김진균·정근식 외, 『근대주체와 식민지 규율권력』, 문화과학사, 1997.
김진석, 『초월에서 포월로』, 솔, 1994.
김학동 외, 『김광균 연구』, 국학자료원, 2002.
김 현, 『상상력과 인간』, 일지사, 1973.
김현철 외, 『청소년기 사회화 담론의 근대적 기원과 그 영향』, 한국청소년정책연구원, 2007.
김현화, 『20세기 미술사: 추상미술의 창조와 발전』, 한길아트, 1998.
나병철, 『모더니즘과 포스트모더니즘을 넘어서』, 소명출판, 2001.
남진우, 『미적 근대성과 순간의 시학』, 소명출판, 2001.
박민규, 『해방기 시론의 구도와 동력』, 서정시학, 2014.
박상선, 『아방가르드와 숭고: 리오타르의 철학』, 흙과생기, 2005.
박윤재, 『한국 근대의학의 기원』, 혜안, 2005.
백 철, 『조선신문학사조사』, 백양당, 1949.
서동욱, 『차이와 타자』, 문학과지성사, 2000.
서성록, 『한국 현대회화의 발자취』, 문예출판사, 2006.
서준섭, 『한국 모더니즘 문학 연구』, 일지사, 1988.
소래섭, 『에로 그로 넌센스: 근대적 자극의 탄생』, 살림, 2005.
손종호, 『근대시의 영성과 종교성』, 서정시학, 2013.
신규환, 『질병의 사회사: 동아시아 의학의 재발견』, 살림, 2006.
신동원, 『한국근현대보건의료사』, 한울, 1997.

———, 『호열자, 조선을 습격하다』, 역사비평사, 2004.
신범순, 『한국 현대시의 퇴폐와 작은 주체』, 신구문화사, 1998.
신익호, 『한국 현대시 연구』, 한국문화사, 1999.
———, 『현대시의 구조와 정신』, 박문사, 2010.
안성찬, 『숭고의 미학: 파괴와 혁신의 문화적 동력』, 유로서적, 2004.
양병식, 『사르트르의 문학과 실존주의』, 삼광출판사, 1983.
오광수, 『추상미술의 이해』, 일지사, 1988.
———, 『한국현대미술사』, 열화당, 2000.
———, 『시대와 한국미술』, 미진사, 2007.
오세영, 『20세기 한국시 연구』, 새문사, 1989.
오형엽, 『한국 근대시와 시론의 구조적 연구』, 태학사, 1999.
유성호, 『근대시의 모더니티와 종교적 상상력』, 소명출판, 2008
유종호, 『다시 읽는 한국 시인: 임화·오장환·이용악·백석』, 문학동네, 2002.
윤석산, 『박인환 평전』, 모시는사람들, 2003.
이경돈, 『문학 이후』, 소명출판, 2009.
이경수, 『한국 현대시와 반복의 미학』, 월인, 2005.
이숭원, 『백석 시의 심층적 탐구』, 태학사, 2006.
———, 『백석을 만나다』, 태학사, 2008.
이승하 외, 『한국 현대시문학사』, 소명출판, 2005.
이승훈, 『한국 모더니즘 시사』, 문예출판사, 2000.
이재복, 『한국 현대시의 미와 숭고』, 소명출판, 2012.
이종찬, 『동아시아 의학의 전통과 근대』, 문학과지성사, 2004.
이중연, 『고서점의 문화사』, 혜안, 2007.
이진경, 『근대적 시·공간의 탄생』, 푸른숲, 1997.
이형권, 『한국시의 현대성과 탈식민성』, 푸른사상, 2009.
정과리·이일학 외, 『감염병과 인문학』, 강, 2014.

조연현, 『한국현대문학사』, 인간사, 1968.
조연현 외, 『미당연구』, 민음사, 1994.
천정환, 『대중지성의 시대』, 푸른역사, 2008.
최동호, 『현대시의 정신사』, 열음사, 1985.
______, 『한국현대시사의 감각』, 고려대학교출판부, 2004.
최동호·유성호·방민호·김수이, 『백석 시 읽기의 즐거움』, 서정시학, 2006.
최문규, 『(탈)현대성과 문학의 이해』, 민음사, 1996.
______, 『문학이론과 현실인식: 낭만주의에서 해체론까지』, 문학동네, 2000.
최하림, 『자유인의 초상』, 문학세계사, 1981.
한영옥, 『한국 현대 이미지스트 시인 연구』, 푸른사상, 2010.

5. 국외서

Baudelaire, Charles, 「현대생활의 화가」, 정명희 역, 고려대대학원 〈모더니즘 문학론〉 수업자료, 2007년 봄학기.
Berman, Marshall, 윤호병·이만식 역, 『현대성의 경험』, 현대미학사, 1994.
Burger, Peter, 김성만 역, 『전위예술의 새로운 이해』, 심설당, 1986.
Burke, Edmund, 김동훈 역, 『숭고와 아름다움의 이념의 기원에 대한 철학적 탐구』, 마티, 2006.
Calinescu, Matei, 이영욱 외 역, 『모더니티의 다섯 얼굴』, 시각과언어, 1994.
Crawford, Donald, 김문환 역, 『칸트 미학 이론』, 서광사, 1995.
Daval, Jean-Luc, 홍승혜 역, 『추상미술의 역사』, 미진사, 1990.
Deguy, Michael, 「고양의 언술: 위(僞) 롱기누스를 다시 읽기 위하여」, 김예령 역, 『숭고에 대하여』, 문학과지성사, 2005.
Foucault, Michel, 오생근 역, 『감시와 처벌』, 나남출판, 1994
Kandinsky, Wassily, 권영필 역, 『예술에서의 정신적인 것에 대하여』, 열화당,

2000.
Kant, Immanuel, 김상현 역, 『판단력 비판』, 책세상, 2005.
Longinos, 「숭고에 관하여」, 천병희 역, 『시학』, 문예출판사, 2002.
Lunn, Eugene, 김병익 역, 『마르크시즘과 모더니즘』, 문학과지성사, 1986.
Lyotard, Jean-Francois, 이현복 역, 『지식인의 종언』, 문예출판사, 1993.
Nietzsche, Friedrich Wilhelm, 이진우 역, 『비극의 탄생·반시대적 고찰』, 책세상, 2005.
Moszynska, Anna, 전혜숙 역, 『20세기 추상미술의 역사』, 시공사, 1998.
Nancy, Jean-Luc, 「숭고한 봉헌」, 김예령 역, 『숭고에 대하여』, 문학과지성사, 2005.
Ortega y Gasset, Jose, 안영옥 역, 『예술의 비인간화』, 고려대학교출판부, 2004.
Pappenheim, Fritz, 황문수 역, 『현대인의 소외』, 문예출판사, 1987.
Poggioli, Renato, 박상진 역, 『아방가르드 예술론』, 문예출판사, 1996.
Vigarello, Georges, 정재곤 역, 『깨끗함과 더러움』, 돌베개, 2007.

발표지면

김기림 시론의 근대적 대중 인식과 지식인상의 정립 과정

- 「김기림 시론의 대중 인식과 지식인상의 정립 과정」, 『한국문학이론과 비평』 62집, 한국문학이론과비평학회, 2014.3.
- 한국문학이론과비평학회 최우수논문상

여로의 감각과 생활의 의미: 김광균론

- 「여로의 감각과 생활의 의미: 김광균론」, 『한국근대문학연구』 30집, 한국근대문학회, 2014.10.

김광균 시의 인물 형상화와 죽음의식

- 「김광균 시의 인물 형상화와 죽음의식」, 『한국시학연구』 41집, 한국시학회, 2014.12.15.

오장환 시의 댄디즘과 근대 비판의 성격

- 「오장환 시의 댄디즘에 나타난 근대 비판의 성격: 『城壁』과 『獻詞』를 중심으로」, 『Comparative Korean Studies』 15권 1호, 국제비교한국학회, 2007.6.
- BK21 고려대 한국학교육연구소 연구지원비 수혜

위생의 근대와 생명파: 오장환과 서정주의 시

- 「衛生의 近代와 生命派 時期의 徐廷柱 詩」, 고려대 한국어문학교육연구단 제7회 국제학술포럼(중국 북경대), 2009.7.
- 「衛生의 근대와 生命派: 서정주와 오장환의 시」, 『한국근대문학연구』 20집, 한국근대문학회, 2009.10.
- BK21 고려대 한국어문학교육연구단 연구지원비 수혜

해방기 좌와 우의 근대시사 인식과 담론화 양상

- 「해방기의 일제강점기 시사 인식과 담론화 양상」, 우리문학회 제105회 정기

학술대회(경희대), 2014.4.
- 「해방기의 해방 전 시사 인식과 담론화 양상 연구」, 『우리문학연구』 43집, 우리문학회, 2014.7.
- 한국연구재단 시간강사지원사업 수혜

신시론과 후반기 동인의 모더니즘 시 이념 형성 과정과 그 성격
- 「신시론과 후반기 동인의 모더니즘 시 이념 형성 과정과 그 성격」, 『어문학』 124집, 한국어문학회, 2014.6.

김종삼 시와 근대 회화: 추상미술의 영향을 중심으로
- 「김종삼 시에 나타난 추상미술의 영향」, 『어문논집』 59집, 민족어문학회, 2009.4.
- BK21 고려대 한국어문학교육연구단 연구지원비 수혜

숭고 미학의 이론과 양상
- 「숭고의 미학, 숭고의 시」, 『서정시학』 46집, 2010. 여름호.

백석 시의 '숭고'와 '미'
- 「백석 시 연구: 숭고 체험을 중심으로」, 고려대 한국어문학교육연구단 제6회 국제학술포럼(몽골 국립대), 2008.8.
- 「백석 시의 숭고(崇高)와 그 의미」, 『한국시학연구』 23집, 한국시학회, 2008.12.
- BK21 고려대 한국어문학교육연구단 연구지원비 수혜

김종삼 시의 숭고와 죽음의식
- 김종삼 시문학연구회 제2회 학술대회(대진대), 2013.11.
- 「김종삼 시의 숭고와 그 의미」, 『아시아문화연구』 33집, 가천대 아시아문화연구소, 2014.3.

찾아보기

인명

내용

작품집